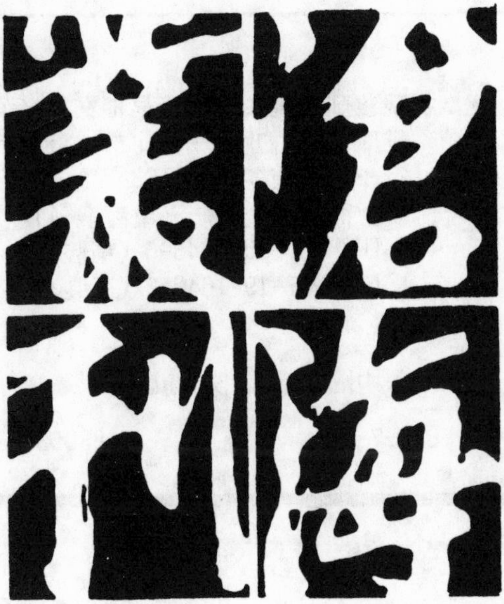

# 從現象到表現

葉維廉 著　東大圖書公司 印行

國立中央圖書館出版品預行編目資料

從現象到表現：葉維廉早期文集／葉維廉著.--初版.--臺北市：東大發行：三民總經銷，民83
面　　公分.--(滄海叢刊)
ISBN 957-19-1645-5（精裝）
ISBN 957-19-1646-3（平裝）

1.中國文學-論文,講詞等

820.7　　　　　　　　83003425

 從現象到表現
—葉維廉早期文集

著作人　葉維廉
發行人　劉仲文
著作財產權人　東大圖書股份有限公司
臺北市復興北路三八六號
發行所　東大圖書股份有限公司
地　址／臺北市復興北路三八六號
郵　撥／〇一〇七一七五——〇號
印刷所　東大圖書股份有限公司
總經銷　三民書局股份有限公司
門市部　復北店／臺北市復興北路三八六號
重南店／臺北市重慶南路一段六十一號
初　版　中華民國八十三年六月
編　號　E 85245①
基本定價　拾元貳角貳分
行政院新聞局登記證局版臺業字第〇一九七號



ISBN 957-19-1645-5（精裝）

——給在艱辛歲月中持護我的慈美

# 序

葉維廉

本書副題是「葉維廉早期文集」。所謂早期，是針對我近期三本較專題、較規模的論文集而言。這三本論文集就是東大出版的「比較詩學」(一九八三)、「歷史・傳釋・美學」(一九八八)和「解讀現代・後現代」(一九九二)。這裏收集的，不只是已絕版多年的「秩序的生長」和「飲之太和」裏的一些主要文章，還有散佈在雜誌報刊未結集的文字，重新分類，可以得出六項：外國文學、中國古典詩和美學、現代中國詩、現代中國藝術、現代中國小說、詩話及其他，現在都重新逐項按年次排列，給讀者一種較全面追跡的方便。這裏的文章，除了幾篇論藝術的文字之外，全都在一九五七年到一九七八年間寫成，最早的一篇還是我大學二年級生時代的作品，和我近期的作品當然不可以同日而語，但都代表了我在由觀察現象(由自然到社會)到表現的追索與試探，代表了我先由一個以感性為主的詩人到訴諸哲理思維的美學理論、實際批評者的追索與試探。讀者會發現，我由比較傾向純美學的討論走向美學與歷史的結合，到了後期，更是美學、歷史、政治經濟科際整合的實踐，對每一個階段都有過反思與修正。讀者或會發現我在五、六十年代的觀點與七、八十年代的觀點有不完全一致之處，譬如前期輕易用「共相」、「普遍性」之詞，七十年代開始，我通過了中、西思維系統之各有所執的比較而對這些用語質疑，並希望從語言書寫、理論架構的圈定行為的宰制中解放出來。

讀者或問：那麼為什麼我不好好將之重寫呢？我還是堅持我在「秩序的生長」原序上的話：「郭象注莊子云『聖人遊於萬化之塗，萬物萬化亦與之萬化。』文學中的秩序亦與自然一樣變化多端，是故〔我早期的〕文章，可以代表我多方面的追索與試探，現在回顧時，或有與現在的觀點不盡相同處，但我不打算削足適履……我以後的文章也不會局限於現在的觀點，這才像生命的展張……最重要的是，天下無不二之理……我們不敢說明天不會寫出與今天完全相異的文章。理論和創作一樣，不應墨守成規。」

其實，當我們書寫的時候，便已流露出我們歷史的牽連。當時那樣寫，除了思維未夠緊密、表達不夠明暢之外，都與當時的文化場域上的歷史、社會因素有關。舉我論現代中國小說的文章為例，我當時比較把精力放在語言藝術的問題上，正因為當時的小說家，往往只知道鋪陳，而沒有做到利用意象事件暗藏意旨的方法，使到外在景物與內在經驗應合；正因為當時的小說家，老是站在讀者面前解釋前因後果，而不明白敍述作為一種藝術，仍然可以還給讀者直接參與經驗、直接進入經驗的激盪，不明白，雖然作為第三世界被壓迫的作家應該負起批評社會的責任，仍然不能用說教方式去寫。這是我當時注重語言藝術討論的歷史緣由之一。

但自我從進入中西思維系統尋根式的辨思，找出其各有所執的歷史根源，尤其是對權力與語言的辨證關係的探討後，我便已把美學與歷史重新結合。我後來因為種種緣故，沒有再進一步去寫小說的論文，如果我再執筆去論現代中國小說，尤其是關於陳映真、黃春明諸人，我會有不同的寫法。雖則我沒有進一步討論現代中國小說的藝術，但在我論歷刼歸來的陳若曦的小說，歷史與美學的相應變化，現實邏輯與敍述策略的辯證已躍焉於紙了。類同的試探，如論馬博良的放逐情境，論崑南在殖民制度下的求索，也都在語言策略與歷史文化場域互為牽引間尋找適當的論據。這個衍變，當然不限於上述幾篇文字，其間尚有很多變數，這些，還是留給讀者去尋索吧。

一九九四年春

# 從現象到表現—葉維廉早期文集

## 目次

# 陶潛的「歸去來辭」與庫萊的「願」之比較(1957)

文學批評常藉前人苦心積慮而建立之文學理論去推究某詩人某作家之藝術造詣，此固然是非常正統的作法，但有時用比較的方法，偏重作家之某些獨特地方加以探索，似乎更能現身說法地接近文學原理的眞髓。近年來英美比較文學之盛極一時，亦是因爲此種現身說法之研究，多能發現文學的新路向和技巧上新的可能性，對將來的文學頗有建樹。本短文之所成，乃在閱讀之餘偶有所見而記錄下來的感想，與眞正的比較文學相去甚遠，當不能與之相提並論；且一鱗半爪，可獻者甚微，然而，若因此而引起前輩與後學作進一步之研究，則本文之目的已達。

又陶潛乃晉代一大詩家，「歸去來辭」又是其劃生命轉捩點的作品；而庫萊（Cowley）爲一平平之詩人，其「願」（The Wish）又是普通抒情之作，本不可以等量齊觀。然而詩作與小說一樣，不一定要讀大作品始有大領悟，有時多讀次要之作、敗筆之章，其省悟尤多，乃敢將之比較。

附譯庫萊的「願」以玆參閱。陶潛之「歸去來辭」膾炙人口，多能背誦，恕不另錄。

## 願（The Wish）

Abraham Cowley（1616—1667）

算了，我如今已看清
這熙攘的世界我也再不相認。
塵俗一切蜜滴似的歡樂
像魚肉美味轉瞬失落；
它們衹值我的憐笑
誰能忍受這一切荆刺，
這大蜂巢似的城市
所有的羣衆的喧擾。
然而，在我進入墳墓之前
且讓我建一間陋室一座大花園；
交幾個良友，博覽羣經
誠懇，聰慧且歡暢！
我又要一個美好的女子，
既然我的愛心之不泯滅；

她溫順有如守護天使，
可愛而又愛我不止。

啊，清泉！在你的懷抱之間
我再能看見自己無慮休閒，
田野、林木，我何時纔能够
安歇在你們的林蔭裏頭？
這裏有歡樂之流的泉源，
這裏是自然豐富的寶庫
為求美好而造鑄
一切珍寶來藏存。
傲慢和野心衹見於
牽强附會的隱喻；
衹有風兒會散布讒言閒語，
衹有回聲會奉承阿諛。
當神衹君臨此處

他們都來自天堂上頭，
因而我們敢誇口
我們亦將從此回去。

我該多麼歡愉
與她一起過日，擁抱死去；
她是整個的世界，她逐走
荒原上寂寞哀愁。
我再沒有恐懼；
祇懼怕別人欽羨我的幸福，
也學我趕集天角這一偶
把此地又變作城市。

一個詩人的心靈中包孕着不少凌亂無組織的情緒、感覺、思想、偶觸；這些情愫和欲望如一個無休止的鬼魂，迫逼詩人去設法將之表現於言詞並和讀者取得精神的聯絡和交往。這是一首詩成夢的起源。德國心理學家楊格（Jung）說：「一連串夢的象徵乃由人格的統合而來。」所以詩中的每一個象徵與詩人的內在及外在生命戲劇均有息息相關的關係。

那麼，陶潛與庫萊這兩首詩的「夢的起源」和「一連串的夢的象徵」的相互關係的異同如何呢？

他們二人的「夢的起源」表面上都是由於「政治生涯理想的幻滅」而引起；因而共同有一朝向：遠離擾攘的塵世（見陶詩句：世與我而相遺）而託身自然界。但從庫萊三十七歲時寫的「關於我」（Of Myself）一文中曾提到該詩僅是「學童時代的一個願」（A school-boy wish），如此說來，他作此篇時究竟曾否受過政治上的失意滋味呢？此點頗值得懷疑，雖然篇中的「世與我而相遺」的思想很是濃厚的。陶潛作「歸去來辭」時年四十一歲，正從他所「誤入」的塵網中」甦醒過來，當時晉室昏暗，臨於垂亡之危，故除了「不為五斗米折腰」而「辭官歸故里」的意識之外，尚帶有深切的傷悼民族的情感；「田園將蕪胡不歸」及「恨晨光之熹微」二句中「蕪」與「恨」二字正是為晉室黯然神傷的響自深心的聲音。所以，陶潛所抒發的與外界的壓迫是眞實相關的。而庫萊所極力顯示的祇不過是一種隨意的厭世觀（arbitrary misanthropy），追求一個與葉慈（W. B. Yeats）的「茵島」（Inisfree），梅士菲爾（J. Masefield）的「西風歌」（The Westwind）相似的天地——他私心的烏托邦而已。雖然在陶潛的「倚南窗而寄傲，審容膝之易安」之後，他也唱出：

傲慢和野心祇見於
牽强附會的隱喻；
祇有風兒會散布讒言閒語，
祇有回聲會奉承阿諛。

但這幾句並不足以顯出其在政治生涯中的經歷，是否有政治抱負或曾否受挫抗，這幾句給我們的印象是，這祇是他書本上的經驗而已；因而雖然二人都是共同想表現「久在樊籠中，復返得自然」的心境，陶潛顯然比較深刻認眞，庫萊就浮淺得多。

我們進一步去看看他們所要回到的自然世界——他們的理想天地。它們也是大大的不同。雖然在二詩中我們很容易找到很多相同的環境事物：小屋、園林、良友、典籍、田野、林木、泉水、林蔭。但相同的事物之下其異處還是很明顯的。一個是認爲「帝鄉不可期」而求「託體同山阿」（語見陶詩：「哀歌」第三首。）要與大自然的永恒性冥合；另一個卻在追求人間仙土。前者是永恒不變的「綠色的樂園」（Paradis Vert）永遠的精神上的青春；後者則是「及時行樂」的享受世界，在肉體上求滿足。一個希求「憑化」（聊承化以歸盡），一個則受制於宗教上的「超升」（參看第四詩節）。所以二者雖然同是歸向自然，陶潛的自然，不祇是精神化了，而且是超脫時間的空明，庫萊的自然究竟還是感覺上的，雜念不清。前者宏大，後者狹小。

談到二人在情感上的處理，讓我借用文法上兩個形容詞來界說，陶潛的情感的抒發是 indicative（平述的），庫萊則是 emphatic（強調的）。前者是客觀的披露，後者則滲入激動的或過激的情感。陶潛在表現纖細的親情或個人的感懷如：「童僕歡迎……稚子候門……攜幼入室……悅親戚之情話」等均非常適中得體，就有激動之情也不形於色，其情感完全在理智的控制下作適度的披露。但在庫萊的詩中就顯得作者的均衡被感情衝破了，變得過份急激，尤以末聯幾句：

我該多麼歡愉
與她一起過日，擁抱死去；
她是整個的世界，她逐走
荒原上寂寞哀愁。

庫萊這首詩原來的「戲劇動向」（dramatic movement）是從厭世而轉向自然，這動向應該是單純的，在進展過程中最好不生枝節，其一貫性始可完整有力，陶潛「歸去來辭」的「戲劇動向」正能做到單純一貫，恰到好處；庫萊在其「戲劇動向」的過程中忽然加插一段情感的美化，未免太過些。

艾略特（T. S. Eliot）在討論莎士比亞的「漢姆萊特」時強調 objective correlative（客

觀應和的事象)的重要性,說:

要用藝術形式來表現情感唯一的方法是設法找尋「客觀應和的事象」;換言之,即是能够直接成為某種特別情感的公式的一組事物、一個情境、或一連串事故,而當那些外在的事物置諸我們的感覺經驗之時,便能立刻直接喚起我們內心相同的情感的東西。

艾氏此段的意義在於意象——能直接喚起我們內心相同的情感的意象的把握。一首成功的詩應該是聲色俱備的,即是說,除節奏之外,尙應以意象將全詩具體化,但意象的安排並非隨意的,必需經過詩人心靈的統合,使其與節奏內容調和一致,結爲一不可分之體,如此,一首詩才能引人入勝。

陶潛在意象的運用上是勝庫萊一籌的。讀「歸去來辭」時,我們很易感覺到其中敍述甚少,意象很多,幾乎全詩都以意象來喚起我們的情感的;從「舟搖搖以輕颺」句起,一直給讀者思維中一疊疊的意象,而這些意象都不是單獨的展露,而是「一連串夢的象徵」,而每一個象徵都在帶領、提醒、和開啓我們的意識狀態,直到最後,整個自然——滿載着意義的自然——在我們眼前展開,等待我們去細細認識、了解。而每一種特別情感的顯出的表現在陶詩中俯拾即是:堅決的歸心與晉室的感慨可見於「問征夫以前路,恨晨光之熹微」;他不願爲「五斗米折腰」用了

「倚南窗以寄傲，審容膝之易安」的意象。「雲無心而出岫，鳥倦飛而知還」正是他「誤入塵網中」的回顧嘆息。其次「策扶老以流憩，時矯首而遊觀」「悅親戚之情話，樂琴書以消憂」等意象都能把他當時超脫的休閒逸緻的情景映進讀者的心中，使讀者隨之神往。

至於庫萊一詩的意象本來也頗不弱，在「休閒逸緻」方面的表現也很得力，可惜其他的意象的作用頗受制於其他敍述的語勢，因而意象與意象之間有時未能取得一致的聯絡。譬如首聯後部和末聯前部即是。

最後說到二詩的發展步驟。陶潛在顯示其理想天地之前給了我們一個很好的準備：在他未說到歸故里後的情形之前，先來一段想像歸途中的種種輕快情形；因爲讀者心靈中都有過「故鄉」「童年時代的故鄉」「憧憬的故鄉」的經驗的，他那段想像正能帶領我們去重溫一次我們各人心靈中的天地，讓我們感到一種親切，所以等到再一次重複地說：「歸去來兮，請息交以絕遊，世與我而相遺……」時，我們的心靈祇能接受不能抗拒地隨他走進更深的世界，去欣賞去認知我們還未認知的世界，去欣賞舊世界中新的形態。這種準備工作是服人的。

庫萊的詩中並未有此項「準備」工作，他開始的地方已經是陶潛的「請息交以絕遊」或甚至「已矣乎」了（按：「願」的第一句若用文言譯可以譯作「已矣乎」）。雖然他也曾竭力地把大自然的好處重新喚起，但這時已是「補救」不是「創造」了。讀者若早就有「覺今是而昨非」的心境的話，對該詩當也很易接受，若對一般讀者，則很難在他心靈上創造出一個引人入勝的理想天地來了。一篇成功的詩像一齣成功的劇，它要以「迫眞性」騙取觀衆的情感，要他們跟着主角去直接感受。

# 「焚燬的諾墩」之世界(1959)



我們似乎握不着。無形的伸展。無盡。但陸地的實感包圍了時間於一首詩之中。情感也被包圍着。記憶出現。一幕明亮的景。暗示發射着光從一個定的中心。一所房子的顯示。一座莊嚴的花園的生長。在一刻的領悟。羣居的彬彬有禮的生活的影像隱在矮林間小徑間玫瑰園一帶小屋一池水光。未被看見。我們看見。彬彬有禮的生活。典雅的生活。文明的生活突然在向日葵花叢裏在翻過牆頭的鐵線蓮裏在剪修好的松樹間穿揷着。還有我們第一次初生的思路的投入視觸。一盤玫瑰葉的塵埃。中國的花瓶。提琴的音樂。光旋轉着。聲音廻響着。一層薄膜上許多一連串纏繞的意象。在輪的轉動下。在不動的轉動中。在靜止中。在倫敦的單調若篩穀物的人潮中。孩子們的笑聲衝出時間的泥層。人類的快樂跳躍着。可能存在過的事物。被切碎。滑下。被埋葬。滅跡。屏神的期待開始於一個觀念的激揚。石頭移轉。洒下一雨閃爍的果物。但爲了何種目的。行動來自不動。意義透過有限的形體。而人類的快樂跳躍着。指向一個永遠屬於現在的盡頭。我們似乎握不着。但一首詩中。有陸地的實感的包圍。

## 第一動向

沉思的展現。過去現在將來。存在於「永久的現在」。存在於柏格森時間的長廊。在心中。記憶廻響的足音溜下我們從未行過的通道。詩人說。親愛的看官。我的說話也如此廻響在你的心中，於是一節記憶升起。眞實迫人的一刻升起在你心中。或在早晨散步裏偶然感到一絲風的喜悅。或行車越湖光。擾動玫瑰葉上的塵埃。擾動已故的已深埋的事物在現在之中。我們越入花園。記憶的采色的小屋。滿溢着回音。可能存在的。此刻均存在。在靜止中。在無聲中。在光裏。將來的與過去的發生過的未發生的。此刻均眞實。我們的第一個世界。我們的孩提的世界。我們人類原體的世界。在感覺的世界中。在此一刻的領悟。人類天眞未鑿的夢一再顯露。我們感到未有過的眞實。時間閃過。在秋天的炎熱中。空的花園忽然漲滿了人。來自內心的世界。音樂未被聽見。形體未被看見。我們明明感着。花的招呼。人的招呼。社交的。文明的。有教養的。花與形體與聲音移動。由花園到小屋一帶到水池到蓮花。無人的乾涸的池。生活的實在的乾硬垂萎的陰影。變着。變着。精細地。池塘在陽光下得滿了水。蓮花靜靜升起。精細地。從光的心表面閃爍着。被反照於池中。季節交換。造物代序。和諧與統一在金剛不滅之體。蓮花的金杯。物象的太陽和光和池面。人的影子玫瑰的影子。殘葉裏興奮地躲藏着的小孩。完成的狂喜。美麗的現實。因記憶。因我們在時間之中。然後事物匆匆移動。鳥說。（鳥剛才懇請你入花園中。）去。去。鳥說。是警告。是雲的遮蓋。是回轉。可能存在過和已經存在過的事物。指向一個始終屬於現在的盡頭。

## 第二動向

富於和諧的變化。相對的。美麗的意象進行着。蒜頭與藍寶石在泥土中。雷聲與轂中的藍寶石❶。藍寶石從落日之轂撒下。墳之口淌下一掬泥土與藍寶石❷。蒜頭與藍寶石。多變的形象。既軟又硬。是植物也是礦物。活着的莖長的和石化的閃爍的。平凡與寶貴。香與無味。存在於一平面上。雜於一。血液中顫聲而唱的絃線。靜脈中神經如金屬的搖響。舊的創痕。治與未治的創痕。流着變着。雜於一。雜於天河流瀉的星羣。雜於夏日之進入羣樹。葉上光之舞。地下野猪之獵。也如星之飛越。也如星之雜於一。也流而變。也繫於某一已定的模型。無限的伸展。多變。相對。織合精細諧和的長幕。於是詩人和我們的思路追向一些新的解釋。去領悟模型從某一點。從一定點。從輪。從佛之靜止。與動。與抽象。與分析。非動。非時間。非靜。非升或降。結論

❶ 源出馬拉梅詩．M'introduire dans ton histoire原句爲．Tonnerre et rudis auxmoyeux

❷ 源出馬拉梅詩．Le Tombeau de Charles Baudelaire 原句爲．Bavant bouet rubis

是：定點控制一切的行動。定點存在。卻不知在何方也不知延至何時。好慢。音樂沿着矛盾依附否定而進。但我們捉不到完整的認識。破碎的人類的經驗。局部的沉醉。局部的恐怖。無以完成。無以消散。無以雜於一。無以賦與意義。人類肉體之缺憾帶我回到沉思之前。我們超不過時間。我們征服不了時間。只在玫瑰園那一刻。只在雨絲鞭打涼亭那一刻。只在教堂與炊煙之嬝嬝緩升之中。我們獲得無盡時間的部份之認識。

## 第三動向

捉不到時間完整的認識。我們陡然離開玫瑰園。回到用街頭構成的現在。時間的奴隸湧過不眞實的城市。在一個冬天清曉黃褐色濃霧下。一羣人湧過了倫敦大橋。這麼多。死亡爲何毀去這麼多❸。他們被禁錮在各自的孤獨中。在既非白晝亦非黑暗的時分。他們受時間折磨的臉孔。滿着幻想而空透意義的臉孔。從一個分站到另一分站。他們找不到意義。現在的。在過去中。在將來的企望。現在只是介於吾等來處及吾等將達之間的駐停。這是一片矛盾之地。

我們且停下。我們且接受孤獨痛苦。我們且走進荒涼的現在。且離開由虛無穿過虛無以至虛無的路。降下。進入黑暗求出之於光明。曾有一日。我們突然感到：好舒服。被款待。與及超然

❸ 取景於艾氏另一劃時代巨篇「荒原」(The Waste Land) 第一章。

焦慮之外。但留不住。如時間之留不住。留住。只在記憶之中。孩子的笑聲開向一個驚喜的世界。失望與驚喜都會引我們至可安歇之地。引我們遠離時間過去時間將來奴役之鞭。

## 第四動向

空茫的薄暮佔領着花園。光滅盡。雲層竊去太陽。「埋葬」「黑雲」「相纏」「相牽」「捲繞的手指」。「冷峭」。是湮沒的深沉。是冷黑的熄滅。是絞死的痛楚。重重重壓在我們的身上。我們隨時等待或生或死或溫馨或兇嚇的撫觸。光靜止在世界轉動的定點上。

## 最後的動向

說話照舊移動。音樂照舊移動。重複着。行動與音響雜於一。顯現於有限的形象。我們仍舊在時間的局限。永遠抓不到時間的整體。我們心裏知道：一之存在。某種完整多面的模型之存在。時間與行爲均繫其間。中國花瓶的靜止中有盡頭也有開始。唉。我們仍舊在時間的局限。仍舊在重負之下在張力之下。滑跌。陷落。毀滅。與腐爛。與被嘲駡。與在存在與不存在之間。而某些突然的片刻出現。有陽光。有塵埃之被擾動。有天眞未鑿孩提之喜悅等等。如飛鳥之突過頭上。我們忽感時間之瑣碎無價値等等。虛的。可笑的。陰鬱的時間。伸在我們以前和以後。

# 附錄：王譯「焚燬的諾墩」❹

## 焚燬的諾墩（T. S. Eliot: Burnt Norton）

王無邪試譯

一

時間現在與及時間過去
或者都存在于時間將來，
而時間將來包涵于時間過去，
如果所有時間都永遠地存在
所有時間都無可挽回。
任何可能存在過的事物
是一種抽象留下恒久的可能

❹「焚燬的諾墩」爲T・S・艾略特最重要詩作「四首四重奏」（The Four Quartets）之第一首。

衹在于一個冥思的世界裏。
可能存在過和已經存在過的事物
指向一個始終存于現在的盡頭。
一些在記憶中迴響着的足音
溜下我們從未行過的通道
就由那度我們從未開過的門
進入玫瑰園，我的説話也如此
迴響，在你心中。
　　　　　　但為了何種目的
擾動一盤玫瑰葉上的塵埃
我並不知道。
　　　　　　其他的迴響
雜居于園內。我們要否跟從？
快快，那隻鳥説，尋它們，尋它們，
在轉角之處。穿過第一度門，
進入我們第一個世界，我們要否跟從

那畫眉的欺騙？進入我們第一個世界。
它們就在那處，高貴，不可見，
移動沒有急迫，在那些死葉上，
處于秋的炎熱中，穿過那顫動的大氣，
而那隻鳥叫喚了，去回答
那聽不見的隱于矮林間的音樂
和看不見的目光交錯着，因為那些玫瑰
有着現在被見到的花一樣的容貌。
它們就當如我們的客人，互相招待着。
於是我們和他們走動，以端正的款式，
沿着空徑，伸展入小屋一帶，
俯望入那個乾涸的池塘裏。
乾的池塘，乾的三合土，褐色的邊緣，
而那個池塘就在陽光中汲滿了水，
而蓮花靜靜地，靜靜地升起，
表面閃爍着，從光的中心。

他們在我們背後，被反照于池中，
然後有一片雲飄過，而池內空空如故。
去呀，那隻鳥說，因葉中滿着小孩，
興奮地藏躲其間，帶着歡笑。
去呀，去呀，去呀，那隻鳥說，人類
不能忍負起太多太多的現實。
時間過去與及時間將來
可能存在過和已經存在過的事物
指向一個始終存于現在的盡頭。

二

蒜頭和藍寶石在泥土裏面
把那深嵌的樹軸凝附緊緊。
血液中那顫聲而唱的絃線
在長年不改的疤痕下高歌
安慰着那久已忘懷的戰禍。

沿住脈絡間的舞踊
淋巴液的不斷循環
全都繪形于星的滑瀉中
在樹幹裏升向夏日
我們在那動的樹上走動
以光之態在有形的葉上
而向浸透的地上傾聽
下面，那頭獵犬和野猪
猶追逐牠們的款式如故
但和解在那些星子之間。
在那轉動的世界的定點上。不是肌肉也不是非肉；
不是從之也不是向之；那個定點上，舞踊就在其間，
但不是停止也不是動作。亦不能叫它做固定不移，
過去與將來並集其間。不是一種動作從之或者向之，
不是上升也不是下降。除了那一點，那個定點，
此外就沒有舞踊，而舞踊只在那個地方。

我祇能說，「那處」我們到過：但我說不出它在何方。
而我說不出，多長久，因這樣便置之于時間。
從實際的欲望中內在的自由，
從行為和受苦的解放，從內在
和外在的壓迫中解放，依然為
知覺的恩賜所包圍，一點白光靜止而動着，
上揚沒有運動，集中
沒有摒棄，新與舊的世界
皆一樣弄得明顯，了解于
它局部沉醉的完成，
它局部恐怖的消散。
仍然過去與將來的連接
構成于常變肉體的缺陷中
維護人類從天堂和永劫，
肉體難永保其間。

時間過去與及時間將來

祇容許一點很少的自覺。
使自己自覺不是置諸時間
但祇在時間裏那刻在玫瑰園中，
那刻在雨絲鞭打的亭下，
那刻當炊煙四起時在多風的教堂內，
完全記起無遺；包括過去與將來。
祇有通過時間時間纔能征服。

三

這是一塊矛盾之地
時間以前和時間以後
在一陣薄光中，既非白晝
披上透明靜止的形象
把影子轉易為片刻之美
以緩慢的旋轉表示不變
亦非黑夜來滌潔靈魂

以褫奪手法清除慾念
從俗世裏洗淨感情。
既非滿亦非空。只是一點光
閃在荷負時間的緊張臉孔上
從惶惑中為惶惑所惶惑
滿着幻想而空透意義
誇大的無情而沒有集中
人和紙片急旋，為那陣冷風
吹在時間以前和時間以後，
在不健康的肺臟裏呼入和呼出
在時間以前和時間以後，
虛弱的靈魂從口中噯出
透入那不新鮮的大氣，四旬齋的競渡
在風中急馳，在那陣風吹過了陰鬱的羣山，
在倫敦，罕普斯特和克拉根惠爾，甘普頓和帕特尼，
海格脫，樸連路司和勒格脫。不在此

那黑暗不在此，在這震盪的世界。

降低一些，祇降到
那永恒孤獨的世界，
世界不是世界，唯有它不是世界，
內部的黑暗，已被褫奪
和缺乏所有的質素，
知覺世界的乾涸，
幻想世界的撤空，
精神世界的垂危，
這是唯一的路，而其他
亦是一樣，不在乎動
但在乎禁止動，當世界移動
在慾望中，在它包着金屬的路上
在時間過去與及時間將來。

## 四

時間和鐘聲已經埋葬了白晝，
那黑色的雲塊把太陽帶走。
那向日葵會否轉向我們，鐵線蓮
會否飄落，俯向我們；蔓藤和細枝
相纏和相牽？
冷峭
紫杉的手指會否捲繞
垂向我們？當那隻水鳥的翅膀
已回答光給光，而沉默後，光靜止
有轉動的世界的定點上。

## 五

說話移動，音樂移動
祇在時間裏；惟其生存的

纔能死去。說話在講出後，抵達
緘默。惟其憑藉外形、款式的，
說話和音樂纔能抵達
靜止，如一具中國花瓶那樣靜止
永恒地動在它的靜止中。
並非那提琴的靜止，正當那音符餘韻依依，
並不祇它，卻是那共存的狀態，
或者說是盡頭先于開始，
而盡頭與開始卻始終同在那裏
在開始之前和盡頭之後。
而一切都始終在此時。說話拉緊
破裂而有時斷去，在重負之下
在張力之下，滑跌，陷落，毀滅，
因不精密而腐爛，不會停留一處，
不會停留不動。尖銳的聲音
在漫罵，在嘲弄，或僅僅在喋喋不休

始終是痛斥它們。沙漠中的一句話
最為誘惑的聲音所攻擊，
為葬禮舞會中那怪叫的影子，
為哀傷的噴火獸所高唱的悲歌。
款式的詳細部份就是動，
正如那十級梯的圖形中。
欲望的本身就是動，
不在乎本身之所以慾望；
愛的本身不是動，
祇是動的來源和盡頭，
沒有時間，也沒有欲望，
除非在時間的局面裏
被羈在有限的形象內
在于存在與不存在之間。
突然在一線的陽光下
甚至在塵埃移動的時候

從葉簇中升起
一片孩子們隱隱的笑聲
此時怏怏，此地，此時，始終——
在荒廢的陰鬱的時間
可笑地伸展在以前和以後。

# 普魯斯特之一斑(1960)

斯陀洛斯(Walter A. Strauss)在其新近出版之「普魯斯特與文學」一書中劈頭第一句話說:「往事追憶」(A la recherche du temps perdu)被視爲一座聖堂、一首交響樂,甚至一個世界的總結(Summa)。這是一句非常重要的話。假如我在此附註一句:誰能完全了解「往事追憶」的世界,誰就可以稱爲藝術國度中最有學問的人。這個附註也並不誇張。我在附註裏特別強調「學問」一點,主要並不在替普魯斯特炫耀其博大的學識;我在深思其博大的學識,其複雜的經驗背景與他的藝術造詣的微妙關係。一個藝術家所涉愈廣,愈感到表現的壓力,愈感到表現之困難。他企圖把經驗的每一面,每一刻——和諧的,相反的,此人的思想世界,那人的藝術之美,一朵花,一張抽搐的臉——都壓進一篇藝術品中,而且要求每一面都能驚異地閃爍發射於讀者的眼前。但人之能力薄弱,常常被背棄而使之陷於擔負整個世界重量的痛苦中。一個藝術家常常想:我多麼渴望抵達那絕對完全的地方,且讓我穿越過牆,以光之姿態以狂喜顯露出來。唯有如此，才有快樂，不然，就永在深淵中。普魯斯特的敏銳的感覺使他在靜觀中捕捉了不少的經驗面。從其所處的頹廢社會的形態，從他神經衰弱的苦苦拍擊中，從第三共和（巴黎當時一個文學藝術沙龍）采邑的生活，從其對文學、音樂、繪畫、戲劇研讀之狂熱及康布萊（Combray）地方的憶懷。他要求一種體裁，一種無所不包的方法，一種既是小說又是批評更甚至是詩的作品。他要「再造」他熟識、至親的藝術世界之每一樂句。那就是「往事追憶」的最終的目的。「往事追憶」成了使其生命再生的鳳凰。

我們讀「往事追憶」時，不免會驚服普魯斯特的感受力之敏銳。我們都注意到其間的動向跳動不定，但其中自成一種和諧。我們都知道其中七大卷十六大本每本都可自成一獨立的書而各本之間均有緊緊相接的歌調。我們感到小說的進行是多方面的，但都似乎受一種在書本以外的力量所統治着。但如果我們欲指出其中可遵從的技巧，卻又是茫然不知從何而始。

在「普魯斯特及文學」一書的參考書目中，我發現了一共有一〇八位作家研究過普魯斯特，其中至少有五十種不同的態度，而都集中「往事追憶」。這事實告訴我們「往事追憶」至少有五十種不同的可論的特點。而這五十種（或者不止五十種）特點都完全地交織於一本作品之中，這不由得我們不重視。Bisson 在其「法國文學研究」中及斯陀洛斯都同時指出，不下三十個文學家畫家音樂家對其創作方法均有特出的影響。Jaques Porel（其友）更甚至說，普魯斯特能背誦下列作者全部精彩的章段：蒙旦、哈辛、聖西蒙、巴爾扎克、史丹達爾、夏都伯利安、福樓拜、維尼、雨果、波特萊爾、杜斯托也夫斯基、托爾斯泰、羅士金、狄更斯、梅列狄斯。對佛米爾(Vermeer 荷蘭畫家)、蒙內(Monet)及貝多芬的絃樂「四重奏」更是深有認識。上述一列名字足以證明普魯斯特對世界名著因深入研讀而發生深切的情感，他希望把所得到的每一個明澈的印象「再造」成一束「活生生的倣製畫」，但他必須創造一種適應的體裁，始可以在一本小說中既是小說又能不忽略他所鍾愛的人物的各面 。首先他從佛米爾的藝術中學到了「抽象」的神秘：眞正的藝術可能集於一幅黃牆上，於一塊蛋糕的美味中，於一叢山櫨裏，或尖塔上。其次從艾爾士脫(Elstir)學到空間的控制，從溫脫爾(Vinteril)及華格納學到所謂時間中特出的樂句。卽是說從一節經驗，譬如一塊蛋糕的美味中，聯想到時間之流中的各項其他經驗。從巴爾扎克學到人物的重複，所以各卷小說既可能獨立又相連。從福樓拜學到聲音之節奏，使他小說的基本歌調獲得和諧的效果，杜斯托也夫斯基教他人格分裂而處理完整的手法。

我不厭其煩數了許多作家的名字，原因在表示普魯斯特所包孕的世界之複雜，而要在此複雜中求得一完整之聯繫就是一個偉大作家必須克服的困難。在普魯斯特的心目中，一切藝術家都是一個人，其間無論差異多大，其原來的性質是一致的；詩人所服膺的、畫家所服膺的都是一個神(不是宗教上的神)。他認爲人類整個經驗網均塞滿這種神秘性，而這種神秘性解放的方法就是記憶與藝術，也就是在緊握記憶與藝術的精要的時候，藝術家就可征服時間，而把這種勝利化作可感到的影像。

普魯斯特提出「記憶」作爲征服時間的武器。顯然他重視「記憶」在藝術創造上的重要。我們讀「往事追憶」時最顯而易見的一點是：時間上的跳動。忽而現在忽而過去，並不依據一定的次序。這也是喬艾斯、艾略特所經常用的手法。這種時間的處理其分別主要在：依次發表的時間性是死的、不動的，這是柏格森之所謂「機械的時間」；我們每個人也常常追憶往事，但在追憶的過程中，我們的意識並不永遠陷入過去之中，而是不斷地回到現在，和現在的情境比較，然後又退入過去，又回到現在，這種「心理的時間」是動的、是活的。在現在——過去——現在——過去（有時還加上將來）的進行中，我們才感到時間通道上生命的跳躍。我們人類的心靈，尤其現代人急迫的心靈，很少時候是停於一點之上的，我們看見陽光舞於花葉上，我們立刻回想到一些過去相同的情境與及過去所連帶一連串的事物與及現在一連串事物的強烈比較，人類快樂時，沉鬱悲哀情緒始會產生。此一刻的領悟，把人的感受的各面拉緊，人的意義、時間的意義、歷史的意義此時最爲明澈。在此「心理的時間」的進程中，我們可以一下撈起一網的過去明亮的經驗，而且感到其眞實的存在。

普魯斯特用了這種「心理的時間」進程，他同時可以解決許多他所碰到的問題。「話題岔分」在這種進行程中可以自然地流動；他可以在「話題岔分」中加以各藝術家的討論欣賞、模倣，甚至批評，而不影響小說原來的「戲劇動向」的發展。他可以同時顯露無數層的經驗並加以比較。如此，普魯斯特加上了一個博大的經驗學識背景，自可擁抱一個無所不包的世界。他「再造」了一羣藝術家——一羣神聖不可侵犯的巨人；他「再造」了他的音樂與許多別人的音樂；他總括了他所處的社會與先於他的社會。

「往事追憶」確是一座聖堂、一首交響樂、和一個世界的總結。

# 田納西・威廉斯的戲劇方法(1960)

威廉斯的劇乍看似乎頗爲無稽。由「玻璃動物園」至「去夏」其間「性」所佔的地位足以使人感到：世界都是由「性」構成的；有人甚至會大感困惑：世界果眞有這麼多如此可怖、神經、野蠻的白朗芝（Blanche）、莎勒芬娜（Sarafina）、溫娜葆（Venable）及「沙巴士秦」(Sabastian)嗎？眞的，如果我們嚴格地去分析劇中人物性格及行爲，我們很容易找出白朗芝顯然不必引誘學生而發生關係，要求滿足的性慾，方法顯然多的是；我們同時也覺得「慾望街車」和「去夏」簡直是兩篇臨床講授的「精神病理學」(Psychopathology)，與一般戲劇的處理方法(譬如希臘戲劇)就完全不同。但儘管如此，他的劇卻可以說部部皆博得掌聲四起，由舞臺到電影，皆大受讚賞。「慾望街車」及「玫瑰紋身」初到法國立刻被譽爲美國最偉大之劇作。在美國國內被稱之爲「人性最深入之記錄」(John Brown Mason語)；厄健生(B. Atkinson)在「紐約時報」說：「他只用幾個角色就把人類的需要及慾望廣大無盡之流所構成的生命感全部揭露出來。」在臺北雖然有些緊握「隱惡揚善」的老招牌的道德家大肆攻擊劇中「性」之部分，但大致上觀衆仍大爲激賞，雖然有時劇情使他們感到大惑不解。

把重點放在「性」顯然不是了解威廉斯的正道；我們雖然不能否認他的劇，如羅倫斯的小說一樣，部部都不離「性」的問題，而「同性戀」尤其是他主要的中心；但我以爲威廉斯之採用了「性」的題材，其主旨並不在「性」之暴露；他另有一個關於「性」的中心信仰。此信仰是要藉性對人之影響（此信仰來自弗洛依德的精神分析）來揭露當代的社會意識，亦卽是一個自覺文化的衰頹與無歸止的肉慾之活力間強烈的衝擊。照弗洛依德的看法：性（Libido）可以激發一個人也可以毀滅一個人。弗洛依德對二十世紀文學影響之大，我們是不難相信威廉斯已經成爲弗洛依德最忠實之信徒的；尤其當他年幼時移居聖路易士地方所目睹的混亂情況，再加上他姐姐所患的神經病更足使他依附弗氏之說。在他給「二十世紀作家傳略」（Twenty Century Authors）的報告中他說：「這（指對當地的印象）造成我作品中一貫的驚駭與反抗：這就是我注意社會意識之始，此亦是我以後作品之中心題意。」他的劇所表現的正是他在美國南部目睹的人類墮落之現象：一種高尚的生活，面臨著只求切實需要的物質世界之下不得不破碎的悲劇。所以他的主角均是不幸的人物、破碎的人物，企圖用夢的方法去創造及保存其依依未滅的自身之理想形象。但是否一個人之破碎，「性」的造因居多呢？這似乎是一個不必要的問題；但既然「性」的問題已經提出，我們不妨對它略加註解。性之影響力是否如弗氏所言呢？又「同性戀」究竟是不是一個普遍現象？「同性戀」究竟是不是一種「墮落行爲」呢？這個在中國似乎尚未有人詳細照現況研究過。我個人的志趣也不在此。不過英國的艾理士（Havelock Ellis）對這科目研究頗詳。他認爲在基督教得勢以前，「同性戀」不僅是公開的，在希臘、羅馬、迦太基等地甚至視爲是一種神聖的事，到後來（尤其中世紀），才視爲不當，其懲罰甚至有用火燒死者。犯同性戀的名人也不少，例如但丁的老師那第尼；例如米開朗吉羅、馬羅、培根均有過同性戀的行爲。據艾氏的調查，現代人中犯同性戀的，以受過教育的人爲多；文人、藝術家、演員、及理髮匠之間此種現象很常見，大概有百分之四十以上的人都犯著同性戀。但同性的戀及其他性變態（如伊蒂普斯情意綜 Oedipus Complex）是否會影響人的行爲至乖戾，艾氏雖然說不必，但也不完全否認弗氏理論之可能性。艾氏並不承認同性戀是「墮落行爲」，卻認定是一種變態（詳見艾著：「性心理學」Psychology of Sex, 162-164頁）。有人認爲威廉斯只把美國局部的黑暗世界暴露出來，是一個罪魁，這句話頗欠公允，我們從艾氏的研究中實在有理由相信威廉斯信仰的可能性，何況威廉斯的題意並不在性的暴露；他劇中的世界似乎與詩人克蘭(Hart Crane)的「破碎的世界」很接近的。威廉斯在「慾望街車」單行本首頁所錄克蘭四句詩正好解釋他劇中的世界：

就如此我進入這破碎的世界
去追索愛的空幻的伴侶，它的聲音

在風中只留片刻（我不知吹向何處）
但絕不永保我們每一個最後的選擇

「慾望街車」中的白朗芝就是一面以文飾來保存其行將破滅的身份（一種固執的思想），一面追求他妹妹所具有的平凡的幸福；「玫瑰紋身」中的莎勒芬娜極力維護她純潔的丈夫的理想；「不滿足的晚餐」（The Unsatisfactory Supper）中的露絲在臨死前仍回想著其如玫瑰的生命與其被所有人拒絕的熱情；「去夏」的溫娜葆夫人用語言來光榮化她自己和兒子的生命，與及不惜陷害侄女來保存她的「超然塵俗」之地位；但四者都是這只求物慾的世界中不能容許的，於是都如「玫瑰紋身」中的骨灰缸的破碎，他們的殘存的生命就如骨灰被「風緩緩的吹散」。

因爲許多人把威廉斯的劇之「性」的部份誤解了，使我到不得不略加解釋。我上文已說明「性」不是威廉斯劇作的中心題意，我們所留下的問題當然是：他既然用了性的題材，他如何將之造成強烈的戲劇性。在討論這個問題之前我們得要先看美國戲劇的現勢；這方面蔡體綱先生在「亞理斯多德與近代戲劇」（「文學雜誌」五卷六期）一文中分得很精要：

近代戲劇與希臘時代不同，對希臘時代觀衆而言，觀劇是參加一種宗教儀式，演出的也都是他們熟知的神話與傳說，因此這些戲都是與他們的生活、思想有極密切的關係，觀劇不僅是為娛樂，主要還在於它予人的宗教意識。當然就這點說來，近代觀眾是做不到的。近代的觀眾與伊莉莎白時代及哈辛等大悲劇盛行的時代又不同；那時的觀眾似乎對英雄事蹟還有興趣，而廿世紀的觀眾則對此毫無胃口，因為他們不相信超人，今日的戲劇家不得不以「迫真」籠絡觀眾……

因爲重視迫眞，他們所選的材料都是「生活片斷」。所構成的戲劇據蔡先生的分說主要的有兩種：一、不求情節，結構鬆弛的戲劇（係承繼契珂夫的戲劇路線，威廉斯受影響尤深）。二、「議論劇」，此種劇更是無情節可言，蔡先生舉出沙特的「無路可走」(No Exit) 爲例：三個女子生活失敗死後困於地獄一隅，以談話暴露她們道德破產的情形。

就上述兩趨勢我們知道要寫出一個壓倒性的戲劇絕對不是輕而易舉的事。大家寫「生活片斷」到底題材有限，要找出驚人的「片斷」實在不多。而且光是要驚人是不足的，它必然是本世紀最爲拍擊人類心靈的人性感受。威廉斯在聖路易斯地方遇到的經驗剛巧正是卡夫卡、杜斯托也夫斯基、喬艾斯等所感到的世界——人類文化及思想的破裂。威廉斯是一個波希米亞式的戲劇家，波希米亞的特色就是要把精神錯亂之一面以誇大及驚人之姿態展露於讀者之前。威廉斯了解到假如他如一般自然主義作家一樣去暴露現實的黑暗面，他必然失敗；因爲自然主義不只已到窮途末路，其關閉平淡的世界，籠統粗淺的「累積詳舉」手法實在無法適應於現代破裂的世界的表現。要表現這樣一個世界，法國象徵主義正好是熟手的技巧，象徵主義對於神經錯亂的一面恰恰是最適當之傳達媒介。我們不難在威廉斯劇中找到不少的證明。白朗芝、莎勒芬娜、溫尼葆、凱撒林（Catharine）的對白不僅富音樂性、詩意及意象明顯，有時甚至過於華麗和浮誇（譬如白朗芝的口若懸河的對白便是）。我以爲這一點頗爲重要，用激動的富麗的語言來造成一種拉緊觀衆與主角的關係，使觀衆在注意中把主角看成自已的替身，這是一切稱得上嚴肅劇所應具有的條件，莎翁的「漢姆萊特」、約翰辛次（Synge）的「海上騎士」（Riders to the Sea）及艾略特的劇都是在語言上的成就使我們領悟主角經歷的一切。所以當白朗芝譏刺謌華斯基時（Horvaski）：

他行動像野獸，習慣像野獸，吃也像！動也像！說話也像！甚至有點非人的——有點像考古人類學研究室的猴子——再經過幾千年變化的——妳現在的謌華斯基！石器時代的繼承者！從森林帶著血腥的生肉回來！而妳——妳等著他！也許他會打妳，或者像猪叫或者吻妳！當然如那時已發明吻這一回事的話！跟著，在石洞前又一羣猴子像他一樣叫著！大喝！大嚼！互相擁舞！你爭我搶！玩牌！打架！天啦！上帝大概造錯我們了，不過，斯達娜妹妹，自此之後，那些我們稱之為藝術的東西——詩啦、音樂啦這類的光明來了，有些具有較溫柔的情感的人來了！我們必須繼續培養它！緊握它作我們的旗幟！在這黑暗的行列中我們漫向任何命運……不要再與這羣野獸為伍！

這是一種瘋狂的尖刻混合著幾分我們必需暫時接受的眞理。把詩與散文交織一起其主要目的是要把現實與幻想溶爲一爐，卡夫卡之「堡壘」及「審判」就藉此暗示人類命運及心靈之激劇變動而不失其客觀性。寫劇和寫小說寫詩不同；小說與詩最多不過供閱讀而已，讀者沉思回味的時候很充足，就是完全主觀的小說，其訴諸力仍然很強；但戲劇則必需保有相當的客觀性，劇作家絕不能讓劇中人物的性格造形及氣氛陷入象徵主義的迷霧中；威廉斯的劇中因此容許頗多的寫實主義，但立刻他面臨一個調協的技巧問題，他所創造的人物的性格，他的人物所處之情境，卻非一般寫實主義的文字經驗所能代替的，他雖然在劇中運用了頗多新派的技巧，譬如「不滿足的晚餐」終場時所用的表現主義的幻燈技巧，其他劇中古怪的音樂，與及「去夏」中象徵的提示所造成的迫人的氣氛（花園中食人草的象徵，大鴉吃龜的象徵，均在提示男主角可怖的死亡。加上該劇中「場外主角」所產生的極端的神秘性）。這一切的確也加強了劇中內心世界的表達；但這些對於「去夏」中沙巴士秦的一段乖戾的行徑顯然無能爲力，因爲威廉斯已將之置於舞臺之外，而且在一個極其遙遠的異地，加上時間的阻隔，要把這事件重新重重的拍擊觀衆的感受，那一條引線的微妙性就完全落在「文字」之上。這種「文字」上的戲劇實在也是戲劇中最古老的神髓。

「去夏」中凱撒林在重敘她表哥的死亡的時候幾乎每個字都是那樣有力、明淨、與戲劇化：

外面全是一片白色，白熱的白，燃燒的白熱，燃燒的白，加白沙．狄．羅堡城下午五點鐘的時候，天空看來好像——好像一塊巨大的白骨在天空中燃燒著這樣的亮白，使整個天空，天空下面的一切都變成同樣的白……

他開始向斜街上爬，一隻手按著腰間，我知道那是脈搏急劇跳動的痛苦……他走得更快，更快，更快，在驚惶中，更快，聲音更響……

昂巴昂巴——那樂隊，他們穿過鐵絲網，走上街，緊緊追著緊緊追著！爬上那條燃燒的白色的街，……太陽好像巨獸的白骨在天空燃燒著——沙巴士泰開始飛跑了，他們大叫大嚷，好像是天空中飛一般，他們追過他了……在白色的半山追過他了……

沙巴士泰表哥消失了，在一羣無毛的黑鳥中消失了，他裸臥著，在一幅白色的牆前裸臥著，你不會相信的，沒有人會相信的，沒有人能夠相信的，沒有人，世界上沒有人會相信的——

他們把他吞食了……

撕開，割破，用手，用手，用鐵罐，一塊又一塊狂塞在他們的小嘴巴中，再沒有聲響，再不見什麼，只有沙巴士泰，好像白紙包著一束血紅的玫瑰，撕碎！撒開！破裂！在那燃燒的白牆前

……

主觀性、客觀性、過去的驚駭，現在的苦憶完全集中於此一刻文字的戲劇中，我們此刻並沒有詩

與散文的界念，我們如主角一樣緊緊的握著一束可怖的眞實，我們事後細想或將發覺這故事的可能性並不大，但在注視主角這一刹那的揭露時，其迫眞性迫使我們放棄理智的思考而去相信故事的眞實性，這就是所謂 Suspense of disbelief（「懷疑的中止」）。辛律瑞基曾特別重視此項需要，他認爲詩與戲劇（尤其戲劇）必需產生這種刹那的啓示的效果。而專用文字導致戲劇的拉緊的效果，也正是波希米亞藝術的特色。

詩與散文混合的第二種功用（在威廉斯的劇中特別顯著的），是要造成強烈的戲劇衝突。我們聽到白朗芝的口若懸河的對白，或溫娜葆夫人的浮華詞句，或莎勒芬娜頓呼的漫罵時，其間文字特別華麗，有時賣弄學問，有時甚至矯揉做作，大意的批評家曾誤認爲威廉斯已陷進浪漫主義牽強附會的泥沼中，認爲這些文飾實在有隔靴搔癢格格不入之感。我們以爲他們的「文字的雕琢」完全合理。這是一種補償（Compensation）的意識。白朗芝的高貴身分早已沒落，她曾酗酒、淫蕩；溫娜葆夫人曾對兒子蓄著「性」的變態的行爲；莎勒芬娜在丈夫死後曾三年在室中不穿衣服工作，其心理上亦是變態：她們都感到理想的消失的，但他們不相信，她們寧願自己迷騙自己；心理上失去平衡，她們乃欲求以詩來延長她們的生命，來阻止一個理想的失落。詩對她們而言不單是裝飾的需要而且是心理上的需要了。這種「補償」意識在莎翁的劇中至爲明顯，尤以「漢姆萊特」的獨白爲典型。（我們以爲沙巴士秦對詩之狂熱，對殘忍的上帝的表露與趣至濃，其原因亦在求「補償」：母親對他的愛使他迫於逃避入同性戀的囚牢中，他內心焦躁，乃託身於詩。)

但在威廉斯的劇中,「文字的雕琢」的重要性不完全在表示這種「補償」的意識,還有此意識所造成的「情境的逆轉」(Irony of Events):「情境的逆轉」是一般戲劇如「伊蒂伯斯王」、「安提貢」、「榆樹下之慾望」的戲劇衝突之來源。白朗芝力持一種神聖不可侵犯的面具,在她的乖戾的行為與語言的後面,自然會隱藏著一堆極欲毀滅她的人,這點她個人並不知道,但我們觀衆則早已感著她將倒下的一天,而且為期不遠了。溫娜葆夫人及莎勒芬娜的情形也是如此。在這時對她們即將沒落的預感又先後為一個「冷靜」的角色所指出:在「慾」劇是謌華斯基,在「去夏」是醫生理智的行為造成的對比,在「玫瑰紋身」是佛羅拉及柏斯(Flora and Bessie亦即是後來「神相鸚鵡」的二名主角)。因為我們觀衆熟知主角個性所造成的自毀性,她的一舉一動我們都有著一種顧慮,那就是緊張之始。她們個性的自毀性的傳達,是通過「文字」過分的「雕琢」,其強烈的對比也是出自這種自毀性的揭露。人類最大的悲劇是:他知道了某些生活形式是最合理的或最安全的,但他沒有能力去接受它。現代人的悲劇最明顯的也就是人無法把自己的理想生活與現實的生活調協起來。在威廉斯的劇中沙巴士秦及白朗芝正好一再證明這項人類的絕望。沙巴士秦的苦苦掙扎是要希望能夠如常人一樣去愛世界;他雖然對自然有一種喜愛,其實他也頗憎恨,當他和母親去安康達大島看海龜時,他注意到黑鴉呑食海龜的殘暴情形,他是在追尋上帝(他母親說的)。他把上帝看成一個虐待其創造的動物的形象,這顯然是一個諷刺。他理智上要像一般男人一樣愛女人。白朗芝也希望只求「平凡的幸福」，如史達娜及訶華斯基的物慾獸慾生活，她眞的希望的。但他們兩個都失敗了，他們都無法改變自己的傾向，他們只會去追求、忍受、及擁抱自己的毀滅，而他們明明知道並不應該去追求它。這種人類無法了解的生命的缺憾正造成他去嘗試了解的激情。馬羅的浮士德、亞茨伯・麥克里斯的J・B，以及辛次的「海上騎士」都在這種激情之下受難的。威廉斯的角色大多是處於這種絕望的境況之中。莎勒芬娜雖然被認爲是較強硬的角色，到頭來她還是茫然不知生命何所始。

有人或者已經在奇怪我爲什麼一直沒有提到威廉斯第二次得獎的劇：「熱鍋」（「熱鐵屋頂上的貓」，電影譯「朱門巧婦」），我保留到現在才談的主要原因是：這個劇和其他的劇在結構上在作風上均有大大的改變。以前的劇，性的題材都以可怖的失常的姿態出現，在「熱鍋」中，雖然仍有「同性戀」的故事，但作者似乎已修正了許多看法，他已懷疑變態性心理影響一個人的程度，至少他已把這個問題提出來討論，而不把它視爲一種行爲的原發力。（布力克說：爲什麼一種例外親摯的友誼——眞正的、眞實的、深刻的友情不能存在於兩個男人中間？這些純眞的友誼是應該受到別人敬重的，可是相反地總受到別人的非議，說它是「同性戀」。——宮本譯）他甚至在「舞臺指導」中指出布力克的崩潰是對虛僞的憎恨，他不把「性」視作行爲的原發力，是他從驚駭與反抗的一個回轉，所以他這個劇中最後沒有瘋狂絕望的收場。全劇的動向是由焦急至平和。他在劇中消除了以前一貫的驚駭場面，他是否連以前的戲劇技巧也一併改變呢？他以前用的一切技巧，是他造成他的戲富於戲劇效果的要素，若不用以前的技巧，他還能用什麼使「熱」劇更能表現戲劇經驗？那是頗耐人尋味的事。在答覆這些問題之前，我想從他的「舞臺指導」中看出一些蹊蹺來：

我在此劇中所表現的不是解決一個人心理上的問題。我要從一羣人中抓住他們之間的經驗真質——那種活生生的人在一個共同危機所表現的相互作用，這種相互作用是朦朧的、閃爍不定、細微而極易消逝的，但是卻是猛烈地發射出來的！在一個劇本裏，對角色的人性顯露是應該保留若干神秘性的……這卻可以使劇作者避免對人性作適合劇的結論和輕易的解釋，因為這樣的結論和解釋只能使一個劇本成為劇本而已，並不能使它成為一張捕捉人生經驗真相的羅網。

他又說：「大部分劇情的力量不是在言論和表情間表達得出來，而是從沒有說出的話中，明顯的流露出來。」（宮本譯）

換句話說，他要表現人與人之間微妙的關係，一種頗爲難堪而不易說明的關係；那關係是什麼呢？作者要保留這份神秘性，以期達到更大更多方面的暗示力量。從布力克的口中我們知道那是「厭惡」，對「虛僞」的「厭惡」。這固然是關係的一種，但不是暗示的全部，而且作者說明那些要暗示的經驗將存在於沒有說出的話之間；如此，「厭惡」充其量還不過是他要暗示的經驗之部分成因而已。

在「熱鍋」的結構中，我們發現三個三角關係（Triangle）：第一個是馬格烈、布力克、史基；第二個是老爸爸、布力克夫婦、谷巴夫婦；第三個是老爸爸、布力克、老媽媽。而三個三角關係又由老爸爸之毒癌症和財產所串起。（要注意的是我所說的三角關係並不指一般的三角戀愛，而係指該三人中互相引起的經驗狀況。）在第一個三角中，史基是「場外角色」，他的影響後果我們在布力克身上去找尋。老爸爸行將死矣，於是馬格烈（布妻）和梅（谷巴妻）都有一項追求，大致是一樣的——老爸爸的財產，但梅有子女，馬因布拒絕同床而膝下無繼；布自從好友史基因被譏爲同性戀後，羞而自殺死，布大概大惑不解，再加上人類爲「面子」問題不得不加以否認的虛僞，他也在追求一種解脫，他酗酒；老爸爸對於自我的失落也大感難堪，他寧願如豬一樣對生命無知而不願意感到生命的空虛，對老媽媽失望，對次子布很鍾愛但卻得不到他的反應，適逢死的陰影降臨，更加深他的空虛感，他也有他的追求；老媽媽生性庸俗，但她卻力求家庭和諧，她愛丈夫也愛兒子，她顯然也有她的願望，但並得不到老爸爸和布力克的愛。我們至此已看出每個人都在追求一項事物，但他們都不知道得不得到，他們都患得患失，他們都焦燥，他們每人都是熱鐵屋頂上的貓（除了老媽媽外）。（就這一點來說，「朱門巧婦」顯然是一面之翻譯，熱鐵屋頂上的貓並不暗示馬格烈一人，而且並不在巧不巧的問題。）我們每一個現代人都是熱鐵屋頂上的貓，他們每個人所追求的事物是什麼，威廉斯沒有顯明的指出來，卻用了幾個人來代表人類慾望的幾面，來影射我們人類為一個理想的達成而焦燥的境遇。這是戲劇中所謂「象徵的行動」（Symbolic Action），把我們和劇中人的現況作一種「朦朧的、閃爍不定」的平衡比較。而這種人類的焦燥歸根是因為「在兩個人之間去傳達意志是非常困難的」緣故。「不！我不能夠！我們在談話，但你的話總是在繞圈子，完全沒有主題、沒有結果的！」「可是我們二人卻從來沒有推心置腹的細談過」（皆布力克語），世界愈文明，心靈愈分離，人類神交的事簡直是沒有可能了。老爸爸以為自己認識生命，由死亡的陰影逃出來，他帶回許多對生命的沉思與見解，但他並未得到一個人生方向的結論，正如世界上任何人都無法找到人類的正道一樣。威廉斯文字的力量仍然很強，只是再不是詩化、意象化；他的語言已改為「延長的暗喩」，把一束老爸爸認為經驗所得的寶貴人生看法發射出來。可是發射出來的並不如老爸爸所想那樣寶貴；正當他把「經驗」灌輸給兒子的時候，卻給他認為已崩潰的兒子點出他基本思維的錯誤，那是一個諷刺；待老爸爸發現谷巴和梅一直瞞著他即將死亡的消息時，整個「逆轉的情境」強烈地把人類置諸荒謬可笑之中。

我不能忽略威廉斯在劇中用了很幽默的場面，梅領導小孩的「拍馬屁」的場面，老媽媽無知的低級的幽默，在那恐懼的死亡的陰影對比之下，更加顯出人類的愚昧與人類悲劇的沉重。眞的，生命仍是不可解，人類精神的交通仍然不可致，那本來就是絕望，一如威廉斯以前的劇一樣的絕望；但「熱鍋」中的威廉斯是改變了，人類的光明依靠著精神支持的希望，他雖然深感人類無望，但他終究加上暴風雨的一幕，父子之間居然互相了解了。他也不知道這是否可能，但他終於以布力克與馬格烈的重新交媾作爲人類結合的一個象徵。「熱鍋」的得獎原因可能就在此。

我以爲威廉斯創立了一個現代正需要的戲劇。他的重要性不只因爲他把人類不變的經驗戲劇化了，而是他把握了古今戲劇中最不可缺少的媒介——文字的戲劇及象徵的暗示力量。

——民國四十九年六月卅日於臺北

# 「艾略特方法論」❶序說（1960）

在「論但丁」一文中，艾略特特別強調一首詩中骨格（Scaffold）之重要。他說：如果我們要對但丁的「神曲」作一正確的認識，我們必需從該詩之原委及結果中，發掘出一個構架來——亦即是促成「一切情緒作有秩序的展露」的方法❷。其次艾氏在其「克拉克演講稿中」，公開承認但丁是構成他的文學背景之一部分❸。這兩件事給我們的啓示是：艾氏不只在暗示研究但丁的方法，這方法亦可用於他自己的詩。

所以，本書的目的乃藉艾氏的詩的骨格與方法之發掘，來討論他的重要的詩。筆者希望如此

❶ 維廉按：「艾略特方法論」（T. S. Eliot: A Study of His Method——師大，1960。）原係用英文撰寫之碩士畢業論文，全長約共六萬五千字左右，本篇係用中文重寫而成。

❷ 艾略特：「聖林」（The Sacred Wood）第一四九—五一頁。

❸ 艾略特的Clark Lectures一直未發表，這個資料是根據 George Williamson及Grover Smith 的專著中得來的。

可以把他詩中表面之多樣性及分歧性復歸於一個和諧之個體，然後去審視，是否艾氏的詩亦如但丁的詩一樣，做到「一切情緒作有次序的展露」。

方法或詩人之技巧這一個微妙複雜的問題是決定於詩人的意識狀態的；即是要看一個詩人，一個具有其特別的、個人的先見的詩人，如何感應當代歷史中的社會動力而定。換句話說，這個問題是決定於詩人與某類型社會所產生的微妙關係。假設我們要獲知詩人的難題的全面觀，我們必須先了解下面三個互為因果的問題：㈠當代歷史的獨特性；㈡詩人個人氣質的獨特性，㈢這兩種動力所造成的進退維谷的境遇。

在「玄學派詩人羣」一文之末，艾氏闡清其所遇到的難題：

我們只能說，我們現有文化下的詩人們，顯然必需變得難懂；我們的文化包孕着極大的變化與繁複性，而這種變化與繁複性，一經通經細緻的感受性，自然會產生多樣的複雜的結果。詩人必需更加淵博，更具暗指性，更間接，因而以之迫使（必要時甚至混亂）語言來達成意義。

現代歷史的繁複性是一切受現代教育的人都深深感覺到的。在歐洲一九一四年以前，文化的基形是有限的、固定的，其後，一向為大衆所接受的意義和表現形式都無法維持，原是以定型的因襲所局限的文化世界已完全消逝。現代詩人所感到的是以前文化基形消退後留下的「皇位空虛時代」及其凌亂與混沌。而另一面，科學進步之神速，人類學、社會學與新哲學的興起把詩人的眼睛開向一個包羅萬象的世界。現代人不只覺識到部分的過去，而且逐漸覺識到過去的全部；他不只熟識本國的藝術亦熟識其他各國的藝術。

因此，現代詩人的難題，一如艾氏所指出的，是如何找出一個能包羅其所感應的分歧多樣的經驗總和之統一基形，一個能「包孕極大變化及繁複性」的骨格。詩人必需同時表露社會面之痛楚及極內精神之刀攪，並藉以展示背後具有一共同原理之各層經驗，使二者妥協合一。艾氏把表面的繁複性記錄下來或加以評價，然後就設法回到一個根，與「生命之源」交通。首先他介入一束代表層層經驗，暴露現代社會「不潔性」的感覺意象（Sensory images），然後穿過感受性與想像而提升至「絕對」之共相，如此，他就可以同時兼及抽象了的「純粹性」和意象之「不潔性」。由於強調要創造一個有秩序的骨格來容納凌亂的內容，艾氏訴諸古代的神話❹。他從

❹神話之應用早於希臘羅馬時即開始，但艾氏應用神話之方法與前人所應用之方法不同；前人是集中於一個神話的情節上發展，其時代背景只限於神話之構成時代；艾氏並不一定取神話之全部，往往是取出最能暗示整個神話的情境部分來賦與現代某一生活形態以超脫時間的意義。以「荒原」爲例，背後的神話——一個武士通過「性」與「宗教」之追索而獲致完美的結合——可以解釋爲「一種對於性（婚姻與愛）、文化、精神的救贖之追索」，用諸於現代人的生活上，現代人無不在種種同樣的追索中，「荒原」中所描述之現代人式微的生活形態因此便可與該神話之歷史構成一個永遠流動但又不變的眞理。

James Frazer 的「金枝」（The Golden Bough）及J. Weston的「從儀節至傳奇」（From Ritual to Romance）❺二書裏得到了啓示：根據 Frazer 等人的研究，神話的構成是人類某種情境的體現，這種體現了的情境是原始類型（Archetypes），或可簡稱爲元形，以後許多表面歧異的現象、情境，往往都是這些元形的變化；以神話本身爲例，神話不下千個，但細看之下，它們都是由一個基本類型演變出來。約略在 Frazer 之說的同時，精神分析專家德人楊格（Jung）在心理治療時，從病人夢中或下意識中顯示的意象肯定了許多原始意象（Primordial images），利用了神話中的原始類型溯出構成病源的境遇。艾氏從這個認識出發，把許多歧異的現代經驗與情境接源到古代的神話而賦與一種恒久的意義。一向是艾氏詩的中心觀念之「死」與「再生」，亦即是基督教義中最偉大的概念，便可以溯源至原始時代有關繁殖與豐沃的神話（Vegetation myths 及 Fertility myths）❻。常常，一個得勢的神話（譬如耶穌基督這神話）

---

❺ 「金枝」爲 James Frazer 著，係對自然神話的探討。
「從儀節至傳奇」爲 J. Weston 小姐所著，係研究有關聖杯之諸傳奇。

❻ 所謂 Vegetation myths 及 Fertility myths 是有關自然神之探討的神話，據「金枝」中的分析，其步驟如後：

(1)原始的「秘傳」、魔術相信 Vegetation（繁殖之神）之生與死的過程與季節之交替相同。
(2)Vegetation 被擬人化並具有種種的儀節——其後就發展爲神秘宗教。
(3)象徵大量的應用——「性」被視爲「豐滿」的象徵。
(4)人取代了繁殖之神而爲神之象徵。
(5)如果冒犯了儀節的話，被視爲神那個人將會死，而整個土地將受天災所害。
(6)一個年輕的武士，經過許多痛苦考驗後，獲得了救贖該地的水，然後取代死去之王，而被視爲「王之復活」。

是一個已失勢的神話（譬如伊斯士 Isis 和奧斯里士 Osiris 這神話）的翻新❼。這一個事實證明了我們某些現代生活的形態必然可以在古代神話中找到副本。由於艾氏不斷地回歸到生命之源，他終於找到了「一個現代性和古代性的持續的平行狀態」「一種控制、安排、賦形賦義的方法來處理現代歷史廣大的混亂」❽。艾氏的詩，尤其他的「荒原」，就是建築在這個骨格上的。艾氏詩的典型的主題——一個個人追索靈肉之結合——是得自「從儀節至傳奇」一書中有關聖杯的許多神話（Grail myths）的，那些神話的基本象徵是：一個武士希望通過「性」及「宗教」的追求而獲得一完美的結合。至此，我們會聯想到他在應用神話前所寫的「普魯福克的戀歌」，居然也具有一相似聖杯神話中的平行境遇〈假如我們把詩中的自作多情的主角比作神話中的「追索者」，把「海女」比作持護聖杯的「水邊女」，把聖杯比作碟（聖杯的另一種顯形）的話〉，在「四重奏」中，詩人一心追求與「絕對」作一神秘的結合——這是艾氏研讀形而上學及神學後所獲得一個神話觀念的延長：世界多樣的事體源於一又歸於一。

現代巨大的歷史意識可以解釋他利用神話來賦與其詩以形體及秩序，其個人獨特的氣質及其文學理想所造成的衝突卻可解釋他的感情態度及技巧。艾氏雖屢屢把自己列入「古典」之主流

---

❼ 有關伊斯士及奧斯里士的神話傳說頗多，一說伊斯士（女）與其兄奧斯里士同爲天地所生，其後結爲夫婦。不久，奧則爲其弟 Sct 所分屍，其妻將屍體各部找出，通過神奇的魔術而復活……。

❽ 艾略特：「優里賽斯，秩序與神話」的結論。

⑨，他本質上其實是浪漫的。詩中所流露的沮喪、對孤獨的恐懼、追索失敗後的痛傷都是這種氣質最好的明證；當然，我們如果把重點放在他的實在近乎古典的風格的話，這種說法似有點無稽的。艾氏的詩經常表現着一種抑制的情緒和一種非個人的語調（亦即是他的批評中經常提到的「不斷的自我犧牲，不斷的抹煞自己的個性」的實踐）。雖則如此，他詩中的主角卻是不斷的在理想與現實之間痛傷欲絕的。

艾氏要犧牲「私慾的自我」來獲得「超脫個性」之努力是頗爲特別的。他對自身浪漫氣質之貶值應歸究於其早年於哈佛所受的教育；他曾受業於古典主義者山泰耶那（Santayana）及反浪漫主義者白璧（Irving Babbitt）的門下；從一九一一年至一九一三年，他專攻形而上學、邏輯、心理學、印度哲學與梵文；其次他對白萊德萊（Francis Herbert Bradley）的研究亦是影響之一，在「現象與實體」（Appearance and Reality）一書中，白氏認定：爲重要獲得自我表現，個人必需力求與一個更大之個體合一；自然與自我只不過是一種現象，是「絕對的」一種、並不完全的顯露而已。艾氏此信仰其實亦源於青年哲人休爾默（T. E. Hulme——意象派之發源人之一），休氏對浪漫主義及先文藝復興的人文主義者的攻擊亦曾影響了艾芝拉．龐德，而龐德是第一個建議艾略特去閱讀休爾默的人；艾氏的「浪漫主義與古典主義」一文顯然覆述了許多

⑨ 艾略特：For Launcelot Andrewes：「文學上我是古典主義者，政治上是保皇黨，宗教上是英國國教……」

休氏的原理及句子。

所有這些影響迫使他設法把「自我的爆發」壓隱下去。「浪漫」與「古典」這兩個衝激形成了纏擾他的「惡魔」。他後來在「批評的效用」一文中曾對這兩種壓力作如下的解釋：

> 「浪漫主義」者的缺失在於不能分辨事實與幻想，而「古典主義」者（成人之思維）往往是現實主義者——沒有幻覺，沒有白日夢，沒有希望，沒有苦澀感，而具有極端的斷念或忍從。

此信仰的結果構成了他介於「浪漫」與「古典」之間的感情態度及其詩之技巧。他的早期詩及「荒原」都明顯地帶着一個「諷刺的面具」。他用了「戲劇獨白」及許多「超脫個性」的手法——半戲劇性的揷話及暗指性的象徵。（神話的應用，一面可以賦社會意義以形體，一面還有掩飾個性的功用。）

從這一個角度來說，艾氏對拉浮格（Jules Laforgue）及玄學派詩人們之研讀是極其有意義的。玄學派詩人們敎懂了他如何用「機智」（Wit）；艾氏解釋這種「機智」爲「在輕微的抒情典雅後面暗藏着的粗野的理解性」，「輕率性及嚴肅性之聯盟」[10]。亦長於此技的拉浮格給了

---

[10] 艾略特：Andrew Marvell 一文。

他更多的啓示；拉氏通過犬儒的面具而成功地表現了「人格的兩面性」(Dédoublement of Personality)（艾略特語，見他主編的「標準」雜誌第十二期四六九頁。）拉氏詩中的諷刺性與「情境的逆轉」之處理，由於詩中語調極其口語化的緣故，使他，一面能夠把詩人之敏感隱藏過去（係用「自諷諷人」及「嘲弄嚴肅感情」的方法），一面能把他那時代的狀況作一個「諷刺的綜合」（係用展露當代生活之無聊與恐怖的方式）（龐德語）。艾氏的「普魯福克的戀歌」就是建築在這些技巧之上的一首詩。詩中表現一個無助的自作多情的人，面對五花八門的風習所產生的微妙的心理關係，艾氏對此一角色作了一次頗爲刻薄的處理，卽是最好的例子。這個角色以不同的姿態出現了許多次，到最後結合爲「荒原」中「半諷刺半英雄」的提里斯亞(Tiresias)。

當我們把艾氏之技巧與拉浮格之技巧比較時，我們絕不能誤認：因爲他曾經向別人學習，他就不能成大師。正如艾氏曾說過的，「能把別的詩人的材料及寶藏變用到自己的詩裏是詩人一大要素。」艾氏的英雄自有獨創的恒久性；他利用文字、意象及情緒所造成的戲劇情境別具其繁複性與淵博性，是拉浮格詩中所沒有的。

艾略特要把詩之幻象賦形賦義的難題是兩面的：㈠如何創造一個有秩序的基形來包容混亂的內容；㈡如何用「超脫個人」的媒介來作掩飾個人浪漫氣質的爆發之面具。艾氏解決第一個問題的方法是訴諸神話及神秘主義的繁複性，深入發源一切表面歧異的原道。艾氏解決第二個問題的方法是利用「戲劇獨白」、半戲劇性挿話及暗示性象徵的穿梭來構成一個「諷刺的面具」。

# 艾略特的批評(1960)

許多詩人曾寫下不少頗具規模的文學理論，成爲他們自己的詩最好的辯解；艾略特就是這麼一個詩文並著的詩人。因而，我們要衡定他的詩的價值，可以深入他的批評文字中，找出他對詩的一些基本觀念，一如他在「詩的音樂」一文中所自白的：「在他的詩人評論中……他必不斷地設法維護他所寫的詩，同時把他欲獲致的詩類劃出。」

大約由一九一九年起，亦即是他爲 The Times Supplement(「時潮副刊」)、Athenoeum、The Egoist 諸刊物撰稿的時候，他已先後構思了許多文學的獨見與態度，這些批評文字目前已收入「聖林」、「批評文選」及「詩的功用與批評的功用」諸書中。而他早年在批評中所指出的藝術家「發展的必經階段」，在他後來的作品中也能隨之一一完成。譬如在他的「詩的功用」一文之末，他曾認定「詩最理想的媒介……和最直接的功用是戲劇。」由一九三五年起，他就把他的詩用諸他的宗教劇：「教堂兇案」、「家族重聚」、「鷄尾酒會」等。照艾氏的看法，這種發展潛力與作品的呼應也正是天才的一大考驗[1]。不幸他後期的批評文字提出了許多與他早期批評文字頗相反的看法，因而一度引起了不少批評家和讀者們的困惑與懷疑。德莫爾・斯華茲(Delmore Schwartz)在其「獨裁者艾略特」一文中卽曾激烈地攻擊這一點。舉艾氏一九二二年對「玄學派詩人」的看法爲例，他極讚約翰・唐恩(John Donne)及馬佛爾(Marvell)，而大肆攻擊軻連士(Collins)、格萊(Gray)、華茲華斯、丁尼生甚至葉芝。其理由是：後者未能如前者一樣去「感受」他們的思想。但在一九三七年，當英國BBC電臺請他舉出英國偉大的詩例時，他竟不假思索地舉出華茲華斯的 Independence and Resolution 及辜律瑞基的 Ode to Dejection。其次，他一面不斷地強調「個性之泯滅」的重要(這點下文論及)，一面卻堅認個人經驗可以化爲一個「偉大的象徵」，而個性中的瑕疵將會使一個詩人失敗。由於上述的表面矛盾，不免會使人誤解重重，所以對於其批評作一全面性的探討更是需要。

以我個人的看法，一個對於經驗感受特強的詩人，在他一生不同的階段中必然會發現不同的世界。他此刻可能喜愛某一個偉大詩人的一面，後來，他又喜愛另一詩人的一面。早年的艾略特驚服於唐恩的感受性微妙的溶合，後來他開始注意但丁和莎士比亞的直接語勢，他又轉向華茲華斯。

---

[1] 艾略特：「致現代藝術社『論喬艾斯』的信」。

至於第二點的矛盾根本不是矛盾，這只是任何詩人都應走的過程中之兩面，爲方便計，這個過程可以姑且以下列數字表之：「追索——認可——揚棄」。簡言之，這個過程是對於宇宙之「原」，對於「永久的」「超脫時間的」「屬於精神的」事物之深探與淺出。這些事物的「眞質」既存於傳統的過去，亦存於因襲的現在，這是艾氏所有文學理論的起點。要設法從天花亂墜的世界抽出那些「超脫時間的」「屬於精神的」事物，這潛念一直迫使艾氏成爲一個具意識的作家；他小心翼翼，避免「只收落葉賦上新枝」❷。要清楚地認知過去的事物中現在尚存的部分；要認知何者僅屬乖戾、過渡、枯死的事體。

在論及勃萊克的一篇論文中，他摘出下列數行詩而大加讚揚，因他把「人」赤裸裸地展示出來。

但穿過子夜的街道我往往聽見
年輕的娼妓的咒駡
如何爆擊新生嬰兒的耳朵
如何用瘟疫摧毀結婚的柩車。

❷ 艾氏：After Strange Gods, p. 18.

勃萊克之備受讚揚，不僅因爲他的詩以人類的價値爲依歸，更重要的是：其間有「一種獨特的誠實，這種誠實在這恐懼得令人無法誠實的世界中，特別顯得可怖。」❸艾氏在別的論文中作過許多類同的評語。他對但丁及彌道頓（Thomas Middleton）的評論正指出艾氏以「可怕事物之靜觀」作爲美之死不休的追求。「完美」只能用「不完美」的辭類表出。但由「不完美」「否定」轉而表出「完美」或「肯定」的過程是一種考驗，亦是最艱辛的一種考驗。艾氏作爲此意義下之「德性詩人」，深信這個任務的完成，必需賴詩人對於傳統（包孕於時間觀念中的傳統）的超越之了悟。過去的持久部份只能在現在感覺出來；現在的「眞實」也必須待將來才能認知。但藝術家的使命並不在留戀過往，他的使命是以新的秩序重行建設與調整那「眞實」的過去。換言之：藝術家必須以不斷比對過去與現在的辦法去獲得對現代世界的意識。傳統應被視爲「超脫時間的事物」之延展，眞正的傳統詩人應該是一個具有「歷史眼光」的詩人；所謂「歷史眼光」是「一種時間觀念，也是一種超脫時間的永恒感，甚而是永恒與時間合一的感覺。」❹這也是唯一使物之內在實質與眞性獲得表達的辦法。

艾氏這個有關時間的理論是來自影響現代作家（尤以喬艾斯及普魯斯特爲甚）的法國哲人柏格森對「機械時間」及「心理時間」的分別。照柏格森的看法，以前的科學家對於時間頗爲誤

❸ 艾氏：「聖林」（The Sacred Woods）第一三七頁。
❹ 艾氏：「傳統與個人才華」，見「批評文選」第十四頁。

解：他們認爲一件事物的持續期間性只能顯示出其本質之衰退。但假定我們不將時間中任何重要的、終極的契機孤立，而將其所有的契機置於同一階位來看的話，變易將不是本質的減退，而持續的期間亦不能決定永恒的消弱。我們必需要加入一束「事件」或繁複混雜的透視的角度，始可望觸及宇宙間之無窮。「眞性只見諸事物無盡交錯之流中。」❺按照柏格森的時間觀念，把物象、意象、情緒與事實置於同一階位上，同時把流逝的現在與持久的過去，把過渡與精神的事物不斷地作一平行比較，詩人就可使表面不關聯的現代世界與過去世界聯繫起來，而且同時能夠建造一個新的秩序。這個領帶讀者下意識地去感認他們所處世界及生命價值之象徵行動，正是艾氏詩之核心，亦正是他的「四重奏」及其劇本之軸。

「傳統與個人才華」一向被視爲艾氏最重要的論文，因爲除了他的時間理論之外，他還就人與詩人、經驗與藝術、情緒與感覺之間作了區別——其結論成爲他其他的論文的基礎。首要的理論是經常爲人提及的「抹煞個性」的理論：

> 事實上詩人應不斷獻身於一件比他自己更有價值的東西。藝術家發展的過程是繼續不斷地自我犧牲，繼續不斷地泯滅自己的個性。

❺ Wyndham Lewis: Time and Western Man, pp. 167-8.

作為一個普通人，詩人的生命容或可以不必與傳統有關；作為一個詩人就不能夠。他必須在舊傳統中的所有材料中創造一個新的傳統；他必須活用所有的個人經驗來表達人類經驗中的共通的基本眞質。因而詩人的心靈事實上是「一個用來掌握和貯藏無數感情、片語和意象的庫房……集合起來形成一種新的組合。」❻詩人的心靈是促使粗糙的個人經驗溶進一個有意義的基形之媒介。艾氏在「莎翁與辛內加之斯多噶主義」一文中，對於與其「抹煞個性」理論息息相關的思想與情緒，作了一項重要的區別。他認為詩人背後的思想或哲學，不論其偉大與否，並不足以判定其詩之是否偉大。決定性的因素在詩人之是否能夠為其思想找出一個「情感的等值」（Emotional equivalent）。他拿但丁與莎翁比較，而大膽地論定：假如莎翁係依據一個更好的哲學思想去寫他的劇的話，他很可能寫得很糟；然後他又認為詩人的用心「在表達其時代之強度……」每一個詩人，像莎翁一樣，必須掙扎努力去「促使其個人的私心的痛楚化作豐富的、奇異的、具有共通性的和泯滅個性的東西。」❼

在他能夠達成這個目標之前，他必須從閱讀、反省、及種種激情與接觸所引起的興趣中，發展一個範圍頗廣的經驗網。經驗可分二種：情緒與感覺。二者的區別頗不易分，玆試就其論文中的用法來解釋一下。「情緒」包括了一切在某時某地對某些事物所引起之自然的、原始的、無意

---

❻「傳統與個人才華」。

❼艾氏：「莎翁與辛內加之斯多噶主義」，見「批評文選」第一三七頁。

識的反應，這些情緒後來通過一種下意識的活動，在心中喚起了某種痛楚的、愉快的、或是反抗的意識，而使之充滿了反省的價值時，始是我們之所謂「感覺」。另一方面，這些可能含蘊在詩人的某些單字、片語或意象中的感覺，造成了數個模糊不清的基形，而使其他情緒可以達成新的組合——「新的藝術情緒」。譬如：普通人也有種種情緒，但它們在未被詩人「感受」與安排之前，它們都不能成爲「詩的情緒」。那些與情緒接踵而至的意象，在未被種種壓力所造成的進退維谷的感受，未被詩人因其突然的顯露而將之凝聚於我們的注意之前，就絕不能有觀念或思想產生。這是感受性活動的「綜合」過程。記憶，在此種情形之下，亦是艾氏所強調的一點（顯然又是柏格森的影響），因爲從遺物的灰燼中升起的經驗之流會領我們注意到那些我們以前完全忽略的事物。這些記憶淆混着我們現在感到的意象與情緒就產生詩之想像，其整個過程頗具其趣的：

> 一個作家的意象，只有一部份是來自閱讀的，其他均來自他童年至今的整個感受生命。在我們一生的見聞中，為什麼有些意象滿載情緒的、不斷地反覆出現於我們的腦際，而其他則消失不見呢？某一隻鳥的歌，某一條魚的跳躍……某一朵花的香息，德國某一條山道上一個老婦人，或某一次深夜穿過大開的窗戶看見的六個歹徒在一個旁有水車磨的法國小火車站上玩牌：所有的記憶可能都具有某種象徵意義，但是什麼意義，我們一時也說不上來，因為它們

所代表的是我們無法探知的感覺的深處。❽

艾氏，像但丁一樣，是「詩『藝』的一個最專心的學生」，亦是「『技巧』的一個嚴謹的、苦幹的、自覺的老手。」❾他不時地強調以「藝術的組合」作爲詩之尺度。他甚至認爲讀者亦應該發展到「不只選擇與拒絕而且會重新組織」的階段❿。要使情緒及感覺化爲一種新的藝術情緒，詩人應具有一種純熟的綜合能力或是「統一的感受性」。這種「統一的感受」即是獲致事物之「實質」與「眞性」，使經驗達到最高度認知的能力。艾氏要求的「客觀應和的事象」（Objective Correlative）可以說是達成這種能力的手段：

能夠直接成為某種特別情緒的公式的一組事物、一個情境、或一連串事故，而且當那些外在的事物置諸我們的感覺經驗之時便能立刻直接喚起我們內心相同的情緒的東西。⓫

這個觀念與辜律瑞基（Coleridge）有關「想像」的解釋及喬艾斯的「顯現」（Epiphany）

---

❽ 艾氏：「詩的功用與批評的功用」。
❾ 艾氏：「但丁論」的演講稿見「艾氏散文選」第一〇二頁。
❿ 第五十一頁。
⓫ 前書：「漢姆萊特」篇第一〇七頁。

的理論頗近似；前者認爲「想像」是把一堆不相關的物象拼合來發射一種新意義（即所謂「使奇詭變爲可信」）；後者以爲現實中一束表面物象來表達抽象之明澈的顯露。由於艾氏堅持「客觀應和的事象」是「消化新的感覺、新的形態」的唯一媒介，他對於史溫朋（Swinburne），甚至對於德萊登與密爾敦的詩貶多於褒。史溫朋雖然咬文嚼字，看來好似字字珠璣，但他所用的字多半是「與物象及現狀脫了節的」⓬。一首可以稱得新的詩必須同時具有語言之美與現狀之眞樣。

艾氏在「玄學派詩人」一文中說「當詩人的心靈已完全準備妥當它的工作時」，詩心之唯一的工作是：「使原來是混沌、不整、片斷的各種分歧的經驗混爲一些新的組合。」以約翰·唐恩爲主腦的玄學派詩人及意大利詩人但丁、卡佛康第、甘尼西里、及仙諾等均「擁有可以消化任何……簡樸的、表面虛擬的、晦澀的以至瘋狂的經驗之感性。」⓭艾氏所鼓吹這種分歧經驗的溶合，要求用情緒的逼迫或不斷的歸回到「原」、「永久事物」及「精神事體」的方法促使所有層次的意識壓爲一種結合。把分歧性配入過去遺給我們的一種秩序（不管用比較或對比的方式）又是價値的一種考驗。複雜的情意當然落入複雜的形式中。十四行體絕不能完滿地容納現代世界的繁複性，雖然，我們亦不說所有的詩必需用複雜的結構。

從上述可知艾氏對於「繁複性」及「新的組合」特別強調，因而，詩中借來的意象、意念，

⓬「聖林」第一三四頁。

⓭「批評文選」第二七三頁。

甚至別人詩句並不表示該詩人就非好的詩人；相反地，借來的素材如果活用精到反是匠心之所在：

其中一個最穩當的考驗就是詩人援借素材的方法。不成熟的詩人只會模倣；成熟的詩人會偷；壞的詩人把偷來的改到體無完膚，而好的詩人把它化作更好的東西，或者至少變作不同的東西；好的詩人把偷來的成品溶進一個獨特的情感之整體中而與其原物完全相異；壞的詩人把它拋進一堆沒有關聯的、前後不能呼應的事物中。⑭

簡而言之，「匠心」是詩人最應用意的。但我們如何可以達成這個「匠心」呢？我們除了無止的「經營」外別無他法：

經驗的發展大致上是無意識的，是一種隱蔽不見的活動，因而我們無從立刻量定它的進度，而必須要待五年十年始可察出。但其間，詩人必須不斷地經營，必須不斷地實驗和嘗試其技巧。這種準備，一如上滿油的救火車在等候一般，時機一到卽可達致最高的效率。⑮

⑭「菲利普・馬遜傑論」。
⑮ 艾氏：「艾芝拉・龐德詩選」序。

眞的，一生對於技巧毫未間斷地下功夫的詩人實在很少。但在爲匠心經營時，詩人必須要警覺一件事：詩之意義與詩之音樂的不分性。（艾氏曾在貶值史溫朋、德萊登與密爾敦時所反覆提及。）文字的魔力固是一首詩生命不可缺少的一部份，但假如一首詩的語言只求音樂的魔咒，而不如哈辛與波特萊爾那樣使其成爲「心、情的語言之等值」或未使其「化作『準確的』感覺時」，它必將與讀者失去聯繫。因而艾氏在其「從E．A坡到梵樂希」一文中亦以此攻擊坡，惋惜他在字的選擇時捉到了正確的「音」，而未抓住正確的「義」。於是在其「詩的音樂」一文中再三的提醒我們「一首『音樂性』的詩必具『聲音』之『音樂模式』以及『意義』之『音樂模式』，而往往二者是合一不分的。」

於是我們可以如此說，藝術家匠心之重點集中在發展文字的一種感受力，或經常注聽其效果，或深入其歷史背景以求之——通過這種感受力，意義與情緒始可以準確地被喚起。艾氏稱這種感受力爲「聽覺想像」：

> 一種對音節與節奏的感受力，深探思想與感情最終的意識層，使每一個字豐富有力；沉入最原始與被遺忘的事物，回到它們的源頭，負物而歸，追索其始其終。它通過意義（也有普通的意義）與舊的、湮沒的、陳腐的、現行的、新奇的、最古與最文明的智性溶合為一。⑯

---

⑯「詩的功用與批評的功用」。

以上一段文字的獨到處在於其對字之音律的效果加了一種新的說明，一般人只注意到字之音律之成爲「悅耳」，而不知其實具有把不少隱藏於意識下的事象提升至表面的能力，並可能在其背後馱負語言的整個重量。

可是我們不應作以下的想法：由於艾氏強調節奏之重要，他對於音調柔揚的詩就另眼相看；相反地，他認爲專寫音調柔揚的詩是錯的。他認爲「要回到日用語」的時候到了。十九世紀末的詩的習語對現代人來說已經脫節；這種回歸被認爲必需，不僅由於前人如華茲華斯等曾主張過，而是不少偉大的詩人如莎翁及馬羅都曾純然獻身於一個新的詩的習語的努力，通過日用語之應用及凝鍊而發展出來。艾氏在「四重奏」中重提到相同的意念：

既然我們關心的是日用語，而日用語迫使我們淨化我們民族的方言……

雖然艾氏主張回到日用語，但他並不認爲詩的語言就是「順口而出，信手拈來」的語言。詩人的習語應該經過精細選擇，使其一面配合日用語，一面仍能自然與美；一個民族的詩應從日用語中取得生命而同時能因此賦與日用語新的生機。一個單字或一個片語之是否能「美」並不依靠該字該語所包含的意義，而要視其應用是否適當，是否能使整首詩產生暗示力量。一個醜的字（指其意義鄙俗）如果安排在詩中而能立刻引起準確的感受或我們期望的效果，那就是美。同樣地，不和諧音在詩中只要安排適切並不會形成亂調。

在「詩的音樂」一文中有一段有關「不和諧音」的闡釋，足以有助於我們對他詩中音樂結構的認識：

> 「不和諧音」或「不愉快音」亦有其重要性，正如一首詩中，我們在情緒濃淺不一的段落之間必須有過渡的，促成整首詩中音樂結構的情緒波動的節奏；情緒較淺的段落，按整首詩進程的比例說來應是散文化的——因而，由此意義看來，我們可以說，要寫一首豐廣的詩，詩人還須是善於散文的大家。

最後的一句話使我們想起莎翁後期劇作中的繩法——應用了大量的散文使其劇作產生他純用詩寫的劇所無法表達的拍擊力及自如。這種對於散文作爲產生詩中戲劇性的重新肯定，不僅與其「回到日用語」一說相符，而且具有其教育性：眞詩並不一定依賴韻文而存在，它有時依賴散文。在他爲聖・約翰・濮斯（St. John Perse）的「遠征」作序時，他大膽的宣說「在散文中寫詩」是可能的。這個我們可以從「聖經」（譬如「雅各書」）及「禱祈書」得到明證。（艾氏「岩石」一詩中之合唱部份受該二書影響至深。）

艾氏的詩大體上說來當然都是自由詩（Vers libre），我用「大體」二字，因爲艾氏對自由詩一詞曾數度挑剔。他否定有這麼一個詩體的存在，否定它是形的解放。他說詩中無自由。但我們無法否定有這麼一種東西的存在，由於缺乏一個較好的名字，我們襲用「自由詩」一語（則艾氏本人亦不例外），指惠特曼、拉浮格、龐德及艾氏以來不依抑揚不押韻的詩（抑揚與韻本來就不重要）。自由詩未乖離傳統，它是「對舊的形式的一種反抗，對新的形式或舊的翻新的一種準備。」抑揚節拍的不規則（往往是故意的而非疏忽）可以在不同濃度的詩緒中造成變化，而韻腳的去掉是一種自然的趨勢，因「過份的用韻對現代的耳朵已格格不入。」在艾氏看來，最自由的詩都有某種「簡單節奏的魔靈」（譬如抑揚五步格）在其帷幕後面活動。韻文的生命應存於「對規則的不斷逃避與不斷認可」之間。艾氏的自由詩就是這麼一個努力下的產生，一種「中和」的風格，不太現代亦不太古舊。我們試從以下兩段文字作更進一步的認識：

馬羅在無韻體中加入了史賓沙的歌調，並以强調句的停頓代替詩行的停頓而獲致一種新的趨勢，一行繼一行的流湧過去的長句子……正指出無韻如何從英雄偶句、輓詩及田園詩中脫穎而出……在「浮士德」一劇中，馬羅更進一步，他行把詩拆開，在最後的獨白中更加强而有力，他發展了一種新的、相當重要的口語語勢。⑰

⑰ 「批評文選」。

一首詩的活力就產生在這規則的依賴與退避之相尅性之中。在他爲「龐德詩選」作的序中，關於自由詩應如何寫，他如何寫自由詩另有一段明澈的分析：

拉浮格的自由詩……與莎翁、韋士特（Webster）、頓拿（Tourner）後期詩之為自由詩頗有相近之處：即是說：他的詩伸展、壓縮以至扭曲傳統的法國音步一如後期伊莉莎白時代及賈各伯時代的詩一般的伸展、壓縮及扭曲無韻體的音步。我自己的詩，照我目前能判斷的，比一般其他的詩更接近自由詩之原義：至少，我在一九〇八、一九〇九年左右寫的形式就是直接由研究拉浮格及後期伊莉莎白時代戲劇而來的。

我曾在本文初提及艾氏衡量天才的一個尺度：視作者的發展潛力是否能與作品呼應。假如我們用同一標準去看艾氏的詩，他的另一成就當是他對英文詩音步之活用自如。艾氏的詩及詩劇一直在把英國詩的各種詩式、音步及音質綜合應用。在他的早期詩中（譬如 Gerontion 及「荒原」），他以抑揚五步格爲基調而加插了不少合唱及抑抑揚音步（Anapestic Metre）的變化，使其音樂性繁複豐富。在他的劇中，他用了不少揚揚抑音步（Dactylic）及古英文詩中特有的頭韻句法（Alliterative Verses）。這種音步的組合在「四重奏」中達到了最高峯（該詩以 Tersa Rima爲基調）。

在此如果我試爲艾氏的詩法劃出一條發展的路線，想亦不無意義。艾氏曾指出莎翁的劇的發展路線是：由規則句法始，轉而加揷不規則變化，最後用大量甚至全用散文。艾氏的詩的路線恰得其反：由以頗具節奏的散文爲基礎的鬆弛形式始，轉向以抑揚五步格爲核心的較規則的音步，最後用規則的句法間揷不規則的變化。

艾氏的批評中尙有一點是我們不能忽略的，就是他對詩之難懂的看法。詩之難懂（而艾氏的詩被攻擊爲難懂的）大致係由於下列因素所致：㈠太過傾於私心世界；㈡太新奇（但假以時日，則新奇也會成爲傳統的一部份）；㈢讀者過於偏執；㈣爲了求得暗示力量，詩中省去某些讀者常見或預期的事物。

我要特別提出的是最後一點，該點曾在「玄學派詩人」一文中輕筆帶過，但在「遠征」的序文中曾詳加說明：

初讀這首詩時所引起的任何晦澀都是由於詩中的「鏈環」或說明的聯繫的文字之隱藏所致，而非由於支離破碎，更無意好用密碼。用這種「壓縮的方法」的理由是：使一連串的意象重疊或集中成一個有關野蠻文化的深刻印象。讀者必須讓意象繼續自由地出現其記憶之幕上，使其暫時無法追問每個單獨意象之是否合理，直至最後，一個全然的效果可以產生。

這裏艾氏所提出的「壓縮的方法」其實正是艾氏的詩之方法的註腳；這種方法使一般眞詩（尤其是中國詩）產生暗示最大的力量。歐美人譯中國詩往往會遭遇到一個極大的困難，也就是：中國詩拒絕一般邏輯思維及文法分析。詩中「連結媒介」明顯的省略——譬如動詞、前置詞及介系詞的省略（但卻是「文言」的一種特長），使所有的意象在同一平面上相互並不發生關係地獨立存在。這種因缺乏「連結媒介」而構成的似是而非的「無關聯性」立刻造成一種「氣氛」，而能在短短四行詩中放射出好幾層的暗示力。一首中國詩之英譯往往效果全失就是在翻譯時必須加入「連結媒介」所致。（詳見「靜止的中國花瓶」及「中國現代詩的語言問題」二文，作者在一九六七年出版的 Ezra Pound's Cathay 一書對中國詩此點探討極爲詳盡——作者按。）顯然地，玄學派詩人們，霍金斯、象徵派詩人及濮斯均曾設法在詩中達致同樣的理想，所不同的是，由於印歐語系（Indo-European Languages）對於「連結媒介」之省略根本是不可能的事，所以唯一的方法就是在意象的安排，如何使之避開明顯的邏輯思維，如何一如玄派詩人一般應用突然的對比使其聯想增延。用艾氏自己的結論：「眞詩的暗示性是包圍着一個熠亮、明澈的中心之靈氣，那個中心與靈氣是不可分的。」

「批評必須宣明一個目的。」艾略特在他的批評中不客氣的打發了一羣詩人之後，跟着又攻擊一大羣批評家：愛德門・高斯（Edmund Gosse）、華爾德・斐德（Walter Pater）、賽孟慈（Arthur Symons）、史溫朋、喬治・溫德咸（G. Wyndham）、查理士・維伯萊（Whibley）、保羅・莫爾 (Paul More)、艾文・白壁 (Irving Babbitt)及朱利安・班德(Julien Benda)。他們的批評方式過於抽象，如高斯的定義：「詩的智力活動最高度組織的形式」卽是；或過於印象化，如賽孟慈的批評，徒具故事重述的美麗外貌；或太注重私人生活，史溫朋的批評往往要參照作者的生平；或太過「博學」，溫德咸及維伯萊的文字自成一種「興味」，但讀者能否消化則大有問題；或太狹義的注重道德觀念，如白壁等三人，往往忽略了現代與以前之間觀念及生活形態之轉變⓲。那麼一個完美的批評家應有何準則？批評應宣明怎樣一個目的？艾氏批評功用的觀念大略落入下列三個範疇：「每一種眞正的批評必指向創造」，亦卽是說：「它設法在藝術家的努力中求得與創造的一種結合。」⓳它的目的是以比較或分析的方法對「作品的闡述與趣味的修正。」⓴批評家因其有用而變得重要，因他「能吸收現代藝術所引起的問題，並設法用過去的力量將之加以解決㉑。我們最渴望的批評家應該「對過去的文學重新審視、估定，並使之安排在一個新的秩序中。」㉒過去德萊登、約翰生、辜律瑞基及安諾 (Matthew Arnold) 就曾這樣做過；而艾氏卽是這麼一個批評家，因爲，雖則他曾對不少大師有過不公平的批判（有些他後來自

⓲ 「聖林」第一一四一頁。
⓳ 艾氏：「略論詩的批評」。
⓴ 「批評的功用」。
㉑ 「聖林」第三三頁。
㉒ 「詩的功用與批評的功用」。

動更正了），他仍然提出了不少永久不變的文學原理，而且不只重新喚起了許多被隱沒的法則，且發揮了極新的見地。至少，借用他「詩的社會功用」一文的話，他在表達別人的感受時，因大力喚起了讀者的注意，已使整個感受獲得適切的改變。而且使讀者更加熟知他們所知道的，使他們更能以新的感受去了解過去的經驗。

# 靜止的中國花瓶(1960)

## ——艾略特與中國詩的意象

惟其憑藉外形及模式
始能使言語和音樂抵達
那靜止，一若一具靜止的中國花瓶
永久地轉動於它本身的靜止中

——艾略特：「焚燬的諾墩」

假如我說艾略特與中國詩曾發生過密切關係，一定沒有人會同意；而的確，從艾略特的生平中，並未有任何事實可以明確指出艾略特曾對中國文字下過任何功夫，我們更不易找出一如英國「玄學派詩人」那樣明顯可靠的影響。假如我說艾略特曾受益於艾芝拉・龐德的「國泰」集(Cathay——中國詩選譯集）或 Fenollosa 論中國文字作爲詩的媒介那篇文章。這雖然可能，但艾氏在其散文中並無明顯的表示。然而，這些並非是我要試圖證明的。本文的主要目的是要在中國詩與艾略特詩的方法中找出一項相似點而作一平行的比較研究，並且將不涉及任何可溯源的影響。本文主要關及艾氏可能與龐德討論他譯的中國詩時所獲致的一項詩的道理，以我個人的想法，這是很可能的事情；他毫不遲疑地稱龐德爲「中國詩的發明者」（The Inventor of Chinese poetry）；並且大膽地認爲，「通過龐德的翻譯，我們終於獲得了原詩的好處」。❶這兩件事都足以支持我的假定。但由於我無法找到更直接的資料來確切指認艾、龐這點關係，本文不得不限於對兩種詩的相似性作一比較研究，發掘詩「原性」之一面。

艾氏曾無數次表示過，他最醉心的詩是那種能使「可解」與「不可解」的事物融會，能「延長靜觀的一刻」使「一連串的意象重疊或集中成一個深刻的印象」的詩❷，「眞詩的暗示性是包圍著一個熠亮、明澈的中心之靈氣，那個中心與靈氣是不可分的」❸。基於這種觀念，他很高與發現了「玄學派詩人」及聖約翰・濮斯（St. John Perse）。作爲世界文學主流之一的中國詩其實也就是艾氏理想中的詩；由於文法構成的獨特性，中國詩具有一種神奇地含蘊，微妙地親切的美。這一點我在「艾略特的批評」一文中論及艾氏對濮斯「壓縮的方法」的意見時曾提出：

---

❶艾略特：「艾芝拉・龐德詩選」序。
❷艾略特：聖約翰・濮斯的「遠征」序。
❸艾略特：Andrew Marvel。

……艾氏所提出的「壓縮的方法」其實正是艾氏的詩之方法的註脚；這種方法使一般真詩（尤其中國詩）產生暗示最大的力量。歐美人譯中國詩往往會碰到一個極大的困難，也就是，中國詩拒絕一般邏輯思維及文法分析。詩中「連結媒介」明顯的省略——譬如動詞，前置詞及介系詞的省略（但却是「文言」的一種特長），使所有的意象在同一平面上相互並不發生關係地獨立存在。這種因缺乏「連結媒介」而構成的似是而非的「無關聯性」立刻造成一種「氣氛」，而能在短短四行詩中放射出好幾層的暗示力……

這種早已公認爲歐美讀者欣賞中國詩時之敵的「文法構成獨特性」——缺乏語格變化（declension）、時態（tense）、及一般「連結媒介」的特性——卻正是使中國詩產生非凡效果的來源。本文所研究的中心就在這種特性所產生的非凡效果；由於本文涉及中外文法構成的異同，恕我在本文中應用了小量的英文來分清我的觀點。我們試以孟浩然的「宿建德江」爲例：

移舟泊煙渚
日暮客愁新
野曠天低樹
江清月近人

試用逐字直譯來比較，譯文括號內的元素是英文語意上要求而是中文裏所沒有的；

move/boat/moor/smoke/shore
sun/dusk/traveller/sadness/new
wild/stretch-of-space/sky/low/tree
river/limpid/moon/near/man

〔I〕moor〔my〕boat〔by the〕smok〔y〕shore.
〔The〕sun〔is〕dusk〔ing〕〔:〕〔for the〕traveller, new grief.
Wide wilderness〔:〕sky low〔ers〕tree〔s〕.
Limpid river〔:〕moon near〔s〕man.

（譯文只作討論用，不是理想的翻譯，無意作為翻譯的典範，但不妨將之與那些與原文相去甚遠的英譯比比。）

從以上的排列中，我們不難發現原詩中隱藏了一些事物：㈠主角是誰？㈡「日」與「客」的關係，「客」與其他外物之關係是怎樣的？在英文翻譯中要把「我」字加插進去才通，但原文中把它隱藏著反而使整個自然中各種現象共存所造成的「情況」具有普遍性或共通性。「客」是任何人，而非限指「我」，詩中「客」所感受所遭遇的亦爲你我或其他人所感受遭遇。「舟」「煙渚」「日暮」「野曠」「樹」等起先在詩中可以有或沒有象徵的意義。「日」與「客」間之所未發表的關係必需由讀者的想像或理念來聯繫。這種用想像或理念來使之聯繫的行爲使讀者覺察到這是一個平行暗示的「情境」，「日暮」就是「客」漸近他的「刼數」的象徵。一旦這種關係在讀者的想像中建立，其他起先有若表面描寫的意象便立刻產生作用；「客」如今表示生命是「過眼雲煙」，「煙」使我們想起即將逐漸消萎的將來與及模糊不清的過去；每個人都是「客」，每個人都如「魯拜集」第三首所憶起的：「大地蒼天原逆旅，匆匆客歲已無多」（黃克蓀譯），不管是由於「野」曠而把天空拉長而降於「樹」頂，或是由於「樹」列之闊廣而似乎把天空拉下來，兩種想法都暗示出「未知」之無窮，和處於其間的「客」之渺小與孤獨。

但讀者必需注意的是：我爲該詩所「決定」的關係並不如我描述的那樣清楚的。這些關係存在於一種使我們無法確切決定何者特別明顯的「曖昧不清」之中。它們融合成一種充滿著「不可名狀」的愁的「靜態戲劇」（static drama）。

類似「宿建德江」這種效果的詩在中國詩中數不勝數，這些詩對詩人而言就是詩人與讀者在世界中純粹的存在或出現。詩人很少舉出明顯的、固定的或個人的關係，卻重新把現實中一個揷曲或片斷的「眞性」與「原形」捕捉和記錄於詩中，詩中的「自然」是一個純然的「存在」，而非「指涉」的或「賦名」的存在。再舉李白一首詩爲例，譬如他的「玉階怨」：

玉階生白露
夜久侵羅襪
却下水晶簾
玲瓏望秋月

舉龐德的譯文作比較：

"Jewel Stairs Grievance"
The jewelled steps are already quite white with dew
It is so late that the dew soaks my gauze stockings
And I let down the crystal curtain
And watch the moon through the clear autumn.

這首詩並不「指述」什麼。它在我們眼前展開，我們暫時被置身於一種靜止中，「一若一具靜止的中國花瓶永久地轉動於它本身的靜止中」；每一個意象都似乎爲自身而存在；唯一的關係可能見於題目與詩中的靜所造成的「情境的逆轉」。龐德在譯文後附上一段小註，該段小註比之譯文更具啓發性：

「『玉階』表示宮殿；『怨』，有些事物要埋怨；『羅襪』是宮女埋怨而非普通僕人；『秋月』玲瓏，表示天氣奇佳，沒有理由對天氣埋怨；且她一早就出來（露濕羅襪）。這首詩好處在於『不直接』的怨。」

但這種小註顯然是不夠的，因爲尚有那些弦外之音（nuance）——幕後的不易分清的情緒——未表達出來。

對於中國詩捕捉現實「眞質」的另一種方法是融會一組「自身具足」的意象（self-contained images）來達成一個總效果。所謂「自身具足」的意象是指一個能單獨背負近乎一首詩的戲劇動向的意象。譬如：單是「野曠天低樹」就能暗示出人類在無窮宇宙中之不重要；而杜甫的「邊秋一雁聲」就能表現出戰時的蒼涼。這種意象，作爲一個詩思，是獨自存在，亦爲自身存在的，但當這些單獨的意象與其他的單位組合起來，往往會使詩更豐富，效果更高揚；中國詩常藉這些「自身具足」的意象構成一種「情緒」或「氣氛」或一種模糊不清的存在。這種意象在艾氏極欣賞的聖約翰・濮斯的詩中和艾氏本人的詩中頗常見。當我們讀到濮斯的詩時：

Des Villes hautes s’eclairaient sur tout leur front de mer, et par de grands ouvrages de pierre se baignaient dans les sels d’or du large.

（高矗的城市燃焰於太陽沿海之濱，昂大的石建築浴於張開之海的金鹽中。）

——拙譯見「現代文學」第七期

我們如同被置遠海之外廣視世界的總和。同樣的效果可見於「野曠天低樹」句及張籍的「楓橋夜泊」中：

月落烏啼霜滿天
江楓漁火對愁眠

或見於宋詩人林逋的：

疏影橫斜水清淺
暗香浮動月黃昏

這些意象本身不藉賴詩其他部分的關係而捕捉了一種「自身具足」的氣氛。這些意象的存在純然是詩人出現於世界之中；中國詩中這種意象極多。我們再看這種意象如何在整首詩中產生作用，以漢武帝的「落葉哀蟬曲」爲例：

羅袂兮無聲
玉墀兮塵生
虛房冷而寂寞
落葉依於重扃
望彼美之女兮安得
感余心之未寧

頭四行每一行背後都隱著一個同樣的故事：一種輕快美麗的存在的消失。但每一行都有一種近乎「釋迦拈花，迦葉微笑」或「此中有眞意，欲辨已忘言」，或密爾頓的所謂「默而言」（silent yet spoke）的繞繞未盡的靜態。

經過這番例證以後，我希望讀者已了解，中國詩中這一點正能「延長靜觀的一刻」，正能「使意象重疊和集中成一個深刻的印象」。中國詩這一面的特色可以簡列如下：

㈠缺乏「連結媒介」反而使意象獨立存在，產生一種不易分清的「曖昧性」或「多義性」；

㈡帶引讀者活用想像去建立意象間的關係；

㈢用「自身具足」的意象增高詩之弦外之音；

㈣詩人與世界的關係是他純然的出現其中。

後三者其實要藉第一點而產生：「連結媒介」的隱藏。或者，很多讀者已經準備提出下面的疑問了：這個理論怎能應用於艾略特的詩上呢？既然現代英文中「連結媒介」的省略必然會使語言的力量失效（而艾略特的語言卻非如此），那麼我所說的相似性是指什麼呢？本文下半篇要談及的就是這些問題。

「連結媒介」之省略在艾氏的詩中當是不可能的事，但他卻曾企圖利用意象的排列來造成一種近乎中國詩中省略了「連結媒介」所獲致的效果，也確是事實。艾氏以下列二法使其意象獨立及突出：

㈠使慣用文法的某些「連結媒介」變得含糊或使之壓隱不顯，意象間的關係因而增多。名批評家馬蒂文遜（Matthiessen）在他的「艾略特之成就」一書中（The Achievement of

T. S. Eliot）也發表過與作者頗相近的論點。他說：

「艾氏很少依靠別出心裁的奇詭的比喻……他最能使讀者驚異的方法是盡量利用弦外之音或餘弦。」

他舉出「荒原」中打字員回家的一節爲例，並作一個頗有趣的分析，該段雖然亦可解釋本文某些論點，惟因所持角度大不相同，恕從略（可參閱該書第一章註十六）。我要舉出討論的一段是「荒原」中「一局棋戲」的首段：

The Chair she sat in, like a burnished throne,
Glowed on the marble, where the glass
Held up by standards wrought with fruited vines
From which a golden Cupidon peeped out
(Another hid his eyes behind his wing)
Doubled the flames of sevenbranched candelabra
Reflecting light upon the table as

The glitter of her jewels rose to meet it,
From satin cases poured in rich profusion;
In vials of ivory and coloured glass
Unstoppered, lurked her strange synthetic perfumes,
Ungent, powdered, or liquid……

拙譯：

她坐著的椅子，如光滑的御座
在大理石上發亮，附近有一面鏡
用雕著纍纍的葡萄的鏡臺承住，
葡萄間有一個金色的邱比特探出
(另一個把眼睛隱在翅膀後)
這面鏡把七柱燭臺的火焰變成雙重
反映在桌上的光輝，正好與
她底珠寶升起的燦爛相遇，
由緞盒子的豐富寶藏中傾瀉出來；
象牙的彩玻璃的瓶子

一一打開，匿伏著她奇妙複雜的香品，

（軟膏、粉劑或者流質的——）❹

艾氏迫使讀者的注意集中於那些爲自身存在的意象上，「光滑的御座」、上了臘的「大理石」、精緻的「鏡臺」、「七柱燭臺」及珠寶香味所產生的氣氛是一種「情境」，是「現實的總和」的捕捉；詩中「極盡豪華奢侈」的感覺是暗示出來的，而非經通「指述」或「決定」的。作者並不「引帶」讀者去認知這個現實，這個現實突然完全地開向眼前。（由於原文中文法所構成的晦澀翻譯中無法做到，讀者宜參閱原文。）我們可以注意到詩中的動詞 glowed 已經再沒有可以建立關係的作用了，它的個性已被前面的形容詞 burnished 所奪取，poured 可以作動詞及分詞看，由於這點含糊性，傾瀉出來的可以說是「光」、「珠寶」、「緞盒」或「香味」。這一來 powdered 的含糊的任務就使整個氣氛濃密起來。（翻譯中的意象顯然比原文的意象單薄，英譯漢詩的情形亦然，這是迫不得已的事。）

一如艾氏在他另一首詩「一個婦人的造像」中所說的，上面一節詩的意象「使景物自已安排起來」，而能容許盡多的餘弦。我們再舉一節不需原文就可以清楚的詩：

---

❹ 拙譯「荒原」，詳見「創世紀」詩刊第十六期。

## 序曲

冬天的傍晚墜下來
有牛排的脂臭充走廊。
六點鐘。
煙燻的日子的短煙尾。
而今又疾風陣雨吹
纏住骿碎
圍在你足邊的葉
和廢地上的新聞紙；
豪雨抽刷
破百葉窗破煙囪，
街之一角落
有匹駕車的孤馬汗騰騰把腿踩
然後路燈齊亮。

——借用銅馬先生譯文

像上面我討論過的三首中國詩一樣，「序曲」展露一束很親切的意象，但這些意象之間卻不發生任何具有戲劇動向的關係；它們都是在同一平面上單純的存在。所以，像中國詩一樣，假如我們要了解其間的關係，就要活動我們的想像去建立關係。在這一首中，一如艾略特其他的詩，最好的開始是發問這一個問題：「看見這些事物的是什麼樣一個人?」艾氏詩中主角都隱藏在詩的後面（和「宿建德江」一樣），他的主角幾乎毫無例外地是某一種社會裏某一類型的人。普魯福克（Prufrock）（「普魯福克的戀歌」的主角）和其他的角色都是一個頹廢萎靡的社會的代表。主角的隱藏使讀者看到詩人所看到的世界。讀者目前所看到的事物正暗示著一種文明但缺乏生之目的的生活形態。詩中有一種類似「玉階怨」的靜止，在那靜止中一種亞白・白略蒙（Abbé Brèmond）稱之爲「不可名狀的表現」（L'expression de l'ineffable）或是一種不可解的愁立刻被喚起。

同樣地，他的「普魯福克」那束詩中，由於把保有眞質的意象組合，我們可以看到被囚於沉悶、式微的文化中一個意志不定、怯弱的漢姆萊特之微妙的戲劇。在我們眼前展露的是「過份精緻的文化中」的客廳，花與洋臘的背景；與半老徐娘情話綿綿的插景；「如在金色稻田中在風中搖搖擺擺」的晚報的讀者；「門房坐在餐桌上抱女僕於膝」；而「鐘在壁爐上嗒滴不停」——這些都在暗示著一種垂死的悲弦。戰後文化的質素藏在「破百葉窗破煙囪」、「太陽照不到的天竺葵」、「小溝旁的痲雀」、「連衣袖從窗口伸出來的寂寞的人」、「閉室中的婦人」、「路人無目的的笑」等等的後面。對於這些詩，我們不一定要逐字了解，所有的純粹的意象就足以構成世紀的脈搏。（「荒原」的情形亦然。）

馬拉梅的教訓是：詩人應該讓他曾深入觀察過的物象孤立起來，然後把它壓縮成它本身的眞質，那具有暗示力的詩人與物象的微妙關係能夠迫使讀者用他從未有過的眼光去看那物象。亞白・白略蒙認爲一首詩應是文學創作前的「抒情的出神狀態」(lyric trance)。喬艾斯(Joyce)促使藝術家去發現「事物之靈魂」和認知事物之原性。普魯斯特(Proust)指出「藝術之神秘可以見於一幅黃色的牆上，或是寄存於一片糕餅的味道中，或在一叢山櫨中，或在馬丁村教堂尖塔變幻的陰影中。」而最後，中國詩的啓示是：詩人存於一純粹的世界中。艾氏的方法可以用其中任何一種來說明。

我們已經看到一首詩如何由於意象間關係之斷絕（如「序曲」）或由於文法上的含糊（如「一局棋戲」首段），可以產生暗示的最大力量。但可能有人會問：艾氏許多詩聲調流暢，正因爲他把「連結媒介」應用得法所致，那應怎樣解釋呢？其實艾氏用的「連結媒介」只具有滿足某些讀者的思維習慣，而無關係建設性。於是我們又可以看出他孤立意義的第二種方法：

(二)使「連結媒介」變成「過渡語」，一如渡船把旅客由一個島帶到另一個島，渡船本身在旅客腦中並不留任何深刻印象。

艾氏的詩中尤其喜歡利用「向前移動」的觀念作爲他的意象的洩露，這點是頗爲有趣的。譬如「普魯福克」詩篇中，「荒原」的首段及每首「四重奏」的首段均以此觀念為主，舉「荒原」為例：

Summer surprised us, coming over the Starnbergersee
With a shower of rain; we stopped in the colonnade
And went on in sunlight, into the Hofgarten,
And drank coffee, and talk for an hour.

（夏天使我們驚異，從史坦白哲湖
帶來一陣驟雨；我們在柱廊停下
天晴時然後前行，進入霍芙園
喝一口咖啡，閒談一小時。）

coming over（帶來）、stopped（停下）、went on（前行）、into（進入）並沒有任何關係建設的作用；它們來去是同時的，而開始於讀者的腦中的是一束光網中的親密的生活畫。（該段在全詩中的效果容以後有機會再談。）同樣地在「焚燬的諾墩」中：

一些在記憶中迴響的足音
溜下我們從未行過的通道
就由那度我們從未開過的門
進入玫瑰園，……
快快，那隻鳥說，尋它們，尋它們
在轉角之處。穿過第一度門
進入我們第一個世界，我們要否跟從
那畫眉的欺騙？進入我們第一個世界。
它們就在那裏，高貴，不可見，
移動沒有急迫，在那些死葉上，
處於秋的炎熱中，穿過那顫動的大氣，
而那隻鳥叫喚了，去回答
那聽不見的隱於矮林間的音樂
和看不見的目光交錯著，因為那些玫瑰
有著現在被見到的花的容貌。
它們就當如我們的客人，互相招待著。

於是我們和他們走動，以端正的款式，
沿著空徑，伸展入小屋一帶，
俯望入那個乾涸的池塘裏。……
而蓮花靜靜地，靜靜地升起
表面閃爍著，從光的中心。

——借用王無邪先生譯文

一束明亮親切的事物突然赤裸地從大地的衣衫中脫出，跳入我們的眼中：玫瑰園、回聲、矮叢林、花的容貌、小徑、彩色的小屋、蓮花升自滿陽光的水等——每一意象都供給了我們不少不可名狀的餘音。但我們再發現了許多「過渡語」如「溜下……通道」「由」「進入」「沿」「伸展」。這些字的作用就如渡船把我們帶到許多島去。每一個意象就如一個島。

在本文之初，我提及「自身具足」的意象，因爲通過他的意象，我們通常都能感應到某一種類型的文化。譬如：

煙燻的日子的短煙尾

就足以暗示世紀之黃昏，又如：

當黃昏在天空伸展開
一若麻醉的病人在手術臺上

正可喚起對式微社會的精神病患與無救。較堂皇的這類意象可見於「四重奏」，「小吉丁」(Little Gidding) 中有關兩個極端的拉緊之幻象就是此類的典型：

仲冬之春……在兩極與熱帶之間
當短日極亮，如霜似火，
簡短的太陽燃焰於薄冰，於池中和水溝上
在心之熱的無風之冷中，……，
使人盲眩之目光……聖神之火
在年中黑的時刻。在溶與結之間
在靈魂之液中顫抖。

這段詩的力量在於把兩極端的事物緊緊拉在一起：兩極——熱帶；霜——火；冷——熱；火——黑暗；溶——結。這種意象並列之方法把讀者置於一個比之濮斯那句詩更大的世界。我們現在處身於無盡循環的天宇之下。

從上面的例證中，我們可以得到一個結論，艾氏的詩之完整性賴於意象之安排不少。艾氏特出的感性使他喚起了意象最大的組織力、暗示力、及純粹性，他的詩可以說再一次給與意象新的生命，再一次發掘出中國詩、馬拉梅、喬艾斯及普魯斯特藝術界的眞理。

**後記**：我寫本文時身在臺灣，許多材料都找不到，所以未細論到龐德與中國詩之間的妙微蛻變。這方面的研究後來就成爲我一九六九年由普林斯頓大學出版的 Ezra Pounds' Cathay。該書中有關中國詩的特點之一二原始意念是由本文出發的。Ezra Pound's Cathay 一書基於種種關係，一時無法改寫爲中文。

# 「荒原」與神話的應用(1961)

「一個架構……讓一切情緒作有秩序的展露。（「論但丁」）」由於要找出一個架構來組合現代零碎複雜的經驗，艾略特提出了神話的方法：

> 用神話，在現代性和古代性之間掌握着一種持續的平行狀態，喬艾斯(James Joyce)所用的方法必被後人效法……這是控制、安排，處理現代歷史廣大的混亂和徒然感，並賦以形義的一種方法……代替了敘述的方法，我們現在可以用神話的方法。我確實認為這是把現代世界變為可以做藝術素材的手段。（「論喬艾斯的『優里西斯』」）

所謂平行狀態是把現代生活的事件與古代神話的事件相聯或並置，使人突悟其間的相似性而又帶有遞然不同的含義。如此便可以同時解決了結構和意義的問題，而把原是瑣碎的受時空限制的現代事件呈現永久的意義。

神話一詞源出 mythos，是一個字的意思，初民在生活中體驗到一些永久不變的情感、情境，相同的形狀呈現在不同的事件裏，初民爲了記下這些形狀結構相彷的情感、情境，在沒有文字之前，用一個故事把它包孕起來，以便傳述。

從 James Frazer 的「金枝」(The Golden Bough) 和 J. Weston 的「從儀式到傳奇」(From Ritual to Romance) 兩本書的記述裏，現代作家，包括艾略特，發現到，在無數不同地域不同的神話的比較下，表面的細節雖或有歧異，它們都是由一個原始類型 (Archetype) 演化出來。約略在 Frazer 之說的同時，精神分析專家楊格 (Jung)，在心理治療時，從病人的夢裏或潛意識裏顯現的一些意象，肯定了許多原始意象 (Primordial images)，利用了神話中的原始類型溯出構成病源的境遇，而把病人治好。艾氏從這兩個層次的了解出發，把許多表面歧異的現代事件與情境接源到古代的神話而賦與一種恒久的意義。譬如「荒原」詩中的主要題旨之一的「死與再生」，基督教最重要的觀念，便可以溯源到原始時代有關植物與繁殖的儀式與神話，在這裏，一個得勢的神話（耶穌復活）實在是一個已失勢的神話（死去的 Osiris 由他妹子 Lsis把他的斷肢重組而再生——亦請參照哪吒再生的故事）的翻新。這一個事實證明我們現代生活的形態必然可以在古代神話裏找到副本。（這裏穿挿一個例：現代人生活裏兒子對神聖不可侵犯的父親強烈的反叛，個人對權威的社會制度的反叛，可以在哪吒和李靖的故事中找到藍本。）

所以，Joseph Campbell 命他研究神話的書名為「有一千張面孔的英雄」。

以上採取簡述的方式，是因為從現在看來，已經不是新知，結構主義者對神話在近年另有發揮，但與艾氏詩的原來構思不盡相同，所以只抽出這些觀點簡述。在我們審視艾氏應用「接源」「平行比較」的一些例子之前，從比較文學的立場來說，我們應該提出一點警告。對神話這種觀點，有一個趨向，便是「減縮主義」，把許多不同的故事減縮為一個故事，把許多特有的意義（表面歧異產生於特定的時空特定的文化），減縮為一種所謂「普及」的意義。其次，乘着這種觀點，往往有人把西方的某些原始類型（只在西方文化中突出的）應用到中國的作品來，而時有牽強附會的情況。我們絕不可忽略兩者之間文化所造成的歧異性——它們的特殊意義。茲舉二、三例。其一，希臘神話中Dionysus下地獄求神賜其母還魂，和目蓮下地獄救母，是同一原始類型（希臘有一連串類同的神話），但畢竟與佛教有關的目蓮是一個儒家式的孝子，與風流狂亂的酒神Dionysus不可同日而語。其二，戀母殺父的伊蒂普斯情意結，在中國不見得沒有例子，但絕不是主宰性的。其三，自戀的納西斯在水中看自己的美而死去，雖然在唐人筆記小說中可以找到一隻公鷄看自己的水影而鬱鬱死去這一個絕無僅有的例證，但一個美男子和一隻公鷄的分別，從文學上表達上的特殊性來說，不可不分辨。

言歸正傳，艾氏利用神話卻不是要減縮為一個簡單的架構，起碼在作品裏不是。（至於研究者，包括本文在內，會傾向於減縮，是另外一回事。）相反的，神話往往是一條隱藏的線，把繁複雜亂不和諧不統一的片面經驗接連起來，而所謂「同」，不是一對一的細節全部的重現，而是由於片面的相同，接上了原始類型故事的意義羣以後，大量的發揮現有事件的特殊肌理。

我們現在試把和「荒原」一詩有關的主要神話的架構分條簡述，然後再把詩中現代生活事件聯着印證看。

在 J. Weston「從儀式到傳奇」的一書裏，有關追尋「聖杯」(Holy Grail) 的傳奇，原來是有關生命的神秘之啓蒙儀式的記錄，裏面敍述有關一個國土的危運，乾旱無水荒蕪，土地變得如此是由於該國土的統治者「釣魚王」(Fisher King) 個人的危運，他被一支矛傷害了而臥病在床，而變得性無能。這個國土得等待釣魚王治癒始可回復肥沃，而他的病的治癒又有待一個武士（追索者 quester）出現，追尋聖杯並發出有關聖杯意義的問題（有時矛也是聖杯的另一個形式）。有些說法還包括了武士所必需經歷的痛苦的考驗，經驗「凶險的教堂」(Chapel Perilous) 的旅程（艾氏「荒原」第五節的形象基本上是取材這一層次）。其他的象徵包括水（賦生的象徵）、魚（水的另一關聯象徵）和基督（永生、死和復活的象徵），釣魚王被視爲基督的化身。武士的追尋有時由一個聖杯的持護者帶領，這個持護者往往是一個女子。

在「金枝」的 Adonis、Attis、Osiris 等篇章裏都有處理有關植物生長的祭禮，其步驟如下：

1. 原始啓蒙的魔術相信植物生長死亡與季節的循環相同。

2.植物生長被擬人化而發展出種種儀式——後來神秘宗教的源起。

3.象徵的應用——「性」被視為「豐收」的象徵。

4.人取代了植物繁殖之神而被視為神的代表。

5.一旦儀式被違反，代替神的人將會死，土地將受天罰。

6.一個年輕的武士，經過許多痛苦的考驗後，獲得了救贖該荒原的水，然後取代死去的王，而被視為「王之復活」。

兩本書有關儀式的神話合起來看，關鍵是：王和國土的命運完全要依賴年輕武士的追索——對於性（因爲釣魚王性無能的缺憾有待他得聖杯才可復原），對於文化、精神的救治，顯然地，在環繞着荒原所有的事件中，最重要的莫過於「追索」這一行動。

在艾略特的「荒原」裏，詩人扮演着「追索者」（Quester）的角色，也設法爲現代的荒原追索有關性、文化、精神的救治。詩中的追索分兩種，現代的荒原文化衰敗墮落，是因爲我們找不到「愛」或「信仰」。所以，第一種追索希望通過「性」與「愛」神聖的結合而得重生（現代荒原裏只有性的交易而無愛的例子或有愛而不能有性的例子很多，都是不完全的結合，見後面例證）；第二種追索是希望通過「信仰」的重認。但詩人，溶入詩中種種角色裏，都沒有追索成功。這是整個悲劇的起點；在詩末詩人說：

這些片斷我聚合起來支持我的殘垣

是片斷，是偶然一閃的暗示，而不是完整的意義。在詩中出現的神話人物基本上是由這個「追索的失敗」相聯變化出來。

「追索的失敗」（卽表示由死到復活這個循環之不能完成）這強烈的情困，在「荒原」這首詩裏，是由摘自 Petronius 所著 Satyricon 的一段題詞引導出來：「因爲在甘梅城中我親眼看見那個女巫被吊在一個籠裏，對男童所問：『女巫，你想怎樣？』老是回答：『我想死。』」女巫（Sibyl）是甘梅岩的鎮守者（使人聯想起聖杯的持護者，因爲她曾幫助史詩裏的英雄，包括 Aeneas，追尋生命的意義），也是地獄門（死與復活之門）的守護者；但最大的諷刺是，日神亞波羅給了她永恒的生命，但身體日夕枯槁而不死，她可以幫助別人找到救治之途，卻無法自助，因爲她被困籠中，而她想死（而再生）的可能性完全沒有了，因爲她注定永生！「死之欲望」在艾氏的詩中經常出現，例如「三王來朝」一詩中：「此生是苦痛，像死亡，我們的死亡……我眞希望有再一次的死亡。」荒原裏的居民陷入同樣困窘的情境，求死不得，求再生無望，他們無法「追索」。

在第一部「死人的殯葬」裏，主角很快便想到「以西結書」和「傳道書」中荒原的形象，主角試圖模倣帶領以色列人脫離回歸於主的行動，向荒原的人宣說：「人所願的也都廢掉，因爲人歸他永遠的家，吊喪的在街上往來……」（傳道書十二章五節），但在一切乾涸枯死的岩石間，主角發現自己像「一棵枯樹」，「一個影子」而已。

風信子姑娘可以視爲聖杯持護者之一，如果「追索者」成功地發問了有關聖杯的問題，她便會帶給他愛情，「追索者」和她的結合（性與豐收的起點）將會把荒原還原到肥沃，但詩中的「追索者」「不能說話」「眼睛看不見」「既非活着，亦非死去」，不能與聖杯持護者的聖合亦表示主角無法把性與愛合而爲一。詩中兩段華格納歌劇的歌所代表的 Tristan 與 Isolde 的命運亦如是。Isolde 原嫁給沒有愛情的馬克王(有性無愛)，後來與 Tristan 有了性與愛，而 Tristan 被刺傷重，Isolde 途中受阻，無法趕來醫治她愛人的傷，正表示了聖合之受外在的阻力（有愛無法完成性）。這兩個角度所代表的缺憾後來在詩第二部分和第三部分的現代場景裏衍申。

索索斯特斯夫人(Madame Sosostris)，雖是個算命的江湖術士，也是扮演着類同聖杯持護者的角色，因爲照講她也是給追尋生命意義的人們指導的人，但不同於古代持有太洛紙牌（Tarot Card）的掌一國的命運的女巫師，現代的化身索夫人已失去古代的意義和重要性，太洛紙牌的眞正用途是「預測河水的升降，以了解其帶來土地肥沃的情形」（見「從儀式到傳奇」一書第七十六頁）。索夫人的角色是一個着着令人懷疑的占卜術士，這種身分的降低是「追索」行爲的缺憾。索夫人雖然手持太洛紙牌，但她無法引領求籤人追求到精神的救贖。從這個例證裏，我們可以看到艾略特如何利用現代人物事件與古代神話人物事件的相聯而賦以現代生活恒久的意義，二者的相似和巨大的相異造成我們往來於古今的思索，在反諷效果下，把原是瑣碎的現代生活細節提昇到更高的意義層次的聯繫。

索夫人雖然是個江湖術士，太洛紙牌的象徵還是保留不變。淹死了的腓尼基水手自然和古代宗教裏把神像拋入海裏再提出來而被視爲神的再生這一個儀式相聯在一起。在整首詩的結構裏，這一個主題在第四部發展爲靈魂經過慾火後（第三部的主題）的洗滌。紙牌所顯示的「被吊死的人」，是基督或者「金枝」裏所說的其他的神，但索夫人和追索者都找不着，也就無法完成意義的追索。

在「不眞實的城市」裏，一個沒有目的的圓裏走來走去的人羣中之「史鐵生」（Stetson），也是和繁殖之神有關的，他種下一個（繁殖之神的）屍體，按照古代的儀式，會重生，所以詩中問道：「去年你在花園裏種下的屍體／已經開始萌芽了嗎？」但再生的可能性很沒把握，「還是突來的嚴霜擾亂了花床？」「死人的殯葬」並沒有肯定復活再生。

「荒原」的第二部「一局棋戲」和第三部「火誡」可以說是現代荒原裏「性與愛無法結合而無法獲得生命的意義」這個主題兩種戲劇化的呈現。有愛，性是神聖的；沒有愛，性是庸俗而無意義。另一面也是重要的，有愛而不能有性的結合（不管是性無能，如神話中的釣魚王，或是受外力的阻礙）都會引致乾涸的生命，是不完全的愛。婚姻是性與愛結合的明證，使人在性行爲中不會感到煩厭。但現代荒原中的居民（集體追索者）和一些個人都無法在他們的婚姻中找到愛

（如「一局棋戲」），也不能在婚姻以外的性行爲中找到意義（如「火誡」）。

在「一局棋戲」中的意義的追索者，在一種表面華麗而實質空虛的現代文化裏，他扮演的角色活似被伊尼亞斯（Aeneas）騙棄的狄多（Dido），似因失愛而發瘋的奧菲莉亞（Ophelia），似被特呂王（Tereu）強暴的菲璐美兒（Philomel）和因爲世界大戰而與從軍的丈夫分手失調的莉兒（Lil）。每一個故事都代表着缺乎愛的性合。在伊尼亞德史詩第四卷裏，狄多，被伊尼亞斯欺騙後，變得

　　憤怒和絕望
猛搥她顫抖的胸和拉撕她的頭髮

在現代荒原上的女子，也一樣

　，在火光下，在刷子下，她的髮絲
披散出一條條忿怒的針子
燃燒出字句，那樣會更加狂蠻。

同樣地，其他三個古代、現代的角色都被寃屈、強暴、破壞而沒有持護住婚姻的聖綱。詩中流露的無奈、絕望、「不知做什麼好？」和等待死的臨幸（好讓死引至再生！）都可以視作意義追索失敗的結果（性、愛溶合的追求一變而爲特呂王的暴亂行爲）。詩中的「愛」都是「時間的殘枝」，不足以持護道德文化的沉船。

既然得不到愛與性的聖合，詩中的追索者（釣魚王也好，變過性的先知提里斯亞也好）試圖從婚姻的怠倦中逃入慾火裏。史賓塞「婚前曲」裏代表着聖潔的結合的女神現在已是泰晤士河畔的「神女」了，唱的是另一種結合的歌。至於莎士比亞「暴風雨」中費廸南和米蘭達兩情相好的一些廻響，也只是一些片斷而無法實現的廻響，我們聽到的只是由慾望的暴風雨所引起的以沉船來報復的回憶。菲璐美兒被強暴後化作燕子的控訴仍然向着耳邊「一大鍋不聖潔的愛」呼喊。獵人艾廸安（Aetaeon）無意看到了戴安娜（Diana）的裸浴而被罰變爲一隻鹿，受他自己的獵犬撕得粉身碎骨。同樣地，背後聽見另一種號角（喇叭和摩托的聲響）的現代追索者斯溫尼（Sweeney）在春天被帶到樸爾特夫人（Mrs. Porter）那裏。

噢月色溶溶照在樸爾特夫人的身上
和她女兒的身上
他們用蘇打水浸洗她們的脚。

詩中的主角所追索的「應該」是「愛的復興」，但尤簡尼特先生，那個滿身財氣的商人，在「大都會」酒店裏追尋的卻是變態的性（同性戀），而在黃昏時分那個一臉紅玉的青年和被疲憊擊敗在家的女打字員在床上的關係竟是全然的冷漠和機械化的爲性而性，是科學的交接而不是情感的行爲。現代人已經喪失了愛的認識，他們都已沉入慾火裏，像聖·奧古斯丁滿耳所聽到的「不聖潔的愛」，現代社會是一個新的迦太基。

然後我來到迦太基

焚燒焚燒焚燒焚燒

噢主請拔我救我出來

噢主請拔我救我

噢主請救拔

焚燒

佛說火能摧毀，所以一切情欲是焚燒，但火亦能淨化，一如水可以賦生，亦可以帶來死亡。

詩的第四部「水淹之死」緊隨着「火誡」之後，也許可以看作另一種解脫的方式，火在毀滅中淨化，水可以用死而解脫感官世界（「忘記了海鷗的叫聲」）、解脫時間有限的生命（「馳過年歲與青春之層」）和解脫商業行爲和心態（「忘記……一切利潤得失」），來把情欲貪欲之火澆滅，我們任自然的變化來引導。死亡與時間，只能用死亡本身來征服。

作者在現代生活裏無法尋得「性與愛聖合」的例證作爲精神意義的凝合中心，便決定追索信仰以求再生，仿效追尋聖杯的武士，作一次冒險的行程，這是第五部「雷聲的預言」裏意象羣的產生。根據Weston書裏所說，聖杯追索者在一個神秘的教堂（「凶險的教堂」）或墳地（亦稱「凶險的墳地」）遇到一場奇異而恐怖的險，對生命極其危險的行程。細節時有不同，有時見到祭臺上一個屍體，有時是一隻黑手把洋蠟熄滅；其間怪異怖人的聲音四起，怪影幢幢（見「由儀式到傳奇」第一六五頁）。

同樣地，「荒原」裏的追索者（提里斯亞、釣魚王、詩人）也要經歷種種幢影險象才可以見着眞知秘理。他沒有在祭臺上看到一個屍體（通常是武士的屍體），而看到了基督或其他被吊死的神（Tammuz, Osiris, Attis）或另一些模仿基督聖行者的屍體。追索者經過一場乾涸無水的荒原。

只有乾澀無雨的旱雷

羣山中甚至沒有孤獨
只有慍怒紅紅的臉孔譏刺咆吼

而頓然陷入一種游離幻景，由無水而突聞水聲，好似歷歷在目，聲聲入耳：

假如有了水
而無岩石
假如有岩石
又有水
而水
一泓清泉
一泓池塘於岩石間
假如只有水的聲音
而非知了的
與乾草的歌唱
而是流過岩石的水聲

且有隱士鶇在松杉間歌唱
滴嗒滴嗒嗒嗒嗒嗒

彷彿是一反無雨的旱雷，一反第一部裏的逆境

一堆破碎的象，曝曬在烈日之下，
而枯死的樹展不出涼蔭，蟋蟀帶不來慰安
乾石下沒有水聲

但幻景仍是幻景，滴嗒的是隱士鶇鳴造成的幻聲，因爲

但並沒有水

第五部中水聲的幻景原來是第一部「乾石下沒有水」這一個音樂母題的延展，廻響中造成短暫的「慰安」，而事實上進一步肯定了追求「賦生的水」「救治荒原的水」的失敗。再醒來時，追索者已在去安莫司（Emmaus）的路上，在路德福音的記載上，兩個門徒知道基督復活與他們同行

而無法看見

常常陪伴着你走的第三人是誰？
…………包着褐色的披風滑走，裹着衣

詩中的追索者和荒原上的人們，都像瞎了眼的提里斯亞那樣，認不出主來，認不出也是「追索失敗」的緣由之一。跟着是「母親們的哀泣聲」，是凶險教堂的幢影之一，哀泣是爲基督爲其他吊死的神，接續而來的幢影是垂倒的城市，哨叫拍翼帶着嬰臉的蝙蝠，和「空的水槽和乾的井唱出來的一些聲音」。當他抵達目的地，教堂和墳地竟然分不開來，一個空的教堂，風的家，在頹亂的墳上。艾略特有意把教堂和墳地合而爲一，使到他旅程的高潮成爲雙重的絕望，追索者終究得不到精神的要義，他沒有再深一層去追索以求再生，詩末有雷響而無雨，大地仍舊乾涸，三聲唸語「達沓」（奉獻）「達也德梵」（同情）和「達姆雅沓」（克己）並沒有帶給他結語的「禪安蒂」（超過了解的絕對和平）。釣魚王到河邊停下來，他記起了苦行的偉大例子（但丁，「菲璐美兒的故事」等），也記起了巨大信念的例子如亞基丹王子(Le Prince d'Aquitaine)，但他卻學希亞朗尼摩（Hieronymo）裝瘋去了，而不肯去完成意義的追索。這是現代荒原裏人們的性無能，無法通過愛或信仰而獲得生命的完整意義。但像精神分析一樣，病人一旦悟到病因，尤其是重新歷驗過痛苦的過程以後，可以死去而復生，也許這就是艾略特欲求達到的效果。

——一九六一年

# 狄瑾蓀詩中私秘的靈視(1974)

## Emily Dickinson (1830-1886)

### 一

首先，我想就狄瑾蓀女士詩的版本說幾句話，我所根據的是 Thomas Johnson 在一九五五年哈佛大學出版的狄女士全集三卷。在 Johnson 處理狄女士的詩時，他特別恢復了狄女士詩中標點的特殊方式和本來面貌，在過去所有的版本裏，大家都以爲狄女士原稿的標點不正常，或以爲是一種暫行的標點，未臻完善，應該全部將之正常化，所以在 Johnson 的版本之前，狄女士許多的詩是經過別人修改的，尤其在標點方面，而且由於標點的正常化，使到語字與語字之間原有的多義性喪失，編者這樣做，便是在多義語法之間作了單一意義的選擇，使到原句變得簡化，這是一種損失。其次狄女士的標點，卽簡略的一橫（—）本身是有著音樂上的停頓作用的，一旦正常化，其音樂意味便落入平凡，甚至庸俗。

茲就以上兩點先作介紹，再進入本題。關於第一點，語法構成的多義性，試舉第二五八首一句爲例，第三段第一句是

None may teach it-Any-

這個 Any 應該怎樣解釋呢？在一九五五年以前的版本裏，竟然被改爲 None may teach it any thing，表面看，也不是不通，但該詩裏 it 是 Heavenly Hurt（上天的創傷，自然的創傷），是沒有或不見傷痕的，只有內在的分別，這樣，用 anything 便有偏差了。連下一句看

None may teach it-Any-
'Tis the Seal Despair

另一個版本把第一句讀作 None may teach it any，這也是不通的，仍是非常含混的。原稿事實上提供了另一種可能性，那便是

None may teach it, Any may teach it

Heavenly Hurt 是一種 Seal Despair（聖璽的絕望），無人可以說明它（None may teach it），但 Heavenly Hurt 是自然的一種律動，任何人都可以洞識其中隱秘（Any may teach it），而狄女士的語法，也並不摒除以上兩種解釋，這便是她語法不定性的特長之一。

現再舉一句，在第三五六首 Dare you see a Soul at the white Heat?（該詩約略講靈魂的鍛煉，近似 William Blake 詩 Tiger, Tiger burning bright 的題旨），詩中有兩行

Then crouch within the door–
Red–is the Fire's Common tint–

Red（紅）當然是 Fire's Common tint（火普通的色澤）的受位詞，但 Red 被兩個「——」分開以後，同時亦是前句 door（門）的屬性的延伸，換言之，在我們感受的層次上，先是神秘的一種逡伏在門中，然後是一種紅色的感覺，始覺得是火的色澤。一旦把標點正常化，第二句便是平平的描述而已，完全無法重視或引領我們感受的層次。同理，中國詩句中如：

新　月　動　金　波

其中「動」字的豐富性，便是「動」字兼及兩重可能性，我們可以說：新月「使」金波「動」，但我們也可以說：新月動，金波顯出，是視覺意味的兩個層面，這句詩讓我們同時領受了以上兩種感受的層次。

有了這個了解，我們更能明白狄女士詩中所提供的一種以感受層次爲依歸的律動，如第二八〇首：I felt a Funeral in my Brain 的後段：

And I, and Silence, Some strange Race
Wrecked, Solitary, here–
And then a Plank in Reason, broke,
And I dropped down, and down–
And hit a World, at every plunge,
And Finished knowing, then–

一種斷續的律動，超離了現實的如夢中或神諭式的心緒的活動。語言依著她經驗覺識的層次變化，到 then 一字，便進入無覺識的死亡。

關於這首詩在狄女士的靈視中的意義，下面另外會論到。這種游離不定的律動和狄女士詩中靈視所開拓的領域也有深切的關係，俱見後。

## 二

狄瑾蓀在文學史上幾乎是獨一無二的奇特的現象。她一生寫了一千七百多首詩，但她從來沒有投稿，她生前只登過五首詩，都是朋友拿去登的，我們可以說，她在生時完全沒有人知道、認可。其實在她的時代裏，甚至她死後，別人把她的詩結集，亦毫未爲人注意，一直到一九二四年Conrad Aiken 的推崇始出名。

她的詩不爲她同代的人賞識，而卻爲二十世紀的詩人大大的推崇，她甚至可以說是二十世紀的詩人——起碼從她的詩所發揮的影響的力量來說。Allen Tate 幾乎把她推爲女詩人之首，非她莫屬。Allen Tate 甚至說：「她上樓去，把門關起來，她拒絕了生活反而完全掌握了它！」這種幾乎是過度誇張的讚語，而引起了一陣研究狄瑾蓀的熱潮。

如果我們平心的讀她的全集的話，必然會同意 Herbert Reed的話：「千篇一律的題材及調子太多了」，「有許多詩無技巧可言。」我們甚至會同意 Ivor Winters 對她詩中旋律節奏不夠工整的攻擊，及 Blackmur 對她的標點及記譜法 (Notation) 的怪異的不滿。但另一方面，我們又不得不承認她有一些詩深刻、嚴謹、動人、精緻、濃縮，而律動準確，如前面所提到的。

或者，我們應該記著，她寫詩是一種意義的探求，是一種追尋，一種經驗的過程，她並不以藝術之爲藝術作最後的目標，詩，是她用以了解經驗——有時是私秘的、神秘的經驗的一種手段。

因而如果單從詩的外形來看，狄女士不墨守成規（記著：她是十九世紀的詩人，當時所有的詩人都依守一些成規的），不磨練詩律，所以保守者認爲她無詩律可言，新詩人卻又急急的稱她爲自由詩的始祖之一，都可以說是，失之於缺乏對她的詩中靈視的了解，她用了一種簡單的詩律，Hymn，或作伸張或作濃縮，按照經驗的跳動律來變化，使其詩在有形式和無形式之間交替應用，在她的壞詩裏，確是一敗塗地，但在成功時，卻又恰到好處，比自由詩的詩人更自由而嚴謹。

伊蜜麗・狄瑾蓀，早年是非常活躍的，時常參加正常的社交舞會活動，但她三十歲便完全退入狹小的私人的世界，形同隱者。Higgenson，她唯一的三個朋友中之一，曾如此描述她：「許多年來她從不出門一步，許多年來她只在她父親的家園內行走，她不與任何人接觸，除了幾個好友。」她的信中亦曾表示過，有人問她有沒有覺得旅行或者會客的需要，她說：「就生存本身便已經是巨大的禮物，我不能想像爲什麼還有此需要」，正如她一首詩裏所說的（第三〇三首）：

靈魂選擇她自己的朋友
然後把房門緊緊關閉

若是光從狄瑾蓀詩的題材來看，也可以說是私秘狹小的，她生活在三個世界裏：

一、自然世界，全心傾注在很多自然的小事物、蜂鳥、蜜蜂、蚯蚓等。

二、朋友、家人，這方面的詩不多、也不好，她一生中三個朋友，只見過數次面，Rev. Charles Wadworth 牧師，這個人狄瑾蓀是非常仰慕的，但其間有何種愛情及其情感有多深、幅度有多大，至今未完全知曉，她完全藏於內心中，在她的全集中，可以說甚少痕跡。Thomas W. Higgenson 是 Atlantic Monthly（「大西洋月刊」）的編輯，可以說是她詩的導師，但據我們的了解，Higgenson 是非常保守因襲的人物，並不了解她的詩，她所提供的泰半是文法、修辭及韻腳這類的建議，對她的思想上毫無啓發。至於 Helen Hunt Jackson，一個眞正的文學家對她的賞識，那已經是狄女士的晚年了，狄女士在三十歲左右思想已經成熟，在她用詩追求靈視的過程中，最有拍擊力最動人的詩都是成於此時。所以我們說，在詩的創作上，在思想上，狄瑾蓀也是孤立的。

然後是她詩中的第三個世界，私秘的、看不見的、聽不見但可以感覺到的神秘世界，在自然與死亡之間，在自然與宗教之間，在生與不朽之間所提供的境界，在她的同代看來，這完全是一種異端，卽就現代的人看來，雖然可以感到她詩中有一種力量跳出她私有的世界而觸及我們，仍然有很多人認爲她所追求的是私秘的怪異的世界，而未曾了解她，尤不了解她對死亡的迷惑所寫的一連串的詩，也不了解她對自然的一種宗教儀式化的沉醉，對自然事物可感而不可見的眞質的捕捉。

我們一面可以說，她對自然的態度與超越主義者（Transcendentalists）有著不謀而合的地方，但另一面她的根必須要從她所反對的清教思想去發現。在這中間就存在著她靈視的精神領域。

## 三

塑造她思維的兩種力量是當時的清教思想和其時正在盛行的浪漫主義和超越主義。

新英格蘭的超越主義強調現實中的基本質素是感覺經驗，認定精神價値凌駕於物質價値之上，它和清教思想相同的地方是它們共同強調普遍的倫理性，其不同的地方——對狄瑾蓀說來更是具有相尅相生作用的，便是它拒絕傳統的權威性，認爲人的內在本性是獨特的，所以人必須依從他的直覺感受，每個人依從他的「內在的光」。超越主義不是一個宗教，它拒絕一個率意命名的上帝，認爲萬物圓滿，而萬物之間有貫徹一致的神性，對超越論者而言，直覺經驗可以代替神的啓示和顯露，人本身便是道德律的源頭，超越論者無視外在的權威性和邏輯的說明性，認爲每個自依的人可以使其個性臻於圓美。

我在前面說，狄瑾蓀的世界觀和超越主義者有不謀而合的地方，這是說，她並不直接受到當時的超越主義者的影響，而是另有曲折迂迴的進程。

狄瑾蓀所處的 Amherst 山谷地區的思想權威正反對超越主義和具有類同自由主義色彩的 Unitarianism（排斥三位一體的唯一神格敎義）。狄瑾蓀每天在敎堂所聽到的，正是淸敎思想對這方面的攻擊。她所處的宗敎傳統，認爲人是需要依靠造物，他的直覺經驗不可靠，他的生命不可以臻於圓全，更不能由他自己努力來完成，人不是道德律的源頭，神的啓示仍然需要，雖然啓示本身不能保證什麼。

狄瑾蓀當時的生活，每天要早禱，全家星期日上敎堂兩次，經常讀經。他們所追求的最高生活理想是「皈依」，不能「皈依」便成爲他們心中的一個結，狄瑾蓀無法接受這種宗敎的權威性，認爲神性應該在人自己的努力中，故一直未皈依，所以她經常在痛苦的結中，這種痛苦可以由她的書信及詩中找到痕跡，當時流行 Jonathan Edwards 的理論：肯定上帝的絕對性，罪是一種現實，是人獨有的一種特性，人與上帝的距離應該不斷的神秘化直至使人震驚。驚覺每天都要祈求上帝的愛，而引致救贖的可能，這種祈求，在當時傳道的氣氛下，往往是被「不得救便受地獄折磨」的恐怖描述的包圍下進行的，皈依，被視爲一種肉身的快感，由苦痛掙扎到狂喜。

狄瑾蓀在 Holyoke 學院讀書時，眼見一個個同學「皈依」而得到安祥和快樂而感到痛苦難堪，在她十五歲給 Abioh Root 的一封信中說：

我對宗教不熱心的老毛病又來了……我希望有一天天門為我打開，接受我，天使同意喚我為「姊妹」。我一直把皈依基督的事延遲。

十六歲的時候，學院裏所有的學生都要來一次「精神檢查」，氣氛極其緊張，大家都爲未夠虔敬而帶有嚴重的罪惡感。而在那個時候 Abby 跟 Sue 都皈依了，從她們身上她發現她們面容殊異：平靜、光采、神聖、愉快，而更覺自己是遲疑不前的壞蛋。她在 Holyoke 學院的經驗經常是一種缺憾，她覺得她是「失去了主寵」的孩子，這種感覺她始終沒有克服。善、惡在這種情況下是另有其獨特意義的，她曾說：

職責之途看來真是醜陋，而我心嚮往的地方是如此的可親，一個安靜的座位。做壞比做好容易多了，行惡比行善愉快多了，對於好的天使會哭，壞的天使會歌唱，我一點也不驚奇。

所謂壞，所謂惡，不可以用一般的道德標準來看，我們必須以當時的歷史氣氛下了解，不「皈依」便是壞，便是惡了！在她給 Jane Humphrey 的另一封信中，也表示了其心中的痛苦：

基督已經喚過這裏所有的人了……而只我一人在反叛…… Abby, Mary 等都相信她們已經找到了，我不知道她們找到「什麼」，她們相信是很寶貴的東西，我真不知道它究竟是不是！

一八五〇年，她向 Abiah 說：

彼岸是安全的……但我愛與海搏鬪，我很可能在這些美好的水上沉船，而聽到風的嗚嗚，但我愛這個危險。

其後，她便儘量找理由不去上教堂。狄瑾蓀要到三十歲以後才成熟，她說她一直要保有童稚之心，保有童稚之心在此不能解釋爲逃避現實，她不希望失去童稚之心觀物的新鮮感和對事物驚喜的能力，這個時期的自然詩，有不少是反映出這種觀物的能力。「不要皈依」，因此也無法快樂，這一直佔有了狄瑾蓀，由此，死亡對她存著很大的吸引力：

我常常離開我喜悅的事物，有時到墳地去，有時到比死亡更苦楚的遺忘裏，這樣我的心流血……有一個更黑暗的神祉不會遺棄他的孩子。

她知道每個人必需靠自己完成他艱難的理想，這個成長必需通過自我發現而贏得。

狄瑾蓀對死亡的吸引，對不朽的思考佔有她的好詩中很重要的一部分，現茲就「死與不朽」這個主題列出一些詩作的首句（也是後來大家襲用的詩題），左列號碼代表全集中的編號。

(一)對死亡的吸引（因未皈依所引起的罪惡感）：

248 為什麼他們把我關在天堂門外？

335 使我痛楚的不是死，而是生存。

754 我的生命是上滿火花的槍（指沒有能力去死）。

1445 死亡是一個迎合人意的追求者。

(二)對死亡或死亡實感的冥思：

248 我在腦中感覺到一場葬儀

465 當我死時——我聽見蠅鳴

258 有某一絲斜光（是有關死亡感覺的詩）

365　你敢看白熱裏的靈魂？

489　天堂是一個地方——天空——一棵樹？

㈢接受死即永恒不朽：

749　死是從變中免疫

712　因為我不能為死亡停駐（見後面全詩）

943　棺材是一個小小的國度

㈣永恒不朽的靈景：

624　「永遠」是由許多「現成」構成

974　靈魂與永恒
明徹的聯繫
在危險與急難中最表露無遺
如閃電照明一幅風景

把地方一片片的展現
那還未受猜疑的土地，但一閃
一爍——而突然。

對於死亡神秘的迷惑，使狄瑾蓀常常問下列的問題：將死的人有沒有一種神異的感覺，有沒有對吉兇預知的傳達，他們有沒有設法向活著的人傳達，死亡的冥想能否構成一種超然的觀點，這些都是她詩的素材。

像「我感覺到一場葬儀，在我腦中」便是一首探討死亡經驗，捕捉其具體實感的詩，這首詩和陶潛「預見死亡」的「挽歌」相比，更能顯出狄瑾蓀對死亡眞實感的迷惑。現將二詩並列於後，先列陶詩：

荒草何茫茫
白楊亦蕭蕭
嚴霜九月中
送我出遠郊
四面無人居

高墳正嶕嶢
馬為仰天鳴
風為自蕭條
幽室一已閉
千年不復朝
千年不復朝
賢達無奈何
向來相送人
各自還其家
親戚或餘悲
他人亦已歌
死去何所道
託體同山阿

這首詩雖然借助了外物反映死亡應有的悲淒和孤寂，與時間之無法扭轉，人之無可奈何，但詩的語調是悲中帶有平靜，帶有對死亡的接納，所以才有哲理式的結局，「託體同山阿」，「託體」好像有了一種歸宿，雖然事實上是化爲烏有的，但由有（具體、具體感覺）到無（滅絕、無感）的死亡過程，卻是狄瑾蓀這首詩的主要著力處：

我感覺到一場葬儀，在我腦中
送葬的人來來往往
踩著——踩著，直到，彷彿
知覺已經突破——
當他們大家都坐好了
儀式，像一個鼓
敲著——敲著——直到，似乎
我的心已經麻木
然後我聽見他們擡起一個箱子
嘎嘎然橫過我的靈魂
鉛重的靴聲，一而再地，

然後太空——開始搖響
而七重天都是一個銅鐘
而存在，只是一個耳朶
而我，和靜默，奇異的族類
在此沉船，孤單地，在此

然後理性舷邊的跳板，斷了
我跌下，跌下，跌下
打中一個世界，每一衝濺，
而完結了知覺，然後……

這首詩利用了感覺經驗逐漸遞減的層次，用斷續的律動（請參看前面英文原文），一種近乎夢醒及死亡邊緣一點覺識尚存的心緒活動的律動，捕捉死亡過程的眞實感，氣氛與聲音都兼顧到。

「當我死時——我聽見蠅鳴」也是一首描寫死亡逐步變化的詩，亦是把氣氛掌握得使人不能呼吸的詩，在結尾的時候說：「然後窗失去了，然後我無法視而看——」，但更重要的，死亡的預想與預見，在狄瑾蓀的詩中，往往不是雄偉的殘酷的化身，亦非上帝恐怖的使臣，死猶如家常事，自然，不必驚訝，個中的傷悲恐怖是屬於旁觀者，屬於侍奉於靈遲前的人，死，對死者而言（對狄瑾蓀而言）有時還是「迎合人意的追求者」（第1445首）。死亡是一個伴侶（第712首）。

因為我不能為死亡停駐——
他更仁慈的為我止步——
那馬車剛巧載得下我們——
和不朽

死亡是熟識的、可信賴的人物

我們慢慢的馳行——我們一點也不急——
我已把工作收藏好
也收藏好閑暇
為了他的彬彬有禮——

死亡是靜的乘遊，舒脫，自由自在，不徐不疾，不急迫，斯文有禮

我們馳過學校，那裏孩童們
休息玩耍——在運動場上——
我們馳過注目的穀物的田野——
我們馳過落日——

死亡與我們都是過客，種種現象事物，孩提（始生）穀物（始長）落日（始逝），日到夜，季節的循環，成熟到枯萎，無非是一種過程，很值得敬畏的一些過渡變化的現象，

或者應該說——他馳過我們——
露珠抖顫冰寒——
因為只有游絲，我的上衣——
我的圍巾——只有薄紗

「他馳過我們」，我們換位了，他在圓周上，我們在沒有時間沒有變化的中心。

我們在一所房子前停下
彷彿自地上湧起——
屋頂幾乎看不見——
簷板——在地下
從此以後——好幾世紀了——卻
彷彿短於一日
我第一次測知馬頭是
馳向永恒——

瞬息是持續到永久。

死亡既是與不朽與永恒相通的路，便無需懼怕，不必擔心天堂與地獄的誘惑和威脅，事實上，「永恒」既是「許多現在」構成，天堂可以說刻刻的在自然中顯露。狄瑾蓀覺得宗教裏所追求的「敬畏」可以隨時在自然中感覺到，「果園中突然的一點光」，「風中的一種新貌」，「晨光或落日的觸染」，自然的神秘與聖靈滿溢著上帝的造物。在一首技巧不甚成熟的詩裏（第668首）說：自然是我們看到的一切（山、水、下午、松鼠、蜜蜂、日蝕、一切的現象），自然是天堂，自然是我們聽覺所觸到的一切（大海、雷聲、蟋蟀），自然是和諧；自然是最溫柔的母親（790），自然是完整，小草不要做什麼可以自由生發（333），自然不受宗教的裁判(620)，蜜蜂自成一個宗教、一種定律，奧非爾斯並不責難（1545），自然是活生生的（314），神秘不可解不可見的（黃昏這麼柔和地降落在前景，我們覺得所謂「不可見的」竟是如此接近我們的東西）（1278）。

狄瑾蓀反對天堂或樂園是給與少數幾個「選民」這個狹窄的宗教觀念，因爲無知覺無生命的石頭仍是快樂的，它本身便可以完成天命，人的成長，像自然的成長，向內裏沉潛……每個人必需通過他沉默的生命中孤絕的行爲各自地完成艱辛的理想（750）。自然每一物的生長活動演出自有其不必我們說明的律動，正是我們可以沉入細思觀照的，所以我們看見狄瑾蓀對於自然事物都是無分巨細地作入神的凝視：（328）「一隻小鳥躍下幽徑」，（533）「午間兩隻蝴蝶比翼飛出去」等，自然事物的活躍演出，有其聖儀一般的律動，如鳥兒依時參與季節的儀節（187「這些是鳥兒回歸的日子」；1068「比鳥兒更進入夏天」）。

自然是栩栩如生的（314），可觸可感的，但並不是完全可以了解的，像神一樣的神秘，我們人必需承認我們知力的限制，設法保持那不可解的靈性，透過直感和明徹的視覺，這裏藏著狄瑾蓀比較深邃的靈視，我們試用狄女士「圓周和中心」兩個層面來說明，她說，聖經所處理的是中心，而非圓周，她又說，偉大的事物以直覺直感宣說它們的存在，而非經過術語，那漫展在外面「沒有鮮明輪廓的圓周——無可估計——沒有盡頭——（943），世界不是一種結論（501）」，即是說，世界具體的實質，不是名義的結論可以概括的，自然雖是具體，侵佔著我們的感覺經驗，處處以戲劇性呈現在我們的面前，但自然的各種活動、變化，是神秘的，不是概念、術語、宗教的武斷的教條可以包括、界定的，所謂中心意旨，往往是概念化的行爲，而忽視了事物所發射出去的更廣大的圓周。所以狄瑾蓀在寫自然景物時用的實物是直接的、透明的、活躍眼前的，但這些實物按照其自動自律去完成其自己的生命，狄瑾蓀爲保持其圓周的更廣的意向性，往往在事物欲語未語之時，在所謂界義的邊緣上打住，可加義而不加義，使我們也欲語不前，上面所提到的兩首詩，328（「一隻小鳥躍下幽徑」）和533（「午間兩隻蝴蝶飛出去」），都可以代表狄瑾蓀所追求的圓周效果。

一隻小鳥躍下幽徑——
他不知道我在看
他把一條蚯蚓啄成兩半
然後將它，活生生的，吞下
然後從就近的草葉上

飲一顆露珠
再跳到牆脚一旁
好讓一隻甲蟲走過

他敏捷的眼睛滾動
向四方搜索——
有如兩隻受驚的珠子，我想——
他抖抖他鵝絨的頭

像人處險境，小心翼翼
我投給他一塊麵包屑
而他舒展他的羽毛
輕輕的划回家去——

比分開大洋的槳還輕
太銀亮不留一絲水縫——
或者是蝴蝶，從午岸

躍下，泳濺不起水聲

這首詩絕不能以沾名義、附解說的去談，所謂沾名義便是如有人說小鳥欺善怕惡，這樣一加判斷便是求中心而放棄圓周，全詩便完全被破壞了，說這詩沒有意向性，當然亦不可以，因爲所演出的事件接觸到、或挑逗起人間的律法，但這個是自然的世界，從「鳥間」的律法來看呢，我們從人間律法所求得的結論對「鳥間」的行爲的裁判是公平嗎？狄瑾蓀自己並不作結論，她用細緻的感覺，尤其是視覺，抓住一個豐富的情景，而置我們於界義邊緣之前，我們欲語不願語，「泳濺不起水聲」，任具體的戲劇情景和充滿著自然界神秘律法的活動浸溢著我們的感覺。

Archibald Macheish 曾說：她可以捕捉上帝所有選物中最不易捕捉的物象。他舉出下面一句詩：Within my Garden rides a Bird/Upon a Single Wheel（在我的花園裏一隻鳥騎著一個獨輪馳行），寫的是蜂鳥，蜂鳥的翅膀拍動快得連慢鏡頭都無法拆成許多分鏡（每秒鐘拍50-75次），它的飛臨行進如輪，最傳神最準確了。

狄瑾蓀自然事物的形象新鮮、明澈、準確、具戲劇性，彷彿在眼前演出那樣逗人凝注的直接性，這種意象比比皆是，一下就抓住我們的注意力。但最傳神的莫過下面一首短詩：

蹤蹤匆匆消散

以一個旋轉的輪——
翡翠的迴響——
洋紅急急的行色——
矮樹叢的每一朵花
都得調整它搖亂了的頭——

是花影的移動而疑「玉人」之來，詩中未提鳥的拍動，但從花的搖晃裏和色澤的迴響（視覺意象因拍動而成聽覺意象）裏呼之欲出，細緻、精確、入神。這才是狄瑾蓀藝術上的成就，宗教權威性的抗拒、死亡的哲理化、自然的聖儀化是次要的，沒有了這種引人游入的精確跳躍的意象，她的靈視便只能是私秘的，甚至會落入淡平寧味的純說理。

——一九七四年夏天

# 從比較的方法論中國詩的視境(1971)

## 一、語法與表現

中國詩[1]獨具的表現形態，可以從文言所構成的語法中反映出來。爲了使我們明澈的了解這個由語言的特色所產生的表現形態，我在下面舉一首李白的詩，利用英文逐字的直譯及其他既有的譯文來比較，看看語法和表現的密切關係。李白的詩如下：

青山橫北郭

[1] 現專指舊詩，中國現代詩與舊詩在語法及表現的血緣關係，請參閱拙文「中國現代詩的語言問題」（詩宗第三號「風之流」第一—二四頁）或拙著 Modern Chinese Poetry(Iowa University Press, 1970) 的序。又，因涉及問題近似，本文幾個段落曾以不同方式見於「中」文。

白水繞東城
此地一為別
孤蓬萬里征
浮雲遊子意
落日故人情
揮手自茲去
蕭蕭班馬鳴

下面是逐字的直譯（括號中的文字或標點是英文語意中所必需增添的）：

Green mountain〔s〕 lie across 〔the〕 north wall,
White water wind〔s〕 〔the〕 east city.
Here once 〔we〕 part.
Lone tumbleweed 〔;〕 〔a〕 million mile〔s〕 〔to〕 travel.
Floating cloud〔s〕 〔;〕 a wanderer〔's〕 mood.
Setting sun 〔;〕 〔an〕 old friend〔's〕 feeling.

〔We〕 wave hand〔s〕〔you〕go from here.
Neigh, neigh, goes 〔the〕 horse at parting.

這首詩，和其他的舊詩一樣，具有由語法構成的幾個獨特的表現方法，這些方法容後再論。首先，原文和英譯相較之下，我們會發現幾個語言的特色：

㈠除了很特殊的情形之外，中國詩沒有跨句（enjambment）；每一行都是語意完整的句子。

㈡一如大多數的舊詩，這首詩裏沒有人稱代名詞如「你」如何「我」如何。人稱代名詞的使用往往將發言人或主角點明，而把詩中的經驗或情境限指爲一個人的經驗和情境；在中國詩裏，語言本身就超脫了這種限指性，（同理我們沒有冠詞，英文裏的冠詞也是限指的。）因此，儘管詩裏所描繪的是個人的經驗，它卻能具有一個「無我」的發言人，使個人的經驗成爲共有的經驗、共有的情境。這種不限指的特性，加上中文的動詞沒有語尾變化，正是要回到經驗本身與情境本身去。英譯中所需要的 We 和 You，是原文中所不需要的。

㈢同樣地，文言超脫某一特定的時間的囿限；印歐語系的詩中往往把一件事置於某時某地發生，所以他們特別具有複雜非常的動詞的時態變化。中文之能超脫特定的時間的囿限，是因爲中文動詞是沒有時態的（tense）。印歐語系中的過去、現在、將來的時態變化，是一種「人爲」

的分類，用來限指時間和空間的。中文的所謂動詞則傾向於回到「現象」本身——而現象本身正是沒有時間性的。時間的觀念完全是人爲了實用的目的硬加諸現象之上的。就在動詞這一點上，我們就可以看出中國人根本的美感感應形態和西方人重知性分析的感應形態的重大分別，這點在語法的比較的討論上尤爲顯著。有人或會說，中國文字中亦有「今」、「昨」、「明」等表示時間的字眼，但我們亦知道，在詩中極少應用，而多見於實用性的散文，或有在詩中用及時（如李白的一些以獨白式寫成的詩），都總是爲着某種特殊的效果，在中文的句子裏，所謂「動詞」仍是沒有時態的變化。

現在我們來看詩句中語法的結構。一個常見的結構是 2-1-2，如：

鳥影　度　寒塘

中間的一個字往往是連接媒介（動詞、前置詞、或近乎動詞的形容詞）❷，用來拉緊前後兩個單位的關係。這個結構和英文的主詞——動詞——受詞最相近，要譯成英文時通常是相當方便的。我們可以看出，李白上面的一首詩的頭兩句顯然是屬於 2-1-2 的結構。但奇怪的是，很多

❷ 在文言裏的所謂動詞、前置詞、形容詞的分別往往不易界分，現在用這些名詞只爲討論上的方便。

英、法譯者，受制於他們思維的習性，偏要歪曲這種結構，我們不妨將這種歪曲了結構的例子和原詩比較，可以看出舊詩裏的獨特的呈現方式，也可以反觀英文、法文裏根深蒂固的分析性的趨向：

青山橫北郭
白水繞東城

在 Giles, Bynner 及 Gautier 的手裏就變成了

Where blue hills cross the northern sky,
Beyond the moat which girds the town,
('Twas there we stopped to say Goodbye!)
—— Giles

With a blue line of mountains north of the wall,
And east of the city a white curve of water,

(Here you must leave me and drift away·····)

—Bynner

Par la verte montagne aux rudes chemins, je vous reconduis jusqu'à l'enceinte du Nord.
L'eau écumante roule autour des murs, et se perd vers l'orient.

—Judith Gautier

我們暫不談誤譯部分——亦不必在此指出 Giles 是把整個情境置於「過去」(特定的時間)——其破壞原詩的超脫時間的特性亦很明顯。讓我們把注意力集中在語法的結構上：在原文裏，甚至在我的逐字的英譯裏，我們看到自然的事物本身直接的向我們呈現，而在英譯裏，我們是被“Where”和“With”之類知性的、指導性的字眼牽着鼻子帶回這些事物，在英譯裏，我們看到的是知性的分析過程，而不是原詩裏事物在我們面前的自然的呈露。在原詩裏，詩人彷彿已變成了水銀燈，將行動和狀態向我們展現，在英譯中，或 Gautier 的說明性的程序裏，由於加挿了知性的指引，我們所面對的，是一個敍述者向我們解釋事情。這是一個很重要的分別。中國舊詩中超脫知性的指引而獲致電影的水銀燈的效果，任讀者直接參與美的感悟，這兩點在許多 2-3

型的句子裏尤爲顯著，先舉杜甫一行爲例：

國破　山河在

這一行先後被譯爲：

Though a country be sundered, hills and rivers endure.
—Bynner

A nation though fallen, the land yet remains —W. J. B. Fletcher

The state may fall, but the hills and streams remain. —David Hawkes

請注意譯文中分析性或說明的 though（雖然）、yet（仍然）、but（但是）等如何將原文中的蒙太奇效果——「國破」與「山河在」的兩個鏡頭的同時呈現——破壞無遺。兩個經驗面，仿似兩錐光，同時交射在一起；讀者追隨水銀燈的活動，毋需外界的說明，便感到畫面上兩個意象併發所構成的對比和張力，在這兩個併發的意象之間（我特別強調這個「間」字），正是潛藏着許多可能的感受和解釋，但這兩意象之「間」的豐富性是由兩個意象之間的「關係未決定性」來產生，一旦詩人在文字裏「決定了」關係，這一個情境只能有一個解釋、一種可能性，原句裏的多重可能性完全喪失了，而這個重大的損失是歸咎於分析性的挿入，現象的完整性必需通過具體（卽未沾知性）的呈露。同理，要保留電影效果中的物象的直接呈露，我們就不能把

> 星臨萬戶動

如大漢學家（！）洪業那樣翻成

> While the stars are twinkling above the ten thousand households……
>
> （「當」（！）星「在」萬戶「之上」閃爍）

亦不能解作：星臨「使」萬戶動（很多英譯作如是解，不必再舉例）。有了以上的了解，我們就

知道下面兩句詩好處正是物象直接呈露的電影效果：

星垂平野濶
月湧大江流

同時，這兩句的具體性、直接性、戲劇意味，決不能如 Birch 先生那樣解法，他看到的是：星被廣濶的平野所拉下，月在河的流動中湧前❸。我們不否認原句亦會引起如此的形象，但原句中的含蘊的豐富性決不限指於此形象，該句的豐富性的來源正是我們的獨特的語法所構成的「關係未決定性」，詩人以水銀燈的活動，將氣氛以最清澈、最親切的一面呈於讀者面前，任其直接參與玩味。

我們由是可以明白，李白詩中的五、六行，一如杜甫的句子「雲霞過客情」，是決不能動輒的加插分析的元素去解釋或翻譯的。李白的「浮雲遊子意」這句應該解釋為：「浮雲是遊子意」和「浮雲就像遊子意」嗎？我們的答案是：它既可這樣解釋，同時又不可以這樣解釋。我們都會

---

❸ Cyril Birch, An Anthology of Chinese Literature (New York, 1965), pp. 238-89. 其英譯如下：
Stars drawn low by the vastness of the plain./The moon rushing forward in the river's flow.

感到遊子漂遊的生活（及由此而生的情緒狀態）和浮雲的相似之處；但在語法上並沒有把這相似性指出，沒有指出沒有解釋所產生的趣味和效果，一經挿入「是」、「就像」等連接性的元素，便會被完全破壞。而令人傷心的是，所有的國文課本的講解，所有英譯（譯事本身當然亦是詮釋欣賞的一種）竟然以加挿了「是」和「就像」那種解釋作最後依傍！（課本的例子比比皆是，不另舉了，英譯的例子從略。）李白這句詩的美感效果，是其使我們同時看到浮雲與遊子（及他的心靈狀態）。這兩個物象的同時呈現，一如兩個不同的鏡頭的並置（即艾山斯坦所謂「蒙太奇」），「是整體的創造，而不是一個鏡頭加另一鏡頭的總和。它之比較接近於整體的創作——而不是幾個部分的總和——是因爲在這一類鏡頭的並置上，其效果在質上與各個別鏡頭獨立看來是不同的。」❹讀者的想像，由於兩個鏡頭的並置開始創作的活動，而在二者之間喚起第三層繁複的形象。

曾經死心地服膺於中國詩的美的美國現代詩人龐德（Ezra Pound）在其論雕刻家Gaudier-Brzeska時涉及的叠象美正可做以上的詩句最好的註腳（有關龐德與中國詩的血緣關係，見拙書Ezra Pound's Cathay 美國普林斯頓大學一九六九年出版），龐氏說：

❹ 見 Sergei M. Eisenstein, The Film Sense (New York, 1924), p. 7.

在遠山上霧中的松樹很像日本盔甲的甲面。霧中松樹的美並非因它像盔甲的甲面而引起的。盔甲的美亦不是因為它像霧中的松樹。

在兩種情形之下，從其形態美來說，是根源於「不同平面的互恃關係」。樹和盔甲的美是因為其不同的平面以某一種姿態重疊的關係。⑤

以上的詩句中意象的並置或併發所構成的美正是這種「雕塑性」的美。

至此，我們了解到「浮雲遊子意」的視覺性、電影效果、多重暗示性是由於語法上不建立語意上的關係而產生的，但我們亦注意到，這句詩的兩個意象有強烈的相似性，所以挑發了讀者的想像去建立關係，在某一個意義來說，「浮雲」最後仍會被視爲「遊子」心境的外在形象，但這個結論是在其他的美感活動發生了作用以後產生的。現在讓我們看看中國詩裏更純粹化的視覺性、雕塑性與電影意味：

雞聲茅店月

---

⑤ 見 Gaudier-Brzeska: A Memoir (1916), p. 167.

人跡板橋霜

這兩句詩中的物象以最純粹的形態出現，毫末沾染知性或主觀性。這些物象在一刻中在我們眼前同時出現，構成一個與原來事物的本樣幾乎不辨的氣氛。我們一時間無法知道（亦無意去分辨）究竟鷄、月、橋各自的位置在那裏，我們應該說：「鷄鳴」（時）月（見於）茅店（之上），「人跡」（在）（滿）「霜」（的）「板橋」（上）嗎？我們都知道，「月」不一定在「茅店」之上，它可能在天際剛升時。

這裏使我們想起英國十九世紀末美學家斐德 Walter Pater 曾經論及藝術中的 Anders-streben，錢鍾書所謂「出位之思」（詩或畫各自欲跳出本位而成爲另一種藝術的企圖）；斐德談到「鏡子、磨亮的盔甲、靜水三樣東西作了偶然一刻間的並聯，而使一個固實的形象的每一面都同時呈現，替我們解決了決疑已久的問題：畫能不能夠如雕刻一樣各面皆全的呈現物象。」他繼續說，「理想的詩」應該是「精緻的時間許多斷片」的捕捉，「使我們同時看到存在的每一面。」❻以上的兩句詩，以電影中的鏡頭及蒙太奇技巧，已進入繪畫和雕塑的領域，由於「鷄」、

❻ "The School of Giorgione" 一文，見其書「文藝復興之研究」第一三四、一四九－一五〇頁。錢鍾書的「出位之思」見其「中國詩與中國畫」一文，選在葉聖陶編的「開明書店二十周年紀念論文集」（民國三十六年開明書局版），第一六八－九頁。

「月」、「橋」等的位置的未決，我們可以同時由各個不同的位置去看同樣的事物，由於它們超脫了知性的奴役，我們越過語言而回到現象的本身，使我們更豐富的浸入自然的律動裏。

中國詩要讀者溶入自然的律動，這是最高的理想，即就常常有話要說的李白也不在話下，請看：

鳳去（鏡頭一）

臺空（鏡頭二）

江自流（鏡頭三）

江山長在，人事變遷無疑是李白欲傳達的部分意義，但需要用文字說明嗎？這些狀態和行動的並置，不是比解說給了我們更多的意義嗎？我們不是因這一刻的顯露而進入了宇宙的律動和時間之流裏嗎？

## 二、具體經驗的美學

顯然地，中國詩要呈露的是具體的經驗。何謂「具體經驗」？「具體經驗」就是未受知性的干擾的經驗。所謂知性，如上面先後指出的，就是語言中理性化的元素，使具體的事物變爲抽象的概念的思維程序。要全然的觸及具體事物的本身，要回到「具體經驗」，首要的，必須排除一切知性干擾的痕跡，我們不妨先把上面討論中國詩的特色扼要的列舉，然後才去追索這種美學的根源。

▲超脫分析性、演繹性→事物直接、具體的演出。

▲超脫時間性→空間的玩味，繪畫性、雕塑性。

▲語意不限指性或關係不決定性→多重暗示性。

▲連結媒介的減少→還物自由。

▲不作單線（因果式）的追尋→多線發展，全面網取。

▲作者溶入事物（忘我）→不隔→讀者參與創造。

▲以物觀物→物象本樣呈現→物象本身自足性→物物共存性→齊物性（卽否認此物高於彼物）→是故保存了「多重角度」看事物。

▲連結媒介的減少→水銀燈活動的視覺性加強。

▲蒙太奇（意象併發性）→疊象美→含蘊性在意象之「間」。

「道可道，非常道，名可名，非常名。」

——老子

西方哲人不以存在、現象爲主，以爲人可以「駕馭」天，可以「知道」自然之全部，而往往取其片面以爲是全體，以概念化的自然爲自然，以解剖後的鳥爲自然界的鳥。妄尊自大的緣故。

「言者不知，知者不言。」

——老子

語言是一種不得已的東西，其可以傳達的，僅其限指性部分而已。中國人早就了解這個道理，所以中國的語法不太多邏輯（限指）的元素，所以中國的語法不以因果律爲依歸，力求達到多面的暗示性，可以「更」接近現象本身。「不著一字，盡得風流。」

「古之人其知有所至矣。惡乎至？有以為未始有物者，至矣盡矣，不可以加矣。其次以為有物矣，而未始有封（分別之意）也。其次以為有封矣，而未始有是非也，是非之彰也，道之所以虧也。」

——莊子

妄尊自大的人，以爲人爲的分類可以理出天機來，那知人爲的分類，正是把完整的全面性分割爲支離破碎的單元，專門化所給我們的是「隔閡」而非「了解」，文字所應做的是設法使我們「更」接近具體的事物。

「吹萬不同」——莊子

青山自青山，白雲自白雲，白雲不能說青山是非，青山不能說白雲非是，我們人類有什麼權利去把世界的事物分等級，以「我」的觀點來批判其他的事物呢？我們都知道「鳧脛雖短，續之則憂；鶴脛雖長，斷之卽悲」，各具其性，各得其所，我們怎應把此物視爲主，彼物視爲賓，而硬將其本樣破壞呢？

「聖子遊於萬化之塗，萬物萬化亦與之萬化。」——郭象注莊子

柏拉圖假定形而上有永久不變的東西，那是一種人爲的安慰而已，我們張眼一看，永久不變的正是變的本身，唯有任事物自由表現它們自己，才是自然的律動，我們不能視實實在在的一棵

樹爲泡影，我們不能擁抱抽象，當作我們的新娘。

「墮肢體，黜聰明，離形去智，同於大通，此謂坐忘。」——莊子

「無聽之以耳，而聽之以心，無聽之以心，而聽之以氣。耳止於聽，心止於符，氣也者，虛而待物者也，惟道集虛，虛也者，心齋也。」——莊子

「課虛無而責有，叩寂寞以求音。」——陸機

只有把自己忘去，化入萬象萬物，始可以得天機，始可以和自然合一，始可以使物象的本樣具現。詩人介入，就是妄尊自大，故作主張，讀者要與事物直接交感。

「氣韻生動」——謝赫

詩的目的不在說教，詩的目的正是要使事物的氣韻生動的呈現在我們的面前。

「夫藏舟於壑，藏山於澤，謂之固矣，然而夜半有力者負之而走，昧者不知也。藏小大有宜，猶有所遯，若夫藏天下於天下，而不得所遯，是恆物之大情也。」

——莊子

「藏舟於壑」，井底之蛙也，以部分視作全體。「藏天下於天下」，全面網取也。西畫中的透視也者，視滅點也者，及單線追尋的時間觀，「藏舟於壑」也。中國畫中的「多重透視」，鳥瞰式所構成的多重視滅點，和中國詩中的意象併發，「藏天下於天下」也。

# 附錄：時間與經驗❼

現象是不斷變化、不斷演進的，我們要逆轉它也逆轉不了，逆轉它就是違反自然（這也是「易經」的本義）；現象固是如此，但要表現這個萬物萬化的現象，我們起碼有三種限制——因為表現就是人為，人為就必有限制；衝破這些限制就是藝術，能使成品脫盡心智的痕跡而接近經驗的本身，就是藝術進而自然。三種限制為㈠語言的限制；㈡感受性的限制；㈢時間的限制。我們在此略加說明：

㈠語言的限制——事件、行動衝入我們的意識時，是具體的，不管是通過視覺或聽覺，它是多面性的實體，而且它同時指向許多相關但並不顯現的事物。語言是一種符號，來指示、代表事件、行動，但必無法代替「可以觸到、可以感覺」的事件的本身。而且它不能夠在同一瞬裏把多面性一齊供出，它必須環物而走的一步一步的描寫，等到回到起點始算把事件勾住。即就「鏡頭」而言，也只能供出一面而非全體。作者要接近事件或行動的實體，就要衝破語言的限制：他

❼ 擇自拙著「現象、經驗、表現」（臺版：「中國現代小說的風貌」）一書。

可以使用「意象併發」或「擇其最明澈、最具暗示其他的角度」將之呈露。

㈡感受性的限制——表面看來，這是天才和非天才的分別，某人感受性特別敏銳，一觸卽悟其全體；某人特鈍，反覆觀察，仍未得其分毫。此人表裏完全洞識，可以不假思索，因而沒有文字障，成品無迹可求；彼者未入堂奧，雖費盡筆墨，刻盡心思，而未見門檻。（我們不必堅持天才說，但這種悟性的分別是存在的。）但我在此只就一個人意識裏接受外物的限制，作者和事物接觸會有（A）初發的印象，（B）繼發的印象，（C）追憶的印象，加上知性的介入。（知性的介入破壞了這一刻內在的機樞。）這些印象繼次的發生固然是經驗的一部分，如果一篇作品的重心是在於敍述者自身經驗的掙扎和探索，這些印象繼發的過程或交錯發生的過程的記錄當然算是接近經驗的本身；但如果它的重心不在敍述者自我的心理活動，而是現象本身的活動，則必須在一刻中全盤托出，否則就失去時間的眞實性、失去轉瞬卽逝但萬物俱全的拍擊力。問題在：作者只能供出一個印象，希望能包孕其他，不然就是「意象（在此我們不妨說：印象）併發」。一種是近乎「不著一字，盡得風流」。（或者說，「只着一字，盡得風流」，因爲「無語界」到底是禪的最高境界，用了文字就不能「禪」了，文學家是不能絕對「禪」的。）一種是「萬物齊臨」。二者皆非習慣於因果律的作者讀者所喜，因果律的人要求「此物因何故產生彼物」那種思維性——由這種思維性所產生的藝術品當然是剖腹以後的青蛙！

㈢時間的限制——語言裏的解說性和感受裏化驗性的誤用和濫用，完全是出自對「時間」的誤解。且先讓我們聽蘇東坡兩句要義：

自其變者而觀之，則天地曾不能以一瞬；

自其不變者而觀之，則萬物與我皆無盡也。

此段與莊子「大宗師」並讀始見其心：

夫藏舟於壑，然而夜半有力者負之而走，昧者不知也。藏小大有宜，猶有所遯，若夫藏天下於天下而不得所遯，是恒物之大情也。特犯人之形而猶喜之，若人之形者，萬化而未始有極也，其為樂可勝計邪，故聖人將遊於物之所不得遯而皆存。

此段郭象注爲：「聖人遊於萬化之塗，萬物萬化亦與之萬化。」「自其變者而觀」是「藏舟於壑」，是狹義的「變」。「自其不變者而觀之」是「藏天下於天下」，是廣義的「變」。現象本是川流不息，表裏貫通，但人將之分割爲無數的單位，然後從每一個單位中觀察其中的變化及前因後果，如何某物引起某物，某事連帶某事，這是人的智力的好勝，人爲的分類；就是在這種分類的活動裏，狹義的時間觀念乃產生：「時間」被視爲一件事進展的量器：過去、現在、將來。換言之，觀者的視野只活動於有限的空間和時間，其對宇宙現象的了解是由分割了以後的現實拼成，受限於一個特定的地點，受限於一特定的時間（如：去年某月某日至今年某月某日）。這種活動產生理性主義，其發展的極致是科學精神，都是企圖以人的智力給宇宙現象秩序。但這種活動只是「自其變者而觀之」！這種活動反映於文學上的，尤其是西方的文學（包括詩），雖然作者有躍進「不變者」的意圖，但總是由有限的時間開始，不像中國詩裏（指成功者而言），一開始就是「自其不變者而觀之」，其視野的活動是在未經分割、表裏貫通，無分時間空間、川流不息的現象本身。

# 中國文學批評方法略論(1971)

或許是由於中國傳統的美感視境一開始就是超脫分析性、演繹性的緣故（見拙文「從比較的方法論中國詩的視境」）；或許是因爲是一個抒情詩（lyric）傳統的而非史詩或敍事詩的傳統的緣故，我們最早的美學提供者主張「知者不言，言者不知」（老子），主張未封前的境界（莊子），而要求「不著一字，盡得風流」（司空圖），認爲詩「不涉理路」（嚴羽），而不同於亞理士多德以還的西洋文學批評那樣認爲文學有一個有跡可循的邏輯的結構，而開出了非常之詭辯的以因果律爲據，以「陳述——證明」爲幹的批評；在一般的西方批評中，不管它採取那一個角度，都起碼有下列的要求：

一、由閱讀至認定作者的用意或要旨。

二、抽出例證加以組織然後闡明。

三、延伸及加深所得結論。

他們依循頗爲嚴謹的修辭的法則，exordium, narratio argumentatio 或 probatio, refutatio, peroratio 或 epilogue（始、敍、證、辯、結）不管用的是歸納還是演繹——而兩者都是分析的，都是要把具體的經驗解釋爲抽象的意念的程序。

這種程序與方法在中國傳統的批評文字中極爲少見，就是偶有這樣的例子，也是片斷的，而非洋洋萬言娓娓分析證明的巨幅；如果我們以西方的批評爲準則，則我們的傳統批評泰半未成格，但反過來看，我們的批評家才眞正了解一首詩的「機心」，不要以好勝的人爲來破壞詩給我們的美感經驗，他們怕「封（分辨、分析）始則道亡」，所以中國的傳統批評中幾乎沒有娓娓萬言的實用批評，我們的批評（或只應說理論）只提供一些美學上（或由創作上反映出來的美學）的態度與觀點，而在文學鑑賞時，只求「點到卽止」。前者可以司空圖的論詩的藝術的「二十四品」爲例，現舉一品：

俯拾卽是
不取諸鄰
俱道適往
著手成春
如逢花開

如瞻歲新
真與不奪
强得易貧
幽人空山
過雨采蘋
薄言情悟
悠悠天鈞

首先，這篇論詩的藝術（Ars Poetica）的文字，如陸機創作的哲學的「文賦」是用詩寫的，但西方霍萊斯（Horace 65 B.C.-8 B.C.）所寫的「詩的藝術」（也稱爲用詩寫的！）相比之下，雖然兩者都提到一些詩的理想，譬如自然這觀念，但在司空氏的文字裏沒有多少演繹性的說明，相反的霍氏的卻是名副其實的押了韻的散文，而且是分析性（而非抒情性）的散文；在司空氏的文字裏，一如陸機的「文賦」，我們有詩的活動，包括用意象及律動來迹近王維、孟浩然那類超乎名義的境界；我說去「迹」近，去「逗」王、孟那類詩的意旨，而非「說明」其機心；去「迹」近，去「逗」何嘗不是一種方法，何嘗不可以使讀者躍入詩中，其異於亞理士多德者，其一要求「聆聽雅教」，其一邀請「參與創造」。

「點到卽止」的批評常見於「詩話」，「詩話」中的批評是片斷式的，在組織上就是非亞理士多德型的，其中既無「始、敍、證、辯、結」，更無累積詳舉的方法，它只求「畫龍點睛」的（一如詩中的求「眼」）批評，且舉一例：

鄭谷詠落葉未嘗及彫零飄墜之意，人一見之自然知爲落葉。詩曰：返蟻難尋穴，歸禽易見窠，滿廊僧不厭，一個俗嫌多。

——冷齋

這是「批評」的全部，只點出詩中一特色，使人感着，至於作者利用了什麼的安排使這種特色「有效地」使我們感到，文字造詣如何、靜態動態的問題（氣氛及律動的快慢）、對比的問題，一概未論及；它只如火光一閃，使你瞥見「境界」之門，你還需跨過門檻去領會。

這種「言簡而意繁」的方法，一反西洋批評中「言繁而意簡」的傾向，是近似詩的表達形態（當是比較而言），因爲它在讀者意識裏激起詩的活動、詩的再造；卽就較爲有系統有計畫的理論如「文心雕龍」及「滄浪詩話」，在方法上仍是「言簡而意繁」，而且常用「境界重造」的方法（利用有詩的活動的意象使境界再現），如文心裏的「原道」：

心生而言立，言立而文（紋）明，自然之道也。傍及萬品，動植皆文：龍鳳以藻繪呈瑞，虎豹以炳蔚凝姿；雲霞雕色，有踰畫工之妙；草木賁華，無待錦匠之奇；夫豈外飾，蓋自然耳。至於林籟結響，調如竽瑟；泉石激韻，和若球鍠……

這裏的文字比陸機、司空氏的文字有較多的演繹意味，雖則如此，他仍然用了許多感覺的意象來喚起所謂自然之道的境界。而滄浪中的「空中之音、相中之色、水中之月、鏡中之象」亦是用感覺意象來印證其「無迹可求」之境界。

但這種批評不是沒有缺點的，第一，我們要問：是不是每一個讀者都有詩的慧根可以一擊而悟？第二，假如批評家本身不具有詩人的才能（我們可以假定他的感受力是很足夠的，否則他不會去批評和鑑賞詩），他就無法喚起詩的活動，如此他的批評就容易流於隨意（任意的）印象批評，動輒說此詩「氣韻高超」，他既沒有說明（他既用傳統的方法，他自然不說明了）氣韻如何的高超，而又沒有「重造」高超的境界。（要「重造」，一定不能拾人牙慧，抄別人的意象，所以雖然有人設法「重造」，其仍流於任意的印象批評，就是沒有獨見的詩的活動的緣故。）這個壞的影響在中國相當的嚴重，不信？看看許多大教授們的所謂「批評」吧！所以，如果我們相信批評家的一部分責任是應該對讀者負責的，如果我們肯很現實的承認不是全部的批評家有「重造詩境」的才具的，我們必須相信，就批評的發展而言，某一個程度的說明是很有效的；所以在傳統的中國批評裏還有一種不致於太破壞詩中的機樞的解說性批評，相當於西洋的 Explication de texte（本文的闡說）的批評，其收效有時及於前些年來英美甚流行的「形態主義」的批評。(Formalism 譯爲「形態主義」的批評，只求異於一般「形式主義」的含義，現在所提到的相近處，只就其着重美感經驗的機樞的分析而言，而不指其整套看法，中國詩因視境與西洋詩大異，故最終的目的又大大不同，因不屬本文範圍，從略。）現連舉三例，由片斷的討論到全詩組織的迹寫：

古人為詩，貴於意在言外，使人（即讀者）思而得之……近世詩人惟杜子美最得詩人之體，如國破山河在，城春草木深，感時花濺淚，恨別鳥驚心。山河在，明無餘物矣，草木深，明無人矣，花鳥，平時可娛之物，見之而泣，聞之而悲，則時可知矣，他皆類比，不可徧舉。

——迂叟

批評者把在讀者的「思而得之」的緣由說明，而使讀者的感受加深；讀者所「思」的，在杜甫這首詩中，當不只批評者所指出的一面而已，但批評者所指出的卻是最顯著的一面，使讀者很實在的取得作者當時的情境的氣氛，而可以展開其他的美感的活動。但這一個例子仍屬「點到即止」的批評，雖然它已開始分句述意。它仍是片斷式的批評，沒有對每句中多重的含義及其多重含義如何互爲扶持作了任何詳盡的說明。下面第二個例子，雖然只討論一句詩，比起前例就詭奇得多了：

> 如玄元皇帝廟（按：杜甫詩）作「碧瓦初寒外」句，逐字論之。言乎外，與內為界也。初寒何物，可以內外界乎？將碧瓦之外，無初寒乎？寒者，天地之氣也，是氣也，盡宇宙之內，無處不充塞，而碧瓦獨居其外，寒氣獨盤踞于碧瓦之內乎？寒而曰初，將嚴寒或不如是乎？初寒無象無形，碧瓦有物有質，合虛實而分內外，吾不知其寫碧瓦乎？寫初寒乎？寫近乎？寫遠乎？使必以理而實諸事以解之，雖稷下談天之辨，恐至此亦窮矣。然設身而處當時之境會，覺此五字之情景，恍如天造地設，呈于象，感於目，會於心。意中之言，而口不能言，口能言之，而意又不可解，劃然示我以默會相象之表，竟若有內有外，有寒有初寒，特借碧瓦一實相發之。有中間，有邊際，虛實相成，有無互立，取之當前而自得，其理昭然，其事的然也。
>
> ——葉燮

葉燮說「呈于象，感於目，會於心」這種美感經驗過程是直覺的、非演繹的；他又說：「意中之言，而口不能言，口能言之，而意又不可解」，顯示他正是「知者不言，言者不知」的信徒，不相信詩有「邏輯的結構」（這是他——和其他中國批評家一樣——所不同於美國新批評家所構成的「形態主義」的地方），但畢竟他說話了，他用疑問句的方式分析這句詩在我們直覺裏所發射出來的多義性的層次，而使我們（讀者）的直覺得來的渾然的靈感經驗有了眉目更清的印證；但我們並未由具體的經驗逃出而落入抽象思維囚牢中，我們還是握着「當時之境會」。疑問句的分析方法，與兇巴巴而來的權威性的肯定句的分析是不同的；疑問句有待讀者的點頭，葉燮把心感活動非常技巧地還給讀者；在後者的情況下，一切要聽批評家的。但我們不得不承認，葉燮給了我們非常有效的說明性的批評而無礙於美感經驗呈示之完整，這正是由於他了解到詩的「機心」，「使必以理而實諸事以解之，雖稷下談天之辨，恐至此亦窮矣。」而缺乏了這種基本的顧慮的批評家，必將詩分割到無可辨認而後已。

我的第三個例子是吳淇「六朝選詩定論」卷十一中論到陶潛飲酒詩第五首的文字，這篇文字裏可以說具有葉燮之長，而尤有進者，分析及於單字的多義性，且貫及全詩前後的呼應，實在是「形態批評」最上乘之作，由於本篇太長，且錄一段見其經緯：

……廬之結此，原因南山之佳，太遠則喧，若竟在南山深處，又與人境絕。結廬之妙，正在不遠不近，可望而見之間，所謂「在人境」也。若不從南山說起，何異闤闠？然直從南山說起，又少含蘊，故不曰「望」，而曰「見」。「望」有意，「見」無意。山且無意而見，菊豈有意而采……乃自得之謂也。

批評（在此尤指鑑賞方面的批評）往往是一種回顧的行爲，是在詩的美感活動在我們意識裏發生了作用以後，對當時的直覺經驗的分析。吳淇的批評正是對這種美感經驗的分析，在上錄的片斷中，他仔細地推敲構成其閱讀時直覺到的「自然」、「自得」、「天趣」的手段；他的考慮仍是美學上的考慮——同時我們注意到，其間還是含有判値性的因素，下意識裏，他是被傳統認「自然」爲詩的最高理想這一說法（皎然、司空圖、蘇東坡、嚴羽）所支配着。

至此，我們不妨對以上的理論（或批評）的一些特色加以扼要的複述：

一、中國的傳統理論，除了泛言文學的道德性及文學的社會功能等外在論外，以美學上的考慮爲中心。

二、中國傳統的批評是屬於「點、悟」式的批評，以不破壞詩的「機心」爲理想，在結構上，用「言簡而意繁」及「點到而止」去激起讀者意識中詩的活動，使詩的意境重現，是一種近乎詩的結構。

三、即就利用了分析、解說的批評來看，它們仍是只提供與詩「本身」的「藝術」，與其「內在機樞」有所了悟的文字，是屬於美學的批評，直接與創作的經營及其達成的趣味有關，不是浪費筆墨在「東家一筆大膽假設，西家一筆小心求證」的累積詳舉，那種雖由作品出發而結果離作品本身的藝術性相去十萬八千里的辯證批評；它不依循（至少不硬性依循）「始、敍、證、辯、結」那種辯證修辭的程序——我們都知道，西洋批評中這些程序，完全是一種人為的需要，大部分可以割去而未損其最終的所悟；中國的利用了分析、解說的批評，多半是屬於切去了外加的修辭的枝椏的批評（或應說：未強加修辭的枝椏的批評）。他們用分析、解說仍盡可能點到為止，而不喧賓奪主——不如近代西洋批評那樣欲取代作品而稱霸那種咄咄迫人的作風。

在我們回顧傳統批評的特色時，我們雖然覺得中國批評的方式（當指其成功者）比西洋的辯證的批評着實得多，但我不能忽略其缺點，卽是我上面所提到的：「點、悟」式的批評有賴於「機遇」，一如禪宗裏的公案的禪機：

問：如何是佛法大意？

答：春來草自青。

這是詩的傳達，確乎比演繹、辯證的傳達豐富的多。但批評家要有禪師這種非凡的機鋒始可如此做，就是有了禪師的機鋒，我們仍要依賴小和尚（讀者）的悟性；「春來草自青」之對「如何是佛法大意」，在禪宗的看法，是「直指」，是「單刀直入」，但不見得所有的小和尚都完全了悟其間的機遇，這是「點、悟」批評所暗藏的危機；但最大的問題是，有「獨具隻眼」的禪機」的批評家到底不多，於是我們就有了很多「半桶水」的「點、悟」式批評家：

問：如何是詩法大意？

答：妙不可言。

於是我們所得的不是「喚起詩的活動」、「意境重造」的批評，而是任意的、不負責任的印象批評。

由是我們可以了解爲什麼胡先生在「德」先生及「賽」先生的旗幟下可以這麼兇，不把這些「順口開河」的批評一掃而清誓不爲胡適之。於是前推後擁，泰西批評中的「始、敍、證、辯、結」全線登陸，這因爲是「矯枉」，所以大得人心，而把是否「過正」的問題完全拋諸九霄雲外，這，在當時確是很需要的；唯有實證實悟才能發揮批評的功能。

新文化新文學運動從最開始的時候便強調批評的精神，雖然當時的作者，因處於新舊的交替，還沒有提供出完善的方法和客觀的態度。五四運動原是一種文化覺醒的運動，百多年來外侮之辱，至此無以復加，當時的中國正面臨滅亡的恐懼。所謂文化覺醒，便是要雪恥辱，重建民族的信心，要除恐懼，推動新的科技文化以充實國勢。要救國，必須要傳播新的思想，所以必須要推動口語，作爲傳播的媒介，使新文化的意識與意義得以普及大衆。要他們覺醒到國家的危機，必需對舊文化的弊病作全面的攻擊，在當時，新思想者不假思索的揭傳統文化的瘡疤，呈露着一種戰鬪意識的批評精神，當時的凶猛程度，我們現在看來，是相當情緒化的，對於傳統文化中一些對新文化新社會仍具啓發意識的美學內容及形式甚至生活、倫理的觀念，對於它們的正面作用完全一筆抹煞者，大有人在。在當時的激流中，要停下來不分新舊只辨好壞完全客觀而深思熟慮地去處理文學者實在不多，而且亦非當時的主流。五四時期強烈的戰鬥的批評精神亦反映於當時的創作裏，譬如批判的寫實主義（Critical realism）、反傳統社會的戲劇與小說，爲當時最具代表性而貢獻也最特出的文學創作，卽就詩歌來說，當時所繼承的便是西方浪漫主義中革命性的一面，由語言的形態（棄傳統不涉理路的語態而襲用說理演繹的語法，強調「我」的重要性，由「我」向「你們」申說當前要義到題旨），無不具有批評的精神，甚至有時會沉入過度傷感主義的新月詩人，都可以說是在一種對過去制度批判下的精神進行，如徐志摩認爲愛情至高至大可以克服萬難改變世界等等，固然可以視作缺乏理智平衡的一種宣洩，但這種推崇愛情的態度，後面仍是對傳統儒家克制愛慾的批評。

五四的精神之一，便是實證實悟的科學精神和理性主義，但在開始的階段的作品，常呈現過度情緒化的發揮，這是一種矛盾的現象，但這種矛盾的現象，是任何遽變中常見的歷史現象，對五四時期的思想形態的回顧，以李長之的「迎中國文藝復興」（一九四二年）所提出的幾點最值得我們參考，茲列舉數則於後：

一、五四運動並非「文藝復興」……所謂文藝復興的意義是：一個古代文化的再生，尤其是古代的思想方式、人生方式、藝術方式的再生……可是中國的五四呢？試問復興了什麼？不但對中國自己的古典文化沒有了解，對於西洋的古典文化也沒有認識。

二、五四乃是一種啓蒙運動，啓蒙運動乃是在一切人生問題和思想問題上要求明白淸楚的一種精神運動，凡是不對的概念和看法，都要用對的概念和看法取而代之。在這種意義下，勢必第一步是消極的，對一切的權威、感官的欺騙、未證實的設想，都擬一拋而廓清之……所以這種啓蒙的體系太重理智的意義與目的的實效，於是實用價值是有了，而學術的價值卻失了……和理智不解緣的，是唯物思想及功利主義。

三、五四是一個移植的文化運動，揚西抑東……移植的文化，像揷在瓶裏的花一樣，是折來的，而不是根深蒂固地自本土的豐富的營養的。

四、五四運動在文化上是一個未得自然發育的民族主義運動……因爲那時並沒有民族的自信，只覺得西方文明入侵了，於是把自己的東西懷疑吧！毀掉吧！

五、五四運動主張明白淸楚，是一種好處，但就另一方面來說，明白淸楚就是缺少深度，水至淸則無魚，生命的幽深處，自然有煙有霧……五四是一種反「深奥」及「玄學」的態度。

六、五四在表現方法論上，也是淸淺的，很少人談到體系和原則，觸及根本概念的範疇……國人對浪漫主義的誤解，以爲披髮行吟爲浪漫，以酗酒婦人爲浪漫，以不貞爲浪漫……

七、五四缺乏自覺自信，樣樣通的人太多，窄而深的人太少。

五四給我們的貢獻最大者莫過於懷疑精神，反對人云亦云的批評態度，對傳統的批評方法有極大的修正作用，懷疑精神所引發的必然是尋根的認識，在五四時期，由於對於西洋思想方式及內容過度一廂情願的重視，而不能對傳統文化作尋根的認識到其正面價值的再肯定。譬如當時過度重視功利主義——影響至今——便是一例。爲什麼五四以後並沒有引發到對傳統及西洋的尋根的認識呢？我想一方面是傳統惰性的阻力仍大，最重要的還是開放性思想的受挫。五四反對了傳統的定型思想以後，作家們受着當時政治潮流的影響，再落入新的定型思想的枷鎖中，尤其三、四十年代的左派作家，每每被困在源出西方的馬列主義的模子中，當時的胡風，因爲緊握着五四給他的一點開放精神的種子，欲掙脫思想的枷鎖，而終於被圍剿整肅到無法生存。

但我們並不是說五四到四十年代間沒有冷靜、客觀、深思熟慮、對中西文化作尋根的認識的批評家，有，但不多。朱自清的「新詩雜談」及其對傳統文學（如詩經）的探討，朱光潛中西美學的比較，李廣田的「詩的藝術」，錢鍾書的「談藝錄」及美學論文，劉西渭（李健吾）的論詩與小說的文字……在過度情緒化的批評激流中它們是難得的論著。但當時大多數的批評，如果不落入某種定型思想的枷鎖，便是用了辯證方法而徒具辯證的程序的文字，它們甚少觸及文學作品中藝術結構的核心。

一個完美的批評家（或理論家）必須要對一個作品的藝術性，對詩人由感悟到表達之間所牽涉的許多美學上的問題有明澈的識見和掌握，不管你用的是「點、悟」的方式還是辯證的程序。所謂明澈的識見當不指死學而來的「拋書包」，而是活學而得的對美感視境的諸貌、風格的蛻變之歷史識見。死學而來的「拋書包」雖號稱讀遍四書五經，甚至凡詩皆可順口背出，而結果是大堆頭的未經思考的猛錄前人所言，盡「屢積詳舉，言繁意簡（而瘦而假）」之能事，對一首詩的機心，對一篇小說的結構與風格毫無認識；活學而得的識見的批評家，可能也曾讀遍四書五經以還的重要文獻，但不同的是，學養不露形跡，絕不繁複亂錄，化學問爲識見是也，批評家的先決條件也是要有「洞澈之悟」的，對作品中的藝術性（一首詩的機心）有了明澈的識見，也就不在乎他用的是「點、悟」的方式（有禪機的批評家用了這種方法而不見礙），還是用邏輯化的辯證的程序（他自然會避免不必要的修辭的枝椏），而都可以做到「言簡而意繁」的有效的批評。

# 嚴羽與宋人詩論[1]（1970）

## （一）

類比（Analogy）在文學批評裏的應用富有彰明價值及建設性，所謂彰明價值，是指它能把抽象的概念具體的呈現，所謂建設性，是指它提供了一個架構，憑此架構，許多相關的層面得以綴合，許多理論的層次得以統一。譬如，模擬論裏所提供的「文學是一面鏡子」的比喻，便成爲討論藝術作品客體的一個起點，迅速的歸結了藝術的功能是反映現實，無論所反映的是實證的物象還是超越的理念。又譬如，華玆華斯（Wordsworth）論詩乃「強烈的感情自然的橫溢」之說，便蘊含著詩人之心如泉源的類比，由此基本假設出發，文學批評者便會偏重處理詩人創作的心理活動以辨異。

然而，類比的應用有時卻是問題重重，嚴羽的「滄浪詩話」[2]即是一例。他的名句：「論詩

---

[1] 原文見 Tamkang Review, I-2 (Oct. 1970), pp. 183-200.

[2] 本文所據的版本是郭紹虞的「滄浪詩話校釋」，香港，一九六一年。郭校釋本有精湛的校勘，兼收前人對「滄浪詩話」的評析，是目前最好的版本。引文中的頁數即根據此版本。

如論禪」（頁十），不把「詩」這一個抽象的意念與具體的事物作比喻，相反地，他把它與另一尚待界定的抽象意念作類比，如此，不但沒有勾劃出詩明確的輪廓，反而提供了一種含混的比況，引發出許多解釋而終於導致了許多誤解。舉例說，這一個詩禪之喻竟被錯解為：詩載禪道或詩如禪道一般說教。由這個錯解復產生了許多攻擊❸。事實上，如果我們明白這只是一個類比，而非甲等於乙的方程式，所有的批評便不攻自破了。然而，我們試以甲圓圈代表詩，另以乙圓圈代表禪，我們仍然不免要進一步界定兩個圓圈相疊部分所指為何。換言之，我們得問：詩究竟從那一個角落，那一個層次上，到什麼的程度可以與禪相比？這個類比裏包括了哲學內容嗎？宗教熱忱嗎？還是僅指感應（和表現）現象現實的方式與過程？我想，對這些問題的回答，還得從「滄浪詩話」本身裏去尋求？不但要從這比喻進一步的具體證實與澄清裏追尋，還要從其對前輩詩論詩評的揚棄（容納與排斥）裏求取。

在嚴羽「答出繼叔臨安吳景仙書」裏，他闡明其「詩辨」（「詩話」中的首篇）的旨歸：

僕之詩辨，乃斷千百年公案，誠驚世絕俗之談，至當歸一之論。其間說江西詩病，真取心肝

---

❸ 舉例來說，劉克莊（一一八七—一二六九）「題何秀才詩禪方丈」即謂：「禪家以達磨為祖，其說曰：不立文字。詩之不可為禪，猶禪之不可為詩也」（「後村大全集」第九九頁）。見「四部叢刊」（臺北版，一九六五）該書第八五四頁。李重華「貞一齋詩說」亦抨擊：「詩教自尼父論定，何緣墮入佛事？」請參郭注第十六頁。

劊子手。以禪喻詩，莫此親切。是自家實證實悟者，是自家閉門鑿破此片田地，卽非傍人籬壁，拾人涕唾得來者。（頁二三四）

江西詩派是指追隨黃庭堅（一〇四五—一一〇五）的一羣詩人。江西派之名始自呂本中所編「江西詩社宗派圖」。呂本中受黃庭堅之影響甚深，所編「宗派圖」，把源自山谷的詩人列爲一派。呂氏本身後亦被視爲該派成員之一❹。根據曾季貍「艇齋詩話」，江西詩派諸人論詩如下：

後山（陳師道）論詩說換骨，東湖（徐俯）論詩說中的，東萊（呂本中）論詩說活法，子蒼（韓駒）論詩說飽參，入處雖不同，其實皆一關捩，要知非悟不可。❺

其間矛盾很顯然：當嚴羽說江西詩病時，用的竟非他獨創的比喻，而是江西詩派諸人慣用的說法！事實上，卽黃庭堅本人，嚴羽攻擊的主要對象，晚年也歸向於禪，並寫了許多在內容上表現上皆富於禪味的詩。我們如何能維護嚴羽自誇詩禪喻爲其所獨創呢？一個辯解的方法便是回到該時期的歷史裏，說明當時這種比法在北宋時便開始流行，郭紹虞在溯源該比喻的研究時，卽暗示

❹ 江西派詩人列於其中者有二五或二六人（記載略有異），其佼佼者爲陳師道、徐俯等。在王應麟「小學紺珠」裏，呂氏亦被列爲江西詩派中人。

❺ 見丁福保「歷代詩話續篇」，臺北，藝文，一九七四，第三三二頁。

這詩禪之喻是當時相當流行的腔調，誰都不應斷言其爲獨創者。

然而，要責難嚴羽，說他剽竊是旣不公平且易於誤導，因爲文學批評者可以改變借來的概念而成爲新的觀點，藉此以構造其對詩的原創性的看法。辜律瑞基(Coleridge)卽是如此。韋勒氏(René Wellek)在其所著「現代文學批評史」裏(History of Modern Criticism, 1955)勾劃出辜氏從德國諸思想家剽竊過來的觀念，並指出這剽竊並不能減少其對「想像」一詞所作的揮發的貢獻；因爲當其對「想像」一詞加以揮發之際，「想像」一詞已異於其剽竊過來的諸含義，雖然兩者在表面上有許多相似之處。從這個角度來看，嚴羽和辜氏的創新類同。

由於我們前已述及的矛盾，嚴羽的情況變得更爲複雜。「滄浪詩話」裏充斥着其他類此的矛盾。因此，我在此提議暫不鑽進禪學裏去發揮可移用及印證於詩的諸類似點，而首先嘗試解除前述的矛盾及其他繼起的諸矛盾。由此，我們期望透過嚴羽對當時主要詩論的吸收和排拒，來澄清嚴羽以禪喩詩的輪廓。

(二)

在我們討論「詩話」中某些重要章節之前，我們不妨先指陳宋代詩論上的兩大發展。蘇東坡(一〇三六—一一〇一)及黃庭堅被認爲宋詩兩大家，他們創立了宋詩的風格，而有別於唐詩。在文學批評裏，情形亦類似。

關於蘇東坡詩論的立場，我們可以先與宋儒「文以載道」之說先作比較，以便拈出其重點。周敦頤（一〇一七—一〇七三）認爲文學僅是道載之外飾。他對文學的要求注重作品中所裝載的道德思想。程顥（一〇三二—一〇八五）和程頤（一〇三三—一一〇八）甚至更進一步的認爲文學有礙於道之獲得而應被委棄❻。

對蘇東坡而言，文學是道的實現。對周、程而言，文學之爲文學是一獨立體這個觀念並不存在。對蘇東坡而言，文學本身（literature per se）與道是一體的。對周、程而言，道是存在於文學以外的東西，或者說，文學只是外加在道上面的一種修飾而已。對蘇東坡而言，創作的過程本身（表現）卻是道形成的部分主要過程。文學的實現在於文字達成道之自由活動活躍及捕捉自然的律動。文章應如

行雲流水，初無定質，但常行於所當行，常止於不可不止，文理自然，姿態橫生。❼

其自述其文說：

❻ 參「通書」章二八；「二程遺書」卷十八；「伊川文集」卷五。並請參郭紹虞「中國文學批評史」（香港，宏智，一九六二？），第一五六—一六〇頁。

❼ 見「四部叢刊」，「經進東坡集事略」，卷四六，第二七九頁。

> 吾文如萬斛泉源，不擇地而出，在平地，滔滔汩汩，雖一日千里無難；及其與山石曲折，隨物賦形，而不可知也。所可知者，常行於所當行，常止於不可不止，如是而已矣。[8]

東坡強調道之引出多於道之強求：文學家當其寫作之際，並非希冀先尋出一個「道」來，然後將之裝放在作品之中。道蘊含在寫作活動本身，其活動應如自然的律動那樣自由與自動自然。要獲致這種境界必須經由心之虛靜：

> 欲令詩語妙　無厭空且靜
> 靜故了羣動　空故納萬境[9]

這種對詩的看法基本上是道家的或禪宗的，雖然他身爲仕宦，在言行上，必須依循着一些儒家的觀點，以適應於朝廷對仕宦的要求。但在創作上，對虛靜的強調，所謂心齋，所謂坐忘，都是源出於莊子所要求的去知得眞或反璞歸眞的主張，亦卽馮友蘭借用威廉·詹姆士（William James）語所發揮的「純粹經驗」，亦卽我另文中提及的具體經驗。

---

[8] 見同上，卷五七，第三三五頁。

[9] 見「四部叢刊」，「集註分類東坡詩」，卷二一，第三九一頁。

馮友蘭對純粹經驗是這樣闡明的：所謂純粹經驗，卽無知識的經驗，在有純粹經驗之際，經驗者，對於所經驗，只覺其是「如此」，不知其是「什麼」……不雜名言之別。他又說，在經驗中，所經驗之物，是具體的，而名之所指是抽象的。所謂無知，馮氏再進一步說明：莊學所說之無知，乃經過知之階段，實卽知與原始的無知之合是也。此無知經過知之階段，與原始的無知不同，對於純粹經驗，亦應作此分別，如小兒初生，有經驗而無知識，其經驗爲純粹經驗，此乃原始的純粹經驗也，經過有知識的經驗，再得純粹經驗，此再得者，已比原始的純粹經驗高一級。（見馮著「中國哲學史」第二九八—三〇二頁）從這個道家的哲學觀來看，如要直取具體世界或自然本身，必須去知性的、抽象的思維的干擾，虛懷納物。

蘇東坡所強調藝術上的「空故納萬境」，物各就其性而自發，故萬物得以歸懷，萬事萬物得以自成於未受知性干擾的表現過程裏。這點使蘇氏的理論成爲一獨特的直覺主義(intuitionism)。這種由虛靜得以觀納萬物的活動，蘇氏稱之爲「意」：

> 作文亦然。天下之事，散在經子史中，不可徒使，必得一物以攝之，然後為己用，所謂一物者，意是也。⑩

---

⑩ 據葛立方「韻語陽秋」，見何文煥「歷代話語」（臺北，藝文，一九七四），第三一一頁。

如此，「意」能予萬物以一統，但和虛靜之說一併來看，意的活動是要無涉思跡的，因爲，對蘇氏而言，在表現之前，在與語言相搏鬪以求傳達之前，這「一統」已完成於心中。故「意」亦卽蘇氏在「答謝民師書」一文中所說的「求物之妙」：

求物之妙，如繫風捕影。能使是物了然於心者，蓋千萬人而不一遇也，而況能使了然於口與手者乎？⓫

完全的表現，完全的傳達，是與物無間的溶滙。蘇氏「出晁補之所藏與可畫竹詩」謂：「與可畫竹時，見竹不見人，豈惟不見人，嗒然遺其身。其身與竹化，無窮出清新。……」⓬此有賴於直覺式的「意」方可。

黃庭堅曾學於蘇氏。他強調法與度的重要性。事實上，黃庭堅對詩的觀點可以看作對蘇氏賴於直覺的「意」以尋求無間的自由的批評。他說：

蓋變體如行雲流水，初無定質，出於精微，奪乎天造，不可以形器求矣。然要以正體爲本，

⓫「四部叢刊」本，「經進東坡文集事略」，卷四六，第二七九頁。
⓬「四部叢刊」本，「集註分類東坡詩」，卷二一，第二二六頁。

自然法度行乎其間。譬如用兵，奇正相生；初若不知正而徑出於奇，則紛然無復綱紀，終於敗亂而已矣。[13]

正體乃指謹於布置法度，謹於字句間的安排及音韻格律。黃氏強調「法」、「律」及「眼」。詩人賴於對法度的熟悉及精通，而非僅賴於天才。金朝王若虛（一一七七—一二四六）譏評山谷，謂：

魯直欲為東坡之邁往而不能。於是高談句律，傍出樣度，務以自立以相抗，然不免居其下也。[14]

山谷的詩是否低於東坡的詩是另一問題。然而，山谷之賴於法度則爲事實。他對其主張有相當精妙的解釋而其對後世之影響極大，他說：

[13] 見范溫「潛溪詩眼」，此引文引自羅根澤「中國文學批評史」（香港，典文），第六五四頁，並請參羅著「論黃庭堅」部分。

[14] 王若虛「滹南詩話」，卷二。見丁福保「續歷代詩話」（臺北，藝文），第六二三頁。

老杜作詩，退之作文，無一字無來處；蓋後人讀書少，故謂韓杜自作耳。古之為文章者，其能陶冶萬物，雖取古人之陳言，入於翰墨，如靈丹一粒，點鐵成金也。⑮

又說：

詩意無窮，人之才有限，以有限之才，追無窮之意，雖淵明少陵不能盡也。然不易其意而造其語謂之換骨法；規模其意形容之，謂之奪胎法。⑯

對富天才、富感情如蘇東坡者，沒有什麼能構成其表現上的障礙。但對天才較次者，對不能賴於其「意」或直覺活動者，黃庭堅所提出的主張是適逢其會的。職是之故，江西派的詩人們甚或主張僅用有出處來歷的字句。然而，我們不應忽略黃庭堅對詩的寫作與點金術的比喻。這個比喻的含義是理想的詩人還具有能把文字轉化爲詩的魔力，卽使其魔力來自長期的浸淫與磨練。這解釋了爲何黃庭堅及江西派詩人一方面注重格律法度（有如形式主義者），一方面又能信任禪悟的原因。這兩者不一定是相互矛盾的。然而，他們只心儀於「禪」的某一層面。此點在我們下面談論

⑮「四部叢刊」本，「豫章黃先生文集」，卷十九，第二〇四頁。
⑯ 見惠洪「冷齋夜話」，稗海本，卷一，第七b—八a頁。

嚴羽及其禪悟說時有進一步的分析。

## (三)

許多學者已指出以禪喻詩之說在嚴羽以前便已由詩人學者們應用;某些學者更認為蘇東坡已有此意⑰。這裏,筆者僅處理江西派及嚴羽對此的不同的看法。陳師道說:

> 學詩如學仙,
> 時至骨自換。⑱

顯然地,「時至」及「骨自換」皆可溯源自黃庭堅的理論。那就是說,詩人能到達寫詩如魔法的一刻;但到達這一刻之前,詩人須經歷一段痛苦耕耘修練的時間。另一詩人吳可有相類的看法:

> 學詩渾似學參禪

⑰ 請參日人近籐春雄「支那四詩論」,斯文,卷廿四,八號,第二九—三四頁。船津高彥「滄浪詩話源流考」一文,見「東洋文學研究」,卷七,第三四—五一頁。

⑱ 陳師道「答秦小章詩」,見郭著「批評史」第二一九頁。

竹榻蒲團不計年
直待自家都了得
等閑拈出便超然[19]

此法乃經由漸修而達到頓悟。韓駒也說：

學詩當如初學禪
未悟且遍參諸方
一朝悟罷正法眼
信手拈出皆成章[20]

此說同樣是強調長久及多方熟習而進入悟。呂本中對悟前的知性的用心有進一步的肯定：

---

[19] 吳可「學詩詩」，見魏慶之「詩人玉屑」（臺北，一九六〇），卷一，第八頁。

[20] 見韓駒「贈趙伯魚」詩（陵陽先生詩二）。參郭著「批評史」第二一四頁。從所用詞彙來看，韓駒對嚴羽有一定的影響。據「陵陽室中語」，韓駒又謂：「詩道如佛法，當分大乘小乘，邪魔外道……」（「詩人玉屑」卷五引）。較之於嚴羽「禪宗者流，乘有小大，宗有南北，道有邪正，學者預從最上乘，具正法眼，悟第一義……論詩如論禪」，其關鍵可見。

作文必要悟入處，悟入必自工夫中來，非僥倖可得也。如老蘇之於文，魯直之於詩，蓋盡此理也。㉑

當嚴羽以詩禪相喻時，他是把「悟」這一直覺的活動挑出來以作爲詩與禪的共同點。他說：

大抵禪道惟在妙悟，詩道亦在妙悟。（頁一〇）

問題在：嚴羽所指的「悟」是否卽江西詩派所主張經由知性的用心而進入「悟」的過程呢？讓我們看嚴羽進一步的陳述：

然悟有淺深，有分限，有透徹之悟，有但得一知半解之悟。（頁一〇）

從知性的用心而進入「悟」的過程是「透徹之悟」還是「一知半解之悟」？嚴羽不直接言明，但卻陳述詩中透徹之悟如下：

㉑ 呂氏「童蒙訓」，見郭紹虞輯「宋詩話輯佚」，卷二，第二四四頁。

夫詩有別材，非關書也；詩有別趣，非關理也。然非多讀書，多窮理，則不能極其至。所謂不涉理路，不落言筌者，上也。詩者，吟詠情性也。盛唐諸人惟在興趣，羚羊掛角，無跡可求。故其妙處透徹玲瓏，不可湊泊，如空中之音，相中之色，水中之月，鏡中之象，言有盡而意無窮。近代諸公乃作奇特解會，遂以文字為詩，以才學為詩，以議論為詩。夫豈不工，終非古人之詩也。蓋於一唱三嘆之音，有所歉焉。且其作多務使事，不問興致，用字必有來歷，押韻必有出處，讀之反覆終篇，不知著到何處。（頁二三—四）

上面所引文字中包含着一系列複雜與矛盾的問題，讓我們一一加以縷析，看它們如何形成其對詩或詩的經驗的獨特看法。上引文中對「近代諸公」囿於「用字必有來歷，押韻必有出處」的批評，大概是針對江西詩派而發，而顯然是針對黃庭堅本人。這一責難事實上已成爲明人對宋詩的標準批評。然而，我們會問：江西派詩人不也是主張熟讀書嗎？我們甚至可以說，他們甚或會同意嚴羽的看法，以爲詩有別材，如果嚴羽的意思和他們想的一樣：「別材」有待於讀書而臻於完善。嚴羽大概亦有此意，因爲，根據嚴羽的說法，閱讀可助詩人達到「別趣」。讀書之爲用，可助詩人超脫學問和理路對創作的枷禁。黃庭堅的晚期及其後學便曾由依賴法度的說法轉變到不依賴法度。呂本中及楊萬里甚至把黃氏晚期不依賴法度之說推展到「活法」的主張㉒。而嚴羽從禪學的語彙裏也特別挑出類同的用語來說詩：

「須参活句，勿参死句」（頁一一六）

似乎，嚴羽所指向的不僅是文字風格上的自然。他所指向的是一種自由的活動，一種油然而生的表現，而有別於黃庭堅不依賴法度之說。詩提供一種「別趣」，一種不爲語言所筌的別趣。詩作爲一種存在，不著痕跡，玲瓏透徹，不障，不礙。詩以暗示托出如空中之音、相中之色、水中之月、鏡中之象。那就是說，語言文字在詩中的運用或活躍到一種程度，使我們不覺語言文字的存在，而一種無言之境從語言中湧出。（我們得注意詩中的所謂無言之境自然要有別於禪宗冥坐的無言之境。禪宗的無言之境是眞的無言，詩是語言的構架，是語言的產物，便無法眞正無言，但詩可以企圖超越語言並把語言轉化爲指向或呈示語言以外的物態物趣的符號。關於這一點，詳見後。）這是一種重點的轉移，轉向超脫語言的束縛的心靈的自由；似乎，那就是由黃庭

㉒ 據劉克莊「江西詩派小序」，呂本中謂：「學詩當識活法。所謂活法者，規矩備具，而能出於規矩之外，變化不測，而亦不背於規矩也。」（見丁福保「續歷代詩話」上，第五八四頁。）楊萬里一度呼江西派詩人爲禪學之南派。其在「誠齋詩話」謂杜甫及黃庭堅善於控御文字，並謂：「擇字之精，始乎擇用，久而自出肺腑，縱橫出沒，用亦可，不用亦可。」見丁福保「續歷代詩話」，第一五五頁。

堅轉回到蘇東坡。對蘇東坡而言，在表現之前，自由已完成於心靈裏。同樣地，讀書對嚴羽而言，並非僅指對文字、韻律、典故的熟習以求能技巧地應用，如此便只落入黃庭堅的主張而已。讀書之爲用，據嚴羽的說法，可以說是一種認識，認識到那些直接佔有我們，使我們感應如親臨的詩必是不障不礙的，如鏡中之象，玲瓏透澈，不爲陳腔或硬語所礙。此理從何認知？從讀書來。從閱讀裏，我們得知心象的最有效的表現是直接的、自由的直透文字裏，不爲前人的慣語陳法所牽制。我們不應僅以儲藏字詞、語彙、典故爲創作之途，以爲可以徵召它們在紙上作魔法的演出。因此，我們可以看出，黃庭堅基本上是一個著意、刻意用心創作的詩人，努力設法把斧鑿痕斂藏起來；而嚴羽的理想詩人，卻是不著意而能自發的詩人，在表現中自然賦予秩序而不必歷由知性的刻意用心。下面的引文即可證明此點：

> 詩有詞理意興，南朝人尚詞而病於理；本朝人尚理而病於意興；唐人尚意興而理在其中，漢魏之詩，詞理意興，無跡可求。（頁一三七）

詞理意興，無跡可求，渾然一體，最好的詩應該看不到人爲的痕跡、語詞矯辯的痕跡。漢魏之詩所以臻於此境者，乃因他們並非在形式上、語詞上作矯奇的老練。「形式」與「格律」之臻於矯奇老練（Sophistication），見於南朝。唐朝的某些詩人有見於此，卽努力回歸於質樸不矯的階段，然而，他們已無法完全掙脫前人給予他們的枷鎖。只有少數的詩人能成功地重臻漢魏的不隔不礙的表現，李白卽爲如此的一位天才。「孟襄陽學力下韓退之遠甚，而其詩獨出退之之上，一味妙悟而已」（頁十）。孟襄陽妙悟到詩之理在無礙之語言形式。比起韓愈其詩在「形式」上比較少「矯奇老練」，語言上比較少造作，比較近於漢魏詩，故優於韓愈。嚴羽進一步說：「漢魏尙矣，不假悟也」（頁十）。那是因爲漢魏詩是直接的完全表現，甚至不意識到直覺活動的本身。理想的詩是歸眞的詩，也就是超脫「矯奇老練」的詩。好比說在心中盛放生成之象便已是完全完整無缺的詩。「謝靈運至盛唐諸公，透徹之悟也」（頁十）。透徹之悟之成爲詩人必需重認之途徑，乃由於詩形式格律之陷於矯奇老練。透徹之悟乃是回歸與重新學習漢魏詩底樸眞的途徑。這解釋了爲何嚴羽在批評當代詩人之際，如此地關心於知性的消解。在「詩話」中的「詩法」部分，他提出了許多似非而是的法則，諸如：「不必太著題，不必太使事」（頁一〇六）；「押韻不必有出處，用字不必拘來歷」（頁一〇七）；「最忌骨董，最忌趁貼」（頁一一二）；「須參活句，勿參死句」（頁一一六）等。詩人徹首徹尾的詩則乃是心思的獨立，乃是解脫所有加諸其身的「形式」上的「矯奇老練」；如此，及其「透徹」之際，乃能「七縱八橫，信手拈來，頭頭是道」（頁一二一）。我們於此應識別嚴羽的「參活句」與黃庭堅的「點鐵成金」，在前者，形式的矯奇老練被否定；在後者，形式的老練往往是其用心的重點。

嚴羽底去老練以免於知性及文字之障以達於無礙之表現的說法，使我們立刻想到蘇東坡經由虛靜之心以觀納宇宙萬物的理論。我們是否可以說：嚴羽妙悟之說是對蘇軾底理論的重新肯定?然而，我們很難建立兩者的直接影響關係：在「滄浪詩話」裏，蘇東坡是被貶的。（參頁二四）

嚴羽似乎經由一特殊途徑而達到此詩觀。陳世驤先生在「中國詩學與禪學」(Chinese Poetics and Zenisim）一文中，認爲禪之用於談詩，到嚴羽爲高潮，是對新儒學把宇宙之神秘理性化的一反動㉓。從大體上看，陳氏的看法是對的，然而，嚴羽底禪悟之說卻似來自新儒。其間關鍵見於嚴羽與包恢（一一八二—一一八八）二人用語之雷同。包恢在「答傅當可論詩」謂：

但嘗得於所聞，大概以為詩家者流，以汪洋澹泊為高，其體有似造化之未發者，有似造化之已發者，而皆歸於自然，不知所以然而然也。所謂造化之未發者，則沖漠有際，冥會無迹，空中之音，相中之色，欲有執著，曾不可得……所謂造化之已發者，真景見前，生意呈露，混然天成……然此惟天才生知，不假作為，可以與此，其餘皆須以學而入。學則須習，恐未易遽造也。所以前輩嘗有「學詩渾似學參禪」之語。彼參禪固有頓悟，亦須有漸修始得。頓悟如初生孩子，一日而肢體已成；漸修如長養成人，歲久而志氣方立。㉔

其「留通判書」亦謂：

---

㉓ 見 Orient, vol. 10, NO.1, 1957, pp. 131-139.

㉔ 見包恢「敝帚稿略二」，請參郭著「批評史」第二〇九—二一〇頁。

今之學者，終日之間無非倚物；倚聞見，倚文字，倚傳注語錄，以此為奇妙活計……若能靜坐則不倚聞見議論，不倚文字傳注語錄，乃是能自作主宰，不徒倚外物以為主矣。㉕

上引嚴羽及包恢二人的文字，其雷同的情形是引人興趣的。據黃公紹「樵川二家詩」的序介，嚴羽是包恢底父親包揚的學生㉖。如果這是可靠的話，嚴羽及包恢二人用語的雷同就非純粹偶然的了。這是筆者前謂嚴羽妙悟之觀念來自宋儒之故。「宋元學案」卷七十七謂：「恢父揚，世父約，叔父遜，同學於朱陸，而趨於向陸者爲多」。上引第二引文中強調「自作主宰」即爲傾於心學的證明。我們不妨問，陸九淵對詩的寫作又有何高見呢？他說：

孔門惟顏曾傳道，他未有聞。蓋顏曾從裏面出來，他人外面入去。……吾友卻不理會根本，只理會文字。實大聲宏，若根本壯，怕不會做文字？㉗

陸九淵又謂：

---

㉕ 同上。
㉖ 見徐幹編「邵武徐氏叢書初刻」第十三册。
㉗ 見宋「四部叢刊」本「陸象山全集」，卷三五，第二九〇頁。

宇宙便是吾心，吾心便是宇宙。㉘

對陸象山言，語言（表現）直接從心間流出而其本身於心間已自我完成。由於這對內心自足的強調，故陸氏之門人亦得分享禪之觀念，進入心中的眞知而不必經思維作用。

把嚴羽的觀念純看作新儒學的觀念，恐怕也會誤導的，一如將它純看作禪宗的觀念一樣的不對。然而，我們得承認，嚴羽的論點一如包恢，帶有心學的色彩。二人皆假設心象於心中即完成了完全的表現。包恢所謂「有似造化之未發者」的風格，類似於嚴羽所謂詩的樸眞期。這種「有似造化之未發者」的風格是指心象的呈現，回歸於在心中表現前所有的本然如此的完全狀態。嚴羽筆下的詩人，經由透徹之悟，到達「詞理意興，無跡可求」的境地，如「空中之音，相中之色……」。二人皆認爲不能依賴才學、文字、議論、典故；詩人之旨歸在於捕捉心象原貌並給予直接的呈現，而沒有文字底邏輯、論述的、報導的諸障。然而，二人亦有不同。包恢給予須時間修練以自我完成的「漸悟」以同樣的重要地位，故其一如其宗師賞識江西派的詩人。對嚴羽而言，「漸悟」還是「一知半解之悟」而已。漢魏唐詩則好比禪學的臨濟宗，用當頭的棒喝以驚除學者名理的思維而得以進入對宇宙現象自由的自然的了悟。大曆以還的詩人（七六六年以後）則

㉘ 同上，卷三六，第三一四頁。

好比曹洞宗，注重律法與思維。我們得弄清楚的是：嚴羽把手段與目的識別，把過程與其結果所產生的心象識別。他的理想是：縮短心象與詩的距離，詩中的文字僅是「指」，得以藉此在讀者心中逗起詩前之境。（其時，照他的說法，文字應立刻消失於境象之後而不成爲障礙。）

嚴羽此說的困難是：在實際的寫作過程裏，始生的心象在詩成之前往往幾歷變遷。正如嚴羽所深知的，語言是有其局限的（「言有盡而意無窮」）。正因此局限，詩人須要在語言與心象之間經常作妥協。有時，從這妥協調停裏，新的意義會產生而併入始生的心象裏，而使此心象煥然不同。

嚴羽在排拒江西詩派底迷於文字底控宰之際，漸漸地離開了把詩看著文字的藝品的觀念，進入把詩看作表現前或表現後便完整自足的心象的觀念。誠然，禪宗底單刀直入之法有近於嚴羽詩境的感悟。其分野是：禪純然是內在心靈的經驗，可與文字絕緣；但詩則需有客觀的（即語言的）存在。我們必須有水有鏡，方能看到其中之月與象，況且，詩底表現與傳達並非單純機械地如水與鏡底反映。（古添洪譯）

# 無言獨化：道家美學論要[1]（1979）

拉丁美洲詩人包赫時（Jorge Luis Borges）在他的作品「地獄篇」的寓言裏，讓上帝向一隻豹顯示，並告訴豹牠將成爲某一首詩中的一個字。這個寓言可以說是象徵主義者馬拉梅一句名言的演繹，馬拉梅說：「世界萬物的存在都是爲了落腳在一本書裏。」在象徵主義的美學裏，文字有特權、有獨立的身分，可以創立它獨有的世界，現象世界的事物到頭來，只爲文字所造的世界服役。這一個看法，自馬拉梅以來，一直盤據着西方現代詩的各層面；但這個看法，正好與中國大部分的理論，尤其是道家對語言藝術的看法相左。正如寓言裏豹對自己將成爲一首詩裏的一個字這份殊榮感到茫然不解，西方現代詩人和美學家對語言的任務也是看法曖昧含糊，他們一面認爲語言無法全面呈示宇宙現象，一面又肯定唯語言始能使世界顯露完成。西方現代美學這種

❶ 老子的「道德經」將按章注明。莊子和郭象的注均按郭慶藩所編「莊子集釋」（臺北河洛版，一九七四）。

曖昧的態度所引發的繁複的變化，並非本文的目的，我將另有文章處理。在本文中，我們試圖了解道家的宇宙現象論，如何爲中國詩學提供了一種獨特的「離合引生」的辨證方法，一種「空納——空成」的微妙的感應／表達程序。

張眼看外在世界，我們不難認知一個基本的事實：那便是宇宙現象萬物是一整體，宇宙萬物偉大的運作是一整體繼續無間地演化生成的過程，無論我們有沒有文字或用不用文字去討論它和表現它，它將無礙地繼續演化、繼續推前生成。我們一旦完全了悟到各物象共同參與這個整體不斷生成的運作，便會對自此一融滙不分的渾然湧生出來的物象產生尊敬並設法保存其原貌本樣。道家的宇宙觀，一開始便否定了用人爲的概念和結構形式來表宇宙現象全部演化生成的過程；道家認爲，一切刻意的方法去歸納和類分宇宙現象、去組織它或用某種意念的模式或公式去說明它的秩序、甚至用抽象的系統去決定它秩序應有的樣式，必然會產生某程度的限制、減縮、甚至歪曲。人們往往以偏（一切人爲的概念必然是片面的）概（簡化）全的抽象思維系統硬套在演化中的宇宙現象本身，結果和萬物的具體性和它們原貌的直抒直感性隔離。這一切一切的概念化的說明，老子告訴我們，都是不可靠的幻象，所以他一開頭便說：

> 道可道，非常道。
> 名可名，非常名。（一章）

又說：

知者不言，言者不知。（五十六章）

「可道之道」「可名之名」是屬於概念的世界，是語言的公式，宇宙現象的事物可以完全不受它們的牽制而自動自發地存在。正如離開道家哲學二十三世紀的近人海德格（Martin Heidegger）所說：「所有的存在物都不會受人爲的概念所影響。」❷物各自發自然也。但嚴格的說來，只要我們想到事物，這一動念本身便已經是語言的行爲，欲求實際無礙地進入事物的整體性，第一步便是要無言，即所謂無語界。理想的知應是無智、無知或未知，莊子在「齊物論」裏有所發揮：

古之人，其知有所至矣。惡乎至？有以為未始有物者，至矣盡矣，不可以加矣。其次以為有物矣，而未始有封也。其次以為有封矣，而未始有是非也。是非之彰也，道之所以虧也。

❷ 見海德格 Introduction to Metaphysics (New Haven, 1959), p. 5, 29，海氏的 On the Way to Language和Poetry, Language and Thought 二書中的許多觀念和本文所論亦有相合之處，（現保留作另一比較研究的文章裏用。

(「莊子集釋」七四頁)

最完整的天機是「未始有物」的渾沌，人置身宇宙萬物而覺物在，在「以爲有物」而「未始有封」之際，仍可保存天機的完整；但一旦有「封」(概念化、類分)、一旦有「是非」之分(判定、批判)，天機的完整性便開始分化破碎爲片斷的單元。所以莊子着着在設法保護宇宙現象的完整性。關於語言的限制性，老子雖有言，但發揮得最詳盡的是莊子，對引發後來美學家的思索也最大：

> 世之所貴道者，書也，書不過語；語有貴也，語之所貴者，意也。意有所隨，意之所隨者，不可以言傳也……視而可見者，形者色也；聽而可聞者，名與聲也。悲夫，世人以形色名聲為足以得彼之情！夫形色名聲果不足以得彼之情，則知者不言，言者不知。(「莊子集釋」四八八—九頁)

文字語言既不適足以包含宇宙現象生成的全部，亦無法參透肉眼看不見的物之精微：

> 夫自細視大者不盡，自大視細者不明。夫精，小之微也；垺，大之殷也；故異便。此勢之有

> 也，夫精粗者，期於有形者也；無形者，數之所不能分也；不可圍者，數之所不能窮也，可以言論者，物之粗也；可以意致者，物之精也；言之所不能論，意之所不能察致者，不期精粗焉。（「莊子集釋」五七二頁）

對語言文字的限制，其表物象能力之不足的根本認識，自然含有更根本的一個觀念，那便是認定作爲萬物萬象之一體的人是有限的，他不應該被視爲萬物的主宰者，更不可視爲能給宇宙萬象賦給秩序的動因。這一個對人、宇宙萬物和語言的相互關係的認識，是道家影響下中國美學詩學的據點，本文所要引論的亦將從這個據點出發。但現在，讓我們轉向西方兩個近代的哲學家，威廉・詹姆士（William James）和A・N・懷海德（A. N. Whitehead），對以上的問題，先作側面的註腳。詹氏懷氏由於西方科學發展所激發出來的認識論的焦慮（epistemological agony），對認識宇宙現象的描述，和道家所關心的整體性曾有某程度上的迴響，雖然他們在敍述時是發自現代人的隔閡情境的。詹氏說：

> 宇宙世界向我們每人分別呈現其內容時顯出的秩序和我們主觀的興趣如此的相異，我們一時無法想像出它實際的形狀。我們往往要將這個秩序完全打破，然後將關及我們自己的事物選出，再和相離甚遠的其他事物串連起來，並稱說它們「互屬」，如此而建立起某些序次的線

索和傾向……但此時此刻實際經驗不偏分地相加起來的總和，不是全然的混亂嗎？……我們沒有感官或能力可以欣賞這個如此平白無辨地呈現的秩序。此刻客觀地呈現的真實世界是此刻所有存在物和事件的總和，但這樣一個總和，我們可以思考嗎？我們可以體現出來特定的一點時間裏全部存在中一個橫斷面的面貌嗎？當我現在說話的同時候，有一隻蒼蠅在飛，阿瑪遜河口一隻海鷗正啄獲一條魚，在亞德隆達荒原上一棵樹正倒下，一個人在法國正在打噴嚏，一匹馬在韃靼尼正死去，法國有一對雙胞胎正在誕生。這告訴了我們什麼？這些事件，和無千無萬其他的事件，各不相連地，同時發生，但它們之間可以形成一個理路昭然的聯結而相合為一個我們可以稱之為世界的東西嗎？但事實上，這個「並行的同時性」正是世界的真秩序，對於這個秩序，我們不知如何是好而盡量與之疏遠。正如我說的，我們將之打破，分化為種種歷史，分化為種種藝術，分化為種種科學……我們製造出一萬種串連性序次性的秩序……在部分與部分之間找出許多串連的關係——一些隔於我們感覺經驗的關係……從這些無盡的串連關係之中我們宣稱某些是「精要的」，某些是「可依的律理」，其他的便一概忽視、放棄……並說感官所得的印象一定要「屈服於」，一定要「減縮為」某些我們切要的形狀。❸

❸ The Will to Believe and Other Essays (London, 1905), pp. 118-20.

詹氏對宇宙現象呈現的全體承認是眞秩序，其無法如道家視之爲萬物渾然、物各自然互相呼應地參與運作而視之爲混亂，當然是歸因於西方分封的思想。但就人知力無法概全所有的存在物所有的事件同時發生共存的整體這一點，正好是道家對知力、語言文字不信賴的註腳。詹氏這段話並顯示出，西方人雖然直覺到萬物共存的眞秩序，但他們卻堅持將之分解爲合乎他們某些概念中的序次和體系的單元。用懷海德的話說：

> 實際經驗裏所見的不整齊和缺乏調整的個性，經過了語言的影響和科學的塑模，完全被隱藏起來，這個齊一調整以後的經驗便被硬硬的插入我們的思想裏，作為準確無誤的概念，彷彿這些概念真正代表了經驗最直接的傳達。結果是，我們以為已經擁有了直接經驗的世界，而這個世界的物象意義是完全明確的界定，而這些物象又是包含在完全明確地界定的事件裏……我的意見是……這樣一個（乾淨俐落確切無誤）的世界只是觀念的世界，而其內在的串連關係只是抽象概念的串連關係。❹

如何可以避免我們對宇宙現象的整體感受到破壞呢？莊子重視「概念、語言、意識發生前」的無

❹ The Aims of Education (New York, 1967), pp. 157-8.

言世界的歷驗，在這個世界裏，質原貌樸的萬物萬象可以自由興發的流向我們。莊子對「未知有物」的「古之人」極力的陞揚，老子呼籲「復歸於嬰」（第二十八章），回到童眞與萬物的自然無礙的應和。「古之人」，在渾然不分裏對立分極的意識未成之前，兒童，在天眞未鑿的情況裏，都可以直接的感應宇宙現象中的具體事物，不假思索，不藉抽象概念化的程序，而有自然自發的相應和。這種調合的應和，道家稱之爲天放：

> 民有常性，織而衣，耕而食，是為同德；一而不黨，命曰天放。故至德之世，其行填填，其視顛顛。當是時也，山無蹊隧，澤無舟梁；萬物羣生，連屬其鄉；禽獸成羣，草木遂長。是故禽獸可係羈而遊，鳥鵲之巢可攀援而闚。夫至德之世，同與禽獸居，族與萬物並，惡乎知君子小人哉，同乎無知，其德不離；同乎無欲，是謂素樸；素樸而民性得矣。（「莊子集釋」三三四—六頁）

本篇（「馬蹄」）雖被視爲後來的道家所撰，但其精神和老子的「常德不離，復歸於嬰……常德乃足，復歸於樸」（二十八章），和莊子的「古之人」的觀點完全一致的。顯然地，對老子莊子而言，「素樸」代表了我們原有的整體渾然的意識狀態，開放、無礙，萬物可以自由興發的放流，一般人因爲得了智知，把抽象的思維系統套限了我們的原性，便失去了這個天放的意識狀態。我們如果一開始便了解我們的原性，我們自然會與這太初的天放保持着適切的步調。現在我們既已喪失了這份素樸的原性，我們首要的工作便是完全了悟人在萬物運作的天放中原有的位置和關係，以求重現我們可以任物我無礙地自由興發的意識狀態。莊子的偉大處，是他用了獨特的哲學方式，點與出來這物我的關係，使我們可以認可、印歷，使我們並未完全因智知而消失的原性在我們心中再生。

一旦了解到，在宇宙現象萬物不斷生成演化的全景中，人只不過是萬千存在物之一而已（「天地與我並生，萬物與我爲一」，「莊子集釋」七九頁），我們沒有理由只給予人以特權，認爲他的思維結構形式是對宇宙現象的認識唯一可以依循的權威，何況宇宙現象是昭著的大於人，是人無法全然包含表達的個體。因而，欲重現我們的原性本樣，首先要在我們現在的意識裏，排除所有公式化系統化的思維類分與結構，肯定存在於概念外語言外的具體世界中萬物的自然自足、各依其性其用的演生調化。所謂「吹萬不同而使其自己也」（「莊子集釋」五十頁），所謂「鳧脛雖短，續之則憂；鶴脛雖長，斷之則悲」（三一七頁），物各具其性，各得其所，我們應任其自然自發。樹向上長，河向下流，石剛水柔。大鵬搏扶搖而上九萬里（二頁），小鳥只決起榆枋（九頁）；大椿以八千歲爲秋，朝菌卻不知晦朔（一一頁），各依其性各展其能。我們怎可以此爲主以彼爲賓呢？我們只是萬物中之一體，我們有什麼權利去把它們分等級？我們怎能以「我」的觀點強加在別的存在體上，以「我」的觀點爲正確的觀點，甚至唯一正確的觀點呢？當我們如此做的時候，我們不是如井中之蛙，視部分的天空為全部的天空嗎？彷彿要應和莊子「齊物論」裏這些精要的觀念，海德格在其「形上學序論」裏說：「一切存在物都是等值的」，我們不應將某一存在體（包括人）拈出而晉升其身價：

> 老實說，人是什麼？試將地球置於宇宙無限黑暗的太空中，相形之下，它只不過是空中的一顆小沙，在它與另一小沙之間存在著一哩以上的空無，而在這顆小沙上住著一羣爬行著、惑亂的所謂靈性的動物，在一個偶然的機會裏發現了知識，在這萬萬年的時間之中，人的生命、其時間的延伸又算得什麼？只不過是秒針的一個小小的移動。在其他無盡的存在物中，我們實在沒有理由拈出我們稱之為「人類」此一存在物而視作異乎尋常。⑤

我們有什麼權利把共同參與自然的運作的同伴的原性變質變樣呢？白雲自白雲，青山自青山，白雲不可責青山之為青，青山不可責白雲之為白。所謂「可」「不可」「然」「不然」常是從某一單獨的觀點去決定。事實上，

---

⑤ Introduction to Metaphysics, pp. 3-4.

> 是亦彼也，彼亦是也。彼亦一是非，此亦一是非，果且有彼是乎哉……彼是莫得其偶，謂之道樞，樞始得其環中，以應無窮。（「莊子集釋」六六頁）

所以化除名辨，同時從「此」從「彼」觀物——所謂「以物觀物」，始可得「天鈞」（七十頁）。用莊子最重要的詮釋人郭象的話來說，「物各自然，不知所以然而然，則形雖彌異，其然彌同也」（「莊子集釋」五十五頁），「無既無矣，則不能生有；有之未生，又不能爲生，然則生生者誰哉？塊然自生耳……自己而然，則謂之天然，天然耳，非爲也，故以天言之。」（五十頁）

當莊子說「道無所不在」時，他並不指「道」爲人發明創製只存在於理念世界的「理法」（如柏拉圖的Logos）或基督教中的創造主（在西方的系統裏，是Logos或創造主決定了宇宙現象世界萬物存在的形義），而指萬物不受抽象思維系統干擾自由興發的體現，是在這種顧及物各自然的全面性的情境之下莊子說「天地與我並生，萬物與我爲一。」

我們既然明白了萬物自放中人所佔位置是如此，我們自然不會放眼在滔滔欲言的自我，而會轉向無言而能獨化、活潑地自生自發的萬物萬象。這個宗於整體中的視境，和宗於偏面的視境，二者美學的含義、程序、手段都完全的不同。道家的美學大體上是要以自然現象未受理念歪曲地湧發呈現的方式去接受、感應、呈現自然，這一直是中國文學和藝術最高的美學理想，求自然得天趣是也。

我們在此不妨進一步探討「由我觀物」和我「以物觀物」之間美學感應和表現程序的分別。在前者，以自我來解釋「非我」的大世界，觀者不斷的以概念觀念加諸具體現象的事物上，設法使物象撮合意念；在後者，自我溶入渾一的宇宙現象裏，化作眼前無盡演化生成的事物整體的推動裏，去「想」，就是去應和萬物素樸的自由興現。前者「傾向於」用分析性、演繹性、推論性的文字（或語態），用直線追尋、用因果律的時間觀，由此端達到彼端地推進使意義明確地界定。後者「傾向於」將多層透視下多層聯繫的物象和它們併發性的興發以戲劇的方式呈演出來，不將之套入先定的思維系統和結構裏。如此，道家的美學，顧名思義，自然可以消除類分和解說的要求，而道家對萬物原貌興發的肯定，自然也可以避免西方詩中主軸的比喻和形而上學。比喻，從基層上去說明，是具有喻依和喻旨兩項，喻依者，詩中所言物象，喻旨者，物象所含意義、意念。形而上學英文是 Metaphysics，照海德格新近從古代哲學用法的語根說明，Physis也者，指事物的湧現（這包括其未動時之「存在事實」和動變時的「生成過程」），Metaphysis也就是超出事物的具體存在而進入了概念的世界❻。宇宙現象的萬物顯然無需人爲的比喻行爲和概念世界的形而上學而可以自生。這種不必依賴比喻和玄理而存在的文學例證，可見於大量的中國山水詩。（見我著的 Hiding the Universe, Mushinsha-Grossman 版，一九七二年，和

---

❻ Introduction to Metaphysics, p. 14.

「中國古典詩和英美詩中的山水美感意識的演變」一文。）簡單的說，這些詩不依賴比喻，不依賴象徵：山水事物照它們的原貌原狀呈現，詩人不用解說干擾，景物直接「發聲」直接演出，詩人彷彿已化作景物本身。

但道家這套美學裏是含有許多附生的矛盾的。我們必需將之指出，然後可以了解其複雜性，我們必需要設法了解道家哲學中的「離棄」的過程如何可以成爲「合生」的作用。所謂「離合引生」的辯證方法在表面上看來是一種否定或斷棄的行爲：說道不可以道；說語言文字是受限不足；說我們應該「無爲」，應該「無心」「無知」「無我」；我們不應言道；道是空無一物的。但事實上，這個看來似是斷棄的行爲卻是對具體的整體宇宙現象，對不受概念左右的自由世界的肯定。如此說，所謂斷棄並不是否定，而是一種新的方法，把抽象思維曾加諸我們身上的種種偏減縮限的形象離棄來重新擁抱原有的具體的世界。所以，不必經過抽象思維那種封閉系統所指定的「爲」，一切可以依循我們的原性完成；不必刻意地用「心」，我們可以更完全的應和那些進入我們感觸內的事物；把概念化的界限剔除，我們的胸襟完全開放、無礙，像一個沒有圓周的中心，萬物可以重新自由穿行、活躍、馳騁。很顯然地，道家所描述的應物觀物的活動必需要從這個「離合引生」的辯證方法去了解：

> 無聽之以耳而聽之以心，無聽之以心而聽之以氣。聽止於耳，心止於符。氣也者，虛以待物

> 也。唯道集虛，虛者，心齋也。（「莊子集釋」一四七頁）
>
> 為人使易以偽，為天使難以偽。聞以有翼飛者矣，未聞以無翼飛者也；聞以有知知者矣，未聞以無知知者也。瞻彼闋者，虛室生白，吉祥止止，夫且不止，是謂坐馳。夫徇耳目內通而外於心知，鬼神將來舍，而況人乎！（「莊子集釋」一五〇頁）
>
> 墮肢體，黜聰明，離形去知，同於大同，此謂坐忘。（「莊子集釋」二八四頁）

其他感應宇宙現象的方式，往往是帶著滿手預製的規矩，量量配配，道家的心卻是空的，萬物的原性可以得到完全的感印，不受干擾，不被歪曲。這樣的意識形態常常被比作澄清的止水（「莊子集釋」一九三頁），萬物可以自鑑。這種心齋、坐忘的狀態極像西方神秘主義者的出神狀態，尤其像他們所描述的由消滅「自我」經遺忘到電光一閃的明悟的三個階段。白瑞蒙神甫（Henri Brémond）在討論「靈」（Anima，深層自我，直覺經驗）和「智」（Animus，表層自我，知性活動）的鬭爭時有如下的描述：既然純智慧無法達到終極的現實（在白瑞蒙的系統中，這個終極現實自然離不了神性），我們必需把表層的自我消滅，讓理性的力量退卻，然後我們才可以與靈魂接觸。理性的退卻帶來一種遺忘的狀態，在這狀態裏，所有表層自我所建立的阻礙都可以排除，其時，「靈感」才發生，像從靈魂最深之處發出的一點火花❼。莊子在「齊物論」開頭描述一個聖人與天籟靈交時的情況有相當的相似：

> 南郭子綦隱機坐，仰天而噓，荅焉似喪其耦。顏成子游立侍乎前，曰：「何居乎？形固可使如槁木，而心固可使如死灰乎？今之隱機者，非昔之隱機者也。」子綦曰：「偃，不亦善乎，而問之也！今者吾喪我，汝知之乎？女（汝）聞人籟而未聞地籟，女聞地籟而未聞天籟夫！」（「莊子集釋」四三—五頁）

這種平行相似性實在令人玩味。譬如，聖・德勒撒(St. Teresa)，在她神秘的靈交時，也是說目不見耳不聞。蒲樂泰那士（Plotinus）也說：「凝滙的冥思只能在靈魂拒一切於門外時始發生。」❽勃萊克(Blake)、十架的聖約翰（St. John of the Cross)、艾克赫特(Eckhart)、巴斯卡爾(Pascal)都曾狂熱地申述：自我的隱退是與終極現實靈交的先決條件。從更廣的角度來看，道家中的「無心」也是具有一點神秘主義色彩的（這也許是爲什麼它變成後來禪宗的座右銘的原因）。起碼，「心齋」、「坐忘」所與發的與天籟的感觸是近乎威廉・詹姆士所說的神秘經

❼ Prayer and Poetry, tr. Algar Thorold (London, 1927), pp. 108ff.

❽ Prayer and Poetry, p. 147, 116.

驗的，詹氏說：

這是在人的意識裏對現實的一種覺識，是一種客觀顯現的感受，是「有些什麼東西在裏頭」的感悟，是比現行心理學對存在現實呈現的幾種解釋更深層、更普遍的認識。⑨

但道家「心齋」、「坐忘」的意識和西方宗教的神秘主義卻有根本的歧異，那便是：它不如西方企求躍入形而上的本體世界；對道家而言，宇宙現象本身「便是」本體世界。

道家這個帶有神秘主義色彩的狀態常被描寫為「神」，所謂「神」，便是當我們的心進入了物象內在的機樞和活動以後的狀態。莊子「養生主」裏庖丁解牛的故事是這個狀態最好的說明：

庖丁為文惠君解牛，手之所觸，肩之所倚，足之所履，膝之所踦，砉然嚮然，奏刀騞然，莫不中音。……文惠君曰：「譆，善哉！技蓋至此乎？」庖丁釋刀對曰：「臣之所好者道也，進乎技矣。始臣之解牛之時，所見无非全牛者。三年之後，未嘗見全牛也。方今之時，臣以神遇而不以目視，官知止而神欲行，依乎天理……今臣之刀十九年矣，所解數千牛矣，而刀

---

⑨ The Varieties of Religious Experience (New York, 1958), p. 61.

刃若新發於硎，彼節者有閒，而刀刃者無厚，以無厚入有閒，恢恢乎，其於遊刃必有餘地矣。」（「莊子集釋」一一七—一一九頁）

庖丁不見全牛，而彷彿看見牛內裏全部的組織，所以刀能律動自如遊於骨節之間，其技至「神」。我們對宇宙的機樞也要用「神遇」，而神遇的先決條件，便是斷棄自我外加在現象上的思維系統，虛懷而物歸，心無而入「神」。這種「離合引生」「空納空成」的辯證感物和表達的程序，一面沾有某程度的神秘主義的「神遇」狀態，可以用來歷驗創作的心理活動，一面肯定宇宙現象裏具體眞實的萬物，根歸自然而不作抽象概念世界的追索，不對現象萬物作人爲的教條公式的解說。這一個以心齋忘我而達至「即物即眞」、歷驗「道不離物」（道雖不可道，但可在物的自由興發而見之）的「離合引生」「空納空成」的程序，正是中國歷代文學理論藝術理論的支軸，連同傾向於儒家的理論亦然。

陸機（201-393）：

其始也，皆收視反聽，耽思傍訊，精騖八極，心遊萬仞。其致也，情曈曨而彌鮮，物昭晣而互進。

罄澄心以凝思。

課虛無而責有，叩寂寞而求音。[10]

劉勰（約465-520）：

文之思也，其神遠矣。故寂然凝慮，思接千載……故思理為妙，神與物遊……是以陶鈞文思，貴在虛靜，疏瀹五藏，澡雪精神。[11]

張彥遠（847年前後人）：

界筆是死畫也。守其神，專其一，是真畫也。……夫運思揮毫，自以為畫，則愈失於畫矣。運思揮毫，意不在畫，故得於畫矣。不滯於手，不凝於心，不知然而然。凝神遐想，妙悟自然，物我兩忘，離形去智；身固可使如槁木，心固可使如死灰，不亦臻於妙理乎，所謂畫之道也。[12]

---

[10]「陸士衡文集」，「文賦」，「四部叢刊」（臺北商務重印，一九六五年）。

[11] 范文瀾注「文心雕龍」「神思」篇（一七三八，臺北，一九五九年重印），第六頁。

[12] 俞劍華注「歷代名畫記」（香港，一九七三年），第三五—六頁，四〇—一頁。

司空圖（837-908）：

素處以默，妙機其微。⑬

蘇東坡（1036-1101）：

欲令詩語妙，
無厭空且靜，
靜故了羣動，
空故納萬境。⑭

嚴羽（1180-1235左右）：

詩之極致有一。曰入神。

所謂不涉理路，不落言筌者，上也……故其妙處透澈玲瓏，不可湊泊，如空中之音，相中之

⑬ 郭紹虞注「詩品集解」（香港商務，一九六五年），第五頁。
⑭ 「集註分類東坡先生詩」，「四部叢刊」二一冊，第三九一頁。

色，水中之月，鏡中之象。⑮

王國維（1877-1927）：

有有我之境，有無我之境……無我之境，人惟在靜中得之；有我之境，於動之靜時得之。⑯

道家美學中「離合引生」「空納空成」的辯證感應表達方式在以上的例子中所佔的中心性及其繼承演化的情形已經很顯著，不必我再說明。但是，我們必需停下來，回到先前提出的矛盾再細思。我們可以說，在道家的意識活動情況下，對萬物物各其性的全然了悟可以通過「離合引生」的過程而獲得，但所謂掃除知性的負贅而達到具體世界神妙的機遇和接納卻是停留在我們作文字表達之前的意識形態。照說，理想的道家主義的詩人，應該是沉默無言不求表達的，既已肯定了無語界，自然勾消了表達的可能。莊子對其間的矛盾曾有透徹的說明：

萬物與我為一，既已為一矣，且得有言乎？既已謂之一矣，且得無言乎？一與言為二，二而一為三。自此以往，巧曆不能得，而況其凡乎？故自無適有，以至於三，而況自有適乎？無

⑮ 郭紹虞，「滄浪詩話校釋」（北京人民出版社，一九六一），第六頁，廿四頁。

⑯ 徐調孚注「人間詞話」（香港，一九七四）。

適焉，固是已。夫道未始有封。言未始有常。（「莊子集釋」七九頁）

道是不可道的，但老子莊子不得不用「道」字言之。但他們一面用了「道」字，一面提醒我們應該立刻將之忘記，以便再與天道自然爲一。「道」字之用，彷彿一指或一火花，指向、閃亮原來的眞實的世界。但語言文字，作爲人爲的事物之一，如何可以作同樣的發揮呢？在全然了悟而未發爲詩之際與用文字表達的行爲之間，我們能作何種調協呢？

在道家「離合引生」「空納空成」的辯證方法裏含有一個假定，那便是，當我們重獲原性與道爲一，其他一切的活動會自然自發，得心應手，如庖丁之解牛，如輪扁不徐不疾的斲輪（「莊子集釋」四九一頁）。當我們重獲原性，我們便會產生近似自然本身的活動能力。用莊子的話說：「已而不知其然謂之道。」（「莊子集釋」七〇頁）我們走路，自動自發不知其然地走，只有在我們行動不便或足傷時才會注意到如何的走。自動自發不知其然地走路——這是我們原性中之一例。用現代生活的例子來說明，譬如開排檔的車，一個好的駕駛員，在換排檔變速時應該熟練到如開自動變速排檔的車一樣，並不自覺何時需要換排檔，好像換了也不自知。達到這種沒有一點猶豫的機動，便像「魚（生於水長於水）相忘乎江湖，人（生於道長於道）相忘乎道術。」（「莊子集釋」二七二頁）便像「沒人未嘗見舟而便操之，彼視淵而若陵。」（「莊子集釋」六四二頁）便像呂梁丈夫蹈水，出入於水如我們呼吸空氣的自然，因爲「長於水而安於水，性

也。」他已得水之道，入水之性。（「莊子集釋」六五六—八頁）

（在此，我們應該重看我們美學中「自然」的觀念。傳統詩論畫論中特別推重詩中畫中自然的興發，要作品如自然現象本身呈露運化成形的方式去呈露去結構自然。這個美學理想把自然（物象無需費力不刻意的興現）和藝術（人爲的刻意的努力）二者之間的張力微妙的緩和統合了。嚴格的說，藝術，顧名思義，是不可以成爲自然的。所以道家美學中所說的實在是「重獲的自然」「再得的原性」，一種近似自然的活動，近似自然興發的表現力。

俯拾卽是，不取諸鄰。
俱道適往，著手成春。
如逢花開，如瞻歲新。
眞與不奪，强得易貧。
幽人空山，過雨採蘋。
薄言情悟，悠悠天鈞。⑰

⑰「詩品集解」，第十九頁。

這是詩人美學家司空圖對道家「自然」這個理想的廻響和發揮，亦是歷代詩人和批評家所持的信條。自然、自發、天機、天放、氣韻生動……等都是描述作品之入乎自然現象本身的情狀的用語。證諸書法繪畫，由於墨濕易散紙質吸墨又快，筆觸必需不可遲疑的快速完成，如此，由我們體內通過手而到紙上的氣的流動必需要無阻無礙。同樣地，太極拳的每一個動作都必須要讓體內的氣自由自然無阻的流動才可以使我們身體的機能復歸自然。對道家主義者、對書法家、對畫家、對太極拳師而言，心手無礙的互應互合——自然的狀態直接產生自然的機動——這是一個不移的信念，其間沒有什麼虛玄。

我們可以了解到：道家是深信，意識狀態和表達方式二者是不可分的，這可以從注重「氣」「氣韻」的藝術如書畫裏證明。問題在，一首詩也可以完全用這個「得心應手」或「氣貫心手」的活動來說明嗎？氣韻在傳統詩學中當然也是佔著最高位置的。但我們能把語言文字的生長活動看作「走路」那樣自動自發不知其然嗎？老子和莊子雖從未明言，但道家的詩人和批評家卻曾將之暗比，譬如蘇東坡說他自己文章的風格時，便會引申莊子的話說，文章當應：

> 如行雲流水，初無定質，但常行於當行，常止於所不可不止。⑱

---

⑱「經進東坡文集事略」，「四部叢刊」，四六冊，第一七九頁。

吾文如萬斛泉源，不擇地而出……雖一日千里無難，及其與山石曲折，隨物賦形，而不可知也。所可知者，常行於所當行，常止於所當止。⑲

這話是含有：文字語言的表達的流暢可以達到水流（自然現象的一體）那樣自然。這個比喻雖然精彩有趣，但我們仍然無法否定語言是文化的產物這一事實。既是文化的產物，它必然具有使我們無法獲致天機自然的元素。道家的意識狀態，用斷棄來再納，用離合來引生，幫助詩人消除這些元素，使語言調整到最能接近自然的程度。莊子對語言的討論，在這方面有深刻的顯示：

夫言非吹也，言者有言，其所言者特未定也。果有言邪？其未嘗有言邪？其以為異於鷇音，亦有辯乎，其無辯乎？道惡乎隱而有真偽？言惡乎隱而有是非？道惡乎往而不存？言惡乎存而不可？道隱於小成，言隱於榮華（浮辯、華辯），故有儒墨之是非，以是其所非而非其所是，欲是其所非而非其所是，則莫若以明。（「莊子集釋」六三頁）

⑲ 前書，第三三五頁。

明也者，以物觀物，不以身觀物，消除主客而齊物，肯定物各自然、各當其所的自由興發：不封、不隱、不榮華。語言文字，不應用以把自我的意義、結構、系統投射入萬物，把萬物作爲自我意義的反映；語言文字只應用來點與逗發素樸自由原本的萬物自宇宙現象湧現時的氣韻氣象。所以復得素樸自然胸襟的詩人，在詩作裏逐漸剔除演義性、解說性的程序，增高事物並生並發的自由興現，向我們提供了一種獨特的、不刻意調停、盡量減少干擾的表達方式來接近自然現象的活動；語言文字彷彿是一種指標，指向具體、無言獨化的世界裏萬象細密的紡織。語言像「道」這個字，說出來以後便應將之忘記，得魚可以忘筌是也。（「莊子集釋」九四四頁）

# 飲之太和

## ——詩與自然環境劄記(1977)

一

1

曠野是空明。

2

去年一年，沒有詩的意念，是因爲缺乏了藝術激盪的生活環境，若單是在語言裏寫詩，便是越過生活本身而造境，徒具虛飾而已。沒有生活環境的詩是怎樣的呢？我去年竟然寫了一首，完全是美國數字世界、機械文明的產物。詩中敍述一個無法把夢的碎片拼合完整的人，他又不敢對人訴說他的夢，因爲，夢說出來只會受到譏笑與奚落。這是什麼世界了，竟然還有會做夢的人！事事都可以投入「線性歸劃」的電腦代我們做主張，事事都可以得到邏輯的解決，所以這應該是一個無夢的世界，但事實上，做夢、做惡夢、做碎夢的現代人很多，但沒有人敢坦露，因爲這種做夢的行爲是一種瘋子的行爲。詩中的主人公，硬是忍不住，便到河邊去細聲的把心事向河水傾訴，不料西風有耳，把它「全錄」進電腦裏，更不幸的是，被別人無故的按扭，把夢的碎片拼合成一張完整無缺的令人捧腹的滑稽畫。

現代人，尤其是受種種符號系統操縱的現代人，卻常常害怕夢，視幻覺、視夢爲心理不健全的徵象，幼稚、失常，應該抑制、竭止、消除。他們醒來總帶一絲罪惡感，對他們的破碎的夢感到無比的困惑，然後迅速的藏入心之最深處。

但在馬來亞的 Senoi 部族，像其他部落民族一樣，他們不但不怕夢，而且把夢（無論多怪的夢）作爲他們的一種精神的滋養，其豐富的作用完全不是爲種種系統圍困着的現代人所能了解的。據和 Senoi 部族相處了很久的 Kilton Stewert 說，他們每天早晨起來全族人圍聚起來的夢的儀式和表白，使得他們把敵意的夢的形象變爲相互合作的精神作用，使得他們能和外在與內在的所謂「荒野」作和諧的交通。他們之間沒有犯罪的事件，沒有族中的鬪爭，他們的心境豁然開朗，從不需要精神病患的醫生，因爲他們心中沒有壓制着的陰黯印象。他們開放的心境使得人與人的關係、人與動物世界植物世界的關係永久保持着一種創造的、神聖的交往。夢是他們現實的一部分。兹舉他們夢的教育的一例：

當一個 Senoi 的孩子報告一個從高處摔下來的夢時，成人們會很興奮的說：「這是一個最好的夢。你跌向那裏了？你發現了什麼？……」孩子先是說，他並不覺得夢如何的神異，他其實很怕，在他一摔下來便醒了，並不知道跌到那裏去。「但這是錯的。」成人說，「夢中每一個行動都是有目的的，只是在你睡眠中你不了解而已。你必需放鬆自己，享受你的墜落。墜落是你與靈異世界接觸最快的方法……。」經過的一段時間，奇怪的，原是驚懼的墜落的夢變成了逍遙的飛揚的夢。❶

對幾近電腦化的西方現代人來說，夢是一種荒野，荒野便不正、不文明。西方人對荒野的自然界總是很疑惑，總是帶着一種抗拒的態度。這一種態度的歷史的演變起碼有兩部專書討論，其一是 Kennth Clark 的 Landscape into Art，其二是 Majorie Nicolson 的 Mountain Gloom and Mountain Glory。二者都談到西方人對自然的敵對態度。希臘文化中人主宰自然的思想產生了「對稱的秩序」的追求而反對漫然荒野的自然（所以東方的「野趣」是他們完全不了解的）。其次基督教義下認爲山是一種病、一種羞恥、一種疣腫、一種瘤。這個態度要到浪漫時代才有修正。但荒野之不正始終蒙受着中世紀的陰影，Benjamin Rowland 從 Clark 一書

❶ Kilton Stewert, Dream Theory in Malaya, 見Altered States of Consciousness, ed. Charles T. Tart (1969), p. 161-3.

中作了扼要的說明（詳見 Clark 書前三章）：

> 在中世紀黑暗的年代，希臘的林木之神都變成了侵害聖人們的魔鬼，讓聖人在林中或沙漠中接受罪魔的考驗。結果，一千多年以來荒野的自然界變成一種罪惡與不聖潔的象徵……使他們無法對它產生宗敎的虔誠或詩的情感。❷

這種對外在荒野的敵對的態度也轉向內在的荒野——夢、幻想或任何理性以外的感性的活動。所以近代詩人羅拔·鄧肯（Robert Duncan）埋怨說：

> 宇宙萬物與我們自由交談的境界已經完全消失了……柏拉圖不只把詩人逐出其理想國，他把父親和母親一併逐出。在其理性主義的極端發展下，已經不是一個永恒孩童的育院，而是一個成人，一個極其理性的成年人的育院……把幻想、稚心……等逐出城堡以外。理性從全面性的「我」中退守城堡裏，孩子們不准玩想像的事物，更不可作詩人的詐言，只可以玩……政治、商業、哲學與戰爭。❸

❷ Rowland, Art in East and West (1954), p. 68.

❸ Robert Duncan, Rites of Participation, Caterpillar Anthology, ed. Clayton Eshleman (1971), p. 29.

「心的荒野」必須克復、改造、抛棄！同樣地「自然的荒野」也必須克復、改造、抛棄！他們破壞與掠奪自然而不視之爲罪惡，卻美其名爲「改造天機」，如此之妄自尊大！

## 二

許多年前，我離開加州五號快速公路向東步行而進入一個絕靜的曠野，彷彿接觸着自然裏自發自律的秩序：

秋滅入冰霜裏
冰霜壓草
草漸稀
沒有戞戞的輪聲
一片沒有徑路的完美的曠野
黃葉溢滿山谷
谷口溪橋上空架着荒屋一所
含在遠古的無聲裏
疏木接天

一株冷冷的香自空氣中升起
薄冰微裂
猶聽見
山中
山外
穿流如注的喧嚷
戰鼓明滅
或許是泉聲若有若無
或許是清輝的寒顫
輕輕的走啊，不要驚動那試步的麋鹿。❹

這一次與自發自律的自然通消息的接觸可以說是一種很難得的偶然，作者「偶然地」離開他有限的意識的圓圈而進入了伸入無盡時空的更廣大的意識中心。但這首詩所代表的是「一個」詩人

---

❹ 這是我利用自己的詩說明一種自然關係的情況，該詩的英文見 Chinese Pen (Spring, 1975)，是一種美國的經驗。這首詩用在這裏只爲了和古人與自然關係層次的說明，見後。

「偶然」「意外地」與自然的交往。但在十七世紀以前，在中國，暮春三月，曲水流觴，「一羣」詩人、畫家、書法家「相」聚於蘭亭，「列」坐清流，仰觀宇宙之大，俯察品類之盛，游目騁懷，而唱出：

仰視碧天際
俯瞰淥水濱
寥閴無涯觀
寓目理自陳
大矣造化工
萬殊莫不均
羣籟雖參差
適我無非新

——王羲之

或登廬山石門，看「萬象隱形，流光廻照，則衆山倒影，開闔之際，狀有靈焉，而不可測也……幽人之玄覽，恒物之大情，其爲神趣，豈山水而已哉。」

蘭亭詩人與廬山探幽者，仍可以與自然緊緊通消息，仍可以用近似儀節宗教的激情去接近去接待自然和曠野。最重要的，他們「共同」參與自然——自發自律的自然——的頌讚。但他們雖然「共同」參與，但還是一組詩人墨客。可是在東格林蘭的愛斯基摩族人裏，我們發現了與自然更純粹更完全的應和：全族人用歌、吟唱演出的方式與自然交談：

南面雄偉的崑拿山（獨唱句）
imakayah hayah, imakayah hah-hayah（合唱句，以下同）
我凝視
imakayah hayah, imakayah hah-hayah
南面雄偉的崑拿山
imakayah hayah, imakayah hah-hayah
我注視
imakayah hayah, imakayah hah-hayah
閃閃生光的南山
imakayah hayah, imakayah hah-hayah
我默思

imakayah hayah, imakayah hah-hayah

崑拿山外

imakayah hayah, imakayah hah-hayah

緩緩漫延

imakayah hayah, imakayah hah-hayah

同樣地崑拿伸向海邊

imakayah hayah, imakayah hah-hayah

環抱着一切

imakayah hayah, imakayah hah-hayah

看他如何在南面

imakayah hayah, imakayah hah-hayah

變着幻着

imakayah hayah, imakayah hah-hayah

看他在南面

imakayah hayah, imakayah hah-hayah

相互美化着

imakayah hayah, imakayah hah-hayah
從海邊看山頂被包裹着
imakayah hayah, imakayah hah-hayah
一片片一層層繼續變幻着
imakayah hayah, imakayah hah-hayah
自海裏包裹着
imakayah hayah, imakayah hah-hayah ⑤

這種視萬象有生、神趣四溢，物（全體物象）我（全體人類）相和的聖儀式的參與感，這種對我們之存在於宇宙中極爲重要的參與感現在沉落到那裏去了？西方人對他們的生物環境（自然界）——他們食物、氣力、精神的源頭作了何種的破壞？他們的思想行爲——使東方國家也亦步亦趨的把全世界的合作機樞作迅速的腐蝕！而稱工業的煤煙爲「黑色的牡丹」！稱之爲「一切文明之母」！

⑤ W. R. Trask, The Unwritten Song (1966), p. 4-5.

三

請聽詩人史廼德（Gary Snyder）敍述有關生態環境被急遽破壞的一個事例：

約略一百多年前吧，美國加里福尼亞州中部的大山谷原是一片沼澤之地，長滿了藻草。但這個山谷已經今非昔比了。先是西班牙人大量的牧畜，後來是美國人把沼澤的水抽乾，或作農用，或作工業用。以前印第安人都住在沼澤東西兩面外圍靠山的地方，多天濃霧來時，則移居高處，春夏則接近澤地，採摘各式各樣的野菜來吃。據生物學家 John Muir 的記載，當時他所經過的地方，幾乎每十步便可找到一種不同的花草植物，品類繁多，令人目不暇給，現在一種都找不着。印第安人除了採野菜，便是獵麋鹿及大角羚羊，在那個時代，如果你站在高山上往下看，閃閃生光一大片，便是麋鹿與羚羊的移動。其次，水鳥的種類亦是數之不盡，成千成萬的飛翔於藺草之間，現在麋鹿羚羊在這山谷平原裏幾已絕跡，水鳥則被大量的射殺。此事約略發生在一八五〇年間，他們白人用一種一射三百隻鳥的槍全面掃蕩，然後以最賤的價錢賣給市場❻。白人不但把印第安人趕盡殺絕（有好幾個部族已經絕種了！），同時還要把他們的自然資源一口氣掠盡以自肥！「適者生存」的哲理後面原是一種絕大自私的行爲！

❻ 見詩人史廼德在 Earth Geography Booklet #1 中訪問稿中所述。

用詩人史廼德的話來說，「生態的平衡」被破壞了：許多魚類被汚水毒化，洛磯山上的松杉被濃濁的空氣窒死，自然的律動完全被化學與馬達的律動所取代。

鳥鳥鳥鳥*
一片織得密不通風的鳥聲
隨着朝霞散開
透明
便肌膚似的
延伸起來
城市渺小了
最後的一顆晨星淡滅
高山上
泉水穿入一支巨大的橫簫的體內

*按：筆者的詩

從簫孔裏
流出
紅木凝聽
溪石擊奏
山翠濃淺濃淺的伴着
入谷出谷
入雲出雲
谷凝聽
雲擊奏
直到
瀑布一瀉
瀉入洗衣洗菜洗肉洗化學染料洗機身車身的
一片密不通風的馬達的人聲
人人人馬達馬達人人人馬達人

響徹雲霄

## 四

無怪乎過度工業化和機械化的西方不斷有人呼籲回歸太和，回歸到初民與自然環境之間所保有的一種儀式的和諧。詩人羅拔・鄧肯說：「人之爲物已非獨立自主的一種超凡的範式，而是參與全世界互惠合作的衍化過程的一部分，參與所有的地方、萬物的生命的造化。我們要回到我們一度稱之『原始』的民族……不是去了解他們過去如何，而是了解我們爲人之本質。」[7]

初民所擁有的心胸意識遠比減縮性的現代人爲豐富。再聽畫家德布非在一九五一年的話：「西方人對樹木河流極其藐視，不與之爲伍……但所謂原始民族卻愛護及崇敬樹木與河流，極喜於和他們相類，並有一種與萬物並持並生的感情……他們不相信人爲萬物之主，而是萬物之一而已。」[8]

就以美國的 Papago 印第安人來說，他們便把動物視爲高於人類的造物。先進考古人類學家 Ruth Murray Underhill 在其一九三八年的一本書「歌的力量」中有如下的觀察：「對動

---

[7] Duncan, Rites of Participation, p 23.

[8] 摘自 Anticultural Positions，見，Wylie Sypher, Loss of the self in Modern Literature and Art, Appendix, p. 172-3.

物仁慈這種態度是屬於趾高氣揚的人種的看法。對 Papago 印第安人和其他的印第安人來說，這是非常可笑的。應該說，是動物對人類施以仁慈，他們更能安居於大地上，能與他們所住的土地作友好的並持。」（頁四四）從所謂原始的民族裏，德布非學習了如何擴張他意識的圓周來作爲他創造的起點：

> 假如鄉野中有一棵樹，我不要把它砍下來拿到實驗室中在顯微鏡下觀察，因為吹過樹葉中的風是我們要了解樹的存在很重要的一部分……同樣枝間的鳥與鳥鳴亦然。我的思境中要把環繞着樹以外所有環繞着的事物全然納入。❾

在美國近年的現代詩中一個關鍵性的題旨，便是要把過去被排斥的存在現象和意識形態全重新納入，再構造一個鄧肯所說的「整體的大會」（A Symposium of the Whole）。另一方面奧松（Charles Olson）在馬雅文化中發現更完整的人的知識。賀萬龍(Jerome Rothenberg)❿應和著這種意識擴張的號召對這一個機要的轉變作了更清澈的說明：

---

❾ Sypher 書中 p. 173-4.

❿ Rothenberg 被 Senecas 印第安人收爲族人，取名爲 hai-wa-no，故譯爲賀萬龍。並曾有定名大會。

這不只是「回歸」的問題，而應該是認可原始民族，我們之為我們的泉源，作為我們所繼承的必需的一部分。因為事實是如此，而我們否認其存在，這只有對我們有害，因為這個遺產供給了我們現在許多資源。[11]

在他所列舉的許多資源中，有關我們重認自己存在意義的最主要的指示，是那句常被複述的史廼德的話：「掌握遠古、原始的形態作爲一切基本的維繫於自然的文化模子。」[12]對史廼德和他的同代詩人，把 Primitive 這個字加上「落後」的含義正表示人把他之爲人的神聖的人性作了可恥的歪曲，Primitive 就是「原」「始」的意思。這一點必須要改正。

> 原始民族的世界觀裏含有一種我們應該經常參考和學習的智慧。如果我們已經瀕臨文化發展極致的後期，我們必需設法去了解原始人如何和自然的力量交談、交往……西方文化中固然有許多值得人稱讚的地方，但西方文化本身與它存在的基礎隔離——隔離外在的曠野（那自足自主的生態系統）及內在的曠野——這必然是一種自滅的行為。……原始人了解到植物是食物系統的基源，植物是一切能源變化、一切生命遞變的主宰……既然植物是所有形態生命

---

[11]「賀萬龍談口頭詩傳統」見 Boundary 2, Vol. III, No. 3, Spring 1975, p. 517.

[12]見 Alcheringa, Fall, 1970, p. 1.

的支持者，所以他們便被視為一種「人類」（如美國印第安人便有各種樹木的節日，而同時稱之為「人」）。我們必需設法讓他們參與我們的參議院。⑬

## 五

要與自然團結合一，我們必須要「切實的」了解太和時代的渾一的意識形態，像「安樂椅上的哲學家」那樣呼喚「天人合一」是不夠的，我們必需了解最初最原始的在實踐上發揮作用的渾一的意識；不只是一種冷峻的哲學上的認識，而且還要把神奇與聖儀祭祀的情操帶回到我們感應事物的視境與程序上。

近年來，西方藝術家的花樣層出不窮，時常有所謂「會合藝事」——學習部落民族的契會——但每每以強制的方式要求參與者犧牲個人自衛的機能而融入羣體感情或情緒的流動裏（所謂羣體感情或情緒又往往是藝術家自定的範疇），或接受多種媒體多層次感受網的襲擊。這用意原是好的，但現代文化中已經沒有了太和的契合，我們必需找回我們原來的眞性，原始的與萬物齊一契合的境界。在這種契合中，獻出卽是攝取，更豐富的攝取，因爲獻出是一種創造，參與偉大的「天作」之中，攝取只是攝取，攝取而無獻出只是「天作」的破壞。

---

⑬ 見史奈德獲普列玆獎詩集 Turtle Island (1974), p. 108.

但什麼是偉大的「天作」呢？其胎形的狀態是怎樣的呢？且聽一位對純樸遠古的生活意態的觀察者莊子所言：

> 彼民有常性：織而衣，耕而食，是謂同德，一而不黨（偏也），命曰天放。故至德之世，其行塡塡（遲也），其視顚顚（專一也）。當是時也，山無蹊隧，澤無舟梁，萬物羣生，連屬其鄉，禽獸成羣，草木遂長，是故禽可係（縛）羈而遊，鳥鵲之巢可攀援而闚（窺也）。夫至德之世，同與禽獸居，族與萬物並，惡乎君子小人哉！同乎無知，其德不離，同乎無欲，是為素樸，素樸而民性得矣。

此段雖出自外篇的「馬蹄」，其思想則是內篇「齊物論」的延展：「古之人，其知有所至矣，惡乎至？有以爲未始有物者，至矣，盡矣，不可以加矣，其次以爲有物矣，而未始有封（辨別）也，其次以爲有封焉，而未始有是非也，是非之彰也，道之所以虧也。」

莊子主張齊物，對素樸的民性的追求，乃係反對人過於妄自尊大而起，他認爲人強行分此彼、定主賓，把人視作其他生界萬物之上是一種極大的錯誤，是完全不了解互惠的天作原則。這一點在近代現象哲學家海德格（M. Heidegger）有雷同的說法，他說：

所有的存在物都具有同等的價值……我們不應拈出其中之一存在物而認為其超衆的不同。譬如人吧，老實說，人是什麼？試將地球置於宇宙無限黑暗的太空中，相形之下，它只不過是空中的一顆小沙，在它與另一小沙之間存在着一哩以上的空無，而在這顆小沙上住着一羣爬行着、惑亂的所謂靈性的動物，在一個偶然的機會裏發現了知識，在這萬萬年的時間之中，人的生命其時間的延伸又算得什麼？只不過是秒針的一個小小的移動。在其他無盡的存在物中，我們實在沒有理由拈出我們稱之為「人類」此一存在物而視作異乎尋常。

莊子要我們喚醒我們心中的「樸」與「眞」，便是先了解人在全生界中互惠合作的機樞中應有的位置與態度。「鳧脛雖短，續之則憂；鶴脛雖長，斷之則悲。」各具其性，各得其所，要得其自然便要任其自然而得天放，使其互爲創造，互爲交往，各自其全。我們應以對人同樣的敬與愛而對物。

初民的至知，說是無知無欲，實是不同於死硬之知和私欲之欲。其至知之至，乃沒有排斥其他生命的知識與行爲，其意識的中心是：生命、人、自然渾爲一相互尊崇的一種聖儀的情操，生命是藝術，藝術是生命，完全含孕在、發放自此一謙遜的無我。當愛斯基摩人在詩中描述一種大我世界的意識時，亦無意中與此思想暗合。賀萬龍便曾多次把下列一首詩轉載在他的出版物上：

在太初
人與動物並居在大地上
人想成為動物可以成為動物
動物想成為人可以成為人
有時是人
有時是動物
其間是沒有硬性的分別
他們都説同一語言
那時語字都很神奇
人的心有神秘的力量
偶然一語
會有奇異的結果
而突然活張起來
人要發生的事便會發生
只要你把話説出來。
沒有人知道為什麼。

太初時便是這樣的。⑭

## 六

在一種極其神異而親切的情形下，一種現代人或西方人無法了解也不能實踐的狀態，初民與動植物都共享一個世界、一種語言、一種儀節。那時詩是語言的一部分，語言是與全生界會談通話的需要的一部分。那時沒有假造的語言、假造的詩、假造的儀節。這三而爲一的活動是與動植物界交談的自發性的行爲。語言被視爲一種迷住動物的符咒，可以打動動物的感情的媒介。

所以保勒(M. Bowra)說原始人最洞識互惠合作的關係：

原始人熟知自然，因為他生在自然裏，長在自然裏，依之為生，依之為死，與之並生並存。這是他生命之源，他經常與之密切接觸，就是說，他對自然有最詳細最準確的實用知識，了解它在不同季節裏的種種形態。狩獵、打漁、採菓、摘莖、捉蟲等，他的經驗都是第一手的，親切、熟絡，非現今任何著名的動植物家可比。……他知道事物為何發生，了解動物的各種行徑。⑮

⑭ Alcheringa, No. 1 Shaking the Pumpkin, p. 45.
⑮ Bowra, Primitive Song, p. 147-8.

他們的歌都是與自然環境發生密切關係的歌，其中很多是迷符，譬如馬來的 Semang 族有關果蕊的一首歌：

他們膨脹，膨脹，這些果蕊
來回的波動，這些果蕊
拂來拂去，這些果蕊
在風中，這果蕊
他們轉啊轉啊，這些果蕊
搖來搖去，這些果蕊

從自然中攝取不應是一種掠奪的行爲，而是包孕在一種感謝、賞識與讚美的感受中。他們用對人的感情去對待自然事物，對禽鳥與動物尤然。獵人在狩獵時同時是歌者，一如愛斯基摩人在划獨木舟時同時作徒歌，一個好的歌者必需同時是一個好的划舟人，二者是不可分的，所以每一個原始人都是一個歌者。獵人在狩獵時全心全意的與獵物認同，如果是海鷗、是魚，他的想像便全然進入鷗性和魚性，然後從鷗、魚的觀點及躍飛的律動唱出他的歌，並進入和他們全然認同以後的情緒。

原始人，一方面爲了生存，不得不殺動物而求食，一面卻從來不把獵物視爲純粹的犧牲者或死敵，「他對動物沒有恨的意念，亦不視之爲危險的敵人……但用關心的眼光去守視他們……我們或不能說他是他的朋友，但他們起碼是同一個世界裏的伴侶，……由於動物不約束不中斷地供出他們自己，所以他把他們視爲平輩，他常以人類的相似性來詮釋他們的一擧一動，他歌唱動物時，不但熟知動物如人，而且常常越過狩獵的目的而灌之以感情。」⑯

史迺德在其早期的一首獵歌中設法把這種意識與態度溶入他複雜的現代的思維，可以說是很早的回歸根源的一種嘗試，下面的幾行詩極能表達原始人的感情：

鹿兒不肯為我而死
我只好喝海水
睡在雨中的灘石上
直到鹿兒憐惜我的痛苦
走來為我而死⑰

---

⑯ 同前注。
⑰ 見其Myths and Texts (1960), p. 26.

史廼德這組獵歌大致上來說還是個人的靈魂的追索，不完全是部族團體的感情，但是由於他對動物界的認同與關懷，所以他才能求進入鳥與熊的情緒和活動的核心，由他們的角度來表達（見其 Hunting Song, No. 3 This Poem is for birds, No. 6 This poem is for bear.）近年來他的詩更接近原始歌者的語調與形式，如其 Turtle Island (1974) 中的「逐魔的咒」是用祭祀中的語言的力量逐走現代人加於大地的痛苦，「爲大家族的禱詞」是對大地的謝詞，和「以前這裏發生了什麼？」是一種「天問」式的關於宇宙起源的詩。茲舉第二例的數行以見其一斑：（禱詞有一定的節奏，故照錄原文）：

PRAYER FOR THE GREAT FAMILY

Gratitude to Mother Earth, sailing through night and day-
    and to her soil: rich, rare, and sweet
        *in our minds so be it.*
Gratitude to Plants. the sun-facing light-changing leaf
    and fine root-hairs; standing still through wind
    and rain; their dance is in the flowing spiral grain
        *in our minds so be it.*

Gratitude to Air, bearing the soaring Swift and the silent
　Owl at dawn. Breath of our song
　clear spirit breeze
　　*in our minds so be it.*
Gratitude to Wild Beings, our brothers, teaching secrets,
　freedoms, and ways, who share with us their milk;
　self-complete, brave, and aware
　　*in our minds so be it.*

「現象世界在某種突出的情況下經驗是完全活生生的，完全令人興奮的，完全妙不可言的，使我們心中充滿着顫抖的敬畏，使人感激，使人謙卑」（見其 Earth Hold Hold，頁一一三）。這首禱詞完全發自謙遜的無我，詩中肯定萬物有生的靈性，稱之爲各得其所各自其全的存在(Self-Complete)。這首詩和下面所列的原始詩歌相比可以看出他們之間互通的消息。

## 七

詩或歌是原始人與動植世界——我們存在的根源——應和交往的主要媒介。讓我們舉一些原始詩歌來看其感受的層次：

請不要殺我的羚羊
我可愛的羚羊
我的羚羊好可憐
我的羚羊是孤兒⑱

這首非洲 Bushman（布西門族，即林居人）的獵歌便是充滿着同情與認同的情感。

下面的一首剛果 Pygmy 的「動物世界之歌」是用儀式劇方式全部落舞唱出來的。現代藝術家喜用混合媒體試圖把我們的全面感性喚醒，這是因爲我們已經失去這種全面感性之故。在原始藝術裏，所有的歌幾乎都是混合媒體演出的（這些都是我們現代人的名詞，所謂混合媒體在他們是從未分家的，而所謂演出在他們不是刻意的，不是制度化的，而是生活上自發的需要），在原始人的意識裏，本來就是渾一的感受，舞、樂、詞及部族全體的參與都是不分主賓的一體演出，後世的分割才是解體的行爲。下面的一首歌，和無千無萬的原始詩歌一樣，目的不是個人爲

⑱ Bowra 書，p. 150.

聲名爲功利的創造，而是羣體生活需要的一種共同的創作，沒有文化詩人的「自我爆發性」和「自我誇大性」。

覆唱詞

獨唱：魚躍　　合唱：Hip!（擬聲）
鳥飛　　Viss!
猴跳　　Gnan!

獨唱：〔一面唱一面模擬動物舞躍〕
我向左躍騰
我向右躍騰
我是魚
滑行水中，溜走，
彎轉，跳！
萬物並生，萬物舞躍，萬物鳴唱……

獨唱：魚躍　　合唱：Hip!
鳥飛　　Viss!

猴跳　Gnan!

獨唱：〔一面唱一面模擬……〕

鳥飛走了

飛飛飛

走了，再回來，匆匆過

然後飛升，浮翔，俯衝

我是鳥

萬物並生，萬物舞躍，萬物鳴唱……

獨唱：魚躍　合唱：Hip!

鳥飛　Viss!

猴跳　Gnan!

獨唱：〔一面唱一面模擬……〕

猴兒，從樹枝到樹枝

他跑，他跳，他飛躍

和他的妻子和他的兒子

滿嘴的食物，尾巴朝向天

我就是猴兒，我就是猴

萬物並生，萬物舞躍，萬物鳴唱……

獨唱：魚躍　　合唱：Hip!

鳥飛　　Viss!

猴跳　　Gnan![19]

原始人不但樂於與動物認同，而且在歌唱時，常常把動物帶入他們自己的世界，把動物視為他們的部族，如下面 Semang 部族的獵歌之一節：

他在枝頭躍來躍去，Kra（猴的一種）

抱着兩手的菓子，Kra

……

他向前窺看，Kra

在幼嫩的紅荔間，Kra

---

[19] Trask, 1, p. 66.

他露出在笑的齒，Kra
他向前窺看，Kra
盛裝待舞，Kra
他鼻子上穿着美麗的箭豬的羽刺，Kra[20]

Kra 簡直變成了穿鼻盛裝待舞的 Semang 族人了。

原始人對自然事物及現象有一種異乎尋常的喜悅與興奮，對自然現象時時都以慶典的情緒去迎接，如 Papago 族印第安人迎接朝陽的歌：

大家來！一齊站起！
那邊曙光已來臨！
我現在聽見
柔和的笑聲。[21]

---

[20] Bowra, p. 148.
[21] J. Bierhorst, In the Trail of the Wind, American Indian Poems and Ritual Orations (1971), p. 167.

當風吹着 Kiwa 印第安人的圓錐形的帳篷時，他們並不懼怕，但唱：

那風，那風
搖着我的帳篷，搖着我的帳篷
為我唱一支歌
為我唱一支歌[22]

一種全然開放的喜悅去承受自然的活動，一種無礙的心胸。這都是他們經常要與自然環境渾而為一，眞的天人合一的表示。請看愛斯基摩族人的晨歌：

白日
自它睡眠中升起
白日醒了
與曙光一同醒來

---

㉒ Bierhorst, p. 23.

你也一定要起來
你也一定要醒起
跟着白日來臨㉓

大地是原始人最信賴的母親，像非洲 Ghana 的一首歌，便是反覆吟唱一句深切情感的話：

大地與塵土
最可信賴的人
我依靠着妳
大地，當我快死時
我依靠着妳
大地，當我活着
我信賴着妳
大地，當我活着

㉓ Trask, 1, p. 3.

我信賴着妳㉔

原始人樂生而不怕死亡，死是回到自然的律動裏，是偉大的天作的循環。所以傳說莊子妻死鼓盆而歌的故事並非要驚世駭俗（較正統的來源見養生主篇），而是反映古昔之民的一種精神狀態。許多有關死亡的儀式頌歌，其間有痛苦，但亦有一種狂喜，因爲死亡是回歸太和的一段旅程。埃及全本「死亡之書」都是黑暗中的光輝，傷痛中的狂喜。我曾按照印第安諸族及非洲原始民族對死亡所持的精神意態編寫成一個儀式舞蹈劇「死亡的魔咒和頌歌」，其最後一節是取材自Aztec 族的詩，其詩如後：

我們披戴的花朵
我們升騰的歌聲
我們行向神秘的國度
只有一天了
讓我們並肩，友人

---

㉔ Trask, 1, p. 48.

我們必需離開我們的花朵
我們必需離開我們的歌聲
大地恒常
友人，分享此刻，友人，歡暢！㉕

由於他們生活中充滿了神異的謙遜，因爲他們的生活是恒常的與自然環境交往，所以他們的每一行動每一言語都是詩，詩便是在這種遼濶的心胸和視境中產生的。他們甚至不知道這是詩，因爲不知道、不刻意，無私欲、無私念、無心，反而著著是詩。起碼我們現代人稱之爲詩。因爲現代人的心境和生活中已經沒有了天放之心，而只囚困於自我私欲的狹小天地中而製造語言的遊戲，所以其詩晦而不明，密而不空，所以所謂「會合藝事」、「混合媒體」在形式上雖近原始人的表達；但各人花式層出不窮，而無一種羣性的契合，就是因爲沒有祛除私欲，以無心迎接萬物齊一的天作之故。

原始人沒有這種累贅，因爲他的全面感知的存在從未割切、區分、間隔而爲個人孤立詭異的單元，他與自然環境的關係始終是渾然一體的。沒有「自我靈魂的呼喊」，只有與全世界共存的

㉕ Bierhorst, p. 101.

羣體意識，好比他所有的感官都如此調合齊一（知、感合一），與其周圍的存在物作同時的並生並發，繼續無間的交媾，好像全生界的一切事物都成了他整個有機體的延伸。由於他這種渾然的意態，他能更具體地接近物象而不歪曲其原貌，物自可爲物，完整純樸，與他並存相認，以一種現代人無法洞識無法擁有的親切感。

——一九七六年初夏

# 論現階段中國現代詩(1959)

## 一

當歐美現代主義的極端實驗正走到窮途末路，正苦苦掙扎追求一個新的路向之際，在中國現代詩人羣中，與歐美現代主義頗爲相近的一種動向，業已逐漸作爆炸性的展張：中國詩人開始對傳統極端反抗，對各種因襲形式加以破壞和背棄，並企圖對歐美現代主義的各種實驗和運動(註：其間包括現象說（Phenomonology）、立體主義、意象派（Imagism）、表現主義（Expressionism）、達達主義、超現實主義、存在主義等）作一全面探討性的繼承；在某一角度看來，他們還特別強調「存在主義」中「情意我」（ego）世界的探索之重要。現代主義的蒞臨中國是一種新的希望，因爲它很可能幫助我們思想界衝開幾是牢不可破的制度，而對世界加以重新認識，加以重新建立，但現代主義的姍姍遲來卻使中國詩人面臨一個頗爲困惑的境況，他們的野心的遠征，他們在接受新的思想、在新的技巧的表現兩方面，目前都隱藏着無數極大的危機；使我們在慶幸中，不得不加以深切的考慮。以下我想就現代主義在詩發展中的歷史特點爲依據，對現代中國詩的趨向作一簡單的認識。

## 二

文化的進展往往因制度的根深蒂固而受阻礙，如果文化進展奇速，制度必要受到破壞，而另求適隨感性的新社會形態。十九世紀末歐洲思想界面臨一個很大的變化：理想主義的發展伸展到無可思議的領域，現實主義和自然主義作家如左拉、福樓拜等所描述的世界，顯然和知識分子在戰後所感到的恐懼、疑惑、不定的世界完全脫節。理想主義的境界究竟是落空了，而現實主義的世界又被戰後的科學觀念完全否定。因此現代主義一開始便不承認這肉眼的世界，竭力希望在破壞與重新排列中去重新獲得一個打破時空的世界的再造。他們認爲他們所覺識的這個世界才是更眞實更豐富的。一方面「存在主義」對「理想主義」的反抗使心理學家特別重視「情意我」內在世界的一切；詩人們畫家們也極力企圖在「情意我」中求得「內在世界」的重新獲證。哲學家詩人與畫家由於不斷的在自我追求一個「絕對的世界」而變得孤獨，而這「孤獨」的意識也正普遍見於焦慮的羣衆中，這普遍的「孤獨」的現象其實也正表示人們「理想幻滅」的徬徨不定而避世於「情意我」之境界內。但是「情意我」的世界卻是一個超過個人經驗的世界，是一個超過理性的世界，往往使詩人在追求中喪失對自己存在的意識，因而，另一方面，在詩人的下意識的底層裏，又暗藏着一種重新使「自我」存在的傾向，而要使自我重新存在，感覺是重要的。感覺成爲自我發現的最不可缺少的質素。

現代詩人要在一個新的世界去探索，但這個世界他們是陌生的、新奇的。他們如何去表現它呢？他們不能再用舊的作詩法，他們必需要創立新的方法，他們要發明和大膽去實驗，甚至到要超過文法。他們寧願犧牲語言傳統的成果，破壞語法爲求得一個適當的新形式。所以在文字上，現代主義也含有極端的破壞性。

現代主義是個非常複雜的運動，要用幾百字去勾劃一個大要實是不可能的，我這裏只想設法把其基本特質與精神作一個簡單的括要。從上面一段中，我們大概可認知：

一、現代主義以「情意我」世界爲中心。

二、現代詩的普遍歌調是「孤獨」或「遁世」。（以內在世界取代外在現實）

三、現代詩人並且有使「自我存在」的意識。

四、現代詩人在文字上是具有「破壞性」和「實驗性」兩面的。

## 三

未討論到中國現代詩與現代主義的實踐之前，且讓我先來略述中國內戰對詩的發展的影響。

現代主義的精神，大體上雖然來得很晚，主要原因當然是由於文學的舊觀念仍在牢不可破的階段，使這種思想無從發芽生根。不過早在內戰之前，現代主義的脈搏已微微跳動了。李金髮的貢獻如法國象徵派意象的移植，要把詩帶入一種「神秘狂」的感覺世界之中，要表現一個「內在的無聲、無色、無形、朦朧」的心靈過程。這正是現代詩的意向。他又經常借用魏爾倫（Verlaine）有關詩應超脫文法的一句話作爲他寫詩的準則：「固執文法的規定是危險的……當你用神秘的微笑碎我心時，我已在語法（Syntax）上跳過去了。」他自己又常說：「你向我說一個『你』，我了解的只是『我』的意思，啊，何以有愚笨的語言。」顯然地，早在李金髮時已有「語言」實驗的傾向了。

關於語言的運動方面，後期的戴望舒也有同樣的感覺，在他的零札里，他說：

詩不能借重音樂，

詩的韻律不在字的抑揚頓挫上，

韻和整齊的字句會妨礙詩情，或使詩情成為畸形的。

杜衡在論到「望舒草」集中的「我的記憶」時說：「在那裏，字句底節奏已經都全被情緒的節奏所代替。」這也正可表示戴先生當時已注意到「情緒的節奏」的重要了。

其次，在朱自清先生「新詩雜話」的「詩與感覺」篇中，他發現了卞之琳由感覺發現的豐富想像的方法，朱先生說：

> 想像的素材是感覺，怎樣玲瓏飄渺的空中樓閣都建築在這感覺上。……花和光固然是詩，花和光以外也還有詩，那陰暗、潮濕、甚至霉腐的角落，正有着許多未發現的詩。實際的愛固然是詩，假設的愛也是詩。……一些聲音、一些香味、一些味覺、一些觸覺，也都可以是詩……發現這些未發現的詩，第一步得靠敏銳的感覺，詩人的觸覺得穿透熟悉的表面向未經人到的底裏去。

卞之琳自己也說：「詩的材料可以不拘，舊材料也可以，如果能化腐朽爲神奇；但必須有獨到之處。」卞先生強調感覺可及的詩的世界，也是現代詩的一個明顯的特色。「獨到之處」是表示一首詩應該有個性。

中共侵佔大陸之後，控制創作自由；李、戴、卞等的心血當然是付諸東流；而自由中國與海外方面有一個時期詩壇簡直是荒蕪的；後來雖有人努力想重整旗鼓，但是，第一、由於過去詩人的成就被封鎖於大陸，而從大陸流到海外及臺灣的書也甚貧乏；第二、已經成熟而往自由世界的詩人幾乎可以說沒有；要寫詩，則要從頭做起。李、戴、卞的教訓雖然偶然有人表現過，但也非常脆弱。其他詩人則因無一定的路向可從，所以非常混亂，不忍卒讀的不成話的詩舉目皆是，當然我們也不能否認其中好詩也有些。不過，現代主義重新作威脅性崛起，卻還是一兩年間的事。

# 四

我說現代主義在中國出現是一件可喜的事，因爲它正可把阻礙詩發展可能性的舊有文學觀念一掃而清，使中國詩跨進一個新的階段。或許我借用臺灣詩人白萩的話，更可以了解中國現代主義的動力。他說：

> 已存在的美，對於尚未出現的美是一種絕大的壓力和考驗，如果不能超越與打破此種束縛，則新的美將無法出現，基於此種精神，此類藝術工作者的意識中，必然以最後一篇或尚孕育於腦中的一篇為自身藝術最完美的作品。

中國人對於美的觀念一向非常保守，我們當然承認某一件藝術品（或某一首詩，或甚至某一時期的詩）的「已存在的美」的價值，但這種已存在過的美經常是受時間所限制的，某一時代的美的觀點並不可作爲另一時代的美的準則。一種超脫時空的美應該是一連串新的美的不斷的創造（當然美的創造應該經過詩人高度的藝術整理）。

就在上述的觀念之下，一部分詩人要求做到每一首詩都有新的表現，其中一個目標是如何利用中國方塊文字的特點，以圖示詩。以圖示詩，以前法國亞波里奈亞(Apollinaire)諸人寫過，但他們帶有遊戲的成分，至於美的表現——有意義的美的表現方面較弱，從事「以圖示詩」的中國詩人如白萩及季紅卻似乎有意去把握一種多方暗示的氣氛。企圖以一種氣氛獲得到多方的反應也正是象徵詩的主要使命。以白萩爲例：

望着遠方的雲的一株絲杉
望着雲的一株絲杉
一株絲杉
絲杉
在
地
平
線
上
一株絲杉

他顯然在表示一種寂寞與孤獨的感覺，一個流浪者面對一片無垠廣漠的心境。這同是混合着一種自然的美和流浪的寂寞的對比，就在這對比下，一種超越時間的人生意義隨卽喚起。人類永遠如絲杉的孤獨。

我並不鼓勵人完全從事「以圖寫詩」（其實要寫到白萩那樣成功的也並不容易）。他這首詩的成就不在他用了「圖」而是他用「圖」表示了適當的感受。他的成功處應該歸於他的不斷追求美的表現模式。他是要在實驗中為詩發掘更多的可能性。

## 五

「從感覺出發」是現代中國詩頗為普遍的想像方法。幾乎佔了半數的詩人都在利用他們敏銳的感覺，他們大膽地讓想像伸展到陌生遙遠的內心國度去，捕捉新鮮、生澀、可怕、和官能所及的奇妙的意象。同時由感覺的敏銳，他們甚至在意象與意象之間建立表面看來無理的關係，但在無理中卻含蘊着驚異和深長的意義，像瘂弦的詩卽是：

歲月，貓臉的歲月，
歲月，緊貼在手腕上，打着旗語的歲月。
在鼠哭的夜晚，早已被殺的人再被殺掉。
他們用墓草打着領結，把齒縫間的主禱文嚼爛。
沒有頭顱真會上升，在衆星之中，
在燦爛的血中洗他的荊冠；
當一年五季的第十三月，天堂是在下面。

——節自「深淵」

幾乎每一句都不平常的、矛盾的。表面上是一種混亂，實在是要表現「情意我」的深淵，每一個現代人在「情意我」的深淵中漂盪不定，一種如發高熱時的感覺，所出現的影像有時可愛有時可怖，有時希望閃過，又給失望的鬼靈壓碎，這都是現代人的噩夢。

他們這捕捉意象的方法有時顯得非常淩亂，但在存在主義者的眼中，一切感覺及意象，既訴諸知覺，其意義便立刻自然地建立於意象之間。這當然未嘗不可作爲他們辯護的理由，但鬆弛的意象實在也是他們最大的缺點。

由感覺出發的另一種詩，照覃子豪先生的分類，是一種沉醉於怪誕的詩，這類作品其實並不多，似乎還是以吳望堯以科學爲據的詩爲特出。他以正確的科學常識來假設自己航行於太空之間，這種寫法可以算是對科學世界的一種幻想，其「人的關係」似乎並不注意，所以只可說是一種消遣的詩。

其次，現代詩人因爲對自我的追尋過於熱切，往往反而自我喪失。詩人要設法使自己感覺自我的存在。關於這一點，存在主義者沙特（Jean-Paul Sarte）曾訴諸「性」來加強存在的感覺；所以在他們的小說中與性有關的題材非常的多。中國現代詩人有一部分也似乎感到同樣的意識，在詩中經常有這些與性有密切關係的意象，例如：

旗袍又從某種小腿間擺蕩；且渴望人去讀她，去進入她體內工作。

晚報與星空之間
有人濺血在草地上
屋頂與露水之間

迷迭香於子宮中開放。

而我的獸，竟在人的貞操中飼養蛆蟲。

這種意識其實也可說是一種苦悶的爆發，中國現代人正經驗着歐美戰後同樣的苦悶，「情意我」給現代複雜文明的破碎社會壓迫愈來愈利害，年輕的一輩完全被現有的「道德虛僞」驅逐而走向一種異於常態的心理。但我們在藝術上的要求固然要忠實於內心世界，我們並不應放縱感覺奔向極端。奔向極端也就是理想主義之突然被破碎的主因，感覺奔向極端易於走進瘋狂之中，與現代主義中「藝術至上」的原則大大的相違。

## 六

我特別提列出兩點——實驗與感覺——主要原因乃鑑於中國現代詩人在這兩方面求發展的可謂盛極一時，而且其趨勢頗爲激烈，大有「感覺卽是詩」，「新奇卽詩」的偏向。這就是我開始時所說到的危機。我們雖然承認「情意我」的世界是一個豐富的來源，但我們如果想一心在「情意我」之中發掘財富，我們必需設法避免陷入浪漫主義的牽強附會的泥沼中，我們必需注意到感覺只是詩的素材的一部分，詩的素材還包括種種人類高尚的情緒，我們還應該注意到「從情感的過剩到情感的約束」還是一首好詩的規條，目前臺灣的詩能夠做到這點的爲數尙少。至於第二點危機，這幾乎是詩人（尤其寫詩不久的人）的一種通病，既有前例可援，就被「誘」進標奇立異的圈套中，人家用圖寫詩，我也用圖，殊不知人家是適可而止的高深技巧，完全是爲配合最經濟的表現、最傳神的表現而活用的。不過，我們只要記着：不模倣，盡量發掘屬於自己的形式，這自然會避免誤入圈套。

## 七

除了上述兩點，其他的詩都在痛苦的經驗和痛苦的眞理的表現，「孤獨」仍是主要的歌調，如阮囊所感到的「做人的不幸」，周夢蝶的「唯有孤獨始可追求到眞理」都是本世紀的主題。另外一方面則是取材於與艾略特和奧登的類同的異態社會，強調文化的機械化的可悲。代表這方面的詩人如余光中、吳望堯、黃用等。還有則是以方思和鄭愁予爲代表的「懷着純潔的愛來靜觀宇宙萬物」的詩，這種比較冷靜平穩，有一種靜的美。

從上面的幾點中，我們可以綜合地說，中國現代詩的歷史意義是李、戴、卞的延長和再現。中國現代詩同時也是橫的移植；它目前正處於一個非常有希望的階段，所謂有希望我已說過是指其打破舊有文學觀念而言，中國詩可能很快跨進一個新的偉大的時代。不過，照目前的中國現代詩看來，仍然未有什麼特別的成就，也許是由於這動向剛開始的緣故，模倣的成分顯然很嚴重，無論在取材上、意象上、及技巧上都似乎尚未逃出艾略特、奧登、薩特維爾（Edith Sitwell）及法國各大師的路子，除了在文字上之異外，歐美詩的痕跡實在不少。這也可以說，自己的個性尚未完全的建立——至少中國許多方面的特性未曾表現，譬如就均衡一點及由均衡而產生出來的「剛」和「力」，又譬如中國文字本身超越文法所產生的最高度的暗示力量（這種力量的達成在文字藝術的安排）都未有好好的表現過。說到文字，我附帶要談到文法破壞與語言的建設問題，破壞文法而求取一種特別效果在詩的國度是一種特權，但在破壞中，我們應注意到不要傷害語言本身，照艾略特的意思：詩負有提高語言的使命。中國現代詩人對這方面似乎也缺乏努力。不過，雖然他們有他們敗筆之處，但我們卻不得不承認他們是有天才的，時間將會給他們實證。

我上面說過，現代主義的姍姍遲來使中國詩人面臨一個頗爲困惑的境況，這句話又是什麼意思呢？我的意思是：歐美現代主義已進尾聲，其價值已先後被人懷疑和否定（註：請參閱 New World Writing 第十卷，Hemley: The New and Experimental），而我們卻剛剛開始，那麼我們是不是正重蹈別人的覆轍呢？但我們又不應完全漠視這個動向，因爲這個動向是很自然發展的。那麼我們最大的困難是：我們如何把握它而超過它？亦卽是說，我們如何一面極力推進，一面又步入詩的新潮流中，而同時有必須把它配合中國的傳統美感意識？於是我們的方向可以確立，我們應該用現代的方法去發掘和表現中國多方的豐富的特質。

**附記**：以圖所示的詩在外國稱爲 Concrete Poetry（具體詩、具象詩），注重經驗的實在性、可觸的迫眞性；從事這種詩的大不乏人，但對中國詩人來說，由於中國字是方的，要構成空間玩味的詩太容易了，所以不以爲奇，但若利用了適當的處理，如白萩那首，則有雙收之效。

# 詩的再認（1961）

在一切事物逐漸趨於專門化的現代世界中，詩評人的出現有時是件頗為危險的事；他們要在藝術家與羣衆之間做一個「萬應的中人」，一面要為藝術定路向，一面要立規條，放諸四海而皆準。但結果往往是：它們極易引起誤導的作用。衞道者的批評唯「道」是詩；聖・培甫（St. Beuvean）式的批評只見詩人的歷史不見詩的匠心（而這種批評目下頗屢見不鮮）；時代特色的批評中有時當然可以有助於某些詩骨格之了解，但這些特色「轉生」的藝術處理的微妙過程則時被忽略；傳統的批評家（能利用比較及透視的處理的不在此例）只供出來源而不能打開「尚未誕生的世界」；以上種種也不無其各自啓導之功，但有時各踞一方，把詩的「眞質原氣」丟廢了；它們好比威尼斯這一單獨的小島，並非威尼斯的全貌；批評家好比導遊者，一套油嘴的風光介紹固可以指出一些外貌，但並非威尼斯生命的所在，要緊捉威尼斯之神髓，讀者還需親自置身其中。在此，我們論詩必亦將遇到類似的危機，因而我們不欲將本篇局限於片面之討論，而設法供出一些角度以期詩人們與讀者們從中各自進入認可之窄門（我們不相信窄門只有一道）。我們仍然從最普遍的問題談起。

## 一、詩的「眞性」：意義之伏魔

如果說目前的詩人在寫詩時，讀者在欣賞時，完全是從某種局限的意義下出發，這將是一個太隨意的結論；但如果說大部分的詩人和讀者均在某種局限的定義之困纏中，則並未言過其實。以下一個現象是很顯著的：寫詩的人受制是一種不屬於自己的觀念，刻意要用文字塡入某種預定的或因襲的模式中，而非自我中某種苦掙的「忠實」表現；（「忠實」二字是容易引起誤解的，這裏當指其毫無虛飾的強度而言。）讀詩的人受制於一種固定的概念，刻意追求一種理想中「眞理」的滿足，而非經驗各方面全然的認識。譬如，時下有一句影響至深、誤解最大、對詩的破壞也最烈的話：「詩言志」。「詩言志」這句話本身並不能說是一句錯誤的結論，但其所引起的意義之誤認（無論是直接或間接）卻是易見的。

「詩言志」自有其堪稱適切的含義，但一般人並未認識。一般人（有不少是詩人）只止於其表面或現代意義，對於「志」字的原意能了解者甚少。錯覺就是起源於這個「志」字的意義範疇上。很多詩人、讀者是草率的，對於他們，「志」的意義對是：意志、決意、目的、志向；於是「詩言志」在一種缺乏思考的聯想下就成爲：詩是載「道」的，必須有一個「教訓」「眞理」爲中心；但「志」的意義就如此狹窄嗎？

字源學在中國在外國一向都被視為一種死的工作，但近年來批評界用了字源學有了頗多新的發現；一個字的構成，如一個神話的構成一樣，往往在其構成的部分中蘊藏著某種欲望的基形或基義，經過時間的侵蝕，其原意就逐漸蛻變為別的東西。那麼，「志」字的字源學上的構成意義所指為何呢？「志」是由「士」及「心」兩部分所構成的，說文裏解釋為「心之所之」。而「心」字，說文解字作㣺，一般人對於這個圖的認識不是過於感情化、感傷化（如翻譯時用 heart 字），就是過於理性化（如翻譯時用 mind 字）；我們除了在「心意」「心情」這類詞語去解釋「心」字之外，我們試從「佛心」「無心」「本心」諸詞來看，「心」之原意應解釋為：「吾人意識感受活動之整體（全貌）。」則所謂「志」在此就應解釋為：「吾人對世界事物所引起的心感反應之全體。」因此，我們可以說，早在古人下定義之時，已不強調理性下的思維範疇——道德、說教、載道；亦不強調感傷主義下一度形成的俗人所謂「美」的事物——夕陽、晚霞、春花、蝴蝶、愛、雪、秋月、別離。它強調一種均衡及全貌——對事物（意識感受下的事物）均衡忠實的處理，由此可見，「載道」的詩人等於在藥片上加糖衣，——「獵道」的讀者等於利用糖衣吞藥，自己矇騙自己。孔子曰：毋意（沒有預定的結局），毋必（沒有任意專橫的先入觀念），毋固（沒有固執），毋我（沒有私念）。這四種寫作及欣賞的態度反而給「載道」者所忽略了。

## 二、詩——姿式藝術：相關藝術之比較

本節所用的相關藝術的比較是一種姿式的類比。我們在第一節中獲致一點有關詩的認識：詩所表的已非「情感」「思想」這麼簡單，而是「當代一種超脫時空的意識感受狀態」（爲方便計以下用「心象」二字來代之）。

在未論及作爲姿式藝術的詩以前，我們先就下列三項相關藝術而簡述其異同：音樂、繪畫、文學。三者均爲表「心象」（意識感受）的藝術。其不同點如下：

音樂——心象的動向。

繪畫——心象的狀態。

文學——心象的內容。

文學與音樂、繪畫之主要不同點是：文學由語言文字構成，文字本身是具有其示義範疇的，是音樂（時間藝術）與繪畫（空間藝術）所不具的，這點大略相當明顯。

詩，作爲文學的一種，由文字構成，當然亦是表「心象的內容」，但與一般文學（譬如小說和散文）不同。後者經常集中於一個思想、一個信仰、一個社會、一種環境，而用枝節依次詳舉的辦法呈露出來，思路清，內蘊可用論文方式寫成大綱說明，所以有時我們只要捉著其主要觀念，其目的已達。但詩雖然亦具有文字的示義性，但往往不止於這種心象所顯示的內容，而強調

音樂中之「心象的動向」和繪畫中「心象的狀態」，才算是詩的意義之全部。（亦即是與散文相異之處，因而當亞倫・泰特 Allen Tate 說「現代小說已趕上詩的境界」時，其實是指現代小說中開始強調傳統小說所缺乏的「動向」及「狀態」而言。）

（1）心象的內容——一首詩裏心象的內容到底是易於了解的部分，因爲文字、意象、暗喩、反喩、明喩、象徵，甚至餘弦（Nuance）均很迅速供諸一組意義（雖然或者是凌亂未經組織的意念），至於讀者此時無法完全感受或了解某一首詩，往往是（一）由於作者在「心象的狀態」及「心象的動向」方面未曾將之把定及凝縮到使凌亂歸一的程度；（二）由於讀書不認識到詩中這兩個姿式。

（2）心象的動向——我們認爲音樂的特質爲心象之動向，是指其構成本質之一面而言，我們在此將詩比作音樂，亦只限於此構成的姿式，至於音樂各式表現之差異將不涉及。音樂爲「時間藝術」一點頗爲顯淺，其表達方式是利用「音的歷時」、「音的質量」及「音的表情」而引起感盪力。不管在變奏曲、輪旋曲、協奏曲、奏鳴曲、終句（cadenza）、賦格等等，無不依賴上述三項構成，或先由一個主題用各種不同的方法奏出，或一個主題反覆數次的出現，或依著呈示、開展、複示的進行，或如賦格和四重奏，數個動向一同進行；這些又由快、慢、強、弱穿梭來表達心象濃度之增減、某種情緒的突轉、某種幻想的流動、某種記憶的出現與消滅、或某種感受的拉緊。

詩的進度與動向亦具音樂這種構成的意義與特色，亦是一種「流動的」心象的藝術。我們在一首成功的詩中，由於情緒的複雜、強弱與濃淺，往往要活用句法的長短，段落的變化，或字中語音特別的個性，或加插過渡；情緒較弱部分甚至用純粹散文出之反覺適切，一如音樂中的過渡及不和諧音的引用。譬如艾略特的「普魯福克的戀歌」中就應用了不少「心理的過渡環」。又譬如其「荒原」所應用的音樂的突轉（援「岩石與水」一節為例），又如艾芝拉・龐德的「詩章」（Cantos）。如果缺乏了這種音樂的構成姿式則頗有缺失，而超現實主義者白略東的「在可愛的微明裏」一詩如不依靠這種流動的表情將亦流為一堆破碎的意象而已。

說到這裏我們很想利用這個機會對詩的「音樂性」的問題重新作一肯定的解說，因為這個問題無論在讀者之中或詩人之中仍然有極大的不健全的影響。一提到詩的音樂性，老一輩的人唯平仄、唯韻腳、唯抑揚是詩之要件；中輩的人（其實還有不少的年輕的人）則強調字的音樂性，殊不知「詩的音樂性」還是以其心象的動向為依歸，無論作者是「口語詩人」，還是文字中的「天籟詩人」。（我們相信詩人中對於音的認識不少是天生的，葉芝卽是一例。）所以當韓波（Rimbaud）攻擊波特萊爾「未曾注聽未聽過的東西」而在其「靈光集」中打破形式並訴諸「情緒的流動」的散文時，他在「音樂性」的認識上確比波特萊爾更進一步；因此，亞波內里亞及超現實主義者毫不遲疑地稱韓波為宗師，亦因此聖約翰・濮斯不顧一切的抓住了散文的形式（亦卽韓波「靈光集」的形式），來發掘「未知的深層」（The Unknown Substratum）。

（3）心象的狀態——我們認爲詩具有繪畫中的心象的狀態的特色，在此，亦只指其構成事實的一面而言。畫，是「空間藝術」，亦可稱爲「靜態藝術」，是一種無言的藝術；我們雖然有時說畫面上可以看出某種內心的掙扎或戲劇化的衝突（從構圖、筆觸、及色澤感出），但該種掙扎或衝突仍然存在於靜態之中，它們仍只是一種狀態，譬如梵谷的「絲柏樹」、高更的「IA ORANA MARIA」、趙無極的「無形的大地」（La terre sans forme）或美國的抽象表現主義的畫，均是心象（情緒、感受）的狀態；至於其內容（可述性內容）是次要。畫評者往往只從「藝術上」去品評而不強調內容，說某一幅畫是表現（比如說）「自尊心之全毀」、「自我的迷失」之類的屬於可述性的思想範疇。畫評家應該從其結構上、色澤上、畫面上的整個世界去「感受」一些不可名狀的事體，而不能將之局限於一如小說中可局限的理念世界的意義上。

一首眞詩亦捉摸類似畫中的不可名狀的極具餘弦的事體，但因詩用的是文字，與畫筆的筆觸所產生的暗示力不同；在一首詩中，作者或通過意象的驅勢，或通過修辭的張力而把該心象的狀態透露出來。因而一首成熟的詩往往把「意義顯露性至爲明顯的敍述」去掉，而利用意象的飛躍，或利用神秘主義的敍述語勢以期達到心象全貌的放射。亦即是說，如果要表現「焦慮」時，詩人盡可能不用類似「焦慮」的字眼，而活用別的，使讀者讀後捉住了「焦慮」的實體。

我們試援聖約翰・濮斯的「異鄉人」之一節爲例：

於流血的季節黑色大理石鑲白翅的海灣中，
帆是屬於鹽的，而光是水上禽爪之痕，然後，如此多的天空對我們是夢嗎？……
比落自翅翼的羽毛更為自由
比與黃昏同逝之愛更為自由
你見你的影，於成熟之水上，終於解脫了年齡，
而你讓錨製作法律於海底之牧歌中
一根白羽毛在黑水上，一根羽毛向榮耀
突然給我們巨大的刺傷，如此白，如此奇異，在黃昏之前……
羽毛漂盪於黑水上，强者之戰利品，
他們會告訴你嗎？噢，黃昏，誰會完成於此地？

聖約翰·濮斯的詩之一個特色是：詩中有不少熟識的事物的呈露，但那些事物所顯示之意義與其表面的環境有一種神秘的相尅性。在上列一節詩中，每個意象均大膽而準確：黑色大理石鑲白翅的海灣、帆、光是水上禽爪之痕、翅翼、錨、白羽毛……在表面屬於航海的感覺意象，但其間隱現的卻非以航海爲止，而另外透出一種「偉大的死」的狀態、氣氛，或白略蒙所謂「抒情的出神特態」。詩中並不見類似死的字眼，而力求保有每一個獨立意象本身的暗示性。這種心象的

狀態的顯現手法與繪畫中「去形求意」的手法可以說有一種本質的相合。我們如果從這個角度去看里爾克的詩（尤指奧非爾斯十四行），更可見其對於某一刻的精神狀態的顯現是怎樣的豐饒神似的。

由是我們又想到所謂詩中的繪畫性的說法，有些人口裏不停的援用「詩中有畫，畫中有詩」來讚賞某人的詩，但究竟所謂「有畫」是何所指，目下誤認的人頗多；所謂「有畫」或「繪畫性」應指上述的狀態或氣氛而言。誤認者以爲：詩中既有畫，就應有不少視覺的事象，因而保守的詩人大力鋪砌與現代感受脫節的夕陽、春花、竹、雪、松樹；較新進的詩人則應用大量的景物（雖然是較新鮮的景物），但二者均未考慮它們能否成爲整個情境中有機之一部分。我們須知每一個獨立意象（滿載情緒、經驗、感受的獨立意象）本身只服役於某一個心象狀態的顯現，一如畫布上的形、色、筆觸只服役於一個「意」字。

但詩中之「心象的內容」「心象的動向」「心象的狀態」如何可以成爲不可分割的整體，如何可以成爲葉慈之所謂舞者已成一體的境界：「我怎樣才能分出舞者，從舞蹈之中？」

## 三、詩之軀體：無形至有形

自從超現實主義以來，說得更正確點，自從韓波以來，詩就趨向於「流動」（Flux）；自馬拉梅以來，詩就趨向於「意象呈示」。（滿載神秘經驗、象徵意義、回憶、聯想的擴展性的意象的呈示。）但詩並不盡是「流動」，流亦有兩岸；亦不盡是「意象呈示」，其中亦必有其服役之情境。舊約聖經創世紀中說：上帝從空虛混沌的無形中創造天地，賦與形體。詩人的心之底層亦是混沌無形，亦需我們從淵面中分出光、暗、陸、水。藝術到底是一種組織力，如何從無形中找出形體，從混亂中找出秩序（雖然是無形的形，無秩序的秩序）。我們有時從表面看一篇東西，其凌亂眞駭人，但細看之下，又會發覺其自成某種秩序；所以要做到舞與舞者合一，做到心象之三面爲一不可分割之整體，我們尙要「形」之賦與（在此我們並不指詩的外在形式）；所謂形之賦與實則是：如何使所有的凌亂的意念及意象依附一個基形（Pattern）或情境進行和顯露。但心象因人而異，因此所有表達的基形或情境亦各各不同：所以，要對「基形」下一明澈的定義殊不容易；在此，我們只想試供出詩中常見（但並非必然的）基形以玆參照，或有助於「基形」此一抽象名詞之認識。

（1）矛盾語法的情境——伊索寓言中有下列的一則故事：一旅行者於苦冬之夜投宿於森林神之家，進門時以口吹氣向手。問曰：何故？「取暖也。」森林神旋遞其熱粥一碗，復以口吹氣。問曰：何故？「使之冷。」森林神大怒，並擲之戶外，蓋其認爲同一口氣冷熱俱能乃無稽之事。但我們都知道此事毫不無稽，這是我們日常生活中最普通的似非而是現象，我們起先都不注意，但一經指出，我們因其間所存的表面歧異、矛盾、及荒繆及事實上之相反情境而感到驚異和加以注意。矛盾語法的獨特價値卽在此，矛盾語法在我們日常語言中頗多，但詩中之應用尤爲豐饒而有效；我們舊詩中，往往有所謂「高、雄、深、遠、奇」等意境，其實這些意境的趣味及價値大多是因爲其間存有不凡的發現：似非而是的情境，而給與我們無限的驚訝。譬如「山從人面起，雲傍馬頭生」，「江間波浪兼天湧，塞上風雲接地陰」，「江流天地外，山色有無中」或「白髮三千丈，離愁似個長」每景中均有一種不容置信的無稽（如用理智的分析的話），但每一景緻均有其微妙的「眞實性」。表面的不近情理而心理感受上卻甚神似的情境就是使觀者驚服的起點，（超現實主義表面無理但內含物之眞象，實在可以說同源於「矛盾語法的情境」。）又譬如李白的「長松入霄漢，遠望不盈尺，山花異人間，五月雪中白。」所予人之驚異是五月居然有雪，但深山中的景色也確是如此。

如果我們將「矛盾語法的情境」之意義延展而看，它其實亦是戲劇中最得力的地方，戲劇中強調「衝突」之重要，但不少戲劇中的「衝突」或構成該「衝突」拍擊力的事件往往就是某種我們忽略了的情境的喚起。「矛盾語法的情境」有時甚至是哲學熱忱之始，譬如禪宗的狂喜就在「雨中看果日，火裏酌清泉。」（神秘主義者的詩亦繫於此歧異之溶合之中，艾略特的「四重奏」即是一例。）

顯然，我們的思維與感受多半始於一種「既謬仍眞」的情境，所以當克連絲・布魯克（Cleanth Brooks）一口咬定詩的語言就是矛盾語法也並不能說是過於偏執。因此，我們要不使凌亂，無組織的意念及意象仍爲一堆破碎的殘枝，我們可以利用一個「既謬仍眞」的情境，然後其他的分歧多樣的經驗和感覺意象先後不斷地回歸及發自這個情境，使到意象及意念之間有一種互為暗示的相尅相生的作用，因而讀者在開始忘記一個意念（意象）時立刻又為另一個新的意念（意象）所喚起：所有的意念（意象）永遠可以同時存於一個情境之中。

（2）遠征的情境——假如我們用吉軻德先生的行徑來說明這個情境或者太過牽強，尤其吉軻德一向被視作乖癖、夢想、不切實際的傻漢；但吉軻德所代表的另一面是其近乎著魔的熱忱與傻勁，去追求一個理想和其單調的存在之神秘結合；在某種意義說來，他的歷程頗似半神半人的騎士向異境遠征，途中所見事物各式其色，或美或醜或盡是荒謬，但它們在騎士或吉軻德的眼中均自成一種意義、一種象徵、一種神秘的經驗，甚至是一種魔障，而它們最後仍歸宗於其整個歷程的意義上。

詩中活用這種進程者大不乏人，而其情境與騎士或吉軻德的進程亦極相似。有不少詩，尤其是長詩，我們很容易可以注意到詩中的主角（或詩人本身）是個神秘的人物，雖然我們不能說其必具吉軻德先生的情愫，但他卻盡量把所看所感的事物收諸於詩，並將之與歷史或一種神秘經驗連成一體。因而詩中尤其富於「動態」——由一個意念（或意象）跳到另一個意念（或意象）——一若騎士由一個堡壘移到另一堡壘。了解了這一點，一向被認為難懂的濮斯的詩就可以獲致一個非常適切的欣賞的起點：詩中博大奇異的流動世界之每一片面，好似都與文明興衰之神秘原式息息相關。了解了這種遠征的情操，我們或許對於龐德的「詩章」可以更容易的感受。

（3）旅行者或「世界之民」的情境——這個旅客或「世界之民」對於意識感受的接受方式與吉軻德先生大異其趣。他並不關心所謂與世界之偉力或絕對結合的問題，他關心的是他在路上所見的景物（所產生的意念、感受、意象）與自身境遇的苦掙作經常的比較；他注意一切的人的接觸、情緒、感覺、以及可喜或幽默的事物。他有時亦有與絕對結合的傾向，但多基於「活物觀」（Animism）——因而我們讀到不少精神化的比喻，在於動植物與石頭之間只有「存在」二字——這種詩人的內心掙扎是最激烈的，因爲他的掙扎是人類全命運及其自己命運之思索，以意象及事件爲表裏（並不以純理性思想）的思索。在戲劇中莎士比亞就是這樣一個浪人。在現代詩中亞波里內亞的詩（譬如「地帶」一詩）就是經驗全然之收放。

以這個情境爲依歸的詩，在經驗之收放上較爲自由，風格也較爲活動，因而在內蘊的容納亦最廣，不管是純粹的外物或內心之意象一概可以包容（當然還需視詩人在文字上的組織力而定）。亦因此之故，韓波的「靈光集」在某個角度來說是建基於這個情境的。

（4）孤獨的歌者——法國詩人高羅代有一次寫道：「我願作孤獨的播種人」（Faites que je sois comme un semeur de solitude）；梵樂希不斷地發問：「人的力量何在？」（Que peut un homme?）他一生的詩就是追問這個題目，而他的答案是：存於純粹的自我（le moi pur）；里爾克在「給輕年詩人的十封信」中一開頭就強調「自我」深探之非常價值。從「自我」的深層升起然後發射到人性共通的情緒並不能說完全是現代的產物，在過去的詩人和音樂家中譬如馬羅及貝多芬，就是一直在全力表現自我，把其他的角色依附在主角一人的造型上，或把所有音的表情犧牲在一個主調的表現上。（與莎士比亞對於外界各式事物作一客觀不偏的呈露恰得其反。）但把孤獨視爲一種教育、一種原動力的靜觀、一種起源，卻是現代的認識。它之成爲一種爆發，主要是由於現代精神生活及自我之被隔閡與割讓所致。現代詩的眞義之一卽在重新發掘自我，而且用前人未有過的近乎瘋狂的情操，集中於這個自我的表現上。因而在一首發自巨大的孤獨的詩之中，不管其意象之是否屬於靜態的、動盪的、凌亂的、夢的、記憶的，更甚至屬於精神之貧乏的，它們都在不斷的爲這個「孤獨」作證，爲「自我的表現」服役。基乎此，偉大的詩應該敢於面對錯亂的動變中的社會所加諸我們精神上的種種挑戰，敢於握緊生命的苦掙之脈搏，敢於肯定紛亂現實之原狀，敢於穿過虛無盲目之窄徑而對「未誕生的世界」加以認可，不似「學院派」的詩（從學院出來不一定就寫學院派詩），爲保守現有而趨於戲謔、譏刺、婉轉，具有迷人地近乎照片的準確意象，和故作老成持重的虛僞。因此讀詩時應該拋除「學院派」的追求定型意念的態度，去接受整個錯亂的動變之現實。於是從現代藝術家深認到的「自我」顯現之肯定價值出發，狄蘭・唐瑪士的爆發的一面正代表著「不以現狀爲最終極最完善」的藝術的永久動力。

我們一開頭就說過詩評人無法做一個「萬應的中人」，我們只就詩的本質之諸態提供了一些角度，究竟詩人們能否使詩成爲「舞與舞者不分」的藝術永久的動力，那還需詩人自求；而讀者之是否能夠將詩認可，則有賴於其自身觀點的正誤。我們還需附加一句的是：決不可認爲我們本文中所供諸的世界就是詩的全部，因爲假如它們是全部，我們就沒有理由寫詩了。

# 中國現代詩的語言問題

## ——「中國現代詩選」❶英譯本緒言

自五四運動以來，白話便取代了文言，成爲創作上最普遍的表達的媒介，作爲文學的媒介，白話和文言有很多的差異，而過去數十年來的大量譯介西洋文學，白話受了西洋文法結構的影響，又有了很繁複的變化。下面我將舉李白的一首詩爲例，利用英文逐字的直譯及其他既有的譯文來比較，看看文言作爲詩的媒介的特性，再來看白話在表達上的限制及新的可能性。

李白的詩如下：

青山横北郭
白水繞東城

---

❶ WAI-LIM YIP(葉維廉), MODERN CHINESE POETRY (Iowa University Press, 1970).

此地一為別
孤蓬萬里征
浮雲遊子意
落日故人情
揮手自茲去
蕭蕭班馬鳴

下面是逐字的直譯（括號中的文字或標點是英文語意上所必需增添的）：

Green mountain〔s〕lie across〔the〕north wall,
White water wind〔s〕〔the〕east city.
Here once〔we〕part.
Lone tumbleweed〔;〕〔a〕million mile〔s〕〔to〕travel.
Floating cloud〔s〕〔;〕a wanderer〔's〕mood.
Setting sun〔;〕〔an〕old friend〔's〕feeling.
〔We〕wave hand〔s〕〔you〕go from here.

Neigh, neigh, goes〔the〕horse at parting.

這首詩幾個獨特的表現方法容後再論。首先，原文和英譯相較之下，我們會發現下面幾個特色：

㈠除了很特殊的情形之外，中國舊詩沒有跨句（enjambment）；每一行的意義都是完整的。

㈡一如大多數的舊詩，這首詩裏沒有人稱代名詞如「你」如何「我」如何。人稱代名詞的使用往往將發言人或主角點明，並把詩中的經驗或情境限指爲一個人的經驗和情境；在中國舊詩裏，語言本身就超脫了這種限指性，（同理我們沒有冠詞，英文裏的冠詩也是限指的。）因此，儘管詩裏所描繪的是個人的經驗，它卻能具有一個「無我」的發言人，使個人的經驗成爲具有普遍性的情境，這種不限指的特性，加上中文動詞的沒有變化，正是要回到「具體經驗」與「純粹情境」裏去。英譯中所需要的 We 和 You 是原文中所不需要的。

㈢同樣地，文言超脫某一特定的時間的囿限，因爲中文動詞是沒有時態的(tense)。印歐語系中的過去、現在及未來的時態是一種人爲的類分，用來限指時間和空間的。中文的所謂動詞則傾向於回到「現象」本身——而現象本身正是沒有時間性的，時間的觀念祇是人加諸於現象之上的。中國舊詩極少採用「今天」、「明天」及「昨天」等來指示特定的時間，而每有用及時，都總是爲着某種特殊的效果，也就是說，在中文句子裏是沒有動詞時態的變化。

有了上述的說明，讓我們再來看看詩句的結構。一個常見的結構是二—一—二（也正是這首詩頭兩行的結構），中間的一個字通常是連接媒介（動詞、前置詞、或是近乎動詞的形容詞）❷，用來拉緊前後兩個單位的關係。這個結構和英文的主詞—動詞—受詞最爲相近，要譯成英文時通常是相當方便的。但有很多英譯者偏要歪曲這種結構，我們試將之比較，可以看出舊詩裏的獨特的呈現方式，也可以反襯英文分析性文字的趨向❸。

Where blue hills cross the northern sky,
Beyond the moat which girds the town,
'Twas there we stopped to say Goodbye!

— Giles

With a blue line of mountains north of the wall,

---

❷ 在文言裏的所謂動詞、前置詞、形容詞的分別往往不易界分，現在用這些名詞只爲了討論上的方便。

❸ 關於中國古詩的英譯問題，可參看作者的 Ezra Pound's Cathay (Princeton, 1969), pp. 8-33, 及 DELOS/3 (Texas, 1969), pp. 62-79.

And east of the city a white curve of water,
Here you must leave me and drift away…

—Bynner

在原文甚至在英文直譯中，我們看到自然事物本身直接向我們呈現，而在 Giles 和 Bynner 的翻譯中，我們是被 Where 和 With 之類知性的、指導性的字眼牽引着鼻子帶向這些事物。我們看到的是知性的分析過程，而不是事物在我們面前的自然呈露。在原文中，詩人彷彿已變成水銀燈，將行動和狀態向我們展現；在 Giles 和 Bynner 的譯文中，由於加插了知性的指引，我們所面對的，是一個敍述者在向我們解釋事情。**這是一個很重要的分別**。中國舊詩裏的電影效果在二—三型的結構（李白這首詩的五、六行卽屬這種結構）中更爲明顯。且引杜甫的一行詩來作說明：

國破山河在

這一行詩曾先後被譯成：

Though a country be sundered, hills and rivers endure.

—Bynner

A nation though fallen, the land yet remains.

— W. J. B. Fletcher

The state may fall, but the hills and streams remain.

—David Hawkes

請注意譯文中分析性的或說明性的 though（雖然）、yet（仍然）、but（但是）等是如何將原文中的蒙太奇效果——「國破」與「山河在」的兩個鏡頭的同時呈現——破壞無遺。兩個經驗面，彷似兩錐光，同時交射在一起。讀者追隨着水銀燈的活動，毋需外界的說明，便能感到畫面上的對比和張力。同樣，在李白那首詩的五、六行，我們也許會問：第五行在造句法上應該解作「浮雲是遊子意」（也就是「遊子意是浮雲」）還是「浮雲就像遊子意」（也就是「遊子意就像浮雲」）？答案是：它既可作這樣解，又同時不可作這樣解。我們都會看到遊子漂遊的生活（及由此而生的情緒狀態）和浮雲的相似之處。但在造句法上並沒有把這相似之處指出，沒有指出和沒有解釋的趣味，一經插入「是」、「就像」等連接詞的話，便會被完全破壞。就這個例子來說，我們是同時看到浮雲與遊子（及他的心靈狀態）。這種兩件物體的同時呈現，一如兩個不同的鏡頭的並置，「是整體的創造（creation），而不是一個鏡頭加另一個鏡頭的總和。它之比較接近於整體的創作——而不是幾個部分的總和——是因爲在這一類的鏡頭並置上，其效果在質上與各個鏡頭獨立起來看是不同的。」❹

純粹的行動與狀態用這種電影手法來呈現，而沒有插入任何知性的文字說明，使得這些精短的中國舊詩既繁富又簡單。在李白這一行詩裏（如我在「現象、經驗、表現」一文所引用討論過的）：

鳳去（鏡頭一）
臺空（鏡頭二）
江自流（鏡頭三）

江山長在，人事變遷無疑是在意下，但需要用文字說明嗎？這些狀態和行動並置的呈露，不是比

❹ 見 Sergei M. Eisenstein, The Film Sense (New York, 1924), p. 7.

解說給了我們更多的意義嗎？我們不是因這一刻的顯露而進入了宇宙之律動裏和時間之流裏嗎？

至此，我們可以看到，文言的其他特性皆有助於這種電影式的表現手法——透過水銀燈的活動，而不是分析，在火花一閃中，使我們衝入具體的經驗裏。這種鏡頭意味的活動自然傾向於短句和精簡，因此便沒有跨句的產生。較長的詩句很易流於解說。中國舊詩裏情境與讀者直接交往，讀者參與了作品的創造，時間的意識（時間的機械性的劃分）自然便被湮沒。上述的這種直接性更被中文動詞的缺乏時態變化所加強。避免了人稱代名詞的插入（在前面我已經討論過），非但能將情境普遍化，並容許詩人客觀地（但不是分析性的）呈現主觀的經驗。

從蘊含潛力的文言轉以口語化的白話來作詩的語言，我們可以觀察到這些顯著的差別：㈠雖然這種新的語言也可以使詩行不受人稱代名詞的限制，不少白話詩人卻傾向於將人稱代名詞帶回詩中。㈡一如文言，白話同樣也是沒有時態變化的，但有許多指示時間的文字已經闖進詩作裏。例如「曾」、「已經」、「過」等是指示過去，「將」指示未來，「着」指示進行。㈢在現代中國詩中有不少的跨句。㈣中國古詩極少用連接媒介而能產生一種相同於水銀燈活動的戲劇性效果，但白話的使用者卻在有意與無意間插入分析性的文字，例如上面引過的杜甫的一行詩，在劉大澄的手中就變成了

國家已經破碎了，衹是山河依然如故

「已經」（指示過去）和「祇是」、「依然」這些分析性的文字將整個蒙太奇的呈現效果和直接性都毀掉，就和那些英譯將戲劇轉爲分析一樣。使我們驚奇的是，這一類的句子經常出現在用白話寫成的詩中。例如早年劉大白的這幾行詩：

嫂嫂織布
哥哥賣布
小弟弟褲破
但是沒有補褲

一個隨手摘出的近年的例子是余光中這兩行詩：

今年的五月，一切依然如舊，
光輝依然存在，但火的靈魂已死。
——「鍾乳石」

但，在某種意義上，我們不能怪這些詩人；白話作爲一種詩的語言，常常有使詩人落入這些陷阱的傾向。(我之一再使用「傾向」這兩個字，是因爲這些陷阱是可以輕易躲過的，這種新的語言如果運用得當——一如不少現代詩人所做過的——無需將語言扭曲，便可以達致文言所有的效果。)

白話和文言既有如此大的差距，現代中國詩人在他們的掙扎中，能夠保有多少中國舊詩的表達形態和風貌呢？但我們首先得解答問題更複雜的一面。因爲，已經改變了的不單是語言，還有美學的觀點。

相當諷刺的是，早年的白話詩人都反對側重倒模式的說理味很濃的儒家，而他們的作品竟然是敍述和演繹性的(discursive)，這和中國舊詩的表達形態和風貌距離最遠。三、四十年代翻譯與模倣浪漫派及象徵派詩人，使到詩人們開始剔除過顯的說明文字，而代之以意象。在那時譯的西洋作品中一個很普遍的表達程序是：詩人把自己的意念和感受投射入眼前的事物，不斷的與事物建立關係，並說明這種關係；在這些詩裏，詩人這種掙扎的痕跡，常常極爲顯著。這個表達程序逐漸爲白話詩人普遍的應用。

這本選集裏的詩人承着這個動向，帶着白話的一些弱點(以及西洋詩的新方向——下面我將再論及)不斷掙扎，經過一些錯誤的起步後，發出更爲精省和完美的聲音。舉例來說，我們不難注意到：連接媒介的更進一步的省略、更深一層的與外物合一、儘量不依賴直線追尋的結構(linear structure)、並代之以很多的心理上的(而非語意上的)聯繫(無疑這部分是受了超現實主義詩人的影響）、重新納入文言的用字以求精省。然而，浪漫派的影響並沒有受到排拒，事實上，這些詩人們在開始時對這些詩頗為迷戀，尤其是後期象徵派裏的形而上的焦慮：

在今日，科學已領我們走進一個新的恐龍時代，人的生活被宿命地捲入一連串機械的過程，在都市主義的不斷迫害下，詩的意義有時竟成了生命一息尚存的唯一表示。

……

對於僅僅一首詩，我常常作着它本身無法承載的容量；要說出生存期間的一切，世界終極學，愛與死，追求與幻滅，生命的全部悸動、焦慮、空洞和悲哀！總之，要鯨吞一切感覺的錯綜性和複雜性。如此貪多，如此無法集中一個焦點。

——瘂弦：「詩人手札」

或者看看這首散文詩：

**無質的黑水晶**　　商禽

「我們應該熄了燈再脫；要不，『光』會留存在我們的肌膚之上。」

「因了它的執着麼?」

「由於它是一種絕緣體。」

「那麼,月亮吧?」

「連星辉也一樣。」帷幔在熄燈之後下垂,窗外僅餘一個生硬的夜。屋裏的人於失去頭髮後,相繼不見了脣和舌,接着,手臂在彼此的背部與肩與胸與腰陸續亡失,腿和足踝沒去得比較晚一點,之後,便輪到所謂「存在」。

N'ETRE PAS。他們並非被黑暗所溶解;乃是他們参與並純化了黑暗,使之:「唉,要製造一顆無質的黑水晶是多麼的困難啊!」

中國舊詩中至爲優異的同時呈現的手法固然是我們應該努力的目標,然而中國舊詩,也有其囿限。這種詩抓住現象在一瞬間的顯現(epiphany),而其對現象的觀察,由於是用了鳥瞰式的類似水銀燈投射的方式,其結果往往是一種靜態的均衡。因此,它不易將川流不息底現實裏動態組織中的無盡的單位納入視象裏。這種超然物外的觀察也不容許哈姆雷特式或馬克白式的狂熱的內心爭辯的出現——然而,由於傳統的宇宙觀的破裂,現實的夢魘式的肢解,與及可怖的存在的荒謬感重重的敲擊之下,中國現代詩人對於這種發高燒的內心爭辯正是非常的迷惑。

當然,我們禁不住要問的是:在這種新環境新手法與中國舊詩的表現手法之間,現代中國詩人究竟能夠宣稱有多少是他們自己獨創的呢？他們用了什麼手法來避過白話的一些陷阱而回到現象本身呢？上面提過的一些特色，例如連接媒介的遽減、與外物合一的努力，反對直線追尋的結構等，在這些詩人手中，並不是故意扭曲語言的結果（一如龐德及一些現代詩人所做的），因爲白話，卽使多了些分析性的元素，仍然保有不少文言的特性（例如沒有時態的變化），如果能透過好詩來加以提鍊，是可以更進一步發揮舊詩的表達形態，而又可忠於現代激烈動盪的生活節奏的。把白話加以提鍊的第一步便是從現象中抓緊自身具足的意象。自身具足的意象可以解釋爲一個無需詩的其他部分便能成詩的意象。一個好的自身具足的意象，事實上就可看成一首自給自足的詩。它之所以是自給自足，因爲它是承載着整個情境的力量，例如這些詩行：

在我影子的盡頭坐着一個女人。她哭泣。
——瘂弦：「深淵」

好深的你舷邊的憂鬱多藍啊
——商禽：「船長」

多想跨出去，一步卽成鄉愁

——鄭愁予：「邊界酒店」

也不知是兩個風箏放着兩個孩子還是兩個孩子放着兩箇風箏

——管管：「春歌」

在最後一個例子裏，我們看到和自身具足的意象的營造極有關連的另一面。那就是詩人用以觀察世界的出神的意識狀態。在這種出神狀態中，時間和空間的限制不再存在，詩人因此便能將這一刻自作品其他部分及這一刻之前或之後的直線發展的關係抽離出來，使到這一刻在視象上的明澈性具有舊詩的水銀燈效果。在這種出神狀態中，正如我以前說過的，詩人具有「另一種聽覺，另一種視境。他聽到我們尋常聽不到的聲音。他看到我們尋常所看不見的活動和境界。」誠然，所有眞正的抒情詩人無不自這種出神的意識狀態出發。商禽就是這樣寫的：

裙裾被凝睇所焚，胴體
溶失於一巷陽光
餘下天河的斜度
在空空的杯盞裏。

這種個人溶於外物、溶入某一刻的神秘行爲，是一種獨特的視野。且再引商禽「天河的斜度」以見其機心：

天河垂向水面
星子低低呼喚
無數單純的肢體
被自己的影子所感動
六弦琴在音波上航行
草原
在帆纜下浮動
流淚
並作了池塘的姊妹
在高壓線與葡萄架之間
天河俯身向他自己。
卽是我的正東南

被籌範於兩列大葉桉
死了的馬達聲
　　發霉了的
嘆息是子夜的音爆

在這首詩裏，作者溶入外物，讓它們的內在生命根據它們自己的自然律動生長、變化、展姿，但同時又保有其某種程度的主觀性。但詩人在和現象界交往時，他並沒有把主觀的「我」硬壓在宇宙現象之上；他視自己主觀的「我」爲宇宙現象底波動形成的一部分。

同樣，鄭愁予和葉珊也將自己投入星、山、花的運行裏：

磧石打在粗布的肩上
水聲傳自星子的舊鄉
而峯巒　蕾一樣地禁錮着花
在我們的跣足下
不能再前　前方是天涯
——鄭愁予：「壩上印象」

挖地的工人棲息樹下
樹影漸漸偏東
尋找蝴蝶蘭的人正在攀爬
一片雪白的斷崖。遠方的森林
像生長在前一個世紀
小鳥吵着，像瀑布一樣
沒有季節觀念的瀑布

——葉珊：「夏天的草莓場」

對於現代中國詩人而言，詩應該是現象的波動的捕捉，而非現象的解剖。

從上面幾個例子看來，很明顯地，現象的波動的捕捉要歸功於每一經驗面的明澈性。誠然，在李白的「鳳去（鏡頭一）臺空（鏡頭二）江自流（鏡頭三）」這類明澈性裏，任何敍述或分析都無法挿入。同樣地，瘂弦使用明澈的意象「演出」了一個老婦人命運中的諷刺：

二嬤嬤壓根兒也沒見過杜斯妥也夫斯基。春天她只叫着一句話：鹽呀，鹽呀，給我一把鹽呀！天使們就在榆樹上歌唱。那年豌豆差不多完全沒有開花。

鹽務大臣的駱隊在七百里以外的海湄走着。二嬷嬷的盲瞳裏一束藻草也沒有過。她只叫着一句話，鹽呀，鹽呀，給我一把鹽呀！天使們嬉笑着把雪搖給她。

一九一一年黨人們到了武昌。而二嬷嬷却從吊在榆樹上的裹脚帶上，走進了野狗的呼吸中，禿鷲的翅膀裏；且很多聲音傷逝在風中：鹽呀，鹽呀，給我一把鹽呀！那年豌豆差不多完全開了白花，杜斯妥也夫斯基壓根兒也沒見過二嬷嬷。

在「給我一把鹽呀！」與「天使們嬉笑着把雪搖給她」之間祇要來一個簡單的「但是」，便會將整首詩變成散文。

我們當會注意到，雖然詩人採用的是一種敍述的程序，但我們並沒有受到干擾。因爲詩人的敍述是一種「假敍述」（pseudo-discursiveness），主要是用來滿足讀者思維的習慣，就像商禽有時採用「假語法」（pseudo-syntax）來否決現成的語法。

死者的臉是一無人見的沼澤
荒原中的沼澤是部分天空的逃亡
遁走的天空是滿溢的玫瑰

溢出的玫瑰是不曾降落的雪
未降的雪是脈管中的眼淚
升起來的淚是被撥弄的琴弦
撥弄中的琴弦是燃燒着的心
焚化了的心是沼澤的荒原



「是」字在這裏並不是像往常一樣用來做隱喻的。這首詩是一個意象重疊在另一個意象之上，直至意象繞成一個圓爲止。這和放映機快速地將一個鏡頭加於另一個之上是相同的。但這首詩更爲繁豐。它在利用讀者思維習慣的同時，使讀者進入一種思維方式裏——讀者開始時自然會尋找兩個意象間相仿的地方；但讀了三、四行以後，一種新的思維方式便產生——讀者開始感到意象重疊的衝擊力。這兩種思維方式形成一種張力，而同時，它們又是相輔相成的。

這種「假語法」祇是對付白話的分析性傾向的手段之一。在此之外，將人稱代名詞的重要性貶低也是另一種方法。例如「在天河的斜度」中的「我」（一如一些代表現實的工業性的一面如「高壓線」、「音波」、「馬達」）都是服役於宇宙現象的形成。

至於毀壞性的戰爭、高度工業化和商業化、狂暴和可怖的存在的荒謬感所造成的夢魘的、肢解的現實，尤其爲瘂弦和洛夫所棼焚的現實，對於現代詩人又有什麼影響呢？詩人要如何爲當代歷史中這些混亂、狂暴而不和諧的現實供出一個均衡呢？這實在是很大的挑戰。瘂弦這樣說：

「我要鯨吞一切感覺的錯綜和複雜性。如此貪多，如此無法集中一個焦點。」

對於一般中國人來說，當代的經驗中的一些細節在自然的事物中恒常有格格不入之感：

林裏

果子與果子們喧呶著。喧呶著。罵風。罵他不該。真不該。把吾們的小襯裙剪了個繽紛。繽紛。又跟一個豎着衣領子的年輕人的鞋子過去

還抽着煙

——管管：「過客」

然而，棄這些變化萬千的經驗而不顧乃是一種罪過。儘管David Jones所說的「文化情境」(a civizational situation)並不存在，詩人的責任（幾乎是天職）就是要把當代中國的感受、命運和生活的激變與憂慮、孤絕、鄉愁、希望、放逐感（精神的和肉體的）、夢幻、恐懼和懷疑表達出來。這個挑戰使中國現代詩產生了歧異多姿的作品。

下面我們將檢視幾首這類的作品。下面的一首管管的詩，可能是受到商禽的「躍場」中的

「神經錯亂」所啓發的，（商禽這首詩是在卡夫卡式的神經錯亂介紹到中國之前寫的，是關於一個計程車司機在幻想中看到自己撞入坐在司機位置上的自己，便嚎啕大哭起來。）管管把崢嶙的、不和諧的經驗，通過孩童半戲謔半嚴肅的鄉愁，轉化成一個敏感、好幻想的男子的視象（vision）：

八點正那個剛接哨的傢伙　眼看着海把黃昏的紅綉鞋給偷去啦　眼看着狗子們把海的裙子給撕碎啦這傢伙也不鳴槍　也不報告排長　只管把一朶野菊插在槍管上欣賞　硬說這就是那個女人　且一個勁兒歌唱小調

　　烽火連三月　家書抵萬金

他那會知道　黃昏找不到鞋子回不了家　海穿着破裙子躺在沙灘上一個勁兒的哭泣　而狗子在咬着一顆照明彈　她相信這一定是一個墮落的太陽　他也該相信是一顆墮落的太陽　這傢伙我看着就不順眼　一枚砲彈出口了　夜就有了眼睛　夜就牧着一羣老鼠　月放牧着一羣飛魚　在海上的那羣飛魚　那傢伙正提着一些螢火蟲一個勁兒從臉上抹　說他也滿臉掛着星星　就因為一個理由　他拿着槍拼命射殺星星　因為耗子咬壞了槍的腳因為獵戶星來偷吃他的兎子　偷吃他的高粱酒　但排長說　這都不是理由　這傢伙排長就是看着不順眼　他明天又要去買票　又要去喝酒

也許我們可以說，在這首詩裏仍有一種宇宙現象的形成力量在活動着，因爲所有的物體都是有生命的(hylozoic)。但如果這是宇宙現象的形成力量的話，那也和傳統觀念中的和諧、均衡、肯定、寧靜極爲不同。而我們所經驗的是「可怖的」，或如管管自己所說的，「美麗的」眞理。我們所擁有的「自然」面貌已經逐漸變化到可以納入焦慮、動盪、殘暴、非理性和混亂。就像洛夫所說的：「攬鏡自照，我們所見到的不是現代人的影像，而是現代人殘酷的命運，寫詩即是對付這殘酷命運的一種報復手段。這就是爲什麼我的詩的語言常常觸怒衆神，使人驚覺生存卽站立在血的奔流中此一赤裸裸的事實。」於是，我們看到洛夫和瘂弦各以自己的方式抓緊當代經驗中鋒銳的張力(angular tension)和遽躍的節奏(disjunctive rhythm)：

在三月我聽到櫻桃的吆喝。
很多舌頭，搖出了春天的墮落。而青蠅在啃她的臉，
旗袍叉從某種小腿間擺蕩；且渴望人去讀她，
去進入她體內工作。而除了死與這個，
沒有什麼是一定的。生存是風，生存是打穀場的聲音，
生存是，向她們——愛被人膈肢的——
倒出整個夏季的慾望。

在夜晚床在各處深深陷落。一種走在碎玻璃上
害熱病的光底聲響。一種被逼迫的農具的盲亂的耕作。
一種桃色的肉之翻譯，一種用吻拼成的
可怖的言語：一種血與肉的初識，一種火焰，一種疲倦！
一種猛力推開她的姿態。
在夜晚，在那波里，床在各處陷落。

在我影子的盡頭坐着一個女人。她哭泣，
嬰兒在蛇莓子與虎耳草之間埋下……。
第二天我們又同去看雲、發笑、飲梅子汁，
在舞池中把賸下的人格跳盡。
……
在這沒有肩膀的城市，你底書第三天便會被搗爛再去造紙。
你以夜色洗臉，你同影子決鬥，
你從屋子裏走出來，又走進去，搓着手……

——瘂弦：「深淵」

祇偶然昂首向鄰居的甬道，我便怔住
在清晨，那人以裸體去背叛死
任一條黑色支流咆哮橫過他的脈管
我便怔住，我以目光掃過那座石壁
上面即鑿成兩道血槽

我的面容展開如一株樹，樹在火中成長
一切靜止，唯眸子在眼瞼後面移動
移向許多人都怕談及的方向
而我確是那株被鋸斷的苦梨
在年輪上，你仍可聽清楚風聲、蟬聲

*

於是你們便在壕塹內分食自己的肢體
如大夫們以血漿寫論文，以眼珠換取名聲
那白砲的一呼一吸多麼動人
一輪裸日迅速地從鋼盔上滑落

你們只要通過一具瞄準器卽成不朽

*

而早晨是一翻轉背走路的甲蟲
且行且嚼，我是那吃剩的夜
猶隱聞星子們在齒縫間哭喊
我把遺言寫在風上，將升的太陽上
在一噴嚏中始憶起吃我的竟是自己

*

猶之一換皮的巨蟒
春天的城市散落着帶傷的鱗甲
你們圍賭，繼而怨尤，嫌街面不够亮
誘使我把一隻眼睛挖出掛在電線桿上
神哦，我所能奉獻於你腳下的，只有這憤怒

——洛夫之「石室之死亡」

瘂弦和洛夫要把生命和節奏蔵進經驗、行動、情境的每一片斷裏，讓這些力化的片斷「演出」自己的秩序。他們詩中的敍述仍用一種「假敍述」的程序（用以連結每一片斷），不斷地從一個經驗面急轉到另一個經驗面，形成張力與爆炸性。他們的詩雖然仍要求讀者去參與全詩最後的秩序的創造，它們和傳統詩作中以詩人與外物合一為開始的作法是不同的。但，我們也一定要瞭解，唯有如此，面對着焦慮的存在的現代中國詩人始可以產生一種無所不包的動態的詩，以別於傳統詩中單一的瞬間的情緒之靜態美。（鄭樹森譯）

# 附錄一：視境與表達❺

——「中國現代詩的語言問題」補述之一

詩人的視境可以由其面對現象中的事物時所產生的美的感應形態來說明，美的感應形態雖說因人而異，但從大處着眼，同時爲了討論上的方便，暫可分爲三類，不同的感應形態產生的視境也決定了表現形態之不同。

譬如第一個詩人，他置身現象之外，將現象分割爲許多單位，再用許多現成的（人爲的）秩序，如以因果律爲據的時間觀念，加諸現象（片面的現象）中的事物之上；這樣一個詩人往往會引用邏輯思維的工具，語言裏分析性的元素，設法澄清並建立事物間的關係。這種通過知性的活動的行爲自然會產生敍述性和演繹性的表現，如說明此物因何引起彼物，這種作品裏往往有所謂「邏輯的結構」可循，這種作品亦往往易於接受科學性的分析而無極大的損害（因二者都具分析

❺選譯自作者一篇英文文字，發表於一九六九年的Stony Brook 3/4原題爲Formations and Trans-formations in Modern Chinese Poetry（中國現代詩的形成與轉化）。

形態。）

相反地，第二個詩人設法將自己投射入事物之內（雖然仍是片面現象中的事物），使事物轉化爲詩人的心情、意念或某種玄理的體現；這樣一個觀者在其表現時，自然會抽去一些連結的媒介，他依賴事物間一種潛在的應合，而不在語言的表面求邏輯關係的建立。但第二個詩人的感應形態仍然是一種知性的活動，雖然它比第一個詩人的表現詭奇豐富得多。

可是第三個詩人，卽在其創作之前，已變爲事物本身，而由事物的本身出發觀事物，此卽邵雍所謂「以物觀物」是也。由於這一個換位，或者應該說「溶入」，由於詩人不堅持人爲的秩序高於自然現象本身的秩序，所以能夠任何事物不沾知性的瑕疵的自然現象裏純然傾出，這樣一個詩人的表現自然是脫盡分析性和演繹性的，王維就是最好的例子，如其「鳥鳴澗」一詩：

人閒桂花落
夜靜春山空
月出驚山鳥
時鳴春澗中

在這首詩中，景物自然發生與演出，作者毫不介入，旣未用主觀情緒去渲染事物，亦無知性的邏輯去擾亂景物內在生命的生長與變化的姿態。在這種觀物的感應形態之下的表現裏，景物與讀者之間的距離被縮短了，因爲作者不介入來對事物解說，是故不隔，而讀者亦自然要參與美感經驗直接的創造。

一般說來，泰半的西洋詩（尤其是傳統的西洋詩）是介乎一、二類視境的產物，這與他們的語言、思維中的分析傾向不無關係（詳見前文），而中國詩泰半屬於第三類的觀物的感應形態，最多是介乎二、三類之間，甚少演繹性的表現。（可是，宋以後的情況就不那樣的純了，宋人就有不少演繹性的詩，或許是由於這個傾向遠離了傳統的視境的緣故，嚴羽才非議宋人的。）

＊

我們在西方的詩友一定會說：我們的現代詩人們，從其表現的角度說來，不是有類同中國視境的特色嗎？是的，他們確曾、也正在努力於求取這種境界：自從馬拉梅以來，現代西洋詩中常欲消滅語言中的連結媒介，詩人極力要溶入事物裏（如里爾克的詩），打破英文裏的分析性的語法來求取水銀燈技巧的意象併發（如龐德），逐去說教成分、演義成分（十九世紀末詩人以來），以表裏貫通的物象爲依歸（爲柏克森及T．E．休爾默所推動），以「心理的連鎖」代替「語言的連鎖」（如超現實主義者的詩，）以及最近要不賴文字而進入「無語界」（參閱 Ihab Hassan 所著 The Literature of Silence）……這些都是要達到「具體經驗」的一種努力。我們可以說，自從E．A．坡大力抨擊詩中的敍述性（由史詩產生的一種負擔）以來，歐美現代詩的趨向確是如此，而這些詩人也愈來愈覺得他們與中國的觀物的感應形態氣息相通。而中國現代詩，正確的說來，實在是中國的視境和西洋現代詩轉化後的感應形態兩者的沖合之下誕生的。中國現代詩人，對梵樂希、里爾克諸人的「純詩」的觀念，一開頭就有很大的迷惑，他們當時甚至不了解，實際上，梵氏、里氏都無法完全做到純然的傾出，譬如里爾克的「花的筋絡」那首十四行：

花的筋絡一一的打開
秋牡丹整個草原的早晨
直到洪亮的天空的複音的光
傾瀉在它的懷抱

承受無窮的筋絡——
如此為靜止的星華所綳緊
有時為如此的豐滿所征服——
落日安息的呼喚
幾乎無從返回你啊

撒向無際的辮邊：
你，多少個世界的決斷與偉力！

我們，狂暴者，或可久存
但何時何世
我們可以開放和承受！

詩中的觀者可以看到樹液的流動，聽到馬拉梅所追求的天體間的「靜寂的音樂」，而且幾乎變爲樹液與音樂本身，但詩人仍然陷入一種形而上的焦慮：「我們，狂暴者，或可久存／但何時何世／我們可以開放和承受！」這種形而上的焦慮，王維的詩中是完全脫盡的，是中國物我合一，「以物觀物」的美感經驗裏所沒有的；但妙的是：中國現代詩的起步卻是對這種「形而上的焦慮」的迷惑……他們有意無意的在這兩種不同的詩中、在既異復有同的兩種視境及表現中求取一種均衡：表現上達到超然的純粹的傾出，經驗的幅度兼及轉化自現代夢魘生活的「形而上的焦慮」……

*

不過，世界上所有的語言中，沒有一種敢說是完全不受限於知性的活動的，敢說是沒有知性的色彩的。凡是語言、字母構成的也好，圖象構成的也好，都是由人因需要而發明的，它的本身的作用正是要說明事物的關係。基於這一點，我們敢說，某一種邏輯的活動一定是不可避免的，甚至我們的超脫了分析性及限指性的文言，亦無法說是沒有知性的活動。所謂知性的干擾實在是比較性的，我們只能要求詩人將知性的活動減弱到最少的程度。這個問題我們試將王維的那首詩和史提芬斯的一首詩相比較就明白了：

### 鳥鳴磵　　王維

人閒桂花落
夜靜春山空
月出驚山鳥
時鳴春澗中

### Of Mere Being (1955)　　Wallace Stevens

一棵棕櫚樹，在心的盡頭
最後的思維之外升起
自銅色的遠處

一隻金羽鳥
在棕櫚樹裏鳴唱，沒有人的意義
沒有人的感受，唱一首異國的歌
如此你便知道這不是
使我們愉快或不愉快的理由
鳥鳴唱，羽毛閃耀
棕櫚樹站在空間的邊緣上
風緩緩的樹枝間移動
鳥的火焜的羽毛搖搖墜下

史提芬斯和不少現代詩人聲稱要變爲事物的本身，如史氏另一首「雪人」的第一句所宣說的：「我們必需要有冬天的心／去觀霜雪和枝椏……」，而往往只寫「變爲事物的過程」，中間梗著好一些分析的元素，而無法做到實實在在的「以物觀物」，我想這不完全因爲王維用的是中文，史氏用的是英文的關係，而是史氏的思維觀物的方式無法完全超出西方的分析、演繹的程序，無法脫盡知性的干擾（雖然他追求的美學視境有許多地方正是我們中國詩的註腳），史氏以上的那首詩實際上是可以這樣寫的：

一棵棕櫚樹升起
自銅色的遠處
一隻金羽鳥
在棕櫚樹裏鳴唱一首歌
鳥鳴唱，羽毛閃耀
棕櫚樹站在空間的邊緣上
風緩緩的在樹枝間移動
鳥的火熄的羽毛搖搖墜下

一定要剔除了分析的語意像「如此你便知道……」等五六個句子，才可以達到史氏一生追求的理想：「不是關於事物的意念而是事物本身」（他的另一首詩的題目），才可以接近「以物觀物」

的純然傾出。早期的威廉・卡洛士・威廉斯及最近的史廼德（Gary Snyder，曾在加大讀漢詩，翻活了寒山，對禪宗尤有研究）都可以說更加的接近這種視境和表現，此二人均在我一篇專論王維的文字中論到，在此不想再作例論。很明顯的，語言中的知性問題完全是看詩人如何去超脫，我們不妨舉一個不能算太新的西班牙詩人馬札鐸（Antonio Machado, 1875—1939）的一首詩看看：

碧藍裏
一岸黑鳥
鳴叫，拍翅，駐足在
一棵死硬的白楊上
在光身的林裏
沉寂的穴鳥
寫冷黑的音
在二月的譜上

可見甚至在分析性元素特多的印歐語系中仍可以超脫知性。中國現代詩人用的語言（白話）中，也增多了許多分析性和演繹性的元素，但我們既有「以物觀物」所賦與我們的視境和表現，而白話又不能說完全的像印歐語系那樣的邏輯化，我們的詩人如何去消除分析性、演繹性的表現呢？他們在「形而上的焦慮」的迷惑下如何獲致純然的傾出？這是他們正面對著的最大課題。

# 附錄二：語言的發明性

——「中國現代詩的語言問題」補述之二

有一次瘂弦對劉菲說：語言是一種魔術，變化無窮。然後他舉了一個例子：「有一年鄭愁予到南部作客，那天由洛夫、張默和我陪他到大貝湖去玩，我們看到湖邊上有一個牌子，上面寫著『禁止的魚』，我說『這是現代詩的語言呀！』但走近一看，不是『禁止的魚』而是『禁止釣魚』，『禁止的魚』是詩的，『禁止釣魚』卻變成散文了。」說這段逸話可以解釋現代詩的語言恐怕是不足的，有時甚至弄巧反拙，人家會說，原來現代詩就是偶然的錯誤所產生的。但瘂弦這個偶發的例子中卻說明了現代詩的一個特色，好處壞處可能都在這裏，那便是把語言的媒介性提昇爲發明性。從好處說起，所有的詩在造意造語的過程中都需要某程度的發明性，沒有發明性的詩語易於弛滯，缺乏鮮明和深度，但這種發明性必需以境和意爲依歸，即所謂「因境造語」、「因意造語」，一旦詩人過於重視語言，而變成「因語造境」，而以「語境」代替「意境」，便是語言之妙的走火入魔，但一般來說，中國人重實境，不容易任「語境」升堂。現代詩中的失敗作品，便是讓「語」控制了意——傳統所謂以詞害意是也，瘂弦舉了兩句：「月光破壞了我的電視機」，「我在炸彈上吃早飯」。

「因境造語」是所謂表現上的需要，是詩所必需的條件，不一定要「語不驚人死不休」才要造語的。臧克家討論他造語的經驗很可以做「因境造語」的註腳：

打開「烙印」（一九三二），第一篇詩「難民」的頭兩句：「日頭墜在鳥巢裏／黃昏還沒溶盡歸鴉的翅膀。」我記得，起頭是這樣寫的：「黃昏裏掮動著歸鴉的翅膀」，後來又改為：「黃昏裏還辨得出歸鴉的翅膀」，最後才寫成現在的這個樣子。我覺得，這定稿是比較好的。請閉上眼睛想一想這樣一個景象：黃昏朦朧，歸鴉滿天，黃昏的顏色一霎一霎的濃，烏鴉的翅膀一霎一霎的淡，最後兩者漸不可分，好似烏鴉翅膀的黑色被黃昏溶化了。當我在推敲這個句子的時候，並不是單單要它造得漂亮，而是心裏先有了黃昏時分那樣一個境界，力圖使自己的詩句逼真地把它表現出來。

雖然我們說臧克家這兩句源自聞一多的「鴉背馱著太陽／黃昏黑織滿了蝙蝠的翅膀」和唐詩中常見的「昏鴉」的形象，他這兩句詩的獨特全仗一個「溶」字。這其實便是舊詩中所謂「詩眼」。

同理，蘇金傘的

窗子和我一同醒來

外面：

馬蹄得得走過……（窗外）（一九四八）

便比「我醒來發覺窗子外面如何如何」傳神醒目得多了，窗子當然不會醒來，但這種語言的活用便是發明性的成功處：清澈、直接、戲劇化及具有即時現場發生感。

再看鄭愁予

那雁的記憶

多是寒了的與暑了的追迫（編秋草）

我曾夫過　父過　也幾乎走到過（旅程）

「寒了的」和「暑了的」、「夫過」和「父過」都不是普通的語法，名詞或形容詞用作動詞在舊詩中是很多的，（或應該說，舊詩中的文言裏，詞性是不細分的。）但白話裏如此用法是一種發明，但這發明不純爲發明而作，是有其表現上的需要的，在這裏是很長一段變遷的壓縮。「夫過」所代表的不是「做過丈夫」或「有過丈夫的經驗」所能概括的，這裏含有大變遷的悲哀。

同樣地，瘂弦不說「夜一片漆黑一盞燈都沒有」，也不說「無燈的黑夜」，而說：

當全部黑暗俯下身來搜查一盞燈

已經不是擬人化的問題，而是依循經驗程序的需要，使我們進入黑暗的內裏。理解的程序還待經驗的程序作調位的修飾，杜甫之有「綠—垂—風折筍，紅—綻—雨肥梅。」也是要先覺識到「綠」「紅」始注意到「垂」與「綻」，這個之後才去理解「風折筍」與「雨肥梅」之因。

現代詩有許多奇詭險絕之句，其中以洛夫的「石室之死亡」最多驚人處：

我以目光掃過那座石壁

上面卽鑿成兩道血槽

這裏完全沒有外在現實支持，「目光—石壁—血槽」是主觀經驗（且是超越常態的心理意識）的外射，我們雖然認爲這仍然是「因境（內心的境）造語」，但已接近發明性的極致；對當時的歷史社會環境來說，這是有其獨特需要和意義的，但這種屬於詭奇的境，如果缺乏勁道的衍詞用字，會落入「語境」。洛夫的詩令人驚奇的地方，便是愈險愈勁。但我們不得不承認，這是一種危機。洛夫便曾指出幾個「有語無境」的例子：

一尾斑爛的花蟒，此類夜襲古城的雨
已使紙張褪黃在無望的婚媾之中
我實實不能相信四枚眼核不能成為好看的麥田和父母的美名。

——見其一九七〇詩選序



一般來說，奇詭句還是要依存經驗的實質，譬如表急遽的時變，洛夫有「左邊的鞋印才下午／右邊的鞋印已黃昏了」，表光暗的關係，有「光在中央，蝙蝠將路燈吃了一層又一層」，表戰爭的近乎機械的無情有「所有的玫瑰在一夜萎落，如同你們的名字／在戰爭中成爲一堆號碼」。均有相當發明性的造語而依循經驗的實質。

中國人重「實境」，重經驗衍化的律動，所以純以語言爲詩而不依存物象者極稀少。這種以「文字覷天巧」（韓愈）以「筆補造化天無功」（李賀）的詩，在西方象徵派以後大行其道，語言所造之境成爲一種絕對，經驗反退爲其次了。（他們亦說與韓、李相同的話。）在中國，妙的是，倡「文以載道」的韓愈竟是「人巧奪天工」的鼓動者！他的詩便有很多「以語造境」的，出名的如：「橫空盤硬語，妥帖力排奡」，比較不出名的如：「虎熊麋豬逮猿猨」「水龍鼉龜魚與黿」「熻熼炰熩孰飛奔」「子去矢時若發機」，這些都是以語境（非常散文化的語言）代替了意境。他承著杜甫晚期的驚人句法開出晚唐孟、賈、二李的奇險句法，都可以說憑著「文字覷天巧」的信仰（實質上是反自然的態度）。由於這一個層次（對語言魔力的執迷）與象徵主義的風格是很接近的，雖然在宇宙觀及歷史演變上有很大的歧異。

# 葉珊的「傳說」

青山自青山，白雲自白雲。論詩，依康節，以物觀物，不以身觀物；由是，此序：葉珊自葉珊，維廉自維廉，決不以維廉觀葉珊，此爲引。

## 錄音一 隱約的回聲

也不知是誰的聲音：行邁靡靡，中心搖搖，知我者，謂我心憂，不知我者，謂我何求，悠悠蒼天，此何人哉！（「詩經」：「黍離」）

或者應該先說些故事：

王子猷居山陰。夜大雪。眠覺。開室。命酌酒。四望皎然。……忽憶戴安道。時戴在剡。即便夜乘小船就之。經宿方至。造門不前而返。人問其故。王曰：吾本乘興而行，興盡而返，何必見戴？（「世說」23）

而郗湛每每登山，每登山則曰：自有宇宙。便有此山。由來賢達勝士登此遠望如我與卿者多矣。皆湮滅無聞。使人悲傷。（「晉書」34）

據說衞洗馬渡江時，形神慘頓。語左右云。見此芒芒（茫茫）。不覺百端交集。苟未免有情亦復誰能遣此。（「世說」2）

總是鬱鬱如此：情隨事遷。感既係之矣。向之所欣。俛仰之間。已爲陳迹。猶不能以之興懷。以修短隨化。終期於盡。（「蘭亭集序」）

我們能不能如寒山：

粵自居寒山。曾經幾萬載。任運遯林泉。
棲遲觀自在。寒巖人不到。白雲常靉靆。
細草作臥褥。青天為被蓋。快活枕石頭。
天地任變改。

感情的傾瀉是美好的溢出（a fine excess）「『濟慈書信集』一八一八年的信」！「我眞嚮往那種深山古寺的寧靜，那種荒谷草莽的純樸……回到『恩廸密昂』（Endymion）的時代吧，否則回到高山去。」（「葉珊散文集」：「山中書」。）

葉珊：「我的心靈不能適應這塵世，我所夢想的，我所遨遊的是中世紀的風景。我隨著一首長詩進入了古典的天地，我的旅程甚遠，所以我很疲乏。」

友人：「你卻不對了。」……

葉珊：「我沒有什麼不對……。」

友人：「你因爲跟隨一個十九世紀的浪漫派詩人進入了中世紀和古希臘而感到疲倦……。」

葉珊：「浪漫派是無辜的！」（「葉珊散文集」：「寒雨」）

隱約的詩人說：詠懷的阮籍，逸興的酒仙！

## 錄音二 O for a Life of Sensations rather than of Thoughts❶

古典的驚悸，自然的悸動，童稚眼中雲的倒影，我們的詩人反覆的向濟慈傾訴著這些「美」的事物（俱見「葉珊散文集」中「給濟慈的信」）。濟慈的信上曾經說過：美是無上的，它克制、湮滅一切其他的應考慮的事物（一九一七年十二月的信）。我們的詩人始終是這個「無上的

❶出自「濟慈書信集」一八一七年十一月的信。

美」的服膺者：古典的驚悸，自然的悸動，童稚眼中雲的倒影。

「那一次我一腳踩進一座荒涼的宗祠，從斑剝的黑漆大門和金匾上，我看到歷史的倏忽和曩昔的煙霧，蒙在我眼前的是時空隱退殘留的露水，我想到你（濟慈），一個半世紀以前的你，想到你詩中的中世紀，想到你憧憬的殘堡廢園。」（「葉珊散文集」五九頁）

「是這樣一種自然的悸動，流過春來的大地；是這樣一種淡淡的悲哀充滿無言的樹林。我們同去吧……去接近自然，在默默中讓我們去體認它的奧秘。」（六七頁）

「童年時愛看雲，尤其愛看倒影在水中的雲，曾經幾次在河邊從中午坐到天黑，爲的只是多看幾次雲朵如何在流動的水中變幻舒卷。那種幼稚的好奇眞不能死，我但願可以永遠保有那種潔白的心靈。」（七二頁）

如是傾訴著他的感觸，「神秘的靈魂對生命喃喃的叩問」（九一頁），任山的沉重豐滿和神奇地「掩蓋所有的創痕」。（七三頁）喃喃的唸著濟慈的信：「我的寂寞是高貴莊麗的……風的呼吼是我的妻；而穿越窗櫺的星光便是我的子女。」然後對濟慈說：「你與自然的一切化而爲一，我眞不知道哪天也可以企及你那落拓的胸懷。」（七二頁）

而「文明離我多遙遠，書籍離我多遙遠——也許我可以把握到星斗運行的眞諦，山崩水潰的意義……我血液裏奔流的原是番民的狂暴和憂鬱。」（七五頁）

## 雨意 (Ars Poetica)

濕度在頸項
擴散，從腰際上升
髮是森林的
氣候——
積苔的洪荒
一鳥飛過
扇的
纖維，羽影
沒有可怖的浩瀚
你的袖
為春初的墳墓
斷落，暗示
某種誕生
起先它是新裱的潑墨

不久
變為憤怒後悲傷的
武士奔向我

自然的悸動：我血液裏奔流的番民的狂暴和憂鬱

啊！「我覺得已經蒼老了，我不配再讀濟慈；濟慈是屬於很年輕很年輕的少年的！……

then on the shore
Of the wide world I stand alone, and think, Till Love and Fame to nothingness do sink.

「然後在亙廣的世界的涯岸獨立、思索直至愛與名俱向虛無沉沒。」（九七、九九頁）

**詩集「傳說」**：它不是故事，是微顫的音響❷

酖於「美」的溢出——古典的驚悸、自然的悸動以及雲、武士、異國的花園的幻夢——難免也酖於鏗鏘：「花季」如此，「燈船」如此。服膺於「無上的美」固是暢流和激盪的傾溢，一如

---

❷ 原句爲「它不是故事，是永遠震顫我心弦的音響」（見「葉珊散文集」中「最後的狩獵」一文。）

濟慈，但服膺於「無上的美」也必然服膺於藝術，一如濟慈的「希臘皿頌」。寫

> 我們目睹美如死亡的
> 美如死亡的羊齒植物　（傳說）

的詩人也寫了如下的深切的詩句：

> 在另一種時光裏
> 靜止比追踪
> 更疲勞。　（變奏）

譬如「雨意」就不是乘興的「溢出」；在這首詩裏自然的波動和人的波動是不可分的、是一貫的。這首詩或說有迹可求，這反而說明了詩人並非酖於「乘興」，詩人並未曾（至少這首詩裏是如此）藉「無上之美」的名而逐去藝術的思慮。

在放與收之間，在乘興的「美」的溢出與藝術的思慮之間，在古典（以浪漫主義爲主）的酖愛與現代的激烈的情緒之間，葉珊如何發出他自己的聲音？

葉珊最近曾經說：「我們『短』的地方實在不少，例如史詩、悲劇之闕如……中國的敍事詩沒有成長。」（見「新文學的舊困擾」一文，「純文學」一九六九年十二月號五六、六一頁）當歐美現代詩自坡（E. A. Poe）以來，極力否定史詩之爲詩，極力放逐敍述的成分的時候（其間方法很多，在此不敍，詳見拙文 Formations and Transformations in Modern Chinese Poetry, Stony Brook 3/4, 1969 及我的 Ezra Pound's Cathay 一書的第Ⅱ章），而欲在狂瀾中給敍事詩以新的生命，當現代歐美詩（指其成功者）因力求物象的純粹呈露而漸漸和我國純粹經驗的境界冥合的時候，而欲以事件發展爲骨幹的詩，無疑是接受一種最大的挑戰——因爲如一失手（我們的詩人的詩難免也有失手的，不失手的詩人是不存在的），不但情緒的幅度不切現代的感受，表達亦易陷於太熟識的「已有」。

葉珊很早就迷事件的詩，如「水之湄」裏的「消息」：

回家的路上，許多鳥屍，
許多睜圓了的而又笑著的眼
執槍的人在茶肆裏擦汗，
看風景

我們用雲做話題已是第九次了，
……………………
一百零七次，用雲做話題，嗨！
她依然愛笑，依然美麗，
路上的鳥屍依然許多
執槍的人依然擦汗，在茶肆裏
看風景……

但這首詩雖以事件隱爲骨幹，詩人只捕捉「敍事的意味」，他並不採用「敍事的程序」，「意味」這兩個字是很重要的。詩人曾經說：「它不是故事，是永遠震顫我心弦的低微的音響。」（「最後的狩獵」，「葉珊散文集」七七頁。）葉珊的「敍事」形態畢竟與西方的敍事詩不同，西方的敍事詩如喬叟的 Canterbury Tales，如中國的「孔雀東南飛」或變文裏的敍事詩，是以事件的發展爲幹，先因一事（受時空限制的事——如某時某地有某人）發展到另一事，再引起另一事，其程序是直線追尋，其語法是以因果律爲據的，敍述者常常站在正被陳述的經驗之外，把事件的前因後果一一縷述，敍述者自己並不陷入經驗裏，所以無法直接交感。但在抒情詩裏

(包括狹義的以愛情爲主的抒情詩和廣義的和自然冥合的抒情詩),事件的輪廓是模糊的,前因後果是近乎不知——但並非不可感,起因可能很多,但其間關係非常曖昧,詩人往往在一刻的內裏縈廻,故不受此事引起彼事的邏輯限制,換言之,抒情詩往往不時單線追尋的;還有,詩人假想一個聽衆,而常常是自己對自己說話,所以其狀出神,其語態是獨白的自言自語,其旋律斷續如夢,依賴自由聯想,多以回憶爲線,其中和敍事詩最大的分別是:抒情詩人「陷入」自身的經驗之中,自歌自舞,以致忘形。所以最純粹的抒情詩根本沒有「敍述的程序」,只有情緒的本身,所有的「進行」全是內在的,其間事物雖有向外的投射,但無因果可循。

說「消息」這一首詩是有「敍述意味」的詩,正因爲它是介乎二者之間,看來好像是說敍述一件事,而我們得到的是詩人對一件輪廓模糊的事所產生的情緒,其語態仍是自言自語的獨白,因而均具上述的抒情詩的幾種特色。

葉珊顯然並不滿意這種表達的形態,是不是中世紀和古希臘的迷惑呢?「花季」與「燈船」裏居然以「敍述的程序」(當然不是完全喬叟式的,但敍述程序仍是很接近)代替了「敍述的意味」,雖然「燈船」裏我們仍然讀到:

「我向海濱,散步過去,昨天,是的
直到友人的傍水碉堡

讀畫報，午餐
且聆聽美軍電臺報告新聞同氣象
那女子在臺南發音，並介紹
一組流行音樂……」
我不回來，漫說歸去、歸去
走近菜花黃的野地
遂不復記憶，不復記憶溫柔的兩臂
水蛇，和葦花的夏衣
「是的，向海濱」他說：「散步過去」
或去植樹，看起伏的大麥田上
青青的陌生
美好的驚！

因爲在許多「乘興」的「美」的「溢出」的詩裏，也遇著「青青的陌生／美好的驚」，這就足以證明葉珊未曾完全藉「無上的美」的名而逐去藝術的思慮。葉珊棄拗折激烈的感受而欲在凡俗的事物裏捕捉事件自然的悸動，「四月二日與光中在密歇根同看殘雪」雖然不是一首成功的詩，卻可看出詩人的心機：

雨中繞過柏樹林，道路如
早晨的河流。細小的礁石濺起
破碎的白浪，在卡拉瑪茱
一個圍著野煙的北方車站
純西洋的風景貼在
死寂的庭院裏
一列黑衣的修女
走到網球場邊，有人低聲說話
過去我在水溝外看到一叢雛菊
我的大姐說：羅莎玲，羅莎玲，你回來
動身了，我們到湖邊去露營；他這樣說
他們端莊地沿著公寓牆外行走

如廢墟邊線上的戰士
至於遠處，遠處只有紅磚的大樓
草場上埋葬去年的蟋蟀，去年的蟬
和知了聲裏紅裙的影子
砲聲驚起一城散步的灰鴿
宛若第一年的紅葉，玄學詩人的
詭異：
驀然，那人的柑橘園
橙黃的燈籠啊
掛在綠色的夜裏
多少種水禽和雲朵深藏
在胸襟的一面湖泊上
安靜地汲水，乘著朔望佳日
沒有速度的速度

月影灰濛濛的大地
環湖三州的節辰，驅散了復活的靈魂
那是誰拘謹的聲音？
他說，羅莎玲，你不應該一個人
到蕎麥田去……

葉珊雖然提到了玄學詩人的詭異，甚至寫了幾行曲喻（conceit）的句子，但並沒有依賴玄學詩人的詭異的方法使詩前後內外密結完整（如此的詩當然會壞在有迹可求了），他要在事件進展的曲折裏抓住一個形象、一個聲音——可以覆射那一刻中的神態的形象或聲音，別的句子只是那一刻中的襯托而已。葉珊曾經說：

五年前黃用說光中是一個「因物起興」的詩人，寫完了人生的月臺，寫圓通寺，寫佛塔，寫愛奧華的雪地，寫蓮池，現在寫「鬼雨」——但你必須體會。一個沒有看過天地色彩的嬰兒，一個沒有名字的嬰兒，濕漉漉的山坡，沒有開始的結束，荒謬的旅程，在這種情形之下，神如何解釋？

詩人如何解釋？你問問雪萊吧，關於這教堂外的風景，詩人如何解釋？葉珊也不摒棄「因物起興」，但光中時有剖析心迹之象（語言裏太多分析的字眼），葉珊只把氣氛攪好，讓我們聽到「她說，羅莎玲，你不應該一個人到蕎麥田去……」時的確切的聲調和羅莎玲天眞無邪的的跺的跺走入蕎麥田的神態。

葉珊要錘鍊的正是「聲音」（尤指聲調、語態）的把捉。他當然也有不少令人喜悅的意象，如「傷痕之歌」裏的

因為那只是氣味和姿勢
某種奇異的滲和，透過塵埃的
鏡面　塵埃　鏡面　塵埃
將你在反射的悲哀裏焚燒。

第三行把許多次時間的變動凝縮到一種恐懼，而詩行竟如此之若無其事的淡然。這種頗具張力的句子雖然不乏，但我們必須要了解他主要地是一個「聲音」（由敍述意味通過獨白所給出的聲調和語態）的詩人（非以意象為主的詩人）才可以容許「乘與的『美』的溢出」，或者始可以容納「敍事」。

「山洪」這一首長詩就是要透過「聲音的姿式」構成的敍事詩。這首詩的故事出自詩人的散文集中的「最後的狩獵」，但正如他自己說的：「它不是故事，是永遠震顫我心弦的音響。」也就是 Mill 所說的 utterance overheard「隱約可聞的話語」。這些話語雖然指向一個故事爲中心，但卻以這些話語的聲調和態度所激起的情緒爲依歸。全詩因一樁死亡所引起的兩個親人的問、答、獨白、沉思、或共同追索。（因爲本序目的所限，暫不論全面結構。）這首詩，雖然具有相當多的敍述程序和語態，但仍與一般敍事詩不同，譬如事件的輪廓、前因後果的模糊、說話者的自言自語及陷入出神的狀態、斷續如夢的旋律、回憶穿梭等都是一般敍事詩所不具的。

「山洪」裏引起一個更有趣的問題，我們雖然知道該詩中的有兩個不同說話者，但在語氣上卻是分不出來的，換言之，我們不能一口咬定該段爲甲所有，該段爲乙所說。我們覺得詩人自己不斷的篡奪甲和乙的聲音而混而爲一，如果我們視「山洪」爲「劇詩」，則聲音的混合便是缺憾；如果我們視「山洪」爲一首不分角色的詩，則詩人只借甲乙爲面具，追索死亡所激起的情緒及思維。（身分不分，幾個不同聲音由詩人淆混演出是抒情詩常有的現象，詳見拙文 One case in the translation of a poem: Exterior or Interior Dialogue? Delos/4, 1970。）

由是，我們的詩人不完全「乘興」傾出，他已步入白朗寧的「獨白」和葉慈的「面具」(mask)及早期的龐德的 Persona。（後期龐德仍用 Persona，但其苦心經營的結果加上許多別的因素和早期的 Persona 的詩大相逕庭。原則上龐德早期的 Persona 是介乎白朗寧及葉慈之間的產物。）

「傳說」這本詩集裏許多詩是應用「面具」的。「讀韓愈七言古詩『山石』」「延陵季子掛劍」和「流螢」都是通過「面具」發音的（而且是歷史的「面具」，可以同時保持詩人一向酖愛的「古典的驚悸」），現抄「流螢」的第一節以見其心：

蜈蚣的毒液，荊棘的
蔭涼佈滿了退潮後的膚色
斷橋以東是攤開的黑髮
我偽裝成疲倦的歸人
打著雙槳
划進這彷彿陌生的河灣
懷裏揣著破舊的星圖
今夜風大
葉密如許我還能窺見
酒菜完畢坐著飲茶的仇家

白朗寧的朋友米士蘭（Misland）說白氏的「戲劇獨白」裏抒情意味和戲劇意味協調，……他使我們「通過外在事物而見著內在意義」。「蜈蚣的毒液，荆棘的／蔭涼佈滿退潮後的膚色／斷橋以東是攤開的黑髮」固是外在物象的描述，但同時也覆射獨白者的心境及構成其現在的境遇的陰森複雜的過去。龐德在一九○八年給威廉・卡洛士・威廉斯的信裏說：

對我來說，那些所謂戲劇的抒情詩——就是說我刻正寫的那些東西——是一齣戲裏詩的部分（其餘的部分對我來說是屬於散文的，留待讀者自己去想像……），我抓住一個角色裏我特別感興趣的一刻——通常是放歌的一刻或是自我分析、頓悟、啓發的一刻。

「流螢」裏的故事的散文部分是在詩的外面，詩人只抓住他最感興趣的一刻——一個丈夫的亡魂在窺視他謀殺死的妻的娘家（仇家）的一刻中思潮的起伏。詩人是利用這一刻的刀攪的情緒來做藝術。詩人沒有完全讓主角的獨特個性佔有該詩，詩人自己的聲音——包括他自己對某些語字的酖愛——往往篡奪詩中主角的聲音：

這橘花香的村子合當
焚落：煙霧要繞著古井

直到蛙鳴催響。我們從
灰燼上甦醒
鳥逸入雲。寂
靜

這是詩人自己的聲音（雖然他是透過獨白者的口），或者我們應該說，詩人和獨白者的身分已不可分，這正是抒情詩所具有的特色，這是一般敍事詩所沒有的——因爲敍事詩的詩人總是站在經驗的外面。葉珊卻是不斷的往還於他刻劃的主角的經驗和他自己的經驗之間。由於「面具」所造成的這種獨特的意識形態，葉珊可以同時酖愛「美」的溢出和藝術所要求的克制。「山洪」就是這種意識形態的詩最顯著的代表。

——選自「秩序的生長」，一九七一年

# 經驗的染織(1976)

——序馬博良詩集「美洲三十絃」

馬博良這個名字很多寫詩的朋友會覺得很陌生，但如果告訴他們，馬博良便是馬朗，大家馬上會記起在一九五八年前後現代詩風起雲湧時他所扮演的角色。他在香港辦的「文藝新潮」，不只是四十年代現代派一些新思潮新表現的延續（在臺灣當時便是紀弦的「現代詩」），而且爭先推介了存在主義者沙特和卡繆、超現實主義詩人布列東、亨利·米修等人及立體主義以還的新藝術，對臺灣的詩人曾引起了很大的騷動。即以瘂弦的「深淵」爲例，便有馬朗譯的墨西哥現代詩人奧悌維奧·百師（Octavio Paz）詩句的痕跡。但「文藝新潮」十數期後便停刊，馬朗竟做了一個「焚琴的浪子」，在美國「失蹤了」十餘年，毫無消息。他眞的像法國詩人韓波（Rimbaud）那樣，從此洗手不幹，浪跡天涯，做一個永久的謎語嗎？

今日的浪子出發了

去火災裏建造他們的城……

馬朗在他那首「焚琴的浪子」裏留下了這兩句令人玄思的句子。去火災裏建怎樣的城呢？是玉石之城呢？文字之城呢？沉默了十餘年的馬朗，終於以馬博良（本名）「美洲三十絃」重彈他的新琴。十餘年前的琴焚去了，那琴音曲調也隨着隱姓埋名的馬朗消滅了嗎？他如何用新的琴譜他的三十絃呢？或者，或者我們應先重溫馬朗時代的一首歌：

## 車中懷遠人

電車：凄迷地搖落
遠遠伸張出去的燈火路
岩石一樣寂靜的車廂
仰視着夜半平靜的天
從一個時間鐺鐺然馳入了另一個時間
星斗的後面有你呢
我計算窗外逝去的站臺
（如人生的驛站）

用肘子推開夜間的水
在思戀的海裏
看不見你帶着那片快樂和微笑散步
睡眠的月光下
這裏的一刻便是千萬年了
向你探詢嗎？永遠地
——是的，我哭了，因為今夜這樣美麗

一種近乎無聲的憂鬱的律動，把哀怨放在霧樣的距離中美化、抒情化，詩的情緒全裹在氣氛的漫展裏。我們甚至有時嫌這首詩太過 Sentimental（傷感），但因爲空間的分隔被情感浸滿了，我們並不覺得隔絕的哀傷。這首詩仍是屬於情詩那種和諧——加上了美感距離的和諧。

但後來的馬博良在洛杉磯寫的詩距離現實便近得多了，而且近得找不到距離：

六月，行走在射手的遠距離瞄準鏡中間。
整個地方正躺在手術臺上。

愛情並不多彩，只是
上蒼寄予太多期待的，
通心的蘋果，
好萊塢的亞當和夏娃的戶內遊戲。
空曠的美麗的列樹道，
在大荒野的吉屋裏
許多電話拉長了啞嗓子，
沒有回答。
今天的陽光已分道揚鑣了。
其實初夏的風，
溫潤得有如初夜的面頰，
按摩那麻醉了的城的脈搏。
落掉半邊回憶的人
閃縮地倉皇地，
還是走回頭痛的車廂去。

「車中懷遠人」的車和車廂都遠遠的伸展、溶入自然裏（「岩石一樣寂靜的車廂」），讓美化或理想化的自然把事物揉和了。而洛杉磯的經驗卻是刻刻把他拉回到眼前的現實生活裏，車廂是頭痛的車廂，車廂當然不會頭痛，正如車廂之不是岩石一樣，後者將之推向自然，前者卻硬要推到作者「頭痛」的現實的身上來，一點距離都無法保持。現實刻刻使他用最切身的、實際生活的事物去分析經驗。「射手的遠距離的瞄準鏡」是科學的、機械的視覺，不是浮游在遠方充滿着神秘的可能性的星空，汽車的擋風玻璃看出去的距離是一種駕駛上的距離，不是從窗口看出去遠山入眠的微月所構成的美感的距離，而是切身的距離。所以詩裏還有其他切身的說明：「愛情並不多彩！」一點也不像那柔和的帶着甜甜的記憶的「在思戀的海裏／看不見你帶着那片快樂和微笑散步。」「車中懷遠人」詩裏的空間的隔離在詩的造境中或記憶裏用氣氛和洋溢的感情融合起來，但洛杉磯則着着是冷峻的說明：「許多電話拉長了啞嗓子。／沒有回答。／今天的陽光已分道揚鑣了。」愛情的神話、神秘的起源也都完全消失了，亞當夏娃不在伊甸做愛而在戶內遊戲，吃的竟是空心的蘋果。

這種種無疑都反映了反諷的語態，對現實世界在一種極其清醒的意識中試圖給與其一種意義層次的造語。詩人往往無法甘心讓我們直視原物原狀，而要我們在物象與詩人的感觸與後發的思想之間徘徊。這種現象對一個雙重文化的詩人是一種痛楚的表現過程。這首詩有失敗的地方，如很多刻意的說明的痕跡，但這些刻意的、通過知性考慮的意象也說明了一個事實：這是很多現代詩人面臨解體的機械文化時因無法尋出統一性所採取的手段。

自然世界從科學的眼光看來也只是外物而已，但從文化衍生的角度來看，它一直是一種可以渾然統攝一切的力量，它是一種融和作用。馬博良「美洲三十絃」中描寫的多是都市文明的景物，但在詩中，他還時時有意無意間將之推向自然，這種做法有時過於着力，也不易溶入，如在三藩市寫的「無上裝卡露．杜達」：

夜滑溜了進來
兩個突然強大的月亮
促使繁星瘋狂

大家都知道這裏寫的是無上裝(topless)女舞孃跳舞的情況，但他不作卽物實指的描寫，而把酥胸比作兩個強大的月亮，把觀衆比作繁星，建立「衆星拱月」的一種扭曲了的關係。從意義的層次來說，這原是經過一番心思的，星月各自運行都保持着一種均衡與和諧，星、月的印象也是一種清、美的聯想：如今詩人用天體的均衡受到錯亂來影射和比諸人間追求感覺主義的快感的錯亂。天象和人間的叠合一面也使代表美的印象的星月受到了汚染。

我們在這個例子裏可以很淸楚地看到詩人把卽物卽景以外的經驗層加諸眼前卽物卽景之上，

其原因之一，在詩人的眼中，這個現實的卽物卽景本身無法成爲完整的有意義的單元，必須有待詩人賦與意義或主觀的感受。但卽物卽景並非不能獨立自主的成爲美感物象的，譬如「山水是道」「目擊道存」的美感意識下的山水詩便不依賴隱喩作用和象徵作用卽物卽寫，又譬如威廉斯（William Carlos Williams）的卽物主義的詩，直寫紅色的手推車或窗前陽光下一束花和一個杯子。但這兩種詩都各有其美感構成的條件，山水詩除了傳統道家哲學支持之外，還有物象狀態的選擇問題，在大多的情形下，兩種詩都似靜物畫，在一種安祥的、思想和感受沒有被騷動的氣氛下完成，但馬博良所經驗的現實，不是這種安祥的和諧，而是強烈的騷動與暴亂，起碼和他過去的經驗世界相比是如此。所以在他的眼中

雨降下：萬千瞄準的
慘白的槍彈。
蕩婦突然反覆後的
銳齒
……
在狼狽的橱窗裏看見了
從街車裏掙扎過去的，

淡黃的草莓似的
發了酵的記憶的
一把把摸索着的舊傘。

——在白宮附近的街頭

我們試與一九二九年戴望舒的名詩「雨巷」相比，便可見其層次與靜、亂的程度之別，戴詩大家都熟識，我在此只錄一、二節：

撐着油紙傘，獨自
彷徨在悠長，悠長
又寂寥的雨巷，
我希望逢着
一個丁香一樣地
結着愁怨的姑娘。
…………
她彷徨在這寂寥的雨巷，

撐着油紙傘
像我一樣，
像我一樣地，
默默彳亍着，
冷漠，淒清，又惆悵。

戴詩是「美麗的哀愁」的一種音樂上的處理，從靜、亂的角度來看，反而和馬朗時代的「車中懷遠人」近似，二者都用了靜態安祥的氣氛來籠罩住一種哀愁，雖然一個用了音色的玩味一個用了意象。白宮的雨不但不浪漫，而且激烈凶猛，雨中的婦人的形象毫不理想化，相反的，是一個扭曲的形象，是一種錯亂的衝擊。（但集中例外是有的，如他的「六月廿一日日落區」那首詩的結尾是酷似「雨巷」的，其結尾是「不知是那一個窈窕的倩影／撐一把傘／一枝丁香地／默默走到長堤上」。）

文化的衝擊所造成的經驗的錯亂，詩人在眼前沒有統一性沒有和諧的事物中，試圖以主觀的感受和傳統文化的意念去染織去駕馭和構造。譬如集中的第一首詩「黃昏過洛杉磯市中心」裏有如下的句子：

萬丈紅塵
刺眼的倒懸的沙漠。
……
滿臉問號，杳如黃鶴的街衢
……
蜥蛇盤纏的八陣圖

設想一個美國詩人寫洛杉磯，他絕不會用「萬丈紅塵」「杳如黃鶴」「八陣圖」這一個中國文化意象層，馬博良用了他自己文化層的語言和意象去詮釋去駕馭令人目眩的機械城市和烏煙瘴氣的環境，從意義層次的角度說來，這種文化層疊是豐富的，但這種層疊的方法也呈現着一種強加的痕跡，換言之，語言與感受經驗未曾做到調和。這個現象在本集中頗爲有趣。馬朗時代的詩極少滲入這種文言成語句法，到了美國，突然大量的出現，我們不妨再列一些句子：

杯中浮盪着天老地荒的影畫
……
朦朧的朱橘當已飛升

生生世世的呼嘯……

——在獨角獸咖啡座

香檳雨
早春傾瀉於紅樓的眉睫
…………
安廸絲山脈八千尺高原的蓬萊
瑤林裏蘊藏了天機

——寶谷砣

紫色的時間的膜，
迸裂了
一朵龐大如山的薔薇那樣怒放
兩岸啼聲……
石破天驚的 Yarinacocha 湖沼
傳來 Jivaros 族嘔心的皮鼓

——亞瑪遜河

李白、李賀、鮑照的語句調用到異國上的景物來，在此我們不談其中調和不調和的問題（每一首詩的情形都不相同）。我們想拈出文化語言在「身在異『國』爲異客」的詩人意識狀態中的現象。和自己的文化國土隔離了，本國的文化及語言反而強烈起來，這固然是認同的一種心態活動的一部分，其次，本國文化和語言的親切感，本國文化所包孕的完整意念可以構成詩人心理上的一種保衛的機能。再其次，便是把傳統的構架層叠在異國機械工業社會支離破碎的文化面上，試圖求得完整的意義。馬博良用文言詩句處理缺乏渾然統一的美國都市文化時，語言時有不調合之感，我們有時覺得感情的成分——即懷鄉一樣懷念詩句語態——多於經驗上的要求。但當他對消失已久的印加古國（Inca）和 Aztec 文化作歷史的冥思時，詩句卻有相當自然的調合，如「夜宿 Cuzco」那首詩裏，他沉思着印加族聖山 Macchu Picchu，看着「瀝血的雲／在虛無飄渺間，／一個遺忘的／塵世」，想着印加女兒守待春祭的儀式，如何時間和歷史

又一次，
鵬鳥飛越
萬古不泯的

夢的涯岸

……

夢也是
呼吸短促的
壹萬壹千尺海平上
沉澱的床，
冰封的六層被，
南柯的深淵，
夢回轉側，
墮入了
月的深潭，
水花四濺，瀉入
這一瞬
不知身是客的
俄傾。
……

是在塞北嗎？
迷茫的
曠野的呼喚，
風的哀訴，
還是
聽了半夜
大秦的尺八。
冷寂的街頭，
杳無
吹簫人的踪影。

在萬古之流的時間裏冥想，在兩個遠古湮沒的文化（古印加與古中國）之間馳騁，所謂心遊八極，「南柯一夢」，「夢裏不知身是客」，「大秦的尺八」等文化層都隨着鵬鳥的飛越而衝破時間與語言文化的樊籬。古印加的光榮的情緒，尼魯達（Neruda）對 Macchu Picchu 的冥想，把詩人同時帶回古印加和古中國「固一世之雄也」的冥思，在冥思的意識狀態中，語言和感受經驗同時沉入抒放漫展的出神裏，如此上述那種語言的調和問題便完全不存在，（這也可以說抒情意態勝過反諷表現的地方。）集中那首「墨西哥城的酒會」的表現語態也是冥想式的，這是對 Aztec 印第安族神居地 Teotihuancan 的冥想。但詩的形式則是倣奧悌維奧．百師的「歸來」一詩的句法（我的譯文見「創世紀」四十一期，馬博良二十年前譯過百師——他譯爲巴茲——的「廢墟裏的讚歌」，刊於「文藝新潮」第二期），其開頭幾句竟似七言句法！

大漠荒煙
紅武士
橫戈躍馬
絕塵（而）來

詩人在詩的「心遊」裏，穿過時空而與百師神會：

我便是那
五代的遊方僧
踏着
Sombrero 帽舞的

步伐
去履行
與奧悌維亞・巴茲的
約會

而百師（巴茲）卻在〈歸來〉一詩中與我國的王維神遊（百師因喜我所論中國詩而與我成好友，後來又按我英譯的王維再譯成西班牙文，都可以說是神交的佳話）：

我已回到
我開始的地方
我勝了？負了？
（君問
勝負之理
漁歌
自不流動的浦上
浮起

自湖中的別業　王維致張少府——

但我不要建

一個智人的鹿柴

在 San Angel 或 Coyoaca'n 的城裏

——全譯文見一九七五年創世紀四一期

一個詩人會繼續不斷的寫詩，是爲了追問和發掘存在的理由和意義，如果一個詩人老寫他私心的世界和個人的夢，他便無法爲他人爲自己開拓一種視野一種境界，在悠長的創作生命裏，如果詩人只向置於未來的偉大理想的境界投射他的詩，同樣地也會犯了某種理想主義的錯誤。境界是繼續生長的過程，詩人有時也寫私心的世界和個人的夢，有時直寫外物引起的感觸，有時對宇宙的神秘（如屈原之「天問」）和歷史的意義作永久的追問，對文化價值的現存狀態及轉化爲永久價值的可能性之思索……這一連串的經驗層的接觸、穿梭、交疊、互染、編織、建構都是追索存在理由開拓視野所應經的程序。要寫好這些追索的詩，便有賴於詩人和經驗層的認同程度，有許多見物起興的詩，因非切身之痛，詩人往往還是站在經驗之外來思索與理論。對一個雙重文化的詩人來說，他往往會逡巡在外而未進入經驗的核心。本集中某些試圖以中國文化意念與句法去駕馭支離破碎的美國城市文化時，便是因爲沒有進入另一個文化存在理由的思索裏，才會有語言和感受經驗未調和的現象，待詩人進入了歷史文化平行狀態的冥思時，如上面心遊遠古文化的詩，他的意識是在一種渾合認同的情緒和氣氛內，所以文言用語亦輕易地被溶合了。另一種情形是：當這些錯亂、騷動的美國經驗強烈得佔有詩人的文化意識時，詩人由於情感或情緒上的認同，強烈的經驗反而逼使詩人的語言適應經驗的要求，而不受詩人某些寵愛的語言行爲所左右。本集中的「孖喆街之晨」（粵語譯 Market 爲孖喆，位於三藩市中心區）和「華埠」兩首詩，便很少文言句子的痕跡，就是有，亦無外加的感覺，全詩由強烈的經驗所指引推動，語言隨之而行，沒有私愛語句的凝滯。

華埠所呈現的文化現象是一種舊有世界和新世界不調協的拼合：扭曲、錯雜、絕望、垂死、無聊、畸型、暴亂、脫節（一百二百年的）、古舊，但同時每一個動作每一句話每一個轉角的地方又都是如此的親切與熟識，令人多麼關切，多麼憂傷，多麼痛心！

在纏足的樓宇之間，
街招也堆砌着幸運餅中夾帶的讖語。
羽化的丑角紛紛從天而降
搬運那輾碎在現實的列車輪下

夢想的遺骸。
一九六八年四月
在結海藻的十九世紀的客棧，
腐朽的，對於沉埋了的驛車的期待。
……
在這裏依然感受到一百年前的風。
世界飄忽在燈籠上，
今天的春空還淌下昨日的淚
……
古董的太陽，內心靜靜地哭泣
發散它薰香的光芒，
無奈何地用溶入溶出的默片特寫，
去裝飾饕餮者的宮庭；
從地牢裏被放縱出來的

中午的女巫在公園裏呼風喚雨，
沒有喝酒而醉了的老淘金客仍在等候
長椅上將帥皆去的一局棋，
滾動着骰子似的眼睛的堂口，也在等候，
被百老滙的鼓瑟所迷惑了的
菩薩早私奔了

…………

所有流浪的路都通向望鄉臺。
思念的沉船
搖盪着回到有血緣的港口，
在遠方，每一次從酒吧中出來
「不知道向那一處去，纔是暫時的住家」……

「華埠所代表的是突然驚覺的一條廢棄已久的屬於自己的腿」，我十六年前和唐文標遊了華埠曾這樣說，在馬博良的「華埠」裏，我那句臨時爆出來的笨手笨腳的話找到了更適切的令人傷痛的彈唱，無所謂卽物卽寫，無所謂經驗外調，那些層次織了又染，染了又織。

——一九七六年夏天於加州

# 自覺之旅：由裸靈到死（1988）

——初論崑南

## 一、伊克呂式（Icarian）的飛翔

五十年代初期，當香港不少中學生，用着輕飄飄、永不着地的語言沉醉在如光如霧的幻夢、或者製造着無故傷情的精緻的眼淚的時候，有一個沉鬱而瘦長的青年，在「星島日報」的「學生園地」上，以一連串爆炸性的散文，把自己的靈魂，毫不遮掩地、毫不留情地、毫不羞怯地，從深處翻出來，坦露在讀者的眼前，把被傳統、因襲、歷史、文化、家國鎮壓下去的經驗解放出來，然後試探它們，通過感覺，通過一連串的質問，企圖找出人的存在的眞質。雖然那時的文字還不甚成熟，還待磨練，但那股純眞的力量，馬上引起哄動，那些散文馬上被年輕人傳頌，作者被奉爲學生王子，並爲不少人追隨。那些散文便是「裸靈片斷」，作者卽是近年突然隱退不見的崑南。

事實上，繼「裸靈片斷」之後，在只出了三期的「詩朶」詩刊裏，在他出版的第一本長詩「吻，創世紀的冠冕！」（一九五五年十二月一日），在馬朗辦的「文藝新潮」裏，和他同仁辦的「新思潮」、「好望角」、「現代文學美術協會的宣言」和他的小說「地的門」裏……我們看見一個用「赤裸的靈魂」所呈現的「純眞」與「愛」，像但丁那樣通過地獄去追尋他的碧雅娣絲（Beatrice），他是那樣投入，那樣地把整個精神傾出，那樣不顧一切地向種種外在的框架挑戰；而同時在連續的失望和沮喪的時刻裏，作靈魂更深的求索，對眞理——他承認不易說明而肯定存在的眞理，對中國近代歷史與文化的斷碎與虛位的種種病因的追尋，有着一貫的感染力和拍擊力。

在五、六十年代爲文化使命如此嘔心的崑南，爲什麼突然從香港的文壇隱退不見呢？不少讀者知道我和崑南從「詩朶」（一九五五年）時代，便是最親近的合作者；事實上，崑南、無邪和我曾被臺灣的「六十年代詩選」戲稱爲三劍俠。我們曾如此接近，照講，我今天應該是擁有關於他最詳細的資料才是；但我沒有。其中的原因之一，固然是我流離在外資料失佚有關；但更主要的原因是，崑南坦白跟我說：他不要塡補我失去的材料，他不要再看再想那些東西。他與他的過去斷然決絕。我們可以見面，但我不可以向他提他的過去，好比說，過去已經死了。這，最近常常使我想起現代主義中另一個詩人，法國的韓波（Rimbaud）。韓波這少年在幾年間一下子把詩吐出來以後，便突然消失在非洲，從此與文學絕緣。我想到韓波的傳奇，倒不完全在這個層次上相似，事實上，崑南並未消失，他仍藉文字生活，雖然似已與文學絕緣。我想到韓波，也不是說崑南的作品具有韓波同樣的重要性和影響力，而是着眼在兩個人面臨兩種相異但在某個程度下又相似的文化危機時所訴諸文字的一種企望和方式。如果韓波最後與文學的絕緣可以看作伊克呂(Icarus)飛向太陽時臘翼熔化的墜落而死；崑南與過去的決絕是不是也可以看作一種伊克呂的失敗呢？所謂伊克呂的失敗，我們說的不是個人藝術成就的失敗，而是說，在韓波的當時，在崑南的香港的場合，詩、藝術這些精緻的文化，作了最後一次的呼喊後，終究只是一個「沒有效用的天使」。崑南這個認識，從香港特有的文化處位來說，正透露出一個眞正現代主義者的消息。我打算在這個意義上，從目前尚未完全的材料中，作一個雛型的探索。

## 二、香港的文化情結

起來（不願做奴隸的人們）……

敬啓者　閣下夢夢中國否

汝之肌革黃乎　眼睛黑乎

——崑南：「旗向」

香港文學是什麼？香港有沒有文學？這種問題的提出好像對香港的作家很侮辱似的。其實，這後面含有很複雜的文化情結。香港的詩人，以近三十年的情況爲例，有不少是向臺灣的詩亦步亦趨，有一些是向大陸的詩亦步亦趨。這有時不是詩好不好的問題或是才高才低的問題。如果詩必須來自經驗的話，那所謂香港經驗是什麼？向臺灣向大陸的緣故，因爲在下意識中，作者認定自己是中國人，雖然住在香港，表達的應該是中國文化的一部分；向臺灣向大陸雖然有政治文化暫時的偏向，但根向中國是一樣的。但香港經驗是中國文化經驗的一部分嗎？是而又不是。是，因爲是中國人的城市；不是，因爲文化的方式不盡是，香港人的心態不盡是。大家沒有聽過「白華」之詞嗎？或說：中國人欺負中國人，雖然比英國人欺負中國人有過之而無不及，這種奴性的人到底是少數。有人會這樣說。我再提出一個常常吊在嘴邊的名詞：「皇家」。會考的目的要爲「皇家」做事。這個名詞在九七快來前當然少人提了，但在五、六十年代的香港是常聽見的。「皇家」與民族意識中間有沒有交通，有沒有什麼辯證的可能？我們又常常聽人這樣說，香港是最自由的城市，左派右派英國美國有色無色都能兼收並蓄，報紙就不下三十種以上，但就是沒有文學，沒有代表香港的文學。（這句話太多人說過，不是我有意說的。）

說這些話並沒有輕看香港作家的意思。事實上，我認爲香港有不少好的詩人和小說家，這包括崑南的一些詩和「地的門」在內。這些話的提出，是要探求這個現象背後所潛藏着的意識形態成形的過程。所謂「白華」所謂「皇家」是呈現在表面易於識辨的香港人心態。我們試從會考到打政府工（當英國政府文員）或會考後入港大再留學英國回來當新聞官、督察等這條線索來看，在心態的培植上是怎麼一回事。我們常說香港思想最自由了。我們確實可以看到左右兩岸的政治舞臺的黑暗面，而且能公開討論不受干擾。但如果我們寫香港人民族意識空白的病因呢，是不是可以？這是一個問題。我們再進一步問，在五、六十年代，香港作家有沒有深探這個病因，如果沒有，或者說，有也是鳳毛麟角，爲什麼？說得更清楚一點，我們有沒有或可以不可以寫殖民政策下意識的控制和壟斷形式。我覺得，能夠觸及和反映在這個體制下意識的掙扎和蛻變（這當然包括中國意識與殖民政策的對峙、衝突、調整、有時甚至屈服而變得無意識、無覺醒到無可奈何的整個複雜過程）才算是香港文學。寫臺灣某一個時期的唯美或寫大陸的普羅都不能算，除非它們同時是在上述的情結中辯證出來的。

要了解，殖民地的教育，在本質上，無法推行啓蒙精神。啓蒙，即是要通過教育使我們自覺到作爲一個自然體與生俱來的權利和自覺到自己作爲一個中國人所處的情境。這，殖民政府不能做，因爲喚起被統治者的民族自覺，就等於讓他們認知殖民政策控制、鎭壓、壟斷的本質；自覺是引向反叛與革命之路。殖民地教育採取利誘（譬如你是「皇家」出身的，包括英國回來或港大畢業的，你的薪水比非皇家出身的高一倍以上）、安撫、痲木等。這不只香港如此，印度當年亦如此。（在印度的情況，把印度人用英文寫的文學和用印度語寫的文學比較即可呈現殖民教育下產生的情結。）此其一。殖民地教育的目的，在製造替殖民政府服務的工具；這些人最好只是工具，因爲如果有中國民族意識，將對殖民統治不利；這些人的人生取向，最好是指向英國式的上流社會，但缺乏文化內涵的社會。（英國上流社會當然有它的文化內涵，但並非這些中國人可以認同的，往往他們只取其表面仿之，如講究住半山區的洋房、開鷄尾酒會……等。）

現代主義論者之一艾當諾和霍克海默（Theodor Adorno and Max Horkheimer）稱工業革命後期資本主義的文化爲文化工業，透過物化、商品化、目的規劃化把人性壓制、壟斷，並將之工具化。從另一種意義來說，殖民文化也是一種文化工業，透過利誘、安撫、痲木，把民族自覺壓制，進而把被統治者工具化。在往後的討論裏，我們可以看到崑南如何代表了少數的中國人，因着自覺到這種文化壓制而憤怒、反叛而至於心疲力竭。

但我們必須先進一步揭露這個文化情結的其他層面。西方現代主義的產生，常常被視作對高度專利性資本主義非人化的反映與抗議。在急遽的工業化與城市化的變化中，由於「貨物交換價值」壟斷了其他的價值，人被視作生產能力的工具，視作大機器裏的一部分，他本能的自然體，卽具有工具化以外其他價值的存在，同時被加速片斷化。在這種情形下，人面臨着雙重的危機：卽，他作爲自然體本質的減縮化減和他語言的無力失眞。西方現代主義的興起，卽是針對這雙重危機而發。

本來，香港作爲一個中國人的地方，從本身物質的發展而言，卽從鴉片戰爭以來歷史的物質條件而言，不能說受到類似西方工業革命的衝擊；但由於殖民主義的侵略和統治，香港在沒有工業革命的條件下，成爲艾當諾所說的西方文化工業的延伸，亦卽是把人性物化、商品化和目的規劃化。香港商品化的生命情境，是在殖民文化工業的助長下變本加厲地把香港人的眞質壓制、壟斷和工具化。亦即是說，是對人性作雙重的歪曲。

對這種人性雙重的歪曲，香港的中國人沒有民族自覺嗎？沒有抗衡的力量嗎？沒有識破殖民教育洗腦式文化工業背後的暴力行爲的能力嗎？答案，很不幸的是，起碼在五、六十年代時期，好像沒有。所謂民族自覺的空白，當然是由於殖民文化工業的關係。但，事實上不完全是沒有，知道（也許不完全透澈地知道）這個暴行，但沒有能力去抗衡，或者說，沒有找到支持他（他們）去抗衡的依據。這句話，還可從兩面講：第一，是中國在鴉片戰爭以後一直無法再生爲一個獨立自主的文化國度；第二，事實上，香港雖然是在殖民主義的支配下，但在當時中國動亂、戰變、危機四伏的情形來說，竟然成爲一個苟安的避風港。

有了自覺，他可以向哪裏得到支援呢？我最近在一篇論洛夫的文字中，特別提到中國近代知識分子所面臨的情境，我說：「自從列強入侵以來，中國民族和文化的原質根性已經被放逐了。從一向被視爲神聖不可侵犯的中國迅速的崩潰和空前的割地讓權開始，中國人已失去了至今還沒有挽回的自信……由於列強帶來了毀滅性的壓迫、亡國的恐懼和無法形容的辱國，作家們，戰戰兢兢的、缺乏信心的、甚至帶着恥辱地踏上歷史的戰場，彷彿神聖不可侵犯的光榮的中國如今縮減爲衆人嘲弄的侏儒！彷彿所有精純的文學藝術的作品只不過是野蠻的表達！而在設法調協傳統與西方文化時落入了一種『既愛猶恨說恨還愛』的情結，亦即是對傳統持着一種驕傲但又同時唾棄的態度，對西方既恨（恨其霸權式的征服意識）而又愛其輸入來的德先生與賽先生。但中國眞正文化的凝融力量在哪裏，西方眞正的凝融力量（如果有！）在哪裏，是至今未能解決的問題。」而在香港，那種可能有的凝融力量似乎更是遙遠。先不說五四以來有沒有剔除封建的思想與制度（我們現在回頭看，是殘渣甚多）；在殖民地的香港，專制的家庭，勢利的思想，在雙重的官僚制度（中國的和英國的）構成社會下的拜金拜物主義，封建的殘渣、僵化的思想架構與價值指標，似更牢固。支持有心人去抗衡殖民文化工業的力量在哪裏呢？這是問題的癥結。這也是崑南要脫去層層外衣，把靈魂裸露，想追回人性的眞質，想發掘一點文化重新昇華的力量之主要原因。

香港文化的情結，崑南的作品中探得最多，投入的精神和心力也最大。他所有的作品，幾乎都可以視作爲掙脫這個情結所作出的種種文化精神的求索。從他一度用最冷靜的思維向大衆呼籲的話，可以看出推動他所有作品背後的一顆狂熱的民族的心。

我們年輕的一羣決不能安於駝鳥式的生活……中華民族的精魂的確已在我們耳邊呼喚着我們的責任，鞭策着我們的良知。我們的確不忍是一塊塊鋪築在路上的頑石，服從可悲的沉默，爲另一種民族所踐踏。（巨人中國啊，你當年不曾傲視過一個戰後的世界嗎？）我們的確不忍在醒覺與癱瘓間，不忍在仇恨與遺忘裏，不忍在信念與懷疑下，不忍在不安與苟安中，不忍在一代的斷橋上走着；啊，我們的確不忍如此走着，不忍如此走入高大的建築物裏，作為機器的一輪；不忍如此走入女人和酒和歌裏，化為附屬的零件……。（「現代文學美術協會宣言」）

這是一九五九年，崑南幾經挫折之後，希望通過「現代文學美術協會」的建立，可以推動文學藝術的自覺。事實上，這個協會所辦的國際沙龍和由此再出發的幾個刊物，在另一些友人如李英豪和戴天等的輔助下，曾經爲七十年代的文化自覺奠下了重要的基礎。這段歷史和評價，我想該留給別人來寫。我這裏要追尋的是崑南這段爲眞理求索和嘔心的過程。

早在一九五四、五五年間，在他不成熟的作品裏，譬如他那本不願人家提起、自己坦白承認是在「呻吟、感傷、暴露」的病狀下寫成的「吻，創世紀的冠冕！」裏，已經含孕着這種傷愁而帶着無奈的自覺，已經埋伏着他後期作品爲求裸露靈魂追索的迹線。「吻」書的文字雖然略嫌過於無遮攔的傾出，但像「時間驚醒過來痛哭」（「吻」，一頁）那樣轟然，他以一種火山炸裂（「吻」，三頁）的威力，要讀者知道香港人，像他一樣只有「物質化了」的精神（「吻」，一一頁），像他一樣，「是黃帝子孫」，應該「獨自慚愧」，他「不會懷念故鄉」，像他一樣面對着的文化只是一個「商」字，「什麼都可以賣、可以買，友誼？愛情？」（「吻」，六頁），「革命了什麼？每一個人都沒有槍」（「吻」，四十頁），就「安份做一粒螺絲釘」吧（「吻」，四十二頁），像他一樣，「已整個下流，肉體全生了瘡和癬……幾乎給腐掉了雙手」（「吻」，七頁），他沉痛的說：「你們脫下衣服，脫下，赤裸就夠了……飛出去，飛出去，靈魂啊」（「吻」，三頁）。

這些母題，都重複的在他的作品裏出現。對於殖民文化工業麻木羣衆的現象，對於在雙重的歪曲下人的工具化，崑南傷情而憤怒，一而再再而三的，用不同的詩、散文、小說，重寫着香港人在文化情結中的命運。其中最有代表性的可以說是「布爾喬亞之歌」和「地的門」。

在崑南的作品中，我們除了強烈地感覺到大多的人機械地過着「麵包是主義、玫瑰是階級」的寫字樓文員——「白領階級」生活的苦悶之外，我們經常聽到香港人容或沉默而實在非常眞確的信息：

我們處於一個極複雜——史無前例的時代裏……腦袋是國家的、派系的、主義的、敎條的；手是朋友的，腳是敵人的；生殖器一半給妻子，一半給娼妓；心臟是生活的，而肺腑只是等候吸進原子塵粒，同時準備呼出怨憤、或傲氣或虛僞。至於良心和理想，只能在一天之三分一（甚至六分一）的時間在夢裏嘗試跳動和建造。仍然有不少人，睡眠裏也沒有夢的。沒有。對於他們，夢也單是現實的場景的重演！（「窮巷裏的呼聲」）

在這種近乎艾略特寫的「空洞的人」的羣衆中，作者感到無限的悲哀，或者應該說悲憤。悲哀，是自己在這種殖民文化工業工具化的社會中逃不出去。作者不只一次說：「假如無須爲殖民地政府服務就足夠開心。」（「地的門」）憤怒，是作爲「一個在殖民地生長的中國青年」，又夾在兩種旗的血海中（青天白日滿地紅與五星旗的紅），無能爲力，走投無路：

為什麽我們要有兩個祖國？
為什麽我們在異族的統治下才肯馴服地過活？
為什麽單為了死板的主義，我們要左手劈右手？
為什麽我們不團結一起，反分別依賴別國的力量？
為什麽硬把錦繡河山、民間的藝術塗上政治的色彩，作獨裁者的偏見、野心的幌子？
為什麽拿人民的骨和肉做橋基、或者是埋於異國的戰地？
為什麽這張嘴説民主，而另一條腿把百姓踢出「門」外？
為什麽七年來老説着一套什麽「救國高於一切」，而事實上關着「門」打盹？
……
我們不是有五千年的文化嗎？……
我們的帝堯帝舜到哪裏去了？

我們的聖哲……到哪裏去了？

真是「微汀烟水來鴻沓，故國河山只夢通！……怕聞商女秦淮調，忍聽離人易水聲，夜讀岳王詞一闋，寒潮咽海恨難平！……破國未完人老大，舊巢無復燕歸來。……老鞏黃林藏息島，幾時振翮上南枝？」……我想在這島上的百萬人都不時這樣問自己，一個分不出和找不到真正的祖國的民族，是萬分沉痛的！「忍死須臾，以待天明」；天亮便有路走了？然而，光幾時出現？（「窮巷裏的呼聲」）

一面是雙重文化工業對人性的歪曲而使島住民喪失自覺。而所謂「自覺的喪失」，有時是無可奈何的，正如崑南這個時期常常引用的無名氏所說的：「一個時代常只容許兩種力量存在。第三種力量如存在，或者渺小不受人注意，或者被逼參加兩方的任何一面，或者被兩方聯合絞殺。近代一些偉大的自由靈魂在這種畸形的歷史背景下，只有走最末一條路：沉默和隱遁。但終於又耐不住沉默和隱遁中的暮色，於是只得投奔那較新的金像腳下，為無可奈何的靈魂安排一種無可奈何的寄託。」這是喪失自覺的一種歷史的緣由。

但另一方面，有了自覺的人，也只在「窮巷裏」呼喊；一如我前面說過的，他們找不到支持他們去抗衡這雙重人性歪曲的文化依據。事實上，在五、六十年代的香港，在殖民文化工業這種壟斷和鎮壓民族自覺的環境之上，還加上了籠罩全球美蘇兩霸冷戰的低氣壓。人在這種氣氛之下，完全不能自主，完全不能選擇自己的命運，說「隨波逐流」是指人缺乏自知自覺；但這是不能自主的「隨波逐流」，人彷彿完全失去了運作的神經與筋絡。崑南在「地的門」中描寫主人公葉文海在這多重壓力與衝擊之下的境遇，有澎湃驚心的寫照：

（地震—示威—裁軍—戰爭—葉文海覺得世界正要長出無數的枝椏，四方八面地撕破他的衣服……美蘇美蘇，永遠是美蘇。第三者是微不足道的。第三者是毫不相干的。……世界，像整座高山朝着他滾來——山上有父母、朋友、愛人、老闆；有政治、經濟、教育、藝術、宗教；有傳統、權勢、欺詐、誘惑——世界，像整座高山朝他滾過來。國家民族是一場風沙，使他睜不開眼皮。中國人是苦難的。是命定苦難的嗎？人口登記。在香港出生就是英籍居民。黃皮膚黑眼睛仍是英籍居民。臺灣是祖國。大陸是祖國。國家的巨體分成兩截。民族的氣魄流散了。中國人仇視中國人。中國人殺害中國人。外國人統治中國人。外國人劫掠中國人。華僑。國籍。解放。反攻。反美。反蘇。自由民主。社會民主。聯合國。罵。米高峯。罵。中國人用外國語罵。中國人用中國人的骨肉築成長江大橋。中國人用外國錢罵。中國人何去何從？自由中國共產中國，永遠是自由中國共產中國。第三者是微不足道的。第三者是毫不相干的。）（「地的門」）

在「地的門」之前，崑南曾經用「意識流」的手法重寫無名氏的「露西亞之戀」為「悲愴交響樂」，小說中主人公那段流離在異鄉和一個民族躑躅在荒原上的悲劇，固然是引起他要將之重寫為詩的主要原因之一；他感到那故事中所流露的有關民族生命的流離，無形中彈起他心中自己國家民族流離的愁弦。但他用「意識流」重寫「露西亞之戀」的另一個原因是：內在的流離與外在的流離是同樣的眞實、同樣的可觸可感的。在「悲愴交響樂」中，他把許多事件壓縮在同一個短促的瞬間，如電影中鏡頭迅速的變換與重疊，一面加速變遷的激盪，一面由於過去和現在在同一平面上作出強烈的對比和反諷而深化事件的悲愴。

在「地的門」這本小說中，作者把所有的流離意識（主人公葉文海自身生命的流離、民族在兩霸、兩種意識形態的對峙下的流離、在殖民文化工業和附庸於西方文化工業之商品文化下香港人的流離）壓縮在生命爆滅前的一瞬；我們在讀這小說時幾乎每一分鐘都會感到火山的行將爆發。這完全是因為作者在工具化的行屍中追索了一段時間以後，發現他自己原是空洞的胸中已經塞滿了絕望，彷彿唯一的飛翔只有馳向死亡。這，在「地的門」這本小說裏，彷彿就是香港文化情結唯一的出路了。

## 三、自覺之旅

自覺，為什麼自覺要存在呢？它不存在，就無須不停分析自己，就無須不停判決自己；就是孤寂——常常使人想到被擊敗的境況。（「地的門」）

早在「吻，創世紀的冠冕！」裏就說過，「沒有記憶也是幸福的」（四十四頁）。如果他可以沒有自覺，可以「失掉眞正的自己」（見「把你的愁苦，當作我的愁苦！」），他便可以快樂些。但能夠嗎？就是因爲不能夠，才會踏上文學藝術，才會走上意識演變歷史探索之途。就是因爲不能夠，才會攬痛傷愁，上下求索，企圖找到那在他心中認爲必然存在的「眞」（包括「眞我」、「眞知」、「眞文化」），將之重建，與殖民文化工業的歪曲人性暴行抗衡。詩、小說、藝術應該是可以喚醒那些被鎮壓下去、但仍然藕斷絲連的記憶，使之活潑起來，使之發揮它們重建眞知眞識的力量。從更深的層次去看，所有具有自覺的文學藝術家，在本質上是帶有烏托邦意識的。現代主義的詩人，企圖以抗拒和現行社會同流合汚而保持自我純眞的所謂反社會態度，在這層意義上，相反的不是反社會，而是要走向社會意識的重建。當崑南用了一連串的問號句：「我們的聖哲到哪裏去了？」「光幾時出現？」等等，便說明了他上下求索的烏托邦意識。而這個意識的產生，不是無因而發的理想主義，而是承着香港文化情結這個病因而發的。而上下求索——追尋，或稱知識之航（Sailing for knowledge），這個西方現代主義中最普遍的題旨，便成爲崑南作品中最主要的骨幹。

理想
有錯誤
慾望
會盲目
錯誤的理想
盲目的慾望
理想把慾望孕育
錯誤把盲目養熟
——「賣夢的人」

寫的正是年輕求索之旅的過程之一面。我們甚至可以說，崑南所有的作品，其實只是重寫着一篇作品而已。寫的都是由裸靈這個反叛姿態開始，經過追尋、試探、考驗、理想作一瞬樂園式的顯現(略似但丁「神曲」中的 Beatrice)，然後由幻滅到逃離或死亡。

我們現在既已了解崑南當時的意識狀態是要抗衡上述的香港文化情結，「裸靈」的意義便躍然於紙了。當他在「吻」書開頭說：「你們脫下衣服，脫下，赤裸就夠了」(「吻」，二頁)，或在「賣夢的人」裏說：「我赤裸地走出來／眞確赤裸的，眞確。」他要脫下的衣服，就是殖民文化工業在人們心中所建立的框架，是商業文化在左右人們價值取向的框架，是帶着封建殘渣的傳統的框架。（拜物的社會和家庭，這裏包括作者一再提及做人家「塡房」、一生受盡欺凌而仍然堅守封建思想的「母親」，包括工具式、拜物式計畫前途的「女友」——貨物化的人際關係。）

但「裸露」只是一種信念、一種理想。我們彷彿握着那一份原始的眞純，但又似乎握不着。那衣服並不那麼容易脫下；因爲人的意識是由許多框架構成的，往往以爲脫下了，看見靈魂的眞質了，卻被其他框架牽制着。這個牽制造成了他追尋過程中的反覆試探、質疑與考驗。

「吻，創世紀的冠冕！」雖然是一篇未經提煉的作品，它卻代表了一個感到生存本質受創而急欲衝出枷鎖追尋眞我眞知的嘗試。詩一開始便是透過蕭邦音樂轟然的激盪、「細胞的撞跳」來炸開生命的囚牢。因爲「世界上最可怕的不是蝮蛇，也不是毒瓦斯，而是習慣」，他借無名氏的話傳出他欲「揮一揮寶劍劃破二十世紀的虛景」的信息（二十頁），他在陰冷的建築的黑影中，在刺目的陽光中焦急的期待，像待啓蒙未知生命奧秘的少年，他嘗試重演亞當夏娃，冒犯社會的禁令，企圖通過肉體感覺的跳動重新肯定自我的存在，而結果是

感覺上的鈍遲
爲的是啊，空間的空間沒有絲毫聲響
鐘嗎？都消失在夢裏，一切都沒有名字

蟲蟻在牆角戰慄，色彩模糊得深沉
只留下，留下兩個肉體遺忘了書本的理智……（二九頁）

純眞的自己終究是握不着的。這本書其他章節都以「泡沫」爲題，正代表着每一次追尋和試探的幻滅。全書中間章節分爲幾個層面對他行爲的質疑和他一再一再的對「裸靈」的肯定。在「第五個泡沫」開始時突然現出「自由樂土」的可能性，由一個名爲葉冬的人（葉冬後來成爲崑南的另一筆名）帶領着走入「窄門」，到了「第六個泡沫」，一個類似「樂土」的場景展開：「小徑多麼芬芳……天籟的輕吟跳躍在草葉裏……抹殺一切的躊躇，前面，前面，前面一朶火，一點光就夠了」（四十九至五十頁）。而在這個時候，出現一個女子，竟是他母親，頭上帶着光輪，勸他回家。他說：「妳先諒宥一條嘗試愛上泥土的殘缺的蟲，也許我殘酷，但我渴望獲得一些自己嚮往的東西……」（五十一頁）。經過一番勸阻和表白，在一陣眩暈中，代替他母親出現的現在是一個陌生的赤裸的婦人，他被她攝住而又怕她是一個海妖，他要像攸力栖斯抗拒 Siren 迷惑的歌聲那樣抗拒這個婦人（五十七頁）。就是這樣經過試探、考驗、質疑（後半部出現另一些質問的人，包括一個過來人），終結是「冠冕給埋在海底的黑泥」，終結是「一隻甲由跌入蛛絲，爲了躲避DDT！」逃不出層層框架、層層蛛網。（一〇〇至一〇一頁）

我花了一些篇幅來討論這本在文字上、技巧上都不成熟的作品，主要是把這個由自覺到眞理追尋的線路迹出。因爲後來的崑南，譬如在「賣夢的人」和「地的門」裏，寫的是同樣的追尋，同樣的求索，同樣的受到種種框架的牽制而遲疑、徬徨、失望，同樣經過試探和誘惑的考驗，而終結於一種無可奈何和死。試看「地的門」這一段近乎詩的文字。在經過數十頁令人眩暈的撞擊，沉鬱的記憶、陰森的現實、爆炸性的世界事件，澎湃焉移山倒海地滾來、壓在我們的沸騰意識的身上，突然出現了輕盈、透明、晶光閃閃亮麗的活動，其中一段可以視作這個追尋中閃然而過的「樂土仙境」：

> 你在波浪中　一種珊瑚的手勢　你喚我　很溫暖　簡直酣睡在平原上　遠山如剪紙矗立着　幾乎可以伸手觸到　然後把它摺好放在袋裏　我觸及你　一起滑入水中　另外一個世界　只有深綠的世界　在這裏　陽光已不是雪壁或手掌而是深綠的總體　軟綿綿的一種初春的軟綿綿　一種小羊的軟綿綿　我觸及你　無意觸及你豐滿的乳房　一種深綠的軟綿綿　在深綠中　你大大的眼睛與魚的眼睛沒有什麼分別……　一個花園一個星座我們都覺得彷彿走進顆顆水晶的噴泉裏　朱古力的石　番茄的花　未熟木瓜的草　我們穿過琉璃的　童話的國土　一個珊瑚的手勢……

同樣的，在「地的門」中也有「物質化」城市中的誘惑和考驗，主人公葉文海在心靈的「童貞」

被淹沒後，依着「老張」的誘導，到「舞場」做了情慾的發洩，後來又到了百鬼穿行地獄般的九龍砦，企圖以刺激感覺來喚起存在的覺識。這些都可以視作自覺之旅、知識之航中不可或缺的一部分，亦即是，自我的認知不能完全由正面的經驗構成，必須先要穿過黑暗之甬道。在崑南的情境中，必須要重新經歷一些框架的實質始可希望將之棄絕。從這個角度去看，他的「布爾喬亞之歌」便有其突出的意義。

「布爾喬亞之歌」顧名思義寫的當然是每天機械地過着寫字樓單調生活的香港白領階級。我在本文開頭時提起韓波，我說崑南和他兩個人面臨兩種相異但在某個程度下又相似的文化危機。我在第二部分已有說明。弗德烈．詹明信（Fredric Jameson）在一篇論韓波的文字❶中，拈出韓波作爲工業社會中關於人的物質化和商品化最有代表性的詩人。他說，由於人的物質化與商品化，詩人被逼訴諸感覺來肯定人之非物非商品，彷彿感覺是與物化商品化唯一可以抗衡的手段。崑南的「布爾喬亞之歌」可以說也是在一種類似的絕望中，希望透過五官官能的感覺可以宣稱人之非物非商品。他在詩的前面用無名氏的一段話，頗能點出現代知識分子所處的情境。他說：「這個時代，沒有悲觀，只有毀滅。毀滅不需要你有任何觀念和情緒，只許你兩件事：腐爛和死！……反正要沉到海底了，喝最後一滴酒吧！和女人睡最後一夜吧！這份沉淪，是時代的玫

---

❶ Rimbaud and The Spatial Text.

瑰，知識分子襟上不插一朵，就不算眞知識分子。」如果我們只着眼「沉淪」兩個字，說這是頹廢，說這是病態等等，便完全沒有了解到文化深淵中知識分子的沉痛。但只有沉入感官任其主宰流盪，容或模擬了沉迷於感官生活的狀態，卻不能呈現其作爲抗衡力量背後所應有的自覺。這份自覺，呈現於作品中的，卽是詩人的藝術手段。這，在崑南的「賣夢的人」、「布爾喬亞之歌」和「地的門」三篇中都至爲明顯。以「布」詩爲例，此詩一開始以外在氣象配合內在情境：

窗外，一塊烏雲，一個沉悶的形狀
這時，寂寞正如矗立着的建築物
毫無目的的、簡單的：我癱瘓在床上……

「該下雨的時候了。」是承着烏雲而來，但也是等待着「變」。「下了床，和鏡裏無神的眼睛相遇」，看到的是一個沒有個性的「自我」。外象是沉悶、寂寞、單調。內在的我是「無神」，而他的生活則是

——桌上那灰色的打字機是一副呆鈍的模樣
拼出生活不變的母音：A, E, I, O, U。

也是單調、刻板、工具化的，而且是殖民文化下的工具化生活。第二節表面是寫香港生活的街景，但作者的選擇和安排是分成光（色）、聲、觸、嗅、味五官的感覺。但不同於他早期作品「吻——」那樣沒遮攔的傾出與鋪陳，「布」詩中每一種感覺都只以最顯著的幾個簡單的形象作暗示。他用舉偶法代替大幅的描述，是一種壓縮的方法。詩中的「我」面臨的當然不只「華爾滋的夜」、CINEMASCOPE、TEMPO DI CHA CHA、「威士忌之夜」等等。在光、聲、觸、嗅、味的形象之外，還有更多外在內在的動亂。詩人在此採取抽象畫的手法把外在的動亂和內在的動亂以最壓縮的方式與律動掌握住

紅色的，綠色的、黃色的
藍色的，灰色的，白色的
奔來後又立卽馳去
動的，靜的，光的
暗的，凹的，凸的
奔來後又立卽馳去
去愛的，被愛的，相愛的

自殺的，謀殺的，誤殺的
　出現後又立即消逝
　　假裝、狂妄、癡想
　　匍匐、邪毒、盲目
　出現後又立即消逝

每一個項目都同時可以代表幾種活動，如各顏色固然可以視作顏色本身的活動，如銀幕上所見；但也可以代表一種政治的活動，如戰伐中的旗幟；當然也可以代表其他的衝擊與湧復……。又如「去愛的」等等，每一項都可以代表種種事件和事件的發生。這樣的抽象手法，使到我們讀者無法不想像每項後面的種種事件並將之填入。如此，在短短的幾行中，作者引發了我們思想一陣的忙碌。

就在這個似乎一直仍在展開的長景中，我們發現一個小點，那便是相形之下無法不孤獨的「我」：

　風，緊摟我；風，狂吻我
　我撞向時間，我撞向空間

像一隻盲目的蝙蝠撞向牆壁，像抽象表現主義者賈克遜·普洛克（Jackson Pollock）面對彷彿無限大的白色的畫布，詩中的「我」面對着無限大的空間：

啊
希望
是
大
大
大
大
啊

面對的還有無限大的時間：

啊
生命

是
長
長
長
長
啊

像普洛克那樣想要用行動的色彩征服那大片的白畫布，崑南也想用動力達到某種高峯

「是中國的天才震撼白色的種族！」

結果，他只是「買回來一個歡樂的星期天」而已。而「雨，眞的下了：很亮、很冷、很重。」在一剎那間，他彷彿看見「輕逸的仙子」來自天宮（可比較前述「樂土仙境」的母題），但

水，鞭似的，殘酷地抽打着臉
我踏動摩托，馳回原來的路灣……

感覺之旅，最後還是一種追尋，知識的追尋；但像他其他的追尋一樣，那裸靈後的眞質，那理想的樂土始終無法找到。

我說過，崑南所有的作品都在重寫着同一個作品。這句話不能看作「重複自己」；而應該注意到他對於文化情結關注的執着。崑南爲自己的文化的負擔作了種種不同的提煉，一次比一次地冷靜的提煉。

崑南放棄了「吻，創世紀的冠冕！」（這本書他收回去沒有再發行），因爲，對他來說，這本書太放任直覺，太沒有經過過濾了。情感過濾的結果便是他的「賣夢的人」。兩篇作品相形之下，前者是自發和未經剪裁的；後者是用冷靜回想或集中心思的方式呈現，過濾後的材料沒有蕪雜的感覺。很多地方都做到適可而止。在前者，譬如用六、七頁敍述詩的方式寫傳統對他行爲的質疑，在「賣夢的人」中只用一個意象：

第一個「它」在我面前出現了
披着傳統的紫金袍
捋着鬚，還吹着簫
走過來，踏着大步
這麼的不諒解……
有手點着我是禽獸
有嘴說我在叛逆……
那佈滿灰塵的靈位
我膽敢把它移開？
也許，把它完全焚燬？
……
一團火，燒我，燒我，是地獄的火焦灼我！

「賣夢的人」寫的也是由裸靈開始、經過追尋、試探、考驗，其間「理想」作一刻的閃過，然後繼續賣他無人光顧的夢去。詩還是由裸靈開始，但語調是平穩的、反思的、成熟的。他再沒有瘋狂地宣佈「裸靈」的力量，像在「吻」書那樣：「一份經得起考驗的裸靈不愁別人咒罵！」

（「吻」，五十九頁），他幾乎是用記事方式平實地道來：

就有這麼一次
我赤裸地走出來
真確赤裸的，真確：
不知什麼是山和什麼是海。
完全是一股原始的混沌
陷入完全混沌的浮沙內；
「童貞」漸漸變動
在幼稚裏我開始對一切期待。

這是曾經滄海的聲音。一方面，那份未經創傷前的「純眞」在記憶中仍是那樣動人、那樣迷人：但另一方面，「在苦難裏，一切的生命都早熟」（詩前題詞）。

時間，一首每人都唱的歌
是無休止的，「妳」「它」，

於是還是「我」

我們的生命在時間裏、在歷史裏成熟。但在五、六十年代生長在殖民文化工業暴行下的人們，夾在兩個祖國之間又無法找到支持他們抗衡這種文化情結的人們，那原始的「純眞」一出現便被壓毀。我們如何去重獲第二種「純眞」呢？一個答案是根生於同一個親密同一個信仰的圓中的愛情：

這時候「妳」來了……
示意我睜大我自己的眼睛
並洗去了身上的污垢……
獻出了肉身，獻出了靈魂
來鑲成這第一頂生命的冠冕
開始讚美山湖，讚美有青春的地方
開始遺忘幼年，遺忘苦惱
噢，蜂兒為我採蜜，鳥兒為我飛翔
星星、月亮、太陽為我升得高高

一切的美好就這樣延續……

由一種可以共享的親密與信仰可以引向超脫時間的無限，詩人「半驚半喜地接近這團火」。但這終究是一種未經磨練的理想。「時間，一首每人都唱的歌」這段穿插着全詩的過門，每一次出現的時候，都帶走了逆阻這種「幸福」完成的元素。於是母親代表了他既愛猶恨的傳統與因襲出現，形成另一種焦灼的火；於是機器那妖魔誘惑着他，以和藹的面孔，但「光彩的場景後隱藏着吸血的蝙蝠」，形成了人間的火煎熬他。

這個「早熟」的青年便開始在「理想」與「錯誤」之間馳行，追尋可皈依的一種「眞」，但「窗外的角色繼續上演／骯髒、惡臭、腥味！我躲避蒼蠅、躲避幼蟲」；而他的追尋將是像他乘的車子那樣「當到達了總站，路程就立即回轉……重複的開始重複的終結」那樣循環？在他追尋的過程中，雖然有兩次美的幻象的出現，但終究只是一閃而逝的：

不遠，一對男女在綠水裏笑
一隻海鳥，掠過了矮矮樹叢
那裏風微動，一個孩童在玩沙
陽光下，那少婦為他挖泥洞

這終究是一種記憶而已：

母親微笑坐在我的床前
愛人溫柔地愛撫我的臉

時間、歷史是無休止的，它的每次的出現都帶來了新的幻滅。詩人只能依着命書上所說來支持着他的追求：

（「建祿格，會木局：書云：成格成局，非富則貴，
今日龍游淺水，他年鳳起丹山，雷鳴天下知也。」）

憑着此，他繼續賣他的夢去：

一個給降福的人
在苦難的時代裏行走
在苦難的時代裏行走

一個給降福的人

## 四、伊克呂的墜亡

我們讀崑南這幾個作品，除了追尋求索這條貫穿所有作品的線之外，我們還碰到兩個經常出現的意象。一個是「飛翔」，另一個便是「逃逸」或「死亡」。

嚴格來說，崑南寫的是知識分子在這種文化格局下追尋文化重生的失敗。所以詩之起是一種飛揚，一種希望的飛揚，詩之結往往是沉鬱、無奈、或者死。在「吻」一書中，詩人便要求「飛出去，飛出去，靈魂呀」（三頁）。但這個飛翔到了「地的門」已經和死亡的慾望含混不清：

> 斷崖下面，是樹木、是溪流、是石屋。遠眺是海、是船、是岸。我感到體內的血液沸起無數泡沫，突然我想飛翔，就從這斷崖，飛下去……多麼自由與快活呵。小時候，在夢中，我曾飛翔過。此刻我肯定，除了飛翔，離開香港，一生中將沒有真正的快樂了。我曾胡思亂想——有一天？我和雅菁走到別處生活，離開所有熟識的事物——只有兩個人，不是都够了嗎？——沒有任何人與人的關係、人與社會的關係以及人與國家的關係——沒有任何因襲的力量，沒有任何金錢的力量——只有兩個人，不是都够了嗎？讓我們飛翔吧……甚至陽光溶化了我們的翅膀，也讓你跟我飛翔吧……頭上，太陽飛舞着，以雷

霆萬鈞的手勢，向我招呼。金黃的光線，網着整個山谷。金黃的太陽—金黃的衣裙—金黃的蝴蝶—飛翔着。

「想飛」和「想死」已經隱隱合而爲一了。婷表妹曾經對葉文海說（婷表妹其實是葉文海的另一個自我）：「你這麼傷感，你讀書讀得太多了。」他爲什麼不能像麻木的大衆一樣過沒有自覺的生活呢？因爲對葉文海來說，這也是一種死亡。想飛就是一種生啊！但想飛竟然也是一種死。主角葉文海，在失眠了一夜以後，借了一部機器腳踏車（電單車）走出大門：

我與電車朝東飛馳着，……多痛快，多舒適！我載着我的靈魂在時間與空間中飛馳着……（中間一連串的「責任」和不能解決的「問題」追着他）……是永遠不能解決的，因為整個世界都往後退了，因為我已走入地的門……此刻電單車使我感到自由，使我感到自己有個性，這就是快樂，是空虛的快樂，因為我停下來時，一切疑難便追過來。我要開足馬力，超過它們的速度……我與電單車追過了世界。在山坡上，電單車翻了……死了……人類的聲音來了……我死了就是死了，那班人類還在談論與研究什麼呢？我沒有追過了世界……脫離這個人類構成的世界，才會有真正的快樂的。我最後這麼想。最後。

伊克呂為飛向太陽而製造臘翼，但那飛翔注定是失敗的。對殖民文化的抗拒，對眞我的追尋，在五、六十年代的沉重下壓的氣候裏，也許就只有遭遇到同樣的命運。而崑南，是意識到自己終究是「沒有效用的天使」而與文學決絕、退隱入沉默嗎？這，也許是一個無法解答的謎。

——一九八八年八月三十一日

參用書目：


1. 「吻，創世紀的冠冕！」，香港：詩朶出版社，一九五五年十二月一日。
2. 「賣夢的人」，見香港「文藝新潮」第五期，第三一—七頁。
3. 「布爾喬亞之歌」，見香港「文藝新潮」第七期，第三五—七頁。
4. 葉多（即崑南）：「窮巷裏的呼聲」，見香港「文藝新潮」第七期，第三八—四一頁。
5. 卜念貞（崑南）：「把你的愁苦，當作我的愁苦！」，見香港「文藝新潮」第七期，第四二頁。
6. 「悲愴交響樂」，見香港「文藝新潮」第十三期，第三五—七頁。
7. 「旗向」，見香港「好望角」。
8. 「地的門」，新思潮小說叢書，現代文學美術協會出版，一九六一年。全書無頁碼，大抵要表示一口氣讀完之意。
9. 「現代文學美術協會宣言」，一九五九年。

# 莊喆的畫象劄記

## 甲・自我萬變的秩序(1965)

### 一

經過了約莫十年的探索，莊喆不但在中國繪畫上開出了新的畫勢，而在觀衆的藝術的興味上亦有了可喜的改變。十年來，他的畫，亦先後為國內外有識人士所推許。我想，他不能算是「被遺忘的巨靈」，因為掌聲也不寡落。

然而，在他的畫中，我們經常感受到一種爆烈性的形而上的不安。是他對生命裏無可避免的悲劇意識的敏感嗎？固然是的。但是重要的恐怕是由於他作為藝術家對自我的拷刑似的苦求。

這些年來，他一面掙脫「羣衆的風格」，以求建立其浪漫主義式的絕對，而一面自我又無法滿足於每一次呈現於他畫中的自我。換句話說，他無法以其既發現的我作爲最終的現實。自我不是一已存在的既有，而是一連串無間的呈露與表現。所謂「絕對自我」，甚至到所謂「宇宙的我」也只有自我在現在的不斷的表現中始可以確立。現代藝術家的痛苦與崇高正藏在這一種無休的掙扎中。

二

所謂「羣衆的風格」，不光指抄古畫那種藝術，亦不光指抄西畫那種藝術，還包括了那些只依持着一種傳統的哲學(或美學)思想的現代繪畫。莊喆在其「畫餘散論」中向博大的傳統哲學作了一項挑戰。誠然，作爲傳統山水畫的骨幹的道家及禪宗思想確是至大至深，而且善乎變通，不易形成儒家那種倒模式的系統，但至石濤的畫論時，原是主張絕對自由及無待的道家思想❶已逐漸硬化爲一種抹煞個性、消除自我的東西，而「石濤的章法也大有自成經典之勢」。如以此現實爲自已的現實，這對莊喆來說，是不能忍耐的。現代藝術家就是要「突破古人的規範」，無視所有趣向劃一的章法、結構以至風格。不僅要突破東方，還要突破西方，去創立不受東方西方所

❶ 見「莊子」裏列子御風而行的故事，列子猶待風始可行，絕對自由應該無待任何事物而得自在。

左右的自由領域。五年前莊喆在給畫友王無邪的信中就已經反覆的堅持着這種獨立精神。

## 三

我們試從莊喆的信念去看他獨特的想像活動。所謂想像，在其發揮作用時，往往牽涉到美的判斷的問題。畫家在下筆時，可能在無數異樣的肌理、色澤、形狀呈現在他的面前，供他選擇。他如何去決定何者爲美、何者切當、何者有力、何者激盪、何者渾成呢？

有一種畫家，在他下筆之前，可以說是「胸有成竹」的，色的分配、形的處理都有了事先的決定。他只要運用一些技巧。就可以「按竹畫竹」了。依持着山水的外貌及山水畫的構圖原則的現代抽象畫家，即是屬於這一類想像秩序的畫家：他們藉着傳統的黑白的相稱、虛實的推移，與及其間的「無所不溶」的星雲狀的肌理來排出畫中的秩序。屬於同一個秩序的還有那些迷惑於幾何圖形的畫家，那些圖形，或求其平衡，或破壞平衡，其羅列都似乎在思考下進行的。

可是還有一種畫家，他畫中的秩序是完全不可預測的，然而卻是一種迫人認可的秩序。彷彿他站在時間之流中作了一刹那的停駐，就隨意的摘取了想像的軌道上呈現的形象。這種「所發必然」的想像邏輯是俱生在畫家的每一刹的行動中，其結果自然是獨創的繪畫，其秩序不是既成的秩序，其秩序，是一種生長中的秩序，秩序不斷的生長，向一個不成文的形理生長。

## 四

顯然，莊喆的畫正是以上所說的第二種秩序的明證。這些畫大部分是成於他宣說他的信念之前的。雖然我們無法否認他偶然也訴諸第一種秩序，（例如他的以圖案意味為主的畫。）可是，自一九六〇年的畫開始，我們已看出他的畫如何的在追求自我的「恣意塗抹」的快樂，雖然那時的技巧尚不如現在的穩操，但那着重突發意味的爆烈性的剛健線條，已暗伏着近期的更恣意的自我激洩。那時的畫，或許藏在後面的是一股攪痛的經驗。但那經驗是通過了畫家自我的強烈主觀而顯現的，因而，他們給我們的不是眉目俱全的悲憤形象，而是脫去表象，內發的一簇簇玄目四射的黑光，一種經驗純然的傾出。第二階段的畫，轉入了哲理靜觀的自我表現，從「放」的自我轉到「收」的自我。在風格上，時化時堅、欲躍欲緩的黑塊之間，網張着一種沉靜；在其自我的揮發的過程上，我們可以看為對前一階段自我的反省與懷疑，在技巧上，他逐漸對他下的筆產生了信賴，逐漸的強烈化，而提升為自由。最近的畫中，自我的傾出好比面面皆全，畫中再不計較是否抽象，是否具象，有題詩題字，有半具象的形，有圖案意味的色塊，有更多變的色組，有繁複的肌理，每着必合，一氣連生，筆墨不受牽涉，橫衝直擊，打破我們熟識的形理而邁入意外的空間。

如果藝術中除了要求純粹的美以外還要求價值的話，我以為莊喆的價值，不只是他自我放任的傾出，而在其無視傳統的構成秩序，否定既有（包括他自己發現的），以求無數「現在的我」中去確立一個「絕對的自我」的精神。這點亦卽是他不同於法蘭玆・克來因的地方（雖然有一度二者筆法很接近）；此亦是我們不應在他作品中嘗試尋求單一發展的秩序的理由（有人把他「類分」爲「抽象山水畫家」，這顯然是片面的），如果我們堅持要找他一貫的秩序，或者就是他的自我的萬變性和他不限止於單一的秩序自由活動。

——民國五十五年於普林斯頓

# 乙：一九六七年以後的莊喆

## 一、莊喆與抽象

「抽象」二字在現代繪畫史上佔很重要的位置，是毫無疑義的，但一般人對這個用語仍是人言人殊。這個字雖然來自英文 Abstract，但在英文的用法也是有很多不同層次的分別。許多畫論者只是把「抽象」與「具象」對立，如在英文裏選擇了 Figurative（具象、有形、可認的形體、熟識的一般生活可見的形體）相對 Non-figurative（抽象、無形、無法與實物相認的形體）。但「抽象」作這樣的解釋恐怕還是狹義的。從中文「象」的意義去了解也許會清楚些。

關於「象」的解釋，確是易於「着意而失眞」。我之把「象」提出來，也沒有要求一個「可圈可點」「輪廓清澈」的解釋。一般人對「抽象」二字有着抗拒意識。我想像下列的問題常常聽見：「這張畫畫什麼？」他們等待的答覆是：「一棵樹。」（對他們來說，模糊一點也可以！）或「一隻鳥。」（對他們來說，略具點嘴形也可以！）他們慣於把「象」和日常所見事物用一般粗淺的教育指示他們的方式去印證。對他們來說，既然什麼也不像，此「象」當然不是「象」

了，便馬上下結論：「不知畫什麼，我不懂。」

事實上，所謂「象」又如何是外形可以概括的。人們太信賴狹窄傳統字典式的了解，而缺乏對先定「界義」的挑戰精神。但奇怪的，他們可以接受文字上的「水意」、「秋意」、「暖意」、「氣象」、「風象」……。水之「意」可見嗎？氣之「象」可見嗎？但水之「意」、氣之「象」絕對可感。可感而不可用「肉眼」見之的「象」就不是「象」嗎？我們如果拿出老子的三段話來看：

視之不見名曰夷。
聽之不聞名曰希。
博之不得名曰微。
……繩繩之不可名。
後歸於無物、是謂無狀之狀。
無物之象，是為惚恍。（十四章）

道之為物，惟恍惟惚。
惚兮恍兮，其中有象。

恍兮惚兮，其中有物。（廿一章）

大音希聲，大象無形。（四十一章）

然後再轉向莊喆的畫，便馬上覺得那些問：「畫什麼」的批評家是完全沒有傳統的根的。我們提出老子也不是什麼「以玄制玄」的作法。當我們說「風雨欲來」，「欲來」是還未見風雨而彷彿在目前。當我們說「塞上風雲接地陰」，在我們腦中需要一定形狀、一定色澤的「風和雲」、一定形狀、一定色澤的「地陰」才可以感到那「氣勢」嗎？風可以有形狀有色澤嗎？

情形是這樣的：文字可以提供抽象的象，說「山」並不眞的看見山。讀者腦中眼前並沒有一個具體的山形，說高有多高，如何高法，說靑有多靑，如何靑法；每個讀者不但因人而異，事實上也很少去追尋作者所寫的山的「實際模樣」。一般情況，讀者是從他過去看山「總的認識」裏去想像「山勢」，去組合文字裏所提供的空間關係。文字所提供的象，是虛的，反而刺激了讀者的想像活動；是「活」的，反而使讀者能不黏於外象特限的外形，而能自由想像。

反過來，過去的畫家，愈黏外象的愈沒有提供這種自由。因爲是太過具體的形象，雖然對我們來說可以認得快，但卻易止於形似。形似不難；形似，最大的缺點，限制了我們對物的「全面顯現」的認識。惚兮恍兮，其中有象，反而豐富了觀者的想像活動，反而因得「氣勢」及「不黏外象」而能遨遊。這是抽象——在這種意義下的抽象的好處。莊喆的畫幾近之。

## 二、在張力中進行

回到洪荒，回到原初，回到那使人對外界震懾的第一眼，回到繪畫的起點，如果能做到，那就是我要傳達的「真實」！

——莊喆

這一句話幾乎和我討論道家美學時所提到的一種情況一樣：道家肯定無言獨化的原眞世界，那未被人接觸、在指義前、語言前、概念前的原眞世界，是完全自由自動自發自化的。莊喆一方面在精神上和道家相應，另一方面又肯定西方的表現主義，是相當重要的一個關鍵。可以這樣說，幾乎所有的中國現代藝術家，如果要忠於他的感受，都無法不在這兩個不同的美學據點間的張力和協商下進行。

莊喆在給我的信中有一次說他「細胞裏沒有城市」，說第一次到美國歐洲的興奮一下子便過去了。未曾留下半點痕跡，「心胸中仍是那廣大的空間。……山水的情感是否在歷史的長遠傳統中籠罩住我們？目前我不再懷疑這是否眞實的問題。它必是眞，極眞，根本是宗教者心目中的眞理，我就這樣迎上去，在工作中找解答得安慰……水墨感成爲歷史感，成爲一根線索扯到極遠，也通到我的神經裏去，因此用什麼東西就自然而然的向那個方向走，不可思議地。」

莊喆對山水和水墨感近乎宗教狂熱的肯定顯然是一股很強大的推動力。對一般畫家來說，這種狂熱很可能會終止於水墨具象山水畫，但他不走這條路，要在油彩裏作畫，揚棄單一的媒介，揚棄舊有的素材，揚棄具象形式，在這股強力的山水引力和所追求的獨立空間和畫象之間調協。譬如，在整體空間的結構上，山水的形構（包括通過傳統山水畫而認取的形構如鳥瞰式、高遠、平遠……等，如突峯、留白、和不平分的均衡）對他的構象有一定的影響。舉個例來說，在從上突下一大筆之後（這類結構在他的畫中不少），他有時覺得必須旁加一小塊，或底部應展開，有時太空處覺得比重不對，會取天平式比重在上面加上一小筆。（我這裏也許應該說明，西方的均衡與中國的均衡之別。西方往往求取平分對稱法，如梵爾賽宮前面如左十尺一棵樹則右十尺也要一棵樹；中國的均衡，最明顯的在中國字的結構上，如寫「鳴」字，「口」字和「鳥」字不可以一樣大小，一樣大小便不美，所以稱爲天平或稱重式。）

## 三、莊喆畫風的追跡

莊喆曾在許多不同的場合裏說，他的畫風很少變化。大略把他的畫分成三個時期：一九六三年採用了貼裱來製造實在感，補書法造形的不足。一九六八—七二年是對抽象的不滿或表示懷疑，一九七二年以後，好像突然水到渠成，揚棄了貼裱，而畫風無大變，一直至今。

但這不是我記憶中的印象，他畫風的變動似乎比這複雜多了。我不否認他的畫風有一種持續性，如六二年左右出現的雲霧狀結構反覆在後期重現，只是肌理更見落實，結構更形堅明。又，六一年前爆炸性的線條的放射性、濺射性在近期大幅洗溶的背景裏扮演部分重要肌理的角色，做到多色彩、多姿式、更放恣、更大膽的揮發，而且做到隔而不離、獨立而又應和。在中間我記得還有好幾種畫：㈠由貼裱造成空間的忽出忽進意味的畫，是由山水形象通過貼裱而簡化爲幾何圖形（用半圓、圓、對位、用兩片或三片畫並排成一幅，中間的一片圖形——圓或菱狀裏往往有活躍變化的書法）。㈡水墨宣紙畫，基本是書法式，偶有色彩如紅花自黑枝爆放出來。㈢用壓克力把書法、紅背景畫在畫布上。㈣「人與自然」，上幅爲自然用快筆抽象的凝溶形狀，下幅爲支離破碎人體形狀。㈤用兩幅或三幅畫（非幾何圖形的）合成一大張，在一九七六年左右似乎這類畫仍然不少。總而言之，變化頗多。

我想就我記憶所及，按年代作一個簡單的追踪。

如果我記憶不錯，莊喆在一九五八年的畫是屬於後期印象派塞尙式的風景。一九六〇年有少許克利的形象。一九六一年開始用書法筆觸，但後有強烈的山水形象做背景。一九六二年，亦即是韓湘寧用大塊釉石狀的時代，他的畫首次建立他獨特的、至今仍以種種變化出現的雲霧狀油畫，利用洗跡及溶線求取渾然中具質的肌理。一九六三年加入書法來打破雲霧，求取離合關係。遠近在一種藝術的空間裏同時存在，同時消除；亦卽是說，雲霧狀迫使觀者取鳥瞰式看大幕景，而書法的衝勢，又把觀者拉近。書法的筆觸既近，但，由於是抽象形狀，也是遠，似乎是在大幕景裏一種自然巨大垂天的活動象限。這種離合關係成爲他畫中最重要的構織原理，雖然其間有變化而加深複雜的程度每進愈加。

一九六四年，他的畫仍然繼續發展那風格，一面開始用貼裱，嘗試造成畫中的「另空間」。一九六五—六六年，貼裱採取了另一個方式。帶書法濺射（彩色的也有）雲霧塊狀的空間與有特別意義的中國字（揮春的詩句）並置，最出名的是「國破山河在」那張。在這個時期的畫裏，貼紙中已有幾何的形狀，如三角形、菱形、五角球形。這些形狀由書法、洗跡等來打破可能引起的單調。

由開始到那個時候，屬於理性化的幾何形狀，仍然一直被強烈的感性所壓制住，並不會使人有「設計的意味」的感覺。但一九六七年左右開始，貼裱佔了主位，好像到一九七三年仍未脫離。但他的貼裱，除了構成空間忽進忽出的趣味之外，一直不能算是「乾燥的、理性的」。則甚至在近乎純幾何圖形的畫（六九—七〇年），由於用了強烈顏色的並置，仍然顯出屬於「激情氣質」的畫家。如一九六九年的「兩村一橋」（自然的題材，但用幾何形狀表達）和「月變」，在圓或方的形狀裏，有書法（當然不是楷書式的！）有大膽的綠、紅，從定型的幾何形體裏蠢蠢欲動的要衝出來。那個時期我還看過一張完全冷靜的幾何圖形的畫（卽我上面所提到的㈠），但這類畫，我印象覺得不多。

一九七一年以後的發展。貼裱仍佔構圖的主位，包括我上面提到的「人與自然」那組畫。但在這些畫裏，我們已經看出他重新重視自然的渾然性、流動性。所以在一九七一—七四年之間，有兩個重要的變化：第一，山水形狀的顯著；第二，提高了壓克力的透明性、滴流性，利用顏色本身構成的邊鋒代替貼裱，其中大量激情性的色澤的運用，雲霧狀（包括用顏色構成的）和濺射式、表現主義意味的書法的加入，構成一種「淋漓欲滴」的美麗（如一九七三年在臺北歷史博物館所展出的），貼裱的痕跡在，貼裱的理性意味則完全消失。

也許可以這樣說，一九七三年以後，是向一九六三年那種趣味的回歸，但更深邃、更豐富、更多姿。以後，不管黑、白、多種色彩、邊鋒、書法、洗跡、雲霧狀、貼裱、山水形狀（較易於認可的形狀）、彩色（包括白色）濺射性線條，都可以不加思索、得心應手地縱橫於兩三重不同的空間，在顏色上，幾乎不避嫌地大膽的揮發，造成幾種個性的大合奏。

一九八〇—八一年的畫，可以說是這個合奏的結果。我個人認爲，最有力的地方，是在我們乍看來像一大筆垂天的書法的雲霧狀構成的背景上率意塗抹而能做到我最早說的「隔而不離」（卽是說，作爲一種濺射的肌理，使我們另眼相看，特別注意其獨立自由的活動，與大幕景隔開，但在整幅氣象裏，並不覺得它們不溶合，所以不離），做到「獨立而應和」（彷彿萬物各具其性，但合而爲萬籟的自然）。

# 氣質湧動的世界

## ——記陳其茂幾個階段的畫

十多年前便看過的木刻竟然要等到十多年後才看到它們的作者，那是一種奇異的感覺，細緻綿密的墨黑裏包裹着一種氣質的湧動，一下子便因着這場巧遇而還原到那握刀的有力的手，回顧那流失於足音後面的日子，已經是無法量度的深霧。

就從那些小幅的木刻開始吧，畫家把樣品攤在我們的眼前，一種溫暖自記憶中升起，是一種由熟識中緩緩發散出來的溫暖，究竟是那一些木刻曾經配那一些詩呢？已經無復記起了；但那些詩，在黑色的湧動裏，曾經昇華爲一種我們看不見的急遽的脈搏，那些木刻，在詩無聲的活躍裏，把山水中虛實的波浪推入我們氣運與血行的交流站。應該是由這些具有詩的綿密的小幅木刻開始，一面可以把年月喚回來，使我們驚喜於雙重的初識。

不讓我們沉醉！好比曙光把神秘的黑色擊破，說時遲那時快，萬物一下子便沾上了如此多樣多姿的色彩，使我們來不及去分析它們選擇它們，只覺得是沉默中突然爆放的朗笑。「不要笑我們這一羣一個大字也不會的老粗，我們的不經修飾的器皿和衣物，我們少洗濯無甚潤色的皮膚和爬滿着漲向皮外的血管的手臂，對我們來說，便是粗曠的豐富、生命的色澤！」「任那個蹲在凹凸不平的三合土上塗鴉的女童去塗她喜歡的、恣意的花綠綠的貓咪！」「讓那些斜放的農具閃耀着農夫農婦日久瞻望的金黃色！一點也不要更動！」

還有，隨着歲與月的流轉，隨着收割以後的安定是：那些小心翼翼地去包裹禮物的花布，那些用金線穿織着他們的夢的繡荷包，那透着哈蜜瓜的清涼的玉鐲和環鍊……和大榕樹下老人吸着水煙袋時滔滔不絕地講到眉飛色舞的武士，喀咯一聲，說曹操曹操便到了，天山一絕竟從畫框裏跳出來，倚着斷玉劍等待我們歡呼……竟是連碎落的色塊也響着琉璃的清音！

或許是愛入了深夜，羣山把巖巉和酷熱一同甩掉，頓然，竟如同從浴中升起的裸臂把月亮抱得淋漓欲滴！是因爲山的透明嗎？風片片如衣帶拖着星光拂過濃密黑色的樹影及入夜以後鳥的呼吸，我們遂又記起那無法量度的深霧，深霧中某種氣質的流動，復記起那綿密的黑色，如今竟瀟灑着一天的釉彩。無聲中是何種活躍如此的清脆？許是自然的脈搏，借了色澤而成琴音，在遙遠的夜空中點滴着，等待那冥思入無的知音人去靜聽！

——一九七六年三月廿日

# 從凝與散到空無的冥思

## ——蕭勤畫風的追跡(1987)

我們追求探索的盡頭
是要達到我們原始的開端
而對它擁有初度的了悟
——T·S·艾略特

### 一、前言

蕭勤近年的畫，是涉及禪意的畫。他自己在文章裏這樣說，評他的人也總是這樣比況。但對他這些用了大量書法的筆觸不假思索的橫揮直瀉的畫，不可以直接說禪，而不追索他衍化過程的歷史緣由與美學蛻變的根據。尤其不可以做的，是抽出他全個過程中某一個階段的一張畫，而視作他美學的全部根據，因爲藝術的對象，不是一件定型的東西或看誰抄得最傳神，而是一個不斷演變不斷發現的過程。

關於蕭勤這些涉及禪意的畫，如果我們問：他是怎樣走上這一個方向的？熟識繪畫史的人，起碼可以提出下面的幾個可能的來源：其一，在西方後期印象派的理論裏，由梵谷經塞尙到康丁斯基，有一種看法，認爲光是顏色及線條本身便可以表達情感，便可以發射出一種「相應的精神的廻響」（梵谷，見一八八八年三月三十日給 Vilhelmina 的信；一八八八年給 Theo 的兩封信；塞尙，見一九〇四年給 Emile Bernard 的信；康丁斯基，見一九一一、一九一二年「顏色的效果」及「形的問題」二文）。從這一個立場可以引導一個畫家走向純線條的表達，如後期美國的抽象表現主義者便是。其二，便是純粹由書法本身的藝術裏領悟出來。其三，便是通過中國現存的禪畫和日本的禪畫來發展。其四，從鐘鼎文甚至甲骨文本身線條的表現力去思索出來。但這裏提出來的幾種可能的來源，都不能單獨地說明蕭勤的心路歷程。假定這四個源頭都曾經影響過蕭勤，中間還必然有交錯的試探、考驗、思索；換言之，蕭勤由五十年代出發以來的一連串蛻變，路是迂廻複雜的。論畫者常常有一種傾向，彷彿畫家應該一早知道他要做什麼，然後就把它做出來，中間沒有什麼矛盾、衝突，甚至和他原議相反的地方。這種論法是一種減縮的方便論。繪畫風格的形成，是一種充滿了試驗、錯誤、修改、昇華的辨證過程；而且，對一個現代畫家來說，完美總是在你以爲達到之前又推前入你永久要捕捉的前景。我們必須有這樣的了悟，才易探討一個畫家風格成長的過程。

## 二、個性的發掘與自省

蕭勤是由後期印象派開始的，他是什麼時候自覺地逐漸從西方後期印象派到現代各流派的影響回歸到傳統東方的藝術意識，並作出一種中西的揉合的呢？但在審視他由一九五五年以來一步步由思索到風格遞次的蛻變之前，我們必須先了解他在臺灣及出國初期那個成形期的一些藝術意念。關於這一部分，我覺得我和他在一九八一年的一段對話呈現得最詳盡。現就有關部分節錄於後（見「藝術家」94期，臺北，一九八三）：

葉：五十年代的臺灣畫壇，你個人或是東方畫會的同仁在創作時碰到一些什麼樣的困境，你們對畫壇上一些不滿的東西是什麼？你開始畫畫時追求的是怎樣的一種藝術？你和東方畫會有沒有什麼共同的繪畫理想？

蕭：讓我從個人講起。我起初是從後期印象派出發，後來碰到李仲生老師，他對我有很大的啓發。他主張個別個性的發展，他能夠知道我們每一個人的潛在特色、潛在傾向，幫我們把它提升出來去發展。這個教法，對我個人，對東方畫友，都有決定性的啓導作用。他這個教法和學院的訓練最大的差別是：後者預設一個既定的模式，學生對着這個模式用眼睛和手去做。李氏注重創意的訓練，一開始便要訓練眼睛、腦、心、手四方面並進，不但要用眼睛去觀察，還要用腦去想，用心去感受，用手去表達出來。畫畫不是依樣畫葫蘆可得。我在臺灣階段的畫，可以說還沒有掌握自己的風格；我風格的逐漸踏實，倒是到了國外後和西方藝術思潮直接的衝擊才轉化的。但這個轉化的根因，種子還是李仲生老師下的。他經常說：做一個中國的現代畫家，應該融滙中國的傳統裏的精華，用現代的藝術方式去表現出來。他這句話並曾以日本畫家藤田嗣治的成功作了說明。一九二〇年代，藤田嗣治在巴黎用浮世繪的線條融滙到西方的油畫裏，形成一個很特殊的風格，獲得了巴黎藝壇的認可。這無疑是我和東方畫友的一記很重要的提示：如何把中國藝術或文化的特色帶到世界的藝壇去。

葉：是不是可以這樣說：李氏的提示是，做爲一個現代的中國畫家，必須同時具有民族性和世界性。這兩個範疇是互相對峙與衝突的，卽是如果融入世界性，融入所謂共有的普遍性，則易於失去民族的獨特性；如果堅持民族的獨特性，便有抗拒融入世界性的情況出現，在極端時，甚至是頑固的保守。這裏面有兩個相關的問題：第一，你對這個繪畫取向——同時具有民族性與世界性——有什麼看法？第二，回到先前的問題：你在當時碰到一些什麼樣的困境？

蕭：你把問題的核心尖銳化，很突出。我不敢說在當時已看出這個問題的關鍵。現在就你第一個問題來回想一下，我想可以提出我們當時認識到的一個現象作答覆。藤田嗣治在巴黎不是一個獨例。巴黎的畫壇都是由外國人形成的，除了藤田嗣治，還有西班牙人畢卡索，義大利墨狄格連阿尼（Modigliani），有波蘭人基司林（Kisling），有羅馬尼亞的猶太人蘇丁（Soutine）。

這個現象說明了：二十世紀開始的時候，西方現代的畫壇已經放棄了所謂西方古典傳統這個觀念，他們比較更強調個人的創作，各個人的美學根源、文化根源，而作一種並置與融合。換言之，當時的西歐畫壇，在我們當時的了解，是具有兼容性，打破西方古典藝術的正位性。是這種開放的兼容性使我們有了對民族性和世界性可以互相衍化的信念。至於如何可以融合得恰到好處，在當時是不完全清楚的。但要朝向二者的融合這一個理想，則是我和「東方」的畫友（和稍後的「五月」畫會）所要努力尋求達致的。

葉：我的第二個問題應該擴大一些來問：求新求變的趨向，當然不是因爲一個老師的啓導那麼簡單。求新，或應說，要從舊傳統裏突破出來，是因爲舊的傳統裏有了問題，或是它不能滿足你們表達上的需要。我所提出來的所謂困境，指的是：舊傳統的表達裏和當時的社會文化變動下的感受有了怎樣的一種脫臼現象？舊傳統作爲一種「得勢的意識型態」對你們的創作有何種威脅？你們對這個傳統的利弊有什麼看法？你們當時提出了什麼的表達策略（雖然可能還未成熟的表達策略）來與這個勢力抗衡，來擊破它的限制，使人感覺到求新的需要？

蕭：我們當時的看法，大致上覺得，舊的東西裏，中國古代的藝術裏有許多精彩的作品，所謂文化的精華。但所謂「文化精華」如何去認定，如何可以以常新的姿態出現，則是當時的傳統畫評家不論的，一方面畫家卻墨守成規，以一種表面的方式來保留所謂「文化的精華」。當時無論在臺灣或是大陸，傳統保守的勢力都非常大。中國一向是非常因循的民族，尤其在明清以後，新創常被視爲異端，做什麼都要引經據典，要援前例。任何一個時代的精神都應該是「現代的」，都應該是具有創新性的。老是抱着祖宗的腳不放，而不問祖宗「當時」爲什麼要那樣做是錯的。我們被人家稱爲「八大響馬」，也足以反映我們欲反叛當時藝壇的忿怒。

葉：你說明淸以後，新創常被視爲異端。照你的看法，明淸的傳統裏沒有可以汲取的表達策略？那民國以來西洋畫技法的傳人有沒有提供了新的起點？

蕭：在我們當時的了解，總覺明淸以來很少有眞正具創造性的畫家，也許除了石濤、八大、一點點揚州八怪之外，好像沒有什麼活潑的表現。民國以後，中國現代藝術一點小小的開始，大概是一九三〇年左右開始。我記得是一九三二年上海創辦了一個決瀾社，他們的作品比較接近野獸派。後來在重慶抗戰時期，有一個「獨立美展」的產生，也接近野獸派。李仲生師的作品在當時有些接近超現實。其後因爲抗戰和內戰，藝術便沒有能夠好好的發展。眞正有構意的現代中國藝術可以說是在臺灣五十年代中開始的，那時候東方畫會和五月畫會相繼地創辦。

葉：你們當時的風格是繼承這些發展呢？還是另有所發明。你們採取了什麼表達的技巧來針對過去的、舊的、固化的形式主義？

蕭：我們當時都很年輕，還沒有什麼完整的見識反覆思考我們當時「應該」怎樣做。那時的「東方畫會」，在一九五七年左右，已經有幾個人搞抽象畫了。中國第一個畫抽象畫的應該是東方畫會的陳道明，在一九五三年，還比趙無極早了兩年（葉按：趙氏早年的畫多半受保羅·克利的影響，約在一九五五年前後才引進了鐘鼎文造形味道的抽象畫）。陳道明之後，蕭明賢也在鐘鼎文那類古代文字中尋求抽象的趣味。李元佳約略在一九五四年加入。我自己在一九五五年左右也開始作抽象的試驗，也曾受保羅・克利的啓發，用些比較粗的線條。

葉：你們傾向抽象畫，是因爲它是當時西方的主流嗎？還是你們在其中找到一些中國的迴響？

蕭：首先，我必須說，抽象畫並非現代藝術唯一的主流，但卻是一個很重要的主流。我們作這種探求，是因爲傳統中國藝術裏有許多豐富的抽象性，如書法、金石，都有很多抽象的美。

葉：如果西方沒有發展出來抽象畫，你們也許不一定能在書法、金石中發現出其中能以啓逗你們現代感性的藝術性。你是在一種怎樣的意識狀態下「驚覺」其中的相關性的？

蕭：說實話，在我自己的情況。那時並沒有經過什麼深厚的思考便做了這個選擇，大概還是憑直覺的認定。我眞正對他們之間表達力的相似性、及至後來不滿足於這種只因相似而採用的立場而進一步試探種種變化，都是我到國外（西班牙）眞正受到西方文化衝擊之後，才作了哲思式的反省及探索。

葉：這種情況與我們在文學裏所謂「認同的危機」、所謂「放逐的意識」很相似。當一個人離開了本土文化，離開了本土文化的中心，到了另一個文化的環境裏，會發生幾種情況。首先，他無法在眼前的新文化從根地得到完整的意義，他甚至覺得是支離破碎的。在這種情形下，他會試圖從自己的文化裏找尋一些統一的方式，加諸新文化上，或解釋新文化的一些現象。如此，他往往會注意到本國文化裏以前不大注意的東西。舉語言爲例，一個放逐在外國的詩人，以前原是寫純白話的，此時忽然會對舊詩及文言發生很大的吸引力。在事物方面，在國內是滿街可見的東西，他以前視而不見，現在反而特別注意起來，而且發生很深的情感和發生新的意義和表達的潛力。這裏頭還暗藏了正負兩面的影響。正面是對傳統的眞質有新的發現，負面是對舊有的東西作不分好壞的戀棧。我覺得中國現代畫家在五十年代的情況，與這種情境極相似。在當時，不管在國內在國外，中國文化整體面臨瓦解的危機感都很強烈，我們同時受到戰變的徬徨和外來文化的衝擊，五四以來對傳統與西方「旣愛猶恨旣恨猶愛」的情結更加強烈，在此時更覺得有需要向內心求索，向傳統找出推陳出新的力量，爲那游離不定的中國文化找出它嶄新的存在意義。在你的情況，由於雙重的遷移，更易進入傳統的再思索與反省。

蕭：不錯，正是這樣。當我初到西班牙眞正受到西方文化衝擊的時候，我才發現中國文化的深厚。

葉：或許應該這樣說，你才認識到西方在反其傳統的機械反映論及智知主義的時候，事實上是離開其文化主知的重心向直覺思維發展，而接觸到、甚至接受了東方的一些美學理想，如線條本身可以表達情感，可以發射出一種「相應的精神的廻響」，和書法及禪畫不依賴反映外物而可以呈現一種氣韻是完全可以交通的。是這種突然的滙通，使我們重新去發掘中國古代藝術（在詩亦然）的現代性。

蕭：是，在這一轉折上，我開始對中國傳統哲學探索。我很快便選擇了道家和它的無爲、淡泊、拿得起放得下的逍遙態度，繼而進入禪宗的世界……。

## 三、凝與散：形構的追跡

蕭勤說他很快便選擇了道家無爲、淡泊的理想，這話是需要調整的。我們起碼有兩個方面要說明：第一，由他個性啓發期的後期印象派到道家的無爲，這不是一蹴便得的；其間要經一連串迂迴曲折的蛻變，包括試驗、錯誤、修改與昇華。第二，「無爲」如何可以成畫，是一個相當複雜的美學問題，我們分在四節處理。

蕭勤由一九五五年受保羅·克利晚期影響的粗線深沉的符號畫到他近年潑彩（或墨）、掃彩（或墨）、點彩（或墨）、瀨彩（或墨）的自由揮發，中間經過無數次媒介（油、水墨；畫布、宣紙）和形構（塡滿、留空；較理性的硬邊藝術、抒情流動的散瀉）正、反、綜合的連環生變。蕭勤早期風格的蛻變，大致是在移動於「數理結構」（如屬於刻意和知性邏輯的幾何圖形）和「主觀抒情」（如無意識的和感性的恣意塗抹）之間，這兩種動向互相衝擊、互相引發、相尅相生。

作爲一個畫家，蕭勤不是一開始便對道家美學和禪宗思想有一套完整的認識的。對他來說，首要的是表現，純粹思想是哲學家與歷史家的事。蕭勤是在美學表現的危機、壓力、與求變的內在需要下進入了禪、道的尋索，是一個頗爲繁複的漸進過程。我們必需從這個角度去追跡蕭勤風格的變遷，看他形構的追尋過程下如何影響了他的思維，和思維如何反過來影響了他的風格。我們還是從他一九五五年的膠彩畫開始。

這個時期的畫，顯着地受了保羅·克利一九三九—四〇年臨死前的風格的啓示，是粗黑線條近似符號的圖象。蕭勤的畫，乍看起來，是一些中國字撕碎後重排在紙上，有書法形體的趣味，但不具中國字的完整形象，線條粗厚濃重有些似碑刻拓印出來，不是行書草書濕墨的飛揚。

我們在此應該問：保羅·克利這個時期的符號圖象畫給了蕭勤怎樣一種理解？事實上，克利一九三九—四〇年的符號圖象畫，也是啓發了趙無極走向抽象畫的主導。（趙無極早期的抒情畫，還受了克利早期輕快、稚趣、音樂式的畫的影響，在此暫不論。）克利這時期的畫，在克利個人的發展，在西方現代畫的發展裏扮演着怎樣一個角色？而這個角色，它美學世界的意義，給了蕭勤怎樣的啓發與挑戰？關於這一點，我們需要一些篇幅來分析。

關於克利的粗線符號畫，我們可以從賴薩羅（Gualtieri di san Lazzaro）一九六四年著的「克利傳」（Klee, New York, 1964）一段話作開始：

克利現在病了，他的硬化症逐漸使他的粘液膜乾枯。這個時期，很顯著的是，他的線條已失去了它的大膽與活潑；它們已經配不上亨利·米修一度的稱說：一條純然爲了作爲線的線」。

> 無疑地，這個時期的線仍然服從着他的意志，但已經不是他早期莫札特式的輕快。畫家現在的想像越來越轉向「符號」，帶有類似中國易經卦象意義的「符號」。他這個時期愛用的色澤是黃、綠、藍、紅，開頭是發光的，但其後則越來越深沉、厚結。(p. 202)

蕭勤在李仲生的啓導下要把中國畫的特色帶到世界的藝壇去，要從中國的東西裏找出現代藝術所追求的表現策略。克利這些「符號畫」無疑是一個重大的啓示：如果西歐的現代畫，發展了四、五十年最後是指向以中國文字式符號的抽象畫，中國畫家自中國文字的根源裏不是更可以有所發展嗎？這應該是最起碼的一個反應。蕭勤一九五五年的符號畫，可以說是這樣一種認識下的廻響與試探。但這樣一個廻響是不夠的。第一，就算克利眞正抓住了「文字符號」的精神（克利並沒有抓住了中國文字的精神，事實上他沒有那樣嘗試），再去模倣他便已缺乏了創造的精神。第二，克利走上了這種深沉、厚結、而事實上閃爍着一種近乎神秘宗教意味的符號畫（如「死亡與火」那張畫），近乎原始圖騰的形象，是有着他個人危機與歐洲文化困境的雙重因素的，去直接承襲他，除非有了轉化，將無法表達蕭勤（或任何模倣克利的人）個人的感受與文化的指向。第三，如果線條本身，在畫家的筆下，可以暗示潛藏的意義，透過古老的符號，可以觸及心理學家楊格所說的「集體下意識」，超個人、民族、人類的下意識（Helen Gardner 便曾這樣讚賞克利的畫，見 Art Through the Ages, 6th Edition, New York, 1975, p. 743），那麼重視「氣韻」的中國文字與書法，有了這麼長久的探索，不是更能觸及這一個層次嗎？而作爲一個中國畫家，應該可以更豐富地掌握這一個層次的表達。這樣進一層的思索，對一個介於現代西方與中國傳統之間的畫家，也是很自然的。所以我們很快便看見蕭勤放棄克利符號式的油畫，而在一九五七年出現了書法流動線條快筆飛白帶皴的水墨素描，構圖上是不刻意的圓（或旋轉活動）與不太方的方（或縱橫活動）的互持互引。這時期的畫雖然仍是試探性的（因爲第二年便被放棄），但已啓導了蕭勤形構的追尋與思索。

蕭勤在當時的想法也許沒有我們現在冷靜地回顧時那樣清明。克利的問題，傳統的問題，揉合的問題，如果在那時已經有了歷史的認識，可能便可迎刃而解。事實上，畫家在接觸這個層面時仍是依賴着他敏銳的感性，所以在當時還未能完全解決形構的問題。

形構的問題，在西方逐漸肯定了表達的獨立性以後，一直存在着，也一直因爲追求解決的策略而開出變化多端的風格與美學的理由。西方的形構問題，在蕭勤接受了抽象性以後，也必須面臨。我們試以最簡略的方法，把西方現代畫形構的問題提出來。

我們試從非具象藝術（Non-objective Art）的提出談起，非具象藝術一般人認爲是由康丁斯基的一張一九一〇年的水彩畫開始，但這是頗受爭論的。在這裏，我們無需進入藝術史的爭論裏，因爲引發到非具象的前因很多，絕非一人所發明。這裏比較重要的是康丁斯基有關非具象藝術的說明和這個說明所指向的形構問題。他說：「一張畫應該是『情緒』的圖表……不是實物具象的呈現。」他在「顏色的效果」（一九一一）和「形的問題」（一九一二）裏相繼地說明藝術要表現藝術家靈魂中的情感，而傳達這份內在的「精神的廻響」是通過線條、色彩與形，不需要實物具象的外形，這個過程與效果做似音樂之用音與律直接顫動靈魂。

問題的關鍵是：摒除了實物具象的外形，畫家憑什麼可以宣說某畫的形構已經足夠或完成？換言之，畫家怎樣去統一一張畫？怎樣決定這個色彩配那個色彩，這個圓形配那個方形，這條直線配那條曲線是適切的，是眞正可以釋放觀者可以感應的情感和情緒呢？

西方現代畫解決這個問題的策略亦可以分爲我們在前面提到的兩種傾向：「主觀抒情」與「數理結構」。就以康丁斯基本人爲例。一九一〇年前的是野獸派的畫，其表達的哲學根源於梵谷、高更。亦即是印象派、後期印象派主觀地抓住外物的方式，要呈現的往往不是外物的實際光影位置，而是藝術家投入藝術對象時強烈的、顫動放射的情感（在梵谷後期的畫裏我們看到的不是向日葵，而是梵谷熱熾熾的情感）；康丁斯基一九二一年以後的畫，是屬於結構的抽象畫，是後來構成主義的先導，趨於數理傾向的設計。在這兩軸之間，是企圖綜合二者的表現抽象畫，既欲利用色塊和線條喚起情感的顫動，亦有色塊與線條結構設計的安排。這一個做法是根源於塞尙在其後期印象畫中的提示。

塞尙不同於一般的印象派或後期印象派的畫家。他想一反印象派主觀的觀物方法，而要把藝術對象作爲美學客體來處理，欲超脫個人不同的主觀感受而透入物象內在不變的實質，這是所謂物象的「實」「現」(réaliser)。第六步，畫家應該認定物象作爲物象的結構狀態，然後用線與色塊的組織與安排使這結構具實的呈現，畫家細心觀察外物，「通過圓柱、圓錐、圓形，或其他適當的透視，使得一件物象的每一面都能導向一個中心點。」塞尚稱這個過程爲「依自然而結構」。這是非具象畫——包括非具象畫前的立體主義——和後來的構成主義的一個重要的起點。但光用結構或幾何思維還不足以完成一張畫，塞尚還提供「調昇」色澤(moduler)，使所有的顏色，通過並列，調整提昇到某種高度與濃度，一面產生一種重實感，一面因爲色與色之間的遞次繼續調昇而由複雜趨於統一。這樣做，畫家可以使主觀的感受，透過純化的過程，而獲致客觀的呈現。由「調昇」「統一」到「實」「現」，塞尚已經觸及繪畫中音樂式的組織。所以我們在康丁斯基、蒙德利安、克利等人的畫裏，這個音樂式的組織始終佔着很重要的位置。

我們現在如果把塞尚以來的西方現代畫攤開來看，不難發現「主觀抒情」與「數理結構」兩種傾向，作爲形構的依從。前者如一般的後期印象派、野獸派、德國表現主義、象徵主義、與超現實主義(超現實主義的反理性與以夢爲結構雖然與一般的主觀抒情不盡同，但以訴諸觀者的主觀感受則一)、抽象表現主義；後者如立體主義、未來主義、新造形主義與構成主義等。當然，在實際的創作裏，二者融合進行的例子也不少。以上的列舉，只是要指出形構可以依從的兩種大略的方向。

我們可以看見，大部分畫家都在這兩種本能之間求變。我們可以用蒙德利安作爲一個例子。

蒙德利安一九一三年之前的畫，如「紅樹」（一九〇八）是屬於野獸派梵谷式的表現，但到了一九一三年的「盛開的蘋果樹」，畫家把樹形開始簡化爲沒有主觀感受的弧線，而在色澤中保持強烈的情感。一九一三年後，畫家再將線條減化爲幾何直線分割成紅藍方塊，到純理性設計的形構，這個蒙德利安的標記在現代畫的發展上是突破，但由於趨於過度理性化而落入定型與死硬。所以後期的蒙德利安，企圖把動律再帶入不動的色塊裏，如一九四二—三年的Broadway Boogie Woogie；也因此承襲了這條線的羅斯柯，要把色塊放大，彷彿把一瞬作了無限空間的延展，使觀者在空間化的一瞬中冥思遨遊而獲致強烈的抒情意味。蒙德利安的例子正可說明現代畫來往於「主觀抒情」與「數理結構」之間形構蛻變的過程。

在這個發展中，還有我們要思考的，便是「個性獨立的追求」與「個性泯滅」之間的關係。這裏頭是有矛盾的：即是，塞尙要摒棄主觀感受而欲透入內在不變的實質（建立「以物象爲物象」的美學客體）的同時，他仍是堅持了他的藝術獨立的風格。現代主義不同於以前的藝術運動的一個重要的地方，可以說是綜合了浪漫與古典的本能，用個人獨特的表現方法來呈現一種共通的情感（「相應的精神的廻響」）或共同認可的結構（如蒙德利安用新柏拉圖主義來說明他簡化後的形構）。

我們現在回過頭來看蕭勤早期的畫，他的起步，正如我們前面所說的，透過了克利後期的符號畫而啓迪了他對中國文字、書法、及傳統許多問題的思考。克利的符號畫由梵谷、塞尙、康丁斯基對於色、線的獨立表達性能出發，雖說已「觸及了超個人、民族、人類的下意識」，又說它「閃爍着一種神秘宗教的意味」，但畢竟無法喚起東方觀衆相同的感受。這當然是蕭勤必須放棄克利式的符號而走向中國的符號與線條的最大原因。但中國的符號和線條，必須在創作過程中試探、體驗、揚升、變化、思考才可以成爲有力的表現，中間沒有可以偸懶的地方。由是他必須在形構上，像西方的現代畫家一樣，作種種的試探與思索。

蕭勤在一九五七年放棄克利式的符號畫而試用墨作素描，只是一個假的開始，因爲事實上，他仍不能決定應該走上墨畫，還是保持用油，應該畫在紙上，還是應該畫在布上。實際情形大概是這樣的：作爲一個受過西畫訓練的中國畫家，對油彩與畫布、水墨與宣紙兩種媒介的表達性能都應該探討，尤其應該把現代畫的觀念與策略在兩者之間反覆試驗，看看可以開出怎樣一種可能性來。蕭勤早期的畫正是這樣作着種種試探。如果我們同時記着西方現代畫形構的兩種傾向，我們很容易追跡並了解蕭勤一九五七年以後的一些變化。

在素材方面，他曾用油彩作野獸派或行書草書的筆觸在畫布上作恣意的塗抹，後來又嘗試用墨在紙上塗抹與灑潑，或用墨在畫布上掃畫，近期又用其他水質顏料畫在布或宣紙上揮毫。

在形構方面，畫風的衍化是一種正、反、綜合的遞次變化，由「主觀抒情」與「數理結構」的對峙、互玩、變位開出時而散放自由、時而凝聚爲點線到幾何圖形的風格。如果我們依次來看，衍化情況大略如後：在一九五七年以後，首先是畫布塡得滿滿的恣意塗抹的油彩，中間試圖用隱約的直線或橫線穿挿或切斷，可以說是數理本能對抒情本能的一種挑逗（一九五八）；從這油彩恣意的塗抹裏，數理傾向逐漸強烈而開始呈現顯着的大方與圓（一九五九）；同時一反滿布油彩的是一片白布上只畫墨黑的數個窗花似的圖案浮在一橫掃墨上（一九五九）；次年同時用墨水在紙上和油墨在畫布上嘗試，或在一筆快筆掃墨上任意灑潑墨點，或作中國文字筆畫的縱筆橫筆和中國字配合實圓、虛圓、實方、虛方，或作點線在大的空白裏作對稱的排列，或任黑點自一片大黑裏流瀉出來（以上一九六〇年）；一九六一年由一張題爲「海浪」的墨畫開始，蕭勤首次轉向眞正具有書法筆觸的畫風，大筆墨色裏（有油有墨兩種）有飛白帶皴及盤旋有韻律的粗線條逐漸顯着，在形構上可以由一些畫題看出來，「太極」、「大方無隅」、「道」、「大道之行」、「浩然」、「降」、「昇然」、「韻」等，畫愈來愈走向「少着墨、多留空」（有時是反面的留空，即是大幅墨中只見一點白），線條與半圓雖具有圖案意味，但由於是掃墨式，由於線條是流動式，所以在微微的數理設計感中湧出柔性流動的抒情意味，那些黑線做似指揮棒，引人入太空裏無聲的音韻。在形構上，我覺得這一組已經爲他近期的畫作了重要的基礎，事實上，這時期有幾張畫，如「混沌」，如「方之波」，如「世事如風無定」已經奠定了他一九七六、七七年（如「激焉」）的風格。我們可以說通過了這一組畫，蕭勤已開始眞正的進入了中國傳統哲學的思索，如果這裏有「相應的精神的廻響」，這廻響是中國的、東方的。

這些流瀉的筆墨逐漸又聚而爲圖象，由一九六二年一張名爲「坤卦」的畫開始，畫家又走向以方與圓爲主的圖案畫，繼而發展爲太圓（太陽）與Mandala，然後又引入雷電（倣似蒙德利安在方格中引進動態），再進是硬邊切方、切角、切圓的雕塑和切方、切角、切圓的亞克力畫（一九六二—六九），是抒情讓位與數理的本能。

經過這些風格正、反、綜合的辨證以後，蕭勤開始更自動自發、欲行則行、欲止則止地回到舒放的、以道家、禪宗境界爲依歸的畫。也許是經過了這許多蛻變後，他開始悟到：「變」可以成爲形構的依據。縱觀蕭勤畫風的變化，再從他畫題的暗示裏，我們冥冥中可以覺察得到他在追尋形構和秩序時，是近似理學家對宇宙變動的看法。試看張載幾段話：

太虛不能無氣，氣不能不聚而為萬物，萬物不能不散而為太虛。

氣坱然太虛，升降飛揚，未嘗止息。

太虛無形，氣之本體，其聚其散，變化之多形爾。

氣聚則離明得施而有形；氣不聚則離明不得施而無形，方其聚也，安得不謂之客，方其散也，安得遽謂之無？

（俱見正蒙太和篇）

其他理學家如邵雍和程、朱均有類同的理論，綜合了易經、道家和陰陽五行的說法來解釋天地變化之道。蕭勤畫風的變化過程，凝聚而爲形象，其至者成方圓，散放而爲形化，其至者成空無。依從着氣的凝散，變化多形而可以不離自然之道。事實上萬物萬變萬化，才是宇宙萬物之道，萬物萬形，沒有理由獨鍾一體。這當然是道家中最重要的觀念。我們或者可以說，蕭勤是通過了這一個尋索的了解才開始悟到道家之可以作爲他藝術的依據。他尋索的痕跡，有些可以見諸畫題：如「浩然」（雖是孟子的浩然之氣，但理學家承接時已滲入易經與道家思想，不管怎樣，畫家關心的是「氣」），如「降」、「昇然」都應合理學家之說，另外如「元」、「太極」、「混沌」當然更是理學家常常掛在口邊的。蕭勤在一册論他的集子裏（La Via Di Hsiao，一九七九年義大利出版），另外題有「與天地精神來往」的字樣，都足以證明他曾作過這樣的哲思。（當然不一定是讀理學家的原典出來，對一個畫家而言，這不一定是很重要的；但對理學家很重要的一本書，老子的道德經，蕭勤必然讀過，我們可以從他的畫題及 La Via Di Hsiao 一書上面登有該經得到印證。）

這裏我們還需指出的是：西方在解決「個性獨立的追求」和「個性泯滅」的矛盾時所提出的共相（「精神廻響」「共識結構」），最後還是依附著西方文化特有的哲學（包括神秘宗教的精神性）；「與天地精神來往」，則是中國式的共相，應和著西方現代畫家形上的追求。是以「小我」溶入「大我」來解決「個性獨立」與「無我」之間的矛盾。用蕭勤的話，便是「吾心卽宇宙，宇宙卽吾心」。（語出陸象山，見「象山全集」三十三卷。）

## 四、空的美學

筆者在「無言獨化：道家美學論要」一文，（見「飲之太和」，臺北，一九八〇，二三五—二六二頁）裏曾把道家的無爲、無心、無言作爲創作的根據的困難提出來：

道家美學是包含着許多矛盾的……譬如說道不可道，說語言文字本身的缺憾與不足，說我們應該「無為」……「無心」、「無知」、「無我」……；我們不應言道；道是空無一物……（這都是）停留在我們作文字表達之「前」的意識狀態。照說，理想的道家主義的詩人，應該是沉默無言不求表達的；既然肯定了無語界，自然勾消了表達的可能……

筆者所論雖集中在文學上的表達，而繪畫的「語言」（色、線、形）雖說與文學上的「語言」不同，但欲求表達則不能說「無心」、「無我」、「無言」，其情況是相同的，換言之，藝術之叫做藝術，嚴格的說，是不可以成爲自然的；後者是不費力不刻意的表現，前者是人爲刻意的努力。所以道家美學裏所說的自然是「重獲的自然」，「再得的原性」，是一種「近似」自然的活動。對畫家而言，所謂自然、自發、天機、天放、氣韻生動，指的是氣之流動，由我們體內通過手到紙上要做到無阻無礙。這一點在書法上最明顯。由於墨濕易散、紙質吸墨又快，筆觸必須不

可遲疑的快速完成。蕭勤在近期的畫中的筆觸即從這個方向發展。蕭勤和筆者對談時曾有如下的說明，他說道家思想、禪宗思想是

一種直見心性自然而然的流露，我便盡量想讓自己的感受不受任何拘束的放入畫面，盡量不經主觀刻意的追求。我不去做一種構圖上的打算，不去做一種美學上的探討；這個對我已經不是問題了。（葉按：事實上所謂構圖、美學的探討並不是沒有發生，而是已經「內在化」了，我們從第三節的討論裏便了解他曾作過的尋索。）我有時可能有一段長時間不畫畫；我自己的冥想和心裏、內裏這種探索有時候比作畫還重要，等到一種需要來時我就畫，我一次可以畫很多很多。開始時也許還有點拘束，還會想什麼工具什麼顏色會有什麼滿意的效果的問題；但畫了一陣以後，我便把開始時的畫淘汰。進入了情況以後，我完全不再考慮這些問題，而發覺愈不考慮情況愈好、愈滿意，愈覺得一種人的精氣透過了我這個人作為一種工具被翻譯出來了。

慢慢把「刻意」消除到幾乎是「無我」的狀態，畫家成爲一種「工具」這種程序，我們還可以用杜布菲（Jean Dubuffet）一九五七年發表的「印跡」做一種旁論：

「印跡」——卽形象自來印記在我的紙上——的特色……是天地的元素產生的形象，自動的直接的印記出來，沒有任何媒介的干預；是原始的、直接的、純粹的形象，未經修改的、沒有解說的、純眞未鑿的印跡，充滿了兒童在雪上、或來去無踪赤足的人在沙上……所留下痕跡的魅力……我或許比別人對現象的呈現都來得敏感，我盡量要消滅人工的干預。(Empreintes, Les Lettres Nouvelles, Paris, V, 48, April 1957, pp. 507-27)

雖然杜布菲所追求的是原始藝術和兒童藝術，但在他反對西方理性主義的覇權下所引發出來關於自然和藝術的看法，在很多層面上觸及了東方的思想（見其「反文化文化立場」一文）。在這裏我們注意到一個重要的滙合：不刻意的干預（或消滅刻意的干預）而達致自然的機動性。

在蕭勤上述的話裏，除了機動性之外，他還提示了機遇性。這種機遇性的肯定，一方面是從「宇宙不斷凝散」的變化原理而來，另一方面是把「佈置、佈局」的要求開放出來。關於這一點，我們用一個故事來說明。

據說陳世驤教授柏克萊住宅前很有美感的花園是這樣形成的。他有一天在門口站著，看見一部卡車載着兩塊大石頭經過。他把車子叫停後，問石頭要搬去那裏，答說要丟掉。他說你們就丟在我的前院好了。問：如何放法？答：就倒下來讓它們滾，任它們停在那裏便那裏。這也是一個依賴機遇的故事。這個故事提示了兩個有趣的層面：㈠自然的流動往往有驚人的表現力，比人爲的排來排去都「可能」來得特出；(二)但這必須依賴陳教授對這機遇性具有信念：自然的行止一定不會錯。

蕭勤一九七六、七年以來的畫，常常是一大幅空白的布上，或見一線波浪剛剛駛入，或見幾度馳行的顏色卽將馳出，或一些淋漓的活動從邊緣灑過，或似狂風回南掃北而去，或如潑彩剛潑出而凝掛如瀑布在太空裏……。蕭勤無疑也是對自然行止的機遇性有着巨大的信念，而這個信念的哲學根源顯然是道家（和理學家）對萬物萬象萬變有自律的肯定。

機動性作爲一種不必疑問的理想卻是有問題的，起碼在繪畫裏是比較棘手的。是不是你我隨手不假思索的掃墨卽可？答案是：可、亦不可。一般來說大概是不可，但有時也有神來之筆，竟然頗有氣勢。這裏就牽涉到品味的問題、文化修養的問題：爲什麼這筆掃墨比那一筆好？蕭勤的機遇性和機動性事實上是經過提煉的。有過毛筆訓練的人的掃墨就是比法蘭茲·克萊因的粗墨線條有靈性。蕭勤當然是有過毛筆訓練的人，所以卽使是用油、用水質的顏料在畫布上掃出來仍是比一般抽象表現主義者有靈性，但比米芾、王羲之當然不如。可是在訓練過程中，卻是道家「無心」的思想內在化以後，幫忙了畫家突破了障礙，而達致一種相當流暢和有氣勢的機動性。哲學思想與表達力是可以互爲推動的。在蕭勤近期的畫可以找到明證。

蕭勤在他的畫裏和其他的題字裏，常常提到道家和禪宗的「無」與「空」。但究竟所謂「無」、「空」、或「空靈」應該怎樣翻譯爲形象呢？留空便是「空靈」嗎？不着色便是「淡泊」嗎？我們應該如何去理解？

受道家影響的司空圖說「不著一字，盡得風流」；西方則有「靜的美學」。現在暫時撥開二者不同的歷史因素（另見筆者所著「語言與眞實世界」一文）；只就其美學目標來看，二者都把「靜」、「無言」、「空」視爲很重要的東西。換言之，是把「負面的空間」（Negative Space）提昇爲美感凝注的主位。所謂「無」與「空」，照道家、禪宗、理學家的看法都不完全是「無」與「空」。語言或其他表達媒介所能捕捉的只是天地萬物整體氣韻氣象中有形、有限的一部分，而萬物整體的氣韻氣象，常是可感而不可見的東西。如果照理學家的說法，根本沒有所謂「無」這個東西（「方其散也，安得遽謂之無？故聖人仰觀俯察，但云知幽明之故，不云有無之故。」見「正蒙太和篇」卷二）。「無形」是「氣之本體」。有這樣的了解的藝術家，重視的是語言的空白（寫下的語字是「實」，未寫下的是「虛」），重視筆墨以外的空無。空白（虛、無言）是具體（實、有言）不可或缺的合作者。表現的全面，應該像禪畫與南宋山水畫（玉澗、馬、夏）那樣用一點點的實筆（如馬一角）放射出無限延展的空間，使所謂「負面的空間」（畫中的空白，詩中弦外的顫動）成爲重要、積極、及迫使我們凝注及作精神來往的東西。空無通過蕭勤幾筆活潑生動的掃彩掃墨的逗引，便成爲我們在無形氣韻的流動裏，對無限天地作深沉冥思的舞臺。

# 線條的舞躍

## ——與楚戈的畫的對話（一九九〇）

二十九年前，我寫了一首「仰望之歌」，詩的開頭和結尾是這樣的：

在一個荒落的小站上
一尊皴乾的佛像悠悠醒來

丟掉的記憶把我承住，我就舒伸
因為只有舒伸是神的，我就舒伸
白翅的瞻望入你們馱負習俗的長雲

而跟著清白的風沙萬里，在嬰兒
空無的胸間一再複述……

…………

花朵破泥牆而出，我就舒伸
因為只剩下舒伸是神的，我就舒伸
向十萬里，千萬里
十萬里千萬里的恐懼

這首詩發表了不久，楚戈（當時以詩名，不叫楚戈，叫袁德星，大家戲稱袁寶）一口氣為我這首詩畫了十幾張一線畫（卽由一條不斷的線畫成）。這是我們第一次詩畫的對話。他的「畫眼」在我的詩中看到什麼激盪呢？或者，有人要問：我「詩眼」所看到的「境」可是他「畫眼」所看到的「境」？我想，楚戈和我都會笑笑而不作答。旣同旣異，不同不異，同同異異，自有其趣味在焉。但無可否認的，「詩眼」「畫眼」在千萬里的風河千萬里的恐懼裏曾經接觸而顫然，通過一些線的隱隱的抖動。

詩、畫、舞、樂，在最深處相契相冥。正如楚戈說：「我們是相契於千萬年以前的。」（詩：「湖與雲」）

其後，我繼續寫我的詩，也寫文學藝術的理論。偶然技癢，亦曾自畫自詩，如我那篇「界」，畫是平平，詩還可以。記這一筆，只是說明我對畫有一種澎湃的愛，因爲沒有畫眼畫才，而常感缺憾。就是因爲沒有畫眼畫才，所以每見畫友的畫，激盪之餘，常常賦詩。譬如我曾爲莊喆的畫寫詩，爲李錫奇的畫寫詩，而劉國松大部分詩意的畫題都是我取的，如「散落的山音」「湧不絕的晨光自兩岸」「雪網山痕皆自然」「未鑿的是滿目的山靑是未鑿的歡喜」「月裏是山山裏月」等等皆是，是一種補償作用吧！朋友們常常勸我，你爲什麼不畫呢？我就說，我用「詩眼」來畫，然後就給他們看我「詩眼」畫的畫。（詩題「沛然運行」）：

敎我如何把它顯得完全？
一里長二里長筆洗過的泥紅
由透明的淺到褐紫的深，向
那無垠的赭色不知是沙還是石的層巖
突然的切斷而淡入空無
因風？因水？
因巨大無比的毛筆？誰的？
如此灑脫，道

無形流動，隱隱刻劃着峽谷
每一分鐘皴着
潑着
破着
如此的細、慢、要一隻
無形的眼
才能看見

但我始終是一個「缺憾的畫家」。而楚戈隨着線條的揮動，如此自如地舞躍於詩與畫之間，當然令人羨慕。楚戈重現於文藝舞臺的時候，已是赫赫有聲的名畫家了。多年來看到他的畫時都有一種廻響，不是因爲第一次我們有過的對話的關係，而是覺得他的「畫眼」的畫和我「詩眼」的畫，有着相當類似的流通、行程與律動。好幾次執筆想把這份情感揭露，但不知爲了什麼現實生活流徙的緣故，也許是枯燥的學者生涯已把我美的心井抽乾，再沒有「神一般舒伸」的衝動的關係，我一直沒有動筆。

是六、七年前吧！在龎褘的畫室裏，楚戈畫與大發，卽席揮毫，以舊報紙皺摺成筆，把袖一拂，蘸墨斜斜一揮一灑，隨氣脈曲折起伏，山石水天悠然躍出。他轉過頭來說：「維廉，題兩句詩吧！」大概因爲氣脈沛然運行運轉地在眼前演出，我不假思索地便應說：

天空的摺痕
石的摺痕
卽是時間的留迹
山的淋漓
水的淋漓
可是你我的生命

這是第二次的對話。這一次對話使我活躍地再進入楚戈詩畫的世界裏。

## 自然的流跡

說自然事物「氣韻生動」，說「線條的舞躍」，並不是什麼高蹈與玄虛。放眼門外，河流不方不直，隨物賦形，曲得美，彎得絕，曲曲折折，直是一種舞蹈。或驚濤裂岸，「捲」起千堆雪！樹枝長長短短，或倒吊成鈎，或繞石成抱。風，翻轉騰躍，遇水水則興波，遇柳柳則蕩迎，遇草草則微動，遇松松卽長嘯。雲飛天動星移月轉，或象或兎或鳥或羊或耳目或手足或高舉如泉或翻滾如浪或四散如花如棋。則山，則笨重的山啊也是「凝固的波浪」（愁予語），著著都是舞躍，無數的曲線，緩急動靜起伏高低，莫不自然。由是，有了楚戈「散步的山巒」那張畫。楚戈在畫裏說：

很久很久以前嶽神也許像我在紙上用線來散步嶽神用牠自己在大地旋舞那狂熱的旋舞把海的夢舉上天空高山的貝類是海夢的殘痕而嶽神的旋舞不死是否早已停在我難以抑止的筆是不是自然的餘勁呢造山造海也弄出如許的摺痕此時想起遠古的旋舞的熱情心中充滿了無限的溫馨。

畫家尙．杜布菲有一次說，我們在沙灘上看到腳印，便知道有人在那裏走過。其實我們張眼四看，哪一樣東西不是某種流變、行程的印跡：當愁予寫下「山是凝固的波浪」時，他的詩眼沒有停留在視覺的層面上，「凝固」是一個過程，所有的山都是一種岩漿湧流到冷卻凝固。現在大家到夏威夷的大島上，仍可以從高空看下來，紅紅的岩漿的流動，猶如一枝由看不見的手執着的大筆，用迂廻起伏的大紅線，破山建山破谷建谷，不斷的解構，直到它奔入大海，在水的協助下，凝結而爲新的岩地。若干年後，那些流浪痕摺痕隱約地仍在草木中躍動。夏威夷大島上山與谷地不斷繼續的解構，我們如果環島越嶺一周，可以看到代代山的流跡與摺痕，便可以了解到山水自然從沒有停止過線條的舞躍。由是，楚戈又說：

現在看來是靜止的山，其實都曾經激情的奔騰過，後來瞭解了什麼叫做愛以後，就換成了走勢。緩慢的走勢使我們體會到山仍有它長遠的意欲。

——山的變奏

而瞭解到「花用開謝行走……生用死行走，熱用冷行走，冷用冰行走，有用無行走，動用靜行走，陰用陽行走，海用雲霧行走……水用流動行走……。」所謂詩眼畫眼其實都因心動意躍而觸及山石的生命。「心動，風幡皆動」是也。而所謂心動意躍，是要在我們擺脫了一切偏執情見的一種自由興發之下，始可以與自然合拍。畫，線條的舞躍應該是自然各種元素未經干預的流跡。

## 精神的應和、氣的運行

在一九一〇年左右，英國美學家法萊（Roger Fry）看到了中國銅器和中國畫的一個展覽，興奮之餘，寫了一篇重要的文章，認爲中國藝術之先進，非西方任何畫家可以項背，只有義大利文藝復興時期一些作品差強可以比擬。其中他特別認爲線條在中國藝術的成就最高。法萊同時也是介紹後期印象派最得力的美學家，在「後期印象派」（一九一一）文中，他對線條有如下的縷述：

某些線條獨有的律動和某些顏色獨有的和聲有它們之間某種精神上的應和，它們會喚起某些特定的感情……律動是繪畫最基本最生動的元素，律動也是一切藝術最基本最生動的元素。

線條喚起精神的應和之說，追踪起來，當然與梵谷在康丁斯基的理論有關。梵谷說光是線條本身不須借重外形便可以表達情感，康丁斯基說光是線與色可以發射出一種「精神的廻響」。我們現在都知道，是這些理論開出後來野獸派和表現主義這及後來的抽象表現主義之大量揮發線條的舞躍，包括他們的襲用中國書法以求得到抒情和姿勢兩種抽象主義效果。

法萊無意中觸及中國古代和西方現代美學的交滙點實在是很有意思。這裏不是說他們從學理上認識到中國自鐘鼎、金石、碑文到書法的整套美學原理，而是他們在其中發現到，他們苦苦掙脫外形而凸顯出來的新美學在中國古代早已是主流。他們所講的「精神的廻響」和「線條是最生動的元素」和我們的「氣韻生動」在內涵上也許有差距，但在偏向上則一，亦即是求神韻不求形似。

書法之能成爲一種獨立藝術，當然是在通過線條的舞躍來體現氣的運行。書法論者常把書法比作行止，下筆前如跑步前的凝氣，下筆時如讓氣舒出去或衝出去；其次又比作流水，遇石時轉曲，力道受阻時如水紋旋曲畢現，有時一筆很快飛過去，中間紙不沾墨，但筆斷而氣未斷，因爲我們確切感到氣曾貫徹過去。這些書法的筆觸筆意，是畫竹畫蘭的基礎。其實，中國畫裏講的筆墨，廣義的來說，都源自書法，亦即所謂書畫同源——簡單的說是：沒有書法的基本訓練，便不能自如地筆隨意行；同樣，如果在畫中能做到意到筆到的，反過來寫字亦必不差。及至禪畫如瑩玉澗、梁楷或其後的石濤、八大，在線條上進而作不假思索、無心的恣意塗抹，都依存在線條本身的緩急、收放、擊濺、騰躍，超外相而以精神的激盪爲藝術的美感客體。

詩人、畫家、書法家的楚戈承着這種美學傳統精神，掌握了氣貫線條所作出的舞躍，多變數多樣式的舞躍。

## 文字、書法、畫：空間與時間的美學

假如說中國文字的結構曾通過范諾羅莎（Fenollosa）、龐德、和俄國導演艾山斯坦爲西方的詩和電影開出「蒙太奇」「意象並置」的空間的美學，它在中國詩中和中國畫中所擴展的美學策略和潛能則更豐盛，對現代的詩人和畫家而言，更具建設性，中國文字（包括書法）的全面美學含義，不是本文所能細說的。這裏只想提出它在楚戈畫中所引發的一些表現。

書法之能成爲一種獨立藝術的另一原因，是字本身的形構，它形構中的空間的玩味，也就是說它的繪畫性。這固然是文字的象形性與畫息息相關，如在書法裏有人禁不住把山字書成山，如書法的一筆可以成竹葉，可以成草成蘭，又如楚戈的一點頓躍便成爲一隻鳥。但更重要的是，每一個中國字由甲骨文、鐘鼎文、石鼓文、漢瓦拓本、碑文、篆字到楷體行草等等有無數的變體，無數空間的變調。不但每一個字各具空間的個性，它們（靜）的態勢、姿勢、和（動）舞款都不同；就是因爲這些變調、變奏的美，才有金石這門學問，才有大書特書的「書法的藝術」的書，這是中國文字所獨具的魅力，是外國文字所沒有的。可惜中國這種藝術的意識的內在化，相繼在鋼筆、原子筆的革命下逐漸的消失，及至電腦普及化以後，將蕩然無存。也就是說，過去從小學開始便執毛筆寫小字大字，作文寫信均與筆墨有緣，到了高中畢業，大家都是一個小小的書法家；現在有幾個人還有日用毛筆的習慣呢？換言之，書法已是專家和藝術家的事了。也許是由於這種危機的意識，楚戈似乎想把書法中空間的變調、其中姿勢舞款的變奏化入畫中，加以提昇，使觀者起碼在視覺上得到一種教育，如果他們進而開始寫字，由手再入心，那將是一大幸福。

書法的字和鉛印的字最不相同的地方是，前者還給我們更多的舞躍的慾望，後者則是舞躍慾望的囚壓。楚戈自進入故宮研究以來，凡二十餘載，作鐘鼎文物考古的探尋，幾乎每日都遨遊涵泳於這些「舞躍」的生長、變化和它們的「儀式過程」。除了被它們空間的魅力所引帶之外，便是對它們歷史的時間的沉思。楚戈在畫畫之外，有不少文字、文物索源的巨篇可以證明。歷史的時間的沉思，是透過文字最原始的形構過程，重新經驗到我們作爲一個中國民族一分子文化原始的活動與生成。楚戈這個研究顯然直接影響到他的畫。我們在觀看它一些線條的舞躍時，頓然會覺得與邃古的時間，作一刻的對話，作一刻的現在的超脫，躍入深遠的太空。

是楚戈的「詩眼」，在「靜止的山裏」看到「激情的奔騰」，是他的「書眼」「畫眼」幫他捕捉住自然山石水天的各種「舞躍」與「流跡」。是他的「學眼」（對鐘鼎金石文字的沉思，對書法與畫——包括禪畫——的認識）給他開展如此之多繁花似的舞躍。至此，我想我已經不必再作詮釋，我只想拈出我喜愛的兩種突出的表現。

其一，便是他把書法解放出來，不依字形，利用其飛揚沉潛與轉折，另構形象。譬如，在一平遠的河岸上，有一個類似文字的形象，在岸邊拔然高升橫立在眼前，說是山又不是山，說不是山又是山。楚戈彷彿抓住了山的一個原形，又彷彿是一個尚在成形的山，由於線條氣脈的翻騰轉折，騰騰然欲動而未動。

其二，在廣闊的空間裏，在森然雄渾的太空中，忽然出現了如孩提未鑿的線條，如此天眞爛漫，完全不爲畫畫而畫畫，一種除卻一切牽掛的戲謔，逗出觀者埋在心中很久的童心，隨著線條舞躍起來。

# 對最近所見陶藝展的一些感想

——兼談馬浩的陶瓷藝術

四、五月間，我有機會在臺北幾個畫廊裏，看到幾次陶藝展。我是抱着些興奮的心情去看的。由陶瓷工藝到陶瓷藝術的自覺，還是近六、七年的事。我們每每提到現代的藝術運動，指的還是畫和雕刻；大多人沒有把陶瓷作品和一般繪畫和雕刻放在同一藝術層次來看。長久以來，陶藝的藝字，是被解作工藝的藝。則故宮博物院的名陶名瓷，最初仍是以工藝視之。在工藝發展的過程中，某些造形某些色調某些技巧以及所發展出來的紋跡，後來被提昇為一種藝術的母題，而為後代的陶工傳承衍化，繼而再形成一種藝術的覺識，被人們回過頭來以藝術的眼光來研究。但對陶瓷器皿中呈現的藝術性的自覺，在近代的中國裏，也只活躍在陶瓷工藝史研究者的心中，而甚少發自陶工個人的自覺。換言之，像博物院裏的名陶名瓷，只有年代的標誌、風格的分類，但沒有個人風格的符號。近代的陶藝一直仍沿習「陶瓷只是一種工藝」的想法，幾乎完全沒有標出作者是誰。

標出作者的最大含義是：他（她）帶有獨特的藝術觀去處理陶藝，亦卽是在一般捏塑釉燒之上，加上藝術家個人自覺的境界和靈視（相對於一般陶瓷作品所呈現的羣體面貌）。英文往往稱這樣一個有藝術自覺的陶工爲 ceramic artist，亦卽是指工巧以外的藝術性而言。

我說帶着些興奮的心情去看，是指近年來在陶瓷製作中有了上述的自覺。但從這一個出發點來看這兩個月來我所看到的陶藝展，我必須說是比較失望的。我失望的原因可以歸結到以下數點：

㈠這些展出的作品都標出了作者，但我敢說，如果我們把名字去掉，把海報或大衆傳播的宣傳丟開，我們將無法分辨何者爲甲的作品，何者爲乙的作品。這說明了什麼呢？說明了這些作品大部分沒有個人獨特的藝術視野與風格。

㈡這是因爲大部分人還只停留在捏塑釉燒技術的改進上而已。無可否認，釉燒技術的掌握不能不算是一種重要的藝術；事實上，它們是陶藝的藝術基礎。但基礎仍然只是基礎，藝術的含義就是要包括藝術家如何和材料掙扎而得出突破與超越。這包括了得出以前從未燒出來的色澤，和某種溫度下無法求得的形狀與紋跡，還包括突破一般器用的造形而產生新的視覺形象。

㈢所謂只停留在捏塑釉燒而無個人風格，指的是：首先，花瓶還是傳統花瓶的樣子，茶壺仍然是傳統茶壺的樣子，頂多就是釉好看些、明亮些。在我看到的作品裏，有些甚至和商場看到的無異。我認爲在這點上，我們的陶藝家最需要反省。

㈣至於造形上的試探，我所看到的陶藝展裏，大部分有三種趨向：

其一，以雕刻作為捏塑目標，亦即是脫離器用，捏塑作雕刻，再加釉燒。這種作品可以稱為陶塑雕刻。我們看這樣的作品，首要是看它作為一件雕刻的造形有沒有突破之處；在我們的判斷上，必須將之置諸現存所有的雕刻造形中（包括西方的）去看。在我看到的作品中，造形極弱，泰半是借助已存在的雕刻形象陶塑化，這是不夠的。其次，我們還要看「陶塑化」這一媒介的過程提供了什麼其他的雕刻素材（銅、石、木等）所無法提供的造形與個性。目前大多的陶雕，在造形上沒有突破，在媒介的特有潛能上未見用心。

第二種趨勢是器用的變化，如塑陶成竹筒形狀。在這方面做得較好的是，先力圖將之造成一種視覺獨立體，至於器用，則隱藏其間，有待我們發現。（即不先定為花瓶、或水洗這類器用形象。）

第三種趨勢便是變形，如把塑好的瓶罐在未乾未燒前略加摔擲，然後再組合釉燒；又如把器皿扭曲，有意使其殘破不全、切裂後作部分扭彎或拖長等。這條線的發展應該是可行的。但我所看到的變形，在日本和西方都已經用得很濫。這一點猶待我們的陶瓷藝術家突破和創新。

經過以上的考慮後，我們也許可以暫時理出一個有關陶瓷藝術應如何判斷的依據。在目前這個階段裏，我以為最重要的，是看作品裏有沒有反映出作者接受了陶瓷及其他造形藝術累積下來種種風格的挑戰和作者如何自覺地綜合溶滙出來屬於作者自已的視覺造形。

從這個角度看，馬浩的出現毫問疑無地是撥雲見日的。她的作品完全符合了陶瓷藝術家應具備的條件。亦卽是，除了在基礎製陶的技巧有改進外（如利用適調的時間解決本地陶泥不易駁接的問題，如提供新的釉色），不斷反映出她自覺地與過去陶瓷累積下來的風格以及其他造形藝術的風格作出一連串的對話。如早期從建築大師高廸（Gaudi）利用海韻和貝殼的自然感來設計建築的想法，發展出她略帶捲浪和貝感的碗盆飲器；如從波第車里（Botticelli）「維納斯的誕生」和安格爾（Ingres）「泉」兩個與水有關的裸女（一自水出，一傾瀉水）塑造一系列花瓶，利用胴體曲線的旋律，構成每個花瓶各自獨立的個性，其中，一面是由於器皿的一定限制而把人體簡化（包括只呈現上身到大腿部位）而變形，一面是因爲胴體的旋律（包括胸部豐滿、手臂柔軟）而改變瓶姿。這一個相互玩味調整、變化、轉形、揉合的活動，是馬浩以後一系列女體作品的主要特色。在後期的作品中交參了下面幾種風格：㈠巴洛克畫中魯本斯（Rubens）兒童、天使、裸女的肢體的誇張；㈡拉撒斯（Gaston Lachaise）吹脹得近乎爆炸的女體的銅雕；㈢原始民族，如印第安藝術和非洲民族健壯的女體和多彩色的膚色；㈣印度嘉齊靈合（Khajuraho）廟上「性的靈合」女體石雕上的一些特色：結實有勁的肢股，腰肢特有扭曲的旋律；㈤最重要的一點，中國民間藝術中「福相」的女人的臉龐和胴體再結合中國民間版畫上童臉的笑和輕快的色澤；而這色澤又再進一步溶合了印第安人（如墨西哥的Aztec，及中南美洲的馬雅文化）的相似熱鬧的色澤與率性的線條。㈥貫穿這些女體的是舞蹈的律動。在馬浩的作品中，最強烈的莫過於這種舞蹈的律動，由形到色到線到器皿上的臉上的眼睛與笑容，無不充溢着生命的舞躍，或者應該說生命力的舞躍。

在此，我們應該指出她中期陶塑對石灣人物的探索。石灣人物，除在造形和色的提供外，便是人物個性的塑造。石灣的陶塑，在佛山祖師廟上的組合，是按照民間傳說事件戲劇性的變化塑造的，裏面包括了冥思式（內心的旋律）和行動式（外發的旋律）。馬浩在這方面的學習上，先是通過了外形的模倣，再進是把它們簡化而進入半抽象，或利用舞蹈（其中可能受到敦煌飛天的啓示）將之變形。這個中期的探索，如半抽象的飛躍的舞者和臥姿的裸女，都可以說是舞動旋律的追求。馬浩是在掌握了這個律動以後再轉向半身女體大形瓶器的製作，而試圖在靜態中放射出多種生命的姿式與動力。

我無意在此對馬浩的陶瓷作品作全面的討論，因爲我還沒有機會看到全部作品；而且要對她的作品作這樣一個探討，還需要把她同代人的許多陶瓷作品一併看，才可以持平。這不是本文可以做到的。我只想通過馬浩作品所呈現的藝術的自覺，向其他的陶藝工作者提出一些他們或應注意的層面，作爲一種印證、一種對話、和進一步的思索而已。

——一九八六年五月十七日

# 園林是一面可以反思的鏡子

## ——介紹漢寶德的「物象與心境——中國的園林」

漢寶德的「物象與心境——中國的園林」是一本很容易令人讚賞喜歡的書。譬如專注於副題的讀者，包括有心學習和探討中國園林藝術的藝術家和匠人，不但可以很清楚地通過此書掌握了由宮苑式的園林、田園式的園林到文人園的種種面貌，包括空間佈置到各種境界、選材、構思的取向。本書都有詳盡列論、細條分述、表解、綱要，又加上最貼切的挿圖，眞是應有盡有。漢寶德不愧是建築界、地景的專家，幾乎在每一章的結尾都有非常精簡準確的摘要說明，令人對每一個時間的風味、格局、取向、源起、變遷方式、變遷的社會因素，都可以一覽無遺地銘記。現舉二例，以見一斑，如論上古到唐園林的表解（七三頁）：

宮苑式園林之演變：

秦漢宮苑　宮觀複道　自然景觀　珍禽異獸

← 貴族園林　← 臺閣飛廊　← 人造自然　← 奇花異木

← 官僚園林　← 樓閣廊廡　← 石山池塘　← 美花嘉木

田園式園林之演變：

隱逸山居　竹籬茅舍　自然景觀　山林田園

← 田園農舍　← 草堂院落　← 土山角池　← 榆柳桃木

← 市隱園林　← 精舍亭榭　← 山石池沼　← 松竹苔蘚

第二例可舉「園治」一章。從繪畫的影響說起到文人園觀念的產生，到「雖拙亦工，雖工亦拙」的獨特美學，都有非常細緻的說明。有關繪畫手法的運用，漢寶德細條的縷述可以給讀者美學的眼睛，了解到園林中一些細節的美學根源與意義。譬如「因借與畫境」的討論：

因借就是畫境創造的手段，因是創造畫中之近景，借則為創造畫中之遠景……在近景方面，要看地勢的高低，近處高大樹木的位置、及水、石流轉的情形，加以剪裁、整理。如同畫景一樣，如果景中需要亭、榭之屬，就建造亭、榭以院襯之。至於遠景，則需擡頭看去……遠景非我可控制，但我可控制我所見之角度與方向，用近景的建物的位置來剪裁，即所謂「俗則屛之，嘉則收之」。這是用畫家的眼睛來觀察遠景，然後用建築做畫框的方法。（一二三頁）

跟着他列舉種種不同的「框」，如李漁所說的「無心畫」的畫窗，如梅牕，如面窗。再加上以白壁爲紙，成爲江南文人園極有雅意的表現，也是當時士大夫生活理想的一部分，因而在意境取向上偏向文意、畫意，在形式上偏向簡樸與庸俗化的緋麗抗衡，其次自然取向、思巧取向、功能取向都配合這個目標。

我想在園林風格遞變的討論之外，我們還可以讚賞作者對於文學、繪畫融滙貫通的應用，使得我們不致於把園林孤立起來作爲一種獨一無二的物象來看，園林與其他藝術之間的互通消息，正好說明了這本書較大的野心——作者謙遜地取一個不大眩耀的題目「物象與心境——中國的園林」。其實，這不只是一本關於園林的書，而且還是一本文化思辨的書。其中有一些在本書格局內不易完全發揮、但是極有見地的文化思辨。這些文化思辨，時時點逗起西方的一些類似情況和現在國內一些類似的傾向，是作者在「園林藝術」的面具後面發放出來的更重大的信息，希望讀者因而能把傳統、現代、當代放在一個更大的網絡中去再思、反思，尤其對庸俗化在中國文化史上的追源和思索，本書所提出的論點很值得讀者（包括在位的文化官）再三咀嚼。

作爲一個文化評論家，漢寶德在此起碼有兩個重要的貢獻：第一，他沒有把園林看成一種純粹美學的空間。事實上，所有的所謂美學空間都是充滿著社會性的。在園林中，空間的社會性是不言而顯的。首先，宮苑不但是帝王階級的行樂之所，亦是權力的一種標誌、一種聲明。由宮苑到田園到江南大衆化、世俗化減縮後「庭園」，無一不代表某一階層社會歷史心理的迹寫。所謂美學空間是不存在的，即就「文人園」的「因借」（利用畫意、畫境）本身仍然無法脫離本身的社會取向，亦即是說，作爲對當時的俗化的抗衡論述本身就是一種社會性的構造。

第二，一般社會、文化的評論家（這裏包括馬克斯論者）最常見的論述都傾向於內容的縷述，而無法在形式與社會歷史文化間作辨證的討論。在新馬克斯評論家中，詹明信（Fredic Janceson）幾乎是唯一能夠在形式而歷史文化間提供辨證線索的人。漢寶德在本書中，雖然著墨不多，卻顯示了他在這方面討論的潛力：園林的格局、品味、風格與經濟變遷的互動互變。其中討論最精到的是「中國園林的江南時代」。我在這裏只能作一個摘要式說明：洛陽時代（南北朝到北宋）統治階層都是精英分子，生活方式、思想觀念與下層完全不同。當時園林是上流社會的遊戲。在江南時代，社會引起了很大的變化，商人階級興起，唐代大莊園瓦解，金錢經濟代替土地爲中心的經濟活動。由是，上流社會與商人建立密切的關係，由於財力的累積，商人的影響力更大，成爲上流社會與下層社會的中介——也卽是中國文化世俗的開始。其次，宋代仕進之門逐漸開放，民間有了從政的管道，增加了商人的影響力。在園林經營上，開始以中級官吏和商人爲主幹。在商人與官吏的交往中，園林是重要的手段，因爲官吏大多屬於風雅的文人。（俱見八二頁）（葉按：此亦卽是文化領域的物化和商品化，利益的動機支配了文化的衍生。）

園林形式在這種政經的變化中的辨證，根據漢寶德的觀察是：

> 園林面積有顯著縮小的趨勢，「庭」代替「林」的成分。規模旣小，便走向簡單（單一主題），但要「小而奧」，要小而「可遊」，要「可遊」便轉向「曲折宛轉」……。（八九—九〇頁）

江南文化的世俗化到明代中葉，熟極而爛，「絢麗五彩，粗製濫造，宜遠視而不經細看，中國文化細緻嚴整的一面漸漸消失……文人以物欲爲風流而發展出才子心態，文藝不再是嚴肅的事業，而成爲文人生活中的遊戲，聲色的追逐，甚至遯跡青樓之間。」（一一一頁）明末，是消費文化的興起，藝術進一步的俗化、物質主義化（葉按：相當於亞當諾（Adorno）所說的「文化工業」）。在這裏，漢寶德觀察到藝術上辨證的兩種取向。一部分追隨流俗的風尚，向大衆化、裝飾化之路線前進，並迅速與生活實用器物相結合；另一部分則反彈而爲觀念性的發展，超離現狀，追求個人理想與個性之表現，如董其昌及文人畫的興起。在這裏漢寶德一筆帶過地說：這近似西方現代主義的興起。我倒是覺得可以進一步細論。在反文化商品化的層次上，西方的現代主義確是一種抗衡的論述行爲。（可參閱拙文「從跨文化的網路看現代主義」，見作者另書：「解讀現代·後現代」東大版）其中作者字裏行間是想着臺北暴發戶心態下文化的庸俗化，但由於本書的格局，他好像不易暢所欲言。雖則如此，我們在他「文」與「匠」之間的討論裏，還是聽到了憤怒的信息。他說所謂「匠」在當時文化批判的文字裏，指的是膚淺的摹倣：

有錢的人，力求誇張，要在家中再創古人文雅的傳統，徒然畫虎類犬，令人嗤笑……這種流行、抄襲的毛病……今天的暴發戶的心態依然如此，令人浩嘆。（一二〇頁）

字裏行間、尋索園林的藝術變化之外，漢寶德要大家反思再思的就是這份文化的憂慮。園林，在漢寶德的論述裏，也是一面可以反思的鏡子。

# 關於小說的結構：一些初步的想法（1967）

## 一

在說到小說的內在結構之前，讓我們先談文字的基本性能。文字與音樂在基本性能上有何分別（指基本的分別，不是表達上最終的目的之分別）？嵇康在「聲無哀樂論」給了我們最確切的說明：

> 夫味以甘苦為稱，今以甲賢而心愛，以乙愚而情憎，則愛憎宜屬我，而賢愚宜屬彼也。可以我愛而謂之愛人，我憎則謂之憎人，所喜則謂之喜味，所怒則謂之怒味哉。由此言之，則外內殊用，彼我異名，聲音自當，以善惡為主，則無關于哀樂，哀樂自當以感情而後發，則無繫於聲音，名實俱去，則盡然可見矣。

音樂裏面的所謂「哀愁的調子」、「浪漫的調子」實在都是由外加諸內的意義，而非音樂本身的表達性能，它所能給我們的是平和之音、快速之音、放緩的音、拉緊的音。所以音樂是最抽象的。我們常常聽人說，這個曲子就是描述一條小河的流動……等。假如你換一隻他不熟識的曲子，亦即是他未曾閱讀過有關這個曲子的書，他就無法告訴你那個曲子「說」的是什麼，因爲音樂本來就不「說」什麼，聽音樂時最好不要心裏想着小河，把聲音都幻化到小河上面去了，而回到聲音的純粹的存在上。

但我們就不能說文字不「說」什麼（雖然，我們後來討論到藝術家如何可以衝破文字的基本性能而進入純粹的音樂境界去）。就是說，文字除了「音」的階層之外，尚有「意義」的階層，因爲它傳達一些思想、感情……等。這裏指的當然是文字的基本的區別，並不是文學上的基本的目的。

文字與繪畫在基本性能上有何分別？德人萊辛（Lessng, 1729-81）給了我們最重要的指示〔最重要的原因是通過了裴德（Pater, 1839-94），歐美作家都在無意識中爲推翻萊辛的區別而在表現上逐漸走向空間的表現，詳見Joseph Frank: Spatial Form in Modern Literature〕。萊辛認爲詩（文字）是連續性的，是時間的藝術；畫是一刻的捕捉，是空間的藝術；文字表現的世界，所呈露的物象是依次進行的，無法像畫一樣把四五個物象同時呈露。萊辛還舉了許多不同的區別，因不屬本文的範圍，從略。我們知道文字亦有呈露物象的性能（雖然與畫中的物象相異），但卻受限於時間的因素而不易（在理論上是不能）同時呈露，因爲呈露的過程必分先後。

我提出上面兩種分別的最大緣故，是要確立作爲藝術以後的文字的兩大階層：主題的結構（意義階層的安排）及語言的結構（意象與節奏的安排），從這兩個階層的討論而進入我們要談的藝術標準。但我提出這兩種區別的另一種原因是：中國的現代小說（過去十年間的小說）都先後在衝破文字的因襲性能而進入空間的表現（同時呈露）及節奏的雕塑。〔空間的表現一向是中國舊詩的特色，奇妙的是，我們的小說家通過了喬艾斯（James Joyce）而回歸到舊詩的格調，而艾芝拉・龐德（Ezra Pound）通過了中國詩而加強了他空間的表現。〕

## 二

我在「主題」二字的後面加上了「結構」一詞，不是爲了咬文嚼字，是要與一般人所說的「內容」「意義」有所區別。「內容」（泛指思想或情感）是進入一篇藝術品以前的東西，它不等於通過了藝術處理後產生美感經驗。許多人都忽略了這一個普通的美學上的常識，認爲激發作者的那點感觸就是完整無缺的成爲藝術品的東西，把語言視爲一種媒介，僅僅一種媒介。那進入作品以前的感觸好比是一塊餅，作品只是一隻手，把它交到讀者的手上。表面上，誰都不會那麼幼稚把一件藝術品看成「餅——手——餅」的過程，但所謂「文以載道」以及「警世」的批評，發掘作品中的個人思想、哲學的批評，以及三十年代盛行的文學功用說，其中都含有「餅——手

「餅」的骨幹。往往從作品中抽出了他們的所謂思想就代表了作品的全部，他們大大的發揮了存在作品以外的思想而忽略了這個思想（或感情）在作品中生長、變化的過程。任何創作者都知道作品的生命正是在該思想（感情）蛻變的過程本身，而不在哲理思維固定化的那個思想。正如錢鍾書在「談藝錄」中指出的，由心至口，由口入手，而不煩絲毫繩削的是不可能的，而且「往往意在筆先，詞不逮意，意中有詩，筆下無詩，亦復由情生文，文復生情，宛轉嬋媛。」到成品以後，已非原來的心象了。所以「主題的結構」不只是意義階層的安排，而且是意義採取了不同的方式所展開的態勢。我們先用李白的一首詩爲例：

胡關饒風沙　蕭索竟終古
木落秋草黃　登高望戎虜
荒城空大漠　邊邑無遺堵
白骨橫千霜　嵯峨蔽榛莽
借問誰陵虐　天驕毒威武
赫怒我聖皇　勞師事鼙鼓
陽和變殺氣　發卒騷中土
三十六萬人　哀哀淚如雨

且悲就行役　安得營農圃
不見征戍兒　豈知關山苦
李牧今不在　邊人飼豺虎

若問內容，誰都會說是寫戍邊之苦，寫戰爭之殘暴，但顯然以同樣內容爲中心的詩，多如牛毛，使這首詩不同於別的戍邊詩的地方，除了語言之外，就是我們所謂結構的問題。

這首詩中有兩種經驗面在分別進行，而這種經驗面又互相交切，而結於一點。那兩種經驗面即是自然世界的殘暴面與人類的殘暴面：時間爲切膚之秋，於塞北，朔風擾亂了大漠，謀殺着草木，奪其生命之顏色（綠）及肌膚（葉）：另一面是暴殺，慾望衝到城堵，奪去人身的肌膚，致白骨遍野，致「發卒騷中土」。朔風永不停息，殺戮永不停息。顯而易見，這兩種經驗面的「紋理」是一樣的，雖然外貌不同。（外貌屬於語言的結構上的問題。）

這種主題展露的紋理就是我們所提出的所謂「主題的結構」。以司馬中原的「荒原」爲例，我們所指的不單是其間的人爲的暴力（土匪、鬼子、八路）及自然的暴力（水淹、瘟疫、火災、乾旱），而是這兩種現象的層次、紋理及發放的角度，是分裂成塊狀的力量的互相衝擊呢？還是伸入復而湧出時間的隧道？這是從主題的結構出發的批評家所應該注意的問題。又如白先勇的

「支加哥之死」，我們固然要指出其間的一種完全獲得之際突然覺察完全失去的感受，但更重要的是從主角在打字機上打上「文學博士」到想像的打字紙上寫下的「凌晨死於支加哥，密歇根湖」這一個圓的前後、及中間的迭次的逆轉的情勢：圓的起點是博士的獲得，圓的結點是死，但圓的起點就是圓的結點。王文興的「草原的盛夏」表面是一隊士兵從早上到黃昏的一切活動，其間有雨有陽光……等，看來好像全然是外在描述，但當我們了解到，這一切活動的呈現是牽涉到由上向下望的角度的時候，這些平凡的事物就昇騰爲神話與祭禮的意味，一個高高在上的不爲我們所見的神，在俯視着過去人類的活動、現在兵士一天以來的活動、以伸張到將來人類的活動，第一種和第三種活動就因爲作者採取了這個角度（其間還加上了節奏的暗示）而隱約的重疊在第二種活動的平面上。同樣把司馬中原的「洪荒」看作性慾的發揮是表面的，主角古吉實在是一個現代的舉棋不定的漢姆萊脫，僭取了古代英雄的姿態，去征服女性的世界。

主題的結構與一般所謂「內容」最明顯的分別，莫過於陳映眞的短篇小說。「文書」「將軍族」「淒慘無言的嘴」及「一綠色之候鳥」都是環繞着「死之迷惑」放射出來的作品。但看看這種迷惑所採取的四種不同的體現！「文書」通過了精神分析的程序，利用了一種神秘形象（貓）漸次重疊（死亡的重疊）加深（死的迷惑的加深）至爆烈爲殘殺。「將軍族」中命運的隱約的連鎖，使男女主角（康樂隊——儀仗隊代表死中的旋律——的小人物）突然覺察永劫的暴力，以「慷慨就義」的姿態自殺而死：從死中扮演去維持一種驕傲。「淒慘無言的嘴」裏面的敍述者，在精神病逐漸復原的時候，散步到醫院的外面（精神正常的世界？）見到了一場死亡，一個淒慘無言的嘴。外面的世界和病院裏的世界是相同的錯亂（至於作者有意用最平和最安詳最緩慢的風格去敍述，正是加強，一方面是遮蓋、那種湧復的淒慘無言的死）。在「一綠色之候鳥」中，陳映眞在綠鳥的神秘降臨到其神秘失踪之間雕塑了一連串死亡。好比綠鳥是一定點，每一個死亡是不同的圓，每一個圓的圓周都與定點相切，因爲每一個死亡的骨幹都有一點相似（都在同一個喜悅中死去），但又各具其不同的內涵，而死因全部神秘。

這些簡短的說明當然無法給於每一篇作品全幅度的處理。但在此，主要是辨明主題所通過的幾種態勢而成的結構，至於其最後價値，當不在本文的範圍之內。

讓我們轉到「語言的結構」的問題來。

在李白那首古風中，我們談到兩種經驗面紋理的類同，紋理的類同自然就產生內在的應合，但構成這兩種經驗面內在的應合卻是由於語言的力量。這種內在的應合有兩種：(一)形象的應合——「風沙」的形象應合「發卒『騷』中土」的形象；「木落秋草黃」的形象應合「邊邑無遺堵，白骨橫千霜」的形象。（應合程度，參看我前面用散文所複述的部分。）(二)語字間的結合——上面我說過這兩種相切的經驗面歸結於一點，那一點就在「殺氣」一詞上面。「殺氣」一詞最早用於「呂氏春秋」的「仲秋篇」中（該部分卽禮記月令篇的藍本）：「殺氣浸盛」，原來是用以描寫北方秋天的肅殺之氣的，因其取象於殺，所以又用以描寫兵事，於是，「殺氣」一詞就成爲收放上述兩種經驗面的基點。

我們可以這麼說，「主題的結構」（有時我們可以稱爲「格局」），多多少少可以藉着邏輯文字（如批評文字）的重述而窺得其結構的大旨，甚至很愼重去編織的、複雜而引人入勝的結構，也可通過覆述而獲其趣。（譬如王文興的「玩具手槍」，白先勇的「玉卿嫂」，早期的張愛玲的小說如「金鎖記」，朱西寧的「鐵漿」及「劊子手」等，在經過細心分析其紋理以後是可以傳達其間的三分之二的姿式的，譬如夏志淸論「金鎖記」時那段扼要的描述。）但語言的結構往往不易通過傳述可以獲得，說得更正確點，語言的結構所產生的內在的應合，正是消除主題的可述性，迫使批評家回到作品本身去感受其間的完整性的一種手段。王文興的短篇，陳映眞的全部短篇，白先勇的「香港・一九六〇年」，司馬中原的「黎明列車」「瓶花」都必須從其意象及節奏的處理上去感受，有時在語言本身（超出意義、意象的層次以外）寫小說，往往令人難以斷章的加以討論。

先以王文興的「母親」爲例。「母親」一篇雖然極短，但無法全篇錄下來指出其內容的應合的多線方式，我們仍得藉主題的組織來討論。「母親」用的是場景、意象並置的方式，表面上第一場景（A）與第二場景（B）與第三場景（C）與第二場景（D）毫無關係（至少在敍述上是不相連的），但我們依着語言的指示，會發現大部分的主旨（近乎音樂上的 leitmotif）在第一段裏已佈下。以下是各段的扼要層次及應合：

（A）中午，太陽强烈地照着城郊，河對岸的碾石加工廠馬達樸樸。（暗示着B）

（B）蒼白帶病、神經質的母親的囈語式的獨白（應A），喚着兒子貓耳，覺得看不透他的心思，又想到新搬來的鄰居離了婚的吳小姐，她不屑與離了婚的人來往。

（C）貓耳在樹蔭下（逆轉及對比A），做成年人的驕傲（對比B），等一個人。

（D）吳小姐出現，他跟着到她家去（應C），通過吹開的臥室的簾布，他看見她全身裸露。她穿好衣服出來，請他吃糖。

這裏只依骨幹，未依血肉去分析其應合，篇中每段的細節還有更潛藏的字句上、音調上、感覺上的應合，舉第一段爲例，（節文中abcd是段內的應合，ABCD是應合其他場景）：

七月的太陽，如一首無聲（a）的音樂（b、B），從早晨一直嗡嗡地唱到晚（b、B）。過了正午，這一帶郊區的稻田……沙灘，都靜靜地（a），充滿耐性地（c）伏着（B），裹身於稀薄的灰霧中（應B、對比D）……在迷漫了白烟的藍空裏，固定地偃臥着一堆白雲，它們肥胖的身軀（D），毫無忌憚地舒展開（D），像懷孕的母親（B加上D，母親與吳小姐的疊合形象），躺在床上休息（B）。河裏的水已枯淺（B）……河的對岸有一家碾石工廠……工廠的馬達傳出樸樸的聲音（b、B）……。

在一種似乎是表面上的描寫（時下太多人只知道表面的描寫）暗藏着主觀的感受，利用主旨的複疊（一如音樂裏的組織），又利用平面的相切而獲致了音樂的雕塑的意味，這些就是王文興在「母親」裏獨特的內在的應合所完成的效果。

我想不用我指出，讀者會覺察到這種方法與舊詩中的「呼應」是如何的類似。於是我們就不禁想到我們的傳統小說裏幾乎完全沒有追求詩的組織及意味的小說——一九六三年弗烈曼（Ralph Freedman）設法在批評中建立的文類：「抒情小說」（Lyrical novel）。王文興的「母親」雖是短篇，但其組織既如中國的舊詩，其意味又屬音樂與空間的玩味，可以說已具「抒情小說」的條件。

弗氏一書是專研 Herman Hesse, Andre Gide, Virginia Woolf 的著作，主要是討論小說家如何超越外象而進入純粹的內在世界，但他還沒有牽涉到一個更有趣味的問題，即是把「意識流小說」（抒情小說的一種）改編爲電影所產生的效果，和那效果再被應用到小說以後所顯露的事實。討論這個改編過程深入的，莫過S．M．艾山史坦（Eisenstein）在「蒙太奇」技巧（爲艾氏所發明）時所拈出的「內在的獨白」的問題，它提供了我們討論另一種語言的結構以最好的起點。

「內在的獨白」這一問題，產生於艾氏想應用喬艾斯的「尤里息斯」（Ulysses）的「內在的獨白」去改編德萊塞的「美國的悲劇」爲電影（艾氏事先和喬氏在巴黎商討過的）。他描述電影裏的「內在的獨白」的結構是這樣的：

一若思維……或以視覺意象馳行。或以聲音，併發或非併發者，或純以聲音，無形的。或以聲象：全然具體化的聲音……

突然，成於知性的語字……以一幅黑色的銀幕，一種除卻意象的視覺性衝行。……

或全然靜寂裏視覺意象競賽着……

然後插入行動的外在路程，外在行動的因素插入內在的獨白裏。

好比在角色中呈現內在的戲劇，種種疑惑的衝突，種種激情的爆發，理性的聲音，或高速，或緩進，任彼、此不同的節奏突出，對比着外在行動的空缺的是，臉之如石的面具後面，一種近乎發熱的內在的爭執（Film Form, 1949，一〇九頁）

這種以語言結構模擬內心世界的結構所強調的「動速」，起碼有兩種節奏：第一種我們可以稱之爲「映象的節奏」（指視覺意象），第二種我們可以稱爲「心象的節奏」（指思路的節奏）。

第一種通常是視覺藝術的領域，因爲文字中所呈露的映象與視覺藝術所呈露的映象是不同的。後者是眞象（畫面上一間屋就是外貌俱全的屋），前者是假象（文字裏的屋是一間形而上的屋，外貌隨思想的人而變）。因而我們在文字裏用的「象」，被稱爲「意象」，而抽象繪畫實在要打破狹窄的外貌的象而回到文字裏的形而上的象。但奇妙的是，小說家，有意或無意的，企圖在意象的組織裏，打破邏輯的桎梏，重現其視覺性（雖然仍是假象），進入電影中的「映象的節奏」。

我們在此要舉的例是司馬中原的「黎明列車」。在這篇短篇中，邏輯的思路是不存在的。全篇起於對於一張臉的迷惑，過去、現在，及想像中的場景、氣氛、聲音、聲象，都先後在動速中（或進或出）重疊在這一張臉上面。而在進出中的過程中，尤似電影中的「淡入」，這樣一篇小說是無法拈出主題的結構，亦無法節錄段落來討論的。我們在此試圖抽出一二段，來看看這是如何近於艾山史坦的描述。

她出現在車廂入口。並且走過第一盞燈和第二盞燈。那麼她似乎應該選擇我對面的座位一如十年前我們共倚那一座碑石。車列再次鳴笛。月臺音樂如一灣遙遠地方似曾相識的流水。她擡頭望望第三盞燈……她落在我所想的座位上。月臺音樂漸遠。代之而起的是

由前到後　喀隆喀隆喀隆……

由前到後　車輪的交響

空間旋動　喀隆喀隆喀隆……

時間旋動

無定向的風拂起她絲網下的長髮。

七盞燈全在亮着。七塊方方的檸檬黃的牕光在軌外的卵石上閃逃。車牕玻璃上面映着七盞燈的影子。車廂的影子。我和她的影子。一間不屬於這世界的寧靜的小室與列車同行。她的側影緊貼着玻璃中的她的側影……牕外灰色的原野上映着她的影子。她的影子中間流動着旋轉的原野的風景……

她仍坐在那裏。她的臉被火光照過被砲彈的霰花照過……

「黎明列車」中的意象多半是烟霧裏的玲瓏，所以訴諸視覺多於知性。（至於讀者要用知性將之併合，當發生於視覺經驗之後。）其進行的過程及方式之接近於艾山史坦的描述，已不用我們指出。

與「映象的節奏」相異其趣，而近乎電影襲用以前的「內在的獨白」的，是白先勇的「香港」裏所代表的「心象的節奏」。「香港」訴諸思維的內在的進行多於映象急速的交替，但模擬「動速」則一。我們抽一小段以觀其旨：

我只為眼前這一刻而活。我只有這一刻。這一刻。懂嗎。芸卿哭出了聲音，說道，至少你得想想你的身分，你的過去啊。你該想想你的家哪。你是一個有身分的人，個個都知道你的名聲。你是說師長夫人？用過勤務兵的，是吧？可是我也沒有過去。我只曉得目前，懂嗎？目前。師長夫人——她已經死了。姐姐，噢姐姐。你唬人得很。……姐夫活着的話他要怎樣說呢？人人都在說。他們都在說你在跟一個噯，姐姐。你不能這樣下去。他們說你跟一個但是我們是註定滾在一堆了，他說道。我們像囚犯一樣鎖在一起了。……當然我喜歡你送給我的開什米大衣。但是我更愛你這雙豐滿的奶子……到底我們是註定的了……瞧瞧我們赤裸的身體，是不是有點像西洋人聖罪上講的什麼亞當與夏娃？……走吧，姐姐　芸卿默默的抽泣着，你不能這樣下去。……

映象或心象的節奏都是小說裏不可或缺的條件，但如「黎明列車」全篇重心在映象的節奏的，如「香港」全篇重心在心象的節奏的，只可以在短篇小說裏發揮，進入長篇以後，就只能溶入某些「剎那」的刻劃中。所以在一篇幅度較大的小說中，往往是映象與心象兩種節奏均衡的（交替或溶合的）模擬；如果作者採用的又是較爲傳統的敍述方式，而非着重尖銳的時空的揉合的，就很少過分強調單面節奏的模擬。

從上面的幾種內在的應合結構中來看，作者雖或重映象或重意念，但它們都依賴某種重叠則一。王文興「母親」裏用的主旨重叠、外象異貌（工廠馬達聲和母親的囈語在外象上異，其單調則一）；司馬中原「黎明列車」中用的是映象重叠（見前）；白先勇的「香港」中意念的重叠，如下面這句話：

「他們說你跟一個（芸卿向女主人翁說的）但是我們註定滾在一堆了。」他說道。

「但是我們註定滾在一堆了」這句話既是答芸卿的話又是「他說道」的內容。

映象與意念的重疊，在陳映眞的近乎出神狀態中極度緩慢的節奏下（比說話的一般速度起碼慢一倍），就成爲一種神秘的應合，或者我們應該說，其迷惑本身就是最具收放能力的綜結。陳映眞的短篇小說幾乎完全不能斷章的，我們必須從頭到尾依着其內的獨白（「文書」裏的自白書就是一種獨白）的進度去進入死的迷惑的本身，一旦進入了迷惑的內裏，讀者已不需去分析及重新組織作品。爲了說明的方便，我們約略的敍述其結構。（這裏只談他的「文書」。）

安某的自白書一開頭就是神秘的「牠」的出現：「回想起來，第一次看見牠，便是我十歲的那一年。」「牠」是什麼？在一段敍述以後，我們發現是一隻「極幼小的鼠色的貓，用牠綠得很的眼，注視着」，但這個物象是同時疊在馮炘嫂上吊那個形象上的，如是，一次又一次的死亡的事故（老秦故事裏被兵士殺光的百姓、他所加了槍殺死的關胖子、他退伍以前槍斃的一個少年、和他妻子的弟弟在他婚前之被槍斃。）忽然都因着妻子養的一隻鼠色的貓而一一出現、一一重疊起來，在妻的臥室裏：

赫拉的又是那少年站在我們的床邊。他的臉色蒼白，在夜天的迴照中，十分柔美而和善。我的心悸動着，我在茶几的抽屜裏握住左輪，對着他開放起來。少年也就那樣簡捷地仆落在床上，不料卻成了關胖子的伏臥的死屍。我於是又朝着胖子連發兩槍，槍彈打翻了他的身體，忽然又懸掛在半空裏了。馮炘嫂背着我輕輕地盪着伊的影子。我不住地發着槍，直到彈盡。槍聲過後，仍復歸於夜的寂靜。不見了少年，不見了馮炘嫂的擺動，也不見了關胖子的開花的胸膛了。一床淋漓的血，僵臥着鼠色的貓。妻、我的妻，我的妻竟也仰臥在血泊裏。她彎着一隻白皙的腿股，右胸染滿了鮮血，膠貼出伊那一小手把的乳房。

雖然司馬中原的「黎明列車」及白先勇的「香港」的語風上比其他幾篇有自然流動的傾向，但組織上，和他篇一樣，是經過構思的。

## 三

為了便於討論，我們把小說的結構分成「主題的結構」和「語言的結構」兩方面。但一篇好的作品的起碼條件應該是：「主題的結構」就是「語言的結構」，「語言的結構」就是「主題的結構」。(我們目前不談偉大的問題，我想，偉大的作品除了這種起碼的合一外，還應在上面加上「複雜」二字，換言之，當作者能用複雜的語言的結構來應合複雜的主題的結構時，我們就開始考慮「偉大」的存在。）

實際上當我們討論王、白、陳、司馬等的語言的結構時，我們實在已經觸及主題的結構了。換言之，當我們發現其中一種結構超過另一種結構的時候，我們就有權懷疑其完整性。語言溢過主題的結構的，如司馬中原的「靈語」。（用了極度傷感主義的濃彩文字——其間還加上舊詩中的爛調——去放射應該是金石構成的「穿過悲劇，便無悲劇」的感受，我們只能喚之爲「殘缺美」。）主題的結構遠勝於語言的結構者多於牛毛，不必舉例。其結果當然是風采全缺的。

讓我來談一個很特別的例子：於梨華的「又見棕櫚，又見棕櫚」的一種處理上的缺憾。我想讀過於女士以前的東西的人，再去看「又見棕櫚——」，不難有些喜悅，因爲有許多場景及意象都頗具確切性的（亦是她以前的小說裏沒有的），但從結構的應合這一個角度來看，就發生了「不稱」的問題來。

「又」書裏有三個很顯著的主題：

（一）我們可以稱爲「浪子的追望」，這一個意念我是借自紀德的「浪子回家記」的，在紀德的「浪子回家記」裏，寫的是浪子回來後，先後向父、母、兄認錯，甘受他們的責罵，然後，母親向他說，你弟弟正要出走做浪子，你是從苦中回來的人，你趕快勸勸他，但當浪子去勸他的弟弟的時候：

弟：「那麼，你為什麼放棄呢？你真的那麼疲憊了嗎？」

浪：「不，還沒有，但我有疑惑。」

弟：「你這個怎麼說？」

浪：「對一切疑惑，對自己。我想停下來，安居在某一個地方。這個主人（父親）給我的安樂是一個誘惑……是的，我清澈的感着，我失敗了。」……

弟：「但開頭呢？」

浪：「我去過廣闊的野地，走了很久，很久。」

（弟弟指向一棵野石榴）

弟：「我知道，這石榴是苦到不能入口的，但我相當渴的時候，我會咬進去。」

「又見棕櫚」裏的天磊從美國歸來，頓覺家甜如蜜，對美國已無去意，但其未婚妻（當時仍爲女友）意珊則躍躍欲去，她說：

你如果和我結婚，就要立刻帶我去美國……我想去看看外面的世界，我想到臺灣以外的地方去嘗嘗生活的味道，卽使苦，我也願受。

意珊現在的急切的欲望亦是天磊當年要出國的慾望，亦是弟弟與浪子要棄家出走的慾望，亦是詩人W・H・奧登大部分「行旅」詩的意旨。這個主題本身當然是很有意義，因爲它不但代表了一個人的慾望，而代表了全部年輕人必有的一種恆常的需要，其意義是超脫時間的。

（二）我們在「又」書中發現從美國回來的天磊，在在覺得自己已世故、老成，對事物總帶感慨之意。但他沒有想到，被機械生活、牛馬生活磨練了十年的文學博士，還得要回到臺灣以後才「成熟」，而且是由他的沒有出過國、沒有受過「磨練」的妹妹天美所啓發。天磊在答應帶意珊去美國及決心留臺之間、在愛情及事業之間無法有勇氣去作決定。終於由天美一言點破。這一個主題有種使人驚覺的作用，而且又是通過暗藏的逆勢而突出的，所以也很深刻。

（三）第三個主題則是天磊回來以後意識裏兩種生活、兩種感受（在美、在臺）時時刻刻的並列和對比（結論大致是外國不如家園）。

以上三個主題，以其意義的重要性來說，應該說第一個比第二個重要，第二個比第三個重要。那麼，很顯然地，語言的結構亦應按照這一個層次去應合，亦即是說，要使小說拉緊有力，應給第一個主題最中心的處理，其他則給於較不明顯的位置。

但「又見棕櫚——」的作者剛巧取了相反的方向，給第三個主題最濃密的處理，其他兩個主題反居其次。結果語言的結構既非貫徹第一個主題，也就無法加深這個主題。「又」書就落入一個單調的進程中，好比一個遊客，每到一地，必發一想，如是就可以應「並列與對比」之需；但因爲這種進行是平面性的（而有時所見之景所發之思又會重複，例如吃的場面太多），就無法遞增至一種飽和的意義和感受。使一本原來可以很成功的小說變得有避重就輕、失去平衡之感。所以我們說：主題的結構必須依存於語言的結構裏，始可以有藝術的完整性。步入了以結構的呼應爲中心意識的完整性，我們始可以言「好」，始可以言「偉大」。

## 四

我們一旦了解這種雙重的結構裏互相依存的事實，我們在進行批評一篇小說的時候，就無法偏重單面的結構，更不應該抽譯出篇中的內容作爲小說的全體。首先，我們必須要認識作者用何種語言的結構（映象的節奏？心象的節奏？等等）去克服或調合何種主題的結構，然後再看其間是否達到了平衡及飽和。換言之，我們必須先把握作者的中心意識形態（譬如有些人重主題的結構不重語言的結構新創，有人重音樂性而不重主題的複雜性），然後注意作者達成這個意識形態的過程。這一個批評的基點，我將試圖在一連串個別的研究中逐漸的體現與明辨。

——一九六七年四月於普林斯頓

# 水綠年齡之冥想(1967)

## ——論王文興「龍天樓」以前的作品

我無顧於所有舟中的夥伴
……
當嘩濤處決了我的拉縴夫
河就任我隨心所欲的漂下
降入潮湧憤怒的衝浪中
……
甜味勝過孩童初試的酸蘋果的肉
綠水侵入樅木的船殼
而為我洗濯藍酒的漬及嘔物……

Rimbaud：醉舟

我在討論現代中國小說的結構時，曾拈出王文興的「母親」（一九六〇年五月五日刊出），指出他如何在表面的描述裏暗藏着主觀的感受，如何利用光、色、觸覺意味、律動的複疊，使原來是並置（而敍述上不相連）的經驗面獲得了類似舊詩中常見的內在的應合。第一段表面完全是外在景物的描寫，但小心一看，每一景物與其他的段落的景物比較，外象雖異，卻有某一程度的溶入。現只舉其中的一個姿式爲例（詳見「現代中國小說的結構」一文）。在第二場景裏，貓耳的母親在「空洞」「寂靜」的房間裏的囈語起碼具有三個特色：（一）節奏是單調的。（二）單調的因素是周圍「空洞」「寂靜」。（三）母親的神經質的狀態是生命的逐漸由盈至缺。這三個題旨在第一段的景物裏都有了伏筆。

> 七月的太陽，如一首無聲的音樂，從早晨一直嗡嗡地唱到晚（靜中之聲及其單調感）……白雲……像懷孕的母親（逆對在病的母親卻暗示第四場景的豐滿身段的吳小姐），躺在床上休息。河裏的水已枯淺（盈至缺）……河的對岸有一家碾石工廠……工廠的馬達傳出樸樸的聲音。（碾石的聲音扎耳及刺激神經，馬達的聲音則單調一如囈語。）
>
> ——「現代文學」第二期六七頁

我想，在這一個小小的例子中，就不難看出外在的景物如何不斷地衝入內在的世界，而成爲主觀經驗的一部分。換一句大家都掛在嘴邊的話，情景已交融——舊詩中要求的起碼條件。「母親」不是一篇驚天動地的小說，只是一個令人喜愛無比的小小的雕塑，王文興所用的「暗藏意旨」的方法，其實是寫小說的人所應具有的起碼的條件，但如果我們看時下的小說（包括暢銷小說），有多少景物的描寫是具有這種衝入內心經驗的作用的？有多少考慮到意象之間的交錯玩味與應合的？

這是一個嚴肅的問題。

外在景物的呈露完全是爲了滿足讀者視覺的習慣嗎？它們在小說中的出現是因爲（一）主角行經某地必須將該地（雖然是想像中的地方）描寫？或因要帶領讀者去會小說中的主角而必須寫：「從街角望過去，是一排柳樹，柳樹後面是一排光鮮的平民住宅……」？還是（二）爲了應合小說裏的主觀經驗？如果是前者，那與司馬相如的子虛、上林裏的鋪陳有什麼兩樣？最多只不過贏得西京賦的作者的美譽而已，與內在經驗的激放幾乎是風馬牛不相及。

忽略了外象的內在意義，而只爲滿足表面描寫，這種現象固然比比皆是，即王文興自己的早期作品裏也免不了這個缺點。如果我們把他一九五九年四月二十日刊出的「殘菊」和同年八月二十日刊出的「下午」相比較，我們會非常驚異其間的差別——即是，就外象是否具有衝入內在世界的意義這一點來說。「殘菊」的開端是這樣的：

郭慕賢和林萱這對夫婦跟別的老師們一樣，住在與校牆只有一路之隔的眷屬宿舍裏面。眷屬宿舍是一列可住十家的瓦頂木質的綠色平房，每家的房間形式相同，進門是客廳，左邊有間小些的臥室，後面一進是厨厠，屋後都有塊小院子，用空心磚起的牆和隔鄰的小院子分開。在這小院子裏可以養鷄，可以曬衣服。屋子前面原是一片十家公用的平坦草地，一條條筆直的白色的水泥甬道，從每家的房門口伸出來，把這片草地整整齊齊的劃分為幾格……

——「文學雜誌」六卷二期五六頁

這樣的描寫繼續了好久，我們才注意到房間的一瓶殘菊（及微微感到殘菊的象徵意味）。但這個意象之前的全部描寫與篇中的主觀經驗毫無瓜葛可言。其間的景物沒有一樣能如殘菊二字所能引起的起碼的聯想：㈠殘表示已過盛放之期而趨於沒落；㈡菊原是被賞玩之物，現在卻已凋殘，再無迷人之處。這起碼的兩點多多少少是象徵着郭慕賢與林萱的婚姻生活後面的沉悶、單調及誘惑力的喪失。但爲什麼需要一段與報導文學無異的開端呢？其實，「殘菊」是可以從第二段做開始的，而且比增加了第一段爲佳。

大家會說，「殘菊」那樣的開端不是很普遍的寫法嗎？是的。如果我們硬要在小說裏劃分傳統與現代，「殘菊」是很傳統的寫法，但這種應時地而鋪陳的細描正是現代小說家所竭力逃避的，（至如眞正成功的現代小說家如何把這種傳統的方法賦與新的表現力，我們以後會論到。）

我們稱之爲傳統，因爲這種外象鋪陳的基礎是出至模擬論的：視文學的任務爲鏡子，反映現實（他們認爲照相式的記錄下來的景物卽是要反映的對象）。當然，眞正了解「模擬論」的人就不會把模擬局限於「反映」。但與現代最格格不入的卻是模擬論的這一點。小說家只覺得有敍述上的必要，往往忽略了「溶入」的必要。文字功力如張愛玲的，其早期作品，包括「金鎖記」在內，語言漂亮極了，但有許多外象始終是外象而已，不如她後期的短篇裏那樣講求突入內心的一刻的捉摸。

我們如果讀王文興的作品時，按其寫就的先後去看，就會發覺到他是如何的在設法掙脫這種傳統的束縛。一九六〇年五月五日的「母親」固然是很明顯的反傳統（但襲用了舊詩的傳統）的方法之一（論已見於上，不贅）。但使他眞正的衝出這樊籬，而開出他後來的獨特表現的，卻是離開「殘菊」才四個月的作品「下午」（一九五九年八月廿日刊出）。雖然，在「下午」刊出以後他還試過別的辦法，最戲劇化的例子（在他小說的發展過程看來）莫過於用僅僅三百字左右寫成的「最快樂的事」（比很多詩還短）：

> 寒冷的上午，爬進樓下的街，已經好幾句鐘。這個青年人睜開眼，仰對天花板呆視良久。他套上毛衣，離開床上的女子，向一扇掩閉的窗子走過去。他垂視樓下的街；高高的前額，抵住冷玻璃。冰冷、空洞的柏油馬路面，宛如貧血女人的臉。天空灰濛，分不出遠

近的距離，水泥建築物，停留在麻痺的狀態。同樣的街、天空、建築，已經看了兩個多月，而至今，氣候仍未有轉變的徵象。

「他們都說，這是最快樂的事。But how loathsome, ugly it was!」他對自己說。

幾分鐘後，他問自己：

「假如，確實如他們所說，這已經是最快樂的事，再沒有其他快樂的事嗎？」

這年輕人，在是日下午自殺。

——「現代文學」第五期九三頁
一九六〇年十一月十日

這篇作品幾乎和「殘菊」的方法（但非指題材方面）成對比：枝葉幾乎去盡，只剩下故事最純粹、最核心的存在。作者只把捉住一刻鐘的眞質的顯露，而放棄不必要的描寫。（對王文興來說，「寒冷的下午，爬進樓下的街」要演繹爲「殘菊」那樣的開端，是輕而易舉之事。）我們可以看出作者是多麼的被「必需的物象」這一個念頭所迷惑着。「最快樂的事」和「日曆」（一九六〇年九月五日用同類的方式寫的作品）所代表的，不僅是要試圖開出新的表現方法，而且是對於「殘菊」那種方法的反叛。

「母親」叙述的連鎖切斷，追求經驗面的交錯玩味，利用光影意味及律動的複疊來獲致內在的應合。「最快樂的事」去枝葉，留最純粹的一刻。但小說的起源總是和講故事有關，「母親」那種微妙的結構用諸短篇則可，用諸長篇的作品則不易（其實是無法）取得「永久的應合」。譬如「反小說」的法人 Robbe-Grillet 的長篇小說，則太注重經驗面的交錯玩味，許多場景雖然有「自身具足」的美，與小說裏中心的主觀經驗（至於每一印象、每一場景別具的主觀經驗不在此限）往往沒有應合。問題還是在小說裏所無可逃避的「敍述上」的問題。短篇易於應用詩的結構（反過來說，眞正的長詩——假如這個時代還能寫長詩的話——也必需借助於「敍述」），長篇則還需依賴某種程度下的敍述形態。至於「最快樂的事」，從某個角度看來，是很像一首散文詩的意味——譬如一刻間突然的悟。但「最快樂的事」是可一不可再的，如果有一本集子全是這種作品，讀者會將之撥入另一種文類，近於敍述性的，或稱之爲「小小說」，近於意象交錯的玩味的，或稱之爲「散文詩」。（散文詩到底是個交配種，所以有人甚至會稱之爲詩以示區別。）

「母親」和「最快樂的事」，雖然都是很美好的作品，但這種技巧只能溶入長篇作品的片斷裏，所以也終究沒有解決了王文興的困惑。現在的問題在：㈠如何在傳統的敍述方式裏暗藏主觀經驗。㈡如果爲了敍述上的需要而牽及許多外象的呈露時（在較長的短篇裏尤其無法避免），如何可以將之黏在一起，而不必使每一個外象都射入內心世界。（射入內心世界的是黏在一起的一組外象所形成的氣氛。）這自然就觸及所謂個人的獨特風格的問題。

從這個角度來看，「下午」雖然比「母親」早寫，卻是王文興小說裏最重要的轉機，它給後來的作品鋪下了路。我們現在看看「下午」裏的發展層次，然後再拈出其表現上的問題。

「下午」是寫一個十歲大的下女阿銀在沉悶無比的下午，單獨一人在王太太家看顧熟睡中的阿毛（沉悶、單調、孤獨感是王文興作品裏最顯著的主題），阿銀玩心未泯，但阿毛在熟睡，無法遊戲；她起先作了種種的假想，假想自己行船遇難，如何游泳脫險；這時突然意識到有個東西在移動，使她驚恐萬分，在客廳上抱頭沒命的跑，衝入毛弟睡的壁凹，把毛弟弄醒了，既然毛弟（尚是嬰孩）醒來，乾脆就把他弄起來玩，但毛弟還想睡，大哭特哭，爲了止住哭聲，阿銀硬塞他喝奶，還一面唱歌，但幾乎把孩子窒死了，吐了一大口奶，拍了好久的背才算沒事。阿銀跟着想逗阿毛，自唱自舞，近似瘋狂，披頭散髮，又扮鬼嚇得阿毛大哭；後來又玩賣東西，阿毛只在發楞，玩的還是阿銀自己在自說自玩；然後又玩賣孩子，硬把阿毛塞入椅腿裏，推着向牆下貓頭鷹和十字架上的耶穌兜售。最後玩捉迷藏，把阿毛裏在血紅的被窩裏，玩小鷄從大鷄蛋生出來，玩與正酣，她叫着「一、二、三！」然後

……把被窩一掀掀開，突然她呆住了，隨後發出一陣恐怖的尖叫：毛弟閉着眼睛，已經停止了呼吸，鼻孔流血，臉像一塊光滑淺藍的磨刀石。——「文學雜誌」六卷六期六六—七七頁

「下午」可以說是一篇心理小說，但透過象徵的暗示力，寫沉悶與孤獨，不知不覺中使人至瘋狂的邊緣而結束於一種死亡。死的可能、死的意味貫徹全篇：沉船遇難（想像的死），小孩吃奶窒息（奶是賦生之物，而在此幾乎變作死亡之手）等。其實，死的意念在作品一開始就隱藏了：

> 下午是陰冷而又靜悄悄的。十歲的阿銀跪在榻榻米上，伏着窗臺，擺着小竹凳子不坐，遥自癡望着血紅杜鵑花叢後面的大門發楞。大門關得緊緊的，過年時剛油漆了一遍，紅得像新鮮的豬血。………

「下午」與「殘菊」的不同是顯而易見的。在這裏，幾乎每一意象都應合着篇中的意旨。「陰冷」「靜悄」應着沉悶、孤獨；「血紅色的杜鵑花」、血紅的門、和「血紅緞面的大棉被」（暗示着血與死）和結尾的流血絕不是偶然的並置。就連「大門關得緊緊的」和阿銀欲衝出的、緊閉的玩心，和阿毛之窒死於包緊的棉被都有着相當的呼應。

我們可以看出，「下午」和「母親」刊出的時間相差八個月，「母親」裏所用的內射的方法在「下午」裏早已伏下。

但更重要的是，「下午」還開拓了王文興後來的作品的兩種常見的表現型態：㈠以律動的遞增的建立來黏合作爲小說的統一的中心；㈡以出神狀態的冥想作爲小說的呈露的樞鈕。而這兩個表現的型態，正幫助王文興解決了我們在前面提出的兩個問題：㈠如何在傳統的敍述方式裏暗藏主觀經驗；㈡如果爲了敍述上的需要而牽及許多外象的呈露時，如何可以將之黏在一起，而不必使每一外象都射入內心世界。我們分別來討論這兩種表現形態。

當阿銀假想她游泳脫難以後，她忽然開始害怕起那想像中的黑暗與靜寂來了：

……突然感覺到，這座房子裏面只有她和毛弟兩個人，毛弟在睡覺，所以等於只有她一個。她豎起耳朶仔細地聽，整座房子好像也豎起了耳朶仔細地聽，周圍的寂靜，頓時比剛才增加了好幾倍。臥室中兩面是牆，兩面是紙門，紙門上印的是無數紫蝙蝠。兩面的紙門都是半閉着……這兩扇半開的門使她擔心，她的眼睛就往這兩個缺口搜來搜去。她想，可能有件東西，也許是個人，也許不是，正躲在客廳裏，或者正躲在走廊裏。這東西或許就在她剛才不注意的時候，偷偷進來的，或許好久以前就已經潛伏在別人找不到的地方。「它」的形很模糊，彷彿是張着嘴巴，瞪大緊張的眼睛，蹲着走路，兩手碰地，不過手脚都不會弄出一點聲音，剛才「它」在走，伺機向她迫近，現在知道她注意了，於是連忙停止。「它」在那裏？似乎就在走廊裏，就在紙門後面，耳朶貼着紙門，在偷聽她的動靜。她手發冷，連動都不敢動一下。聽！「吱呀！」是地板被「它」壓響了！她惟一的辦法只有冒險跑過去把兩扇紙門都給拉上，她掙扎了一下，終於鼓起勇氣，慢慢兒站起來，眼睛一眨也不眨，眼簾微微垂下一點。然後她飛也似的奔向通客廳那一角，低着頭，一眼都不敢向外看，嘩的拉上，再奔向通走廊的那一扇，又嘩的拉上，可是就在這時，一聲摧心裂肺的金屬巨響，突然從這凝結的空氣炸了開來，她恐怖地尖叫……

—六八頁

不用我指出，讀這段時候，讀者的情緒會隨着其動速遞增，在「它」注意她以後，進度越來越快，情緒越加拉緊。

這種律動一旦建立，主角（或作者）所見所想，不管何物，不管它是否具內射作用，都會自然地成爲這拉緊的一刻之不可分割的部分。好比在激流裏所見的景物，每一件景物的呈現都被裹在那股衝力裏——因爲景物也隨着流動而翻騰，這和止水上所見景物就大有分別，止水上可能佳境無限，但不盡調協爲一；在激流裏，景物與流動已黏爲一體，我們所感到的就是那股力，和那股去勢或來勢。在「下午」裏，那一刹那本身就是主觀經驗（心裏歷程），所以更易溶而爲那一刹那之中。其實，只要作者用文字把捉了某一種情緒或狀態動速，任何傳統的敍述方式都無需逃避，因爲字與字之間、意象與意象之間都已因着「動速」被擒住而黏合了。在這種情形之下，我們再無需追問某意象是否具有象徵作用或主觀經驗，我們只問由它們構成的那刹那（有時可以過數千字）本身是否具有那些作用。當我們稱某人有「風格」的時候，我們實在不重視文字是否秀麗，而比較關心它們是否已擒住了別人無法擒住的某一個刹那的律動。

在王文興的作品裏，完全以律動的塑造爲小說的主體的有「大風」（意志力的律動）、「海濱聖母節」（命運激盪力的律動）、「草原的盛夏」（祭禮式的律動暗示生命的儀節意味）。

「大風」（一九六一年）是通過「內在的獨白」來塑造一個三輪車夫載客與颱風及暴雨在橋上搏鬬的力的表現，因爲作者取的角度是由內而外，外物自然就染上主觀的色彩（不管其有無象徵意義），關於這一點，因屬「冥想式的表現型態」，我們留待後面詳論。這裏拈出「大風」裏「動速」的一面，看看它和「下午」那一段是如何的相似：

更大的颱風，更呼烈的颱風，就在眼前。此刻該有十四點了罷？咦！怎麼？這樣快！開始了嗎？來了，來了，全部的主力都開上來了！雨也來了！這一陣雨好强勁，沖得跟瀑布一樣。用……呵，這條河，漲水啦！不是河，是一片海！橋上連個鬼影也沒有。橋上的風一定更大，怎麼渡過？聽那急湍聲音，像是打雷。媽的，衝了！……風噎得我透不過氣……橋好像在搖；真的？這水泥橋挺堅固，大概不致……去年有一次颱風，一輛三輪，被捲下了河……說不能過，也過掉一半……過了一半，我就跟已經過了對岸似的快活，一半已經過完，剩下的一半自無問題……前一半，包括了後一半……我們過來了，先生！

他回頭的時候，風更大了：

霍，這風好潑辣，她抓我的頭髮，搖我的腦袋，我的眼睛也被她吹歪了，要上來的這一陣更大，聽這聲音……它使我呼吸都斷了……又來了，更大的……抓住！老天爺，翻啦！……噢——噢——……血！操他奶奶的……噢……讓我喘一口氣……

——「現代小說選」一九六—八頁

由於文字構成的動速遞增，原是抽象的意志與風暴的搏鬪力就有了可觸可感的實體。所以律動對風格的建立而言，是不可或缺的條件。律動或動速的把握不但可以將這一時刻或那一時刻的感受拉緊，而且可以把平鋪直敍的故事突然演出於讀者的眼前，這一點在「海濱聖母節」中至爲明顯。

「海濱聖母節」（一九六三年三月十五日刊出）的故事很簡單，寫一個漁民薩科洛，要感謝媽祖保佑，安然從颱風的死亡的邊緣回來，決定在媽祖誕辰日舞一堂獅子，他舞得極其賣力，他越舞越興奮，但在最高潮的時候，忽然猝倒死去。

這個故事本身當然是頗有藝術意味的，因爲情境的逆轉——生還者並未生還，保佑者並未保佑，感謝的回禮是死——我們就瞿然覺察到命運的無可抗拒的打擊力。但使這種感受活活地在讀者心中演出(而非敍出)的，卻是支配着敍述的、隱藏在後面的律動——隨着鼓聲漸加速的舞獅的節拍。

「海濱聖母節」的結構頗似音樂，開章是極度的緩慢，繼而逐漸急激與奮，到最後是遽然終止；中間穿揷的敍述是緩衝作用，好比是 Chorus。(包括希臘悲劇裏的 Chorus，用其揭露故事的情節。)雖然是必需，但反居次要地位，因爲主調是由鼓聲及獅舞加速的進度所流露的赴死的激動本身。

「海濱聖母節」的律動的漸次加強，是無法抽段來說明，我們必需依着全篇的進度來領略。這裏只拈出薩科洛死前一刻的律動之處理。王文興這樣寫着：

……薩科洛忽然未配合鼓聲的節奏，私自跳出三步怪異的步子。他停下來。他彎下腰，隨後又勉力撑直，再繼續舞上，然而身體有一點偏頗。

寫到這裏，他是否應該繼續的寫：「然後，薩科洛仆倒在路中央……」呢？這不是應有的一步嗎？但王文興不這樣寫，他卻寫道：

隊伍忽然停下，就像戰場上的車隊因爲前頭的一輛拋錨而引致全隊的停頓。他們停在烈日裏肩頭挑着魚筐，回到面面相覷。在他們頭頂上空盤旋着兩隻黑鷹，那是從山頭轉飛而來的，不知是覬覦這一隊的魚肉，還是因這行列的新奇所吸引。然後，隊伍的前段開始了輕微的騷動，隨及騷動波傳到後段，於是漁工們丟下肩頭的魚筐，跟隨兩旁奔跑的觀衆齊奔上前，一觀究竟。

薩科洛仆倒在路中央…………

——原刊「現代文學」十六期
收入「龍天樓」（文星版）二〇頁

在薩科洛死前的「身體偏頗」及「仆倒在路中央」兩個迭次的刹那（不到一秒鐘的事）之中間加揷了以上一段文字的作用在那裏？作者是否要提高讀者的好奇心？——即是說，讀者在看到「身體偏頗」時，會馬上有一個反應，希望奇峯突出，這當然是理由之一，因爲這一個轉題（注意物的移轉）所引起的奇想越高，「薩科洛仆倒在路中央」這句話所產生的下擊力越大。但我以爲更重要的理由卻是：死亡前一刹那的延長。這一刹那的延長是與外在現實相反的（由「偏頗」到「仆倒」不到一秒鐘），但與內心現實符合。所以由停下、彎腰、撐直、偏頗、仆倒這幾個動作構成的程序雖然符合了外在現實的動速，但不如在「仆倒」之前加揷一段心理時間的延長來得確切。

「草原的盛夏」因已在「現代中國小說的結構」裏談過，這裏不再重述了。我們且看「下午」裏爲王文興後期作品裏伏下的另一種表現型態：出神狀態的冥想。

「下午」幾乎可以列入抒情小說的範圍，不光是因爲其間牽涉到一段心理的旅程（假想沉船遇難，游泳脫險），也不完全因爲阿銀的敏感所產生的幻覺，無疑地，這兩種歷程都是抒情小說最佳的構成條件。但在「下午」裏它們仍未進入抒情的純粹境界，因爲在阿銀進入內心世界時，仍非一種直接的飛躍；阿銀的心理行程是由作者牽着鼻子走的，請看看作者如何的「拖」着她走（節文中旁加圈者爲作者的繩子或鍊子）：

> 現在她看着這艘船，就想像這船開了……
>
> 靈機一動，阿銀想到她忽然間會游水……
>
> 接着，她思路中斷，因為突然感到……

這是作者「替」主角設身處地想，而非主角自己由一個內心世界躍進另一內心世界，所以雖然寫的是主觀經驗，仍然無法視爲抒情的純粹境界。

那麼抒情的純粹境界的構成條件是什麼呢？最狹義的抒情主義是情詩（或者情信）。在情詩或情信裏，最顯著的特點是作者陷入了一種迷惑裏（愛戀的迷惑），他對她雖然是傾訴者與聽衆的關係，用的是內在的獨白的方式，但其間並非一爲主動與一爲被動，而是有了互相的交感，換言之，言者往往把對方的感受溶入自己的獨白裏，不是上司對下屬的單線的命令或教訓。所以兩者不只是在同一平面上，而且在同一個核心裏，所以情詩、情信的另一特色就是親暱感。但愛情是一種過濃的抒情主義，過於「陷入」，過於「親暱」，往往易於流入自作多情主義或感傷主義。但當我們把同樣的情愫陷入外物（不管是山水式的自然界或機動的城市），我們就有了更廣義的抒情主義（我們可以稱爲宇宙的抒情主義），但與狹義的抒情主義最大的分別的是，情詩、情信裏有期待對方回答的語態（因爲對方同是人），所以雖然形式是獨白，實在是對白，只是對方說的話（或作者想像對方要說的話）都沒有寫下來，可是都已包含在他的答話裏。但對山水、星辰的傾訴是無法預期回答的（雖然有人把山水、星辰人格化，視作情人，那已經回到狹義的抒情主義的範疇裏），因而對外物的抒情主義所採取的方式，與其說是戲劇化式的獨白，無寧說是冥想式的獨白。情詩裏的陷入的最後結合是肌膚與精神二者俱有，其節拍是激動的。對外物的陷入的最後結合（如果有的話）是一種神秘主義的結合，純然是形而上的，其節拍緩慢，其狀態是出神的。（因而把性愛視作神秘的結合的小說裏，其節拍就自然趨於冥想狀態的緩慢，譬如「查泰萊夫人的情人」裏從性慾的結合進入精神的結合以後的節拍就是緩慢的。）

但無論是狹義的或是廣義的抒情主義，都有幾點不變的特色：㈠敍述者必以第一人稱的口吻出之（如果用第三人稱的，他必經常沾有第一人稱的觀點，換言之，作者實在把主角視爲自己，讓主觀感受借主角而強烈湧出。）所以大部分抒情文字都是以內在的獨白呈露；（二）敍述者必須「陷入」一種迷惑裏；（三）敍述者與對方（或外物）必然有某種親暱感；（四）直接交感；（五）交感的昇華狀態就是冥想的出神，其進行的節拍緩慢。

有了以上的對抒情主義的了解，我們就很容易看出，王文興一九五九年二月二十日刊出的「一個公務員的結婚」，雖然用的是獨白式的敍述，但無法視爲抒情小說。敍述者向王太太講一個下女如何勾上了一個公務員的事。其不能構成抒情的理由是敍述者是旁觀者，毫未陷入任何迷惑裏，他始終站在核心以外去看。

但在「母親」裏那段獨白的囈語，就很有抒情的意味：

她醒了。蒼白憂傷，流露卅以後的美麗。

「貓耳，來——」她說。臥室外面的房間，保持不變的空洞、寂靜。

他在我睡着的時候溜走。外面的太陽。假如他中了暑氣。常常讓媽媽操心。我不知他去那裏。會不會——十輪卡，黑暗唉啊不可能不會。安靜些安靜些。醫生說妳要保持情緒的平靜。激動的時候想些別的事情。有時我就是禁不住會擔心……

敍述者母親是如何的陷入她的思維裏，對兒子貓耳的關心與愛。語調裏有相當的親暱感。狀態是冥想式的。

但使王文興把「陷入」這個因素溶入獨白裏的，仍是得力於「下午」的啓示。雖然「下午」不是用第一人稱去訴說，但阿銀所沉入的冥想和她遊玩時的聚精會神，都可以說是抒情的狀態。我們記得當阿銀把阿毛弄醒來玩的時候，她是全然沉入自己的遊玩裏，把阿毛看作傢俱之一而已，因爲他沒有，也不能參與遊玩。

這種「陷入」或「沉入」的因素逐漸的在王文興的小說裏佔着重要的地位。譬如我們上面討論到的「大風」，敍述者（三輪車夫）的獨白裏就有許多是陷入內心世界的語調。「寒流」（一九六三年六月十五日刊出）是用第三人稱寫一個十三歲孩子的故事，他因看玻璃店裏的裸女像，而沉入一種幾乎無可自拔的慾念裏。不但畫了許多他自己認爲淫猥的裸女，而且沉溺在圖畫中。要敵住這股慾念，他甚至要在某夜裏，把自己完全裸露，任寒流爬上他的裸身。

> 然後自四面八方衝擊他，兇猛地渦轉他，淹沒他……。

但這些雖然都具備了抒情意味，但還不能達到我們上面描述那種抒情的純粹境界，因爲「母親」那段囈語和「大風」裏的內在的獨白終究是片斷而已。「寒流」用了第三人稱，總是無法產生「直接交感」（雖然有些片斷，第三人稱和第一人稱幾乎可以不辨）。但更重要的是，以上的例子裏沒有一個是近乎形而上的緩慢的冥想狀態的。而王文興的小說裏的角色，都是水綠的年齡的小伙子，抱着一種浪漫的理想主義去看世界，充滿着愛和幻想，對生命及外物常去思索與冥想。但直至「寒流」爲止，在表現而言，仍然假着一個故事、一個人物，及那人所見所想的事物而進入冥想裏，而且從冥想本身出發而又以冥想本身做最終目標的卻只有「欠缺」這一篇。

「欠缺」是一篇很出色的作品，它解決了王文興所遇到的最重要的問題。我們曾經特別提出，如何在傳統的敍述方式裏，不必在每一個外象暗藏主觀意義（如「下午」裏的杜鵑花暗暗呼應篇末的死亡等），而仍使每一個牽涉的外象黏在一起——而不犯鋪陳之病。其中一個辦法就是把握着冥想的本身，才可以不藉「理路」可索的外象來組織小說而回到純然傾出。「欠缺」似乎就是這樣一篇小說。由於敍述者的獨白時一面對外物有所思索、有所冥想，所有的外物就自然染上了冥想的色彩，而成爲冥想的一部分。由於冥想這一個行爲是一種追求結合的方式，外物與敍述者的主觀經驗就無形中凝混爲一，產生一種親暱感。「欠缺」的成功處就是把這一種親暱感籠罩下的與外物所產生的經驗交錯在一段愛情裏：一個小孩子私下愛上裁縫店的婦人——一種近乎愛戀山川的情境（形而上的愛慕）而又與愛戀山川不同（對方到底是個有血肉有情感的人）。在愛慕的形態上既似愛戀山川，其節拍就緩慢，其狀態出神；但在愛慕的實質上既與愛情相同，就無法不爲情困而痛苦：

我靜靜的躺着，想着各式不着實際的事情，但都是快樂的事，讓幻想跟着天上被輕風吹送的白雲跑。我翻一個身，把下頦枕在交疊的雙肘上，凝望着竹葉隙縫外頭的河。我想到那縫店中的婦人身上。我的愛情找不到任何人可以告訴，只有向河訴說。……

當作者進入了抒情的核心裏，依着抒情的出神狀態的律動而進行的時候，我們就無需追問某情節、某意象是否適切，因爲主題的結構和語言的結構已是不可分的一體。我們不必，亦無從拆開來討論。至此，所謂風格，才算建立，我們才可以期待作者從水綠的年齡躍進焦慮的年齡的冥想，作爲水綠的年齡所嚐受的經驗的小說，「欠缺」是最完整最有代表性的作品。但「欠缺」也可能是水綠的年齡的最後的作品，因爲他小說裏的青年人逐漸的脫離浪漫的理想主義而漫入成年，因爲不僅河流似也不懂回答他的細訴，而且發現他愛慕的那個婦人——他心中的理想形象——却是一個以「倒會」去行騙的人：

自從那天以後，彷彿我多懂了一些什麼，我新曉得了生活中攙雜有「欠缺」這一回事，同時曉得以後還需面對更多「欠缺」的來臨。

由此王文興就步入了「龍天樓」裏面人類殘殺的慾念以及許多種形式的「欠缺」。

——一九六七年八月卅日於普城

# 激流怎能爲倒影造像？(1968)

## ——論白先勇的小說

一

先師夏濟安先生在一篇論中國舊小說的文字裏，特別提出王昌齡的一首詩作爲討論小說的起點，認爲寫小說的人都應借鏡，那首就是「閨怨」。濟安師對該詩已有了相當的說明，我打算在這裏再行分析的緣故，因爲出發點不同，而且所牽涉的結構的問題亦異。「閨怨」是衆人皆知的詩，但爲方便計，再錄於後：

閨中少婦不知愁　　春日凝妝上翠樓
忽見陌頭楊柳色　　悔教夫婿覓封侯

爲了顯出這首詩的獨特的結構形式，我們將它和一首改寫後的詩比較，改寫者是 Powys Mathers，他是根據法譯改寫的（他自己稱之爲翻譯，見 Love Songs of Asia, New York, 1946）：

At the head of a thousand roaring warriors

（逐字直譯：
千個吶喊戰士之前頭）

With the sound of gongs

（鑼聲四起）

My husband has departed

（我的丈夫已離去）

Following glory

（逐榮耀——卽原文中的「覓封侯」）

At first, I was overjoyed

（起先，我興奮異常）

To have a young wife's liberty

（「因」有了新婦的自由）

Now I look at the yellowing willow-leaves

（如今我看見柳葉轉黃）

They were green the day he left.

（他離開的時候是青青的）

I wonder if he also was glad?

（不知他是否還快樂？）

改寫文中（指英文，逐字直譯只作解釋用），韻味全失這一點是顯而易見的，但我們在此要關心的，不是韻味的問題，也非細節的忠實程度（因目前不談翻譯上的問題），而是原詩的進程在譯文裏來了一個一百八十度的逆轉。換言之，「怨」的開啓的層次（我特別強調「層次」這兩個字）被破壞了。

在原詩裏，到第三句爲止，我們的印象仍然是「盈盈樓上女」的感覺，她年輕、活潑，她仍然可能成爲眞箇「不知愁」的女子。「楊柳色」（青）的「忽」見，使她瞿然「驚」覺她自己的空虛，和自己因無知所造成的困境。這首詩的興味就在這個情境的逆轉所產生的覆弦。如果我們把最後一句比作一池水，反映着頭三句所慢慢築起的一個宏麗的城市，那麼倒像卻是完全扭曲的：不知愁的少婦實在是滿溢着愁，上翠樓的輕快的姿態及興緻勃勃都被一重深重的愁所淹沒；

春日、凝妝（前者是含有節慶意味的「時」，後者是含有盛裝出遊的「貌」）都是落空的；柳是春來的一個徵象，是「回春」「復甦」，但現在只使她記起傷情的折柳枝而已。譯文裏因爲先寫「怨」因，所以就無法在輕快裏暗藏「愁」旨，換言之，無法造成兩種世界的同時呈露。

王詩中「愁」的開啓的層次是，作者先經營一個幻象，一個美的幻象，然後，毫無準備的，突然用語調的改變，把幻象破壞❶。王詩的意趣是如此，王詩所承的「青青河畔草，鬱鬱園中柳」也是如此。（其實大部分的「閨怨」詩都用這個層次，除了曹植以外。）

這種結構的層次起碼有下面幾個特色：

（一）作者先經營一個幻象。（常是美的幻象，也可以是盛年繁華之幻象，逸樂的幻象，壯烈、光榮的幻象……。）

（二）它必須是幻象，幻象之義，如王詩所顯示，在「愁」弦觸動之前，它必須可以矇蔽讀者耳目，使他以爲是實景，而非海市蜃樓。幻象就是「似是而非」，但「似是」那一刻不能苟且，最好能夠耐久或逐漸濃烈（如「青青河畔草」），甚至使人到「而非」那一刻產生時仍不相信是幻象才好。

（三）「驚」覺是一刹那的事，或因一外物，或因一事故，或因一句話，但都往往來得突

---

❶ 西洋詩裏稱爲 Romantici irony.

然，毫無準備。由「似是」到「而非」的兩種心理狀態，往往是不知不覺的，因而「非」實在疊在「是」上面，所以，

（四）當「愁」弦挑動，兩重世界（現在的和過去的，完美的和殘缺的）同時呈露，而

（五）構成一種張力。「愁」弦的觸動愈是不知不覺——換言之，幻象愈濃——則裏外的張力愈強烈。

對於這首詩的結構的層次有了認識以後，我們轉過來看白先勇的小說，他的成功處多與這個層次吻合，雖或有程度上的差別；而他敗筆的地方，也往往因為欠缺了這種交錯的玩味，欠缺了由幻象到驚覺所暴露的張力。譬如很多人所喜歡的「玉卿嫂」，故事本身雖具詭奇性，表達的層次則毫無詭奇可言——而光是故事本身、光是場面、光是豪華典麗的文字並不足為小說。這一點，白先勇自己是知道的，所以才有後來的「化典麗為氣魄」「化場面為肌肉」的作品。我們下面要談的，是他如何有意無意間以上述的層次支配着小說的脈搏，使人「驚覺」與戰慄。

## 二

白先勇的小說裏有一種很強悍的令人激盪的思想性，我們必須先提出來，才可以談他的處理的層次的確切。現代小說家有一種迷惑，就是走向純粹的表現，要超越「內容」，要求文字本身的造形。這是在文學裏很重要的轉向，因為文學可以不再是「工具」，不再「載」什麼，這是三十

年代以前的人所無法想像的，因爲在這之前，文學始終是一個使者、一個高貴的奴隸。但這種新美學在給了文學自由以後，也產生了不良的後果，那就是小說家往往把思想性視之如虎，極力避免用明顯的方式表達一種思想，或者乾脆認爲它根本不是小說的範圍（這個看法雖然不錯，但刻意避免就是一種損失）。但我們如果張眼細看，眞正達到文字的純粹的表現的現代作家，他們並未拋棄深刻的思想，而他們仍被稱爲純粹的表現的大師，是因爲他們不以思想本身爲依歸（那是屬於哲學範疇），而以思想的形勢爲呈露的目的。所謂「思想的形勢」，我們用一個比喩，海牆、潮湧、漩渦、漣漪，同爲動水，但動姿全異，現代作家要抓住動姿本身，不問動因（如果牽及動因，亦以標出動姿爲主）。但如果棄漩渦的動姿而去寫漣漪的動姿不能不算是一種損失。

白先勇在同一的迷惑之下，與其他小說家不同的地方，正是他逃避與漩渦正面的衝擊，而且在必要時，他甚至不逃避直白。要問他的主題是什麼，我們不用費神，他已說得很明白了，「謫仙記」的詩題「前不見古人，後不見來者，念天地之悠悠，獨愴然而淚下」和「臺北人」的詩題「舊時王謝堂前燕，飛入尋常百姓家」的喩依和喩旨都不必解釋。一種繁華，一種興盛的沒落，一種身分的消失，一種文化的無從挽回，一種宇宙的萬古愁。造成這一個時代的漩渦因素很多，但小說家無需去分析種種因素，他要用適當的層次，使這個漩渦有了最有激盪意味的形態。（社論裏也談這個漩渦的動因，但社論之不能成爲小說，第一，它不是形象思維；第二，它不能任事物在讀者面前不加評述的演出，換言之，在社論面前，讀者是受教者，是被動的；在小說面前，讀者是參與者，是主動的——即使是想像的活動。所以動姿遠比動因重要，而寫動姿往往可以包含動因，但寫動因則不易使動姿體現。）所以本文所要討論的對象，不是「什麼因素構成白先勇小說裏的漩渦」，而是「在漩渦（或激流裏）白先勇如何造像。」

## 三

我們在上面談王昌齡的詩的時候，提到「驚覺」所引起的張力，要達到張力愈強烈，必須要耐住性子，生怕中途洩秘，到「愁」弦觸動，始生奇效。

我們讀白先勇的「安樂鄉的一日」，粗心的讀者，看上兩頁，一定以為與一般的「旅美小品」差不多，只不過文字較為潔麗而已，不信，你看看開端：

安樂鄉（Pleasantville）是紐約市近郊的一座小城。居民約有六七千，多是在紐約市工作的中上階級。大家的收入豐優均匀，因此，該城的地稅是全國最高地區之一……

跟着兩段都是描寫這個高級住宅區是如何的潔淨、整齊，而且描寫極為詳細，當地的環境及居民的生活起居都勾畫入微，最令人好奇的（其實初讀時是不安），作者竟用了淡而無味的報導文學的語調，平穩、客觀、緩慢。甚至當第三段引入「依萍和偉成就住在安樂鄉的白鴿坡裏」這個事實以後（讀者此時正等待着某種事故發生），但跟着下去的是對這個安樂鄉的更入微的報導，只是集中在依萍一家而已，不信，請看：

冬天……坡內……全是灰白的木板房。屋頂屋面顏色相同，大小款式也略相彷彿，是最時興的現代建築……偉成和依萍的房子便在街右的末端，已近死巷的尾底。屋內也按着美國最新的設計陳列。客廳內的傢俱全是現代圖案……厨房一律是最新式的電器設備。全部漆成白色：電動洗碗機、電器打蛋機、電動開罐頭機……。

這些描寫給人的印象可以說是「安樂鄉」三個字的延長。而跟着後開寫的依萍的家常生活，如理家，如上教堂和美國主婦社交活動，都是瑣碎入微的。作者既不厭其煩，且特別用心，唯恐漏掉了那一項細節，務求讓讀者裏裏外外一觀全豹。

但事實上「安樂鄉的一日」不是「旅美小品」的報導文學，作者這樣做是一種戰略，就是要在讀者心中不知不覺的經營一個印象——安逸的生活（偉成是個成功的股票經紀，賺了許多錢，有計劃，有頭腦，更加加強了這種生活的印象。）。

但這種安逸只是一個幻象。安逸所給依萍的——包括物質的享受、寧靜、安定感——是有代價的：孤立（安樂鄉裏只有一家中國人），生活單調和隔閡。但這些感受只是隱約的在語調後面，它們完全被安逸的幻象所淹沒了，就是在這個幻象緩緩被築起的時候，不知不覺的，寧靜被破壞了，依萍的「獲得」（逸樂所代表的種種）被一種更大的、更深沉的失去所否定、推翻、毀滅。在一次晚飯的談話裏，已經逐漸不聽依萍的話的八歲的女兒寶莉，在一連串的急遽、凶猛的回嘴裏觸動了「愁」弦。（注意，從律動上來看，其戲劇的意味是，急速的律動破壞了緩慢的律動——記得，安逸的幻象是由緩慢的進度所築起的。）因爲這是篇中最重要的轉折，我們把回嘴部分全錄：

「寶莉，」依萍突然問道：「Lolita 的媽下午打電話給我說你在學校裏用手扯 Lolita 的頭髮，把她扯哭了，你為什麼那樣做呢？」

「啊，Lolita 是頭髒豬！」寶莉咬着牙齒叫道。「寶莉，不許這樣叫你同學，你怎麼可以扯別人頭髮呢？」

「她說我是中國人！」寶莉突然兩腮緋紅的說道。

「寶莉，」依萍放下筷子，壓平了聲音說道：「Lolita 說得對，你本來是中國人。」

……

「我不是中國人！」寶莉大聲叫道。

「寶莉，不許這樣胡鬧，你看看，我們的頭髮和皮膚的顏色都和美國人不同。爸爸、你、我

——我們都是中國人。」

「我沒有扯謊！Lolita扯謊。我不是中國人！我不是中國人！」寶莉突叫起來，兩足用力蹬地。

「Rose，我想我們吃完飯再慢慢教導寶莉。」偉成站起來走向寶莉，想撫慰幾句。依萍倏然立起來，搶先一步走到寶莉跟前。捉住寶莉雙手，把寶莉從椅子上提下來。

「不行，我現在就要教導她。我要寶莉永遠牢記她是一個中國人。寶莉，聽着，你跟着我說：『我是一個中國人』。」

「不！我不是中國人！」寶莉雙足一面踢蹬，身體扭曲着拼命掙扎。依萍蒼白着臉，用顫抖的聲音厲聲喝道：

「我一定要你跟着我說：我——是——一——個——中——國——人——」

「我不是中國人！我不是中國人！」寶莉倔强的尖叫起來。依萍鬆了一隻手在寶莉臉上重重的打了下耳光。寶莉驚叫了一聲，接着跳著大哭起來。依萍正要舉手打寶莉第二下時，偉成隔開了依萍的手臂，把寶莉從依萍手中解開。依萍鬆了手，愰了兩愰，突然感到一陣昏眩，她伏在水槽上，把剛才喝下的牛尾湯都嘔吐出來。

至此，依萍已不是「安樂鄉」的一個小小的主婦，她是一個殉道者，但終究是無法挽回的，因爲偉成說：「你怕孩子變成美國人，因爲你自己不願意變成美國人，這是你自己有心病，把你這種心病傳給孩子是不公平的。」然後，父女二人繼續去享受他們愛看的電視節目去。任「我是中國人」的聲音在虛脫了的依萍心中搖響。

對依萍而言，作爲生存的最後一項明證的「身分」已經喪失（偉成及寶莉已無條件的接受了另一種身分）。這是最大的悲劇，因爲這不只是舊秩序的破滅，而且是自我的死亡，自我的死以後的人就是「站起來的屍灰」而已（瘂弦詩：「深淵」）。

但是，我們雖然承認這個意念本身的激盪力，如果作者不先建立一個安逸的幻象，然後無情的將它破壞，如果作者不先以緩慢安詳的律動進行，然後用急遽、狂暴的律動將它搗毀，他就無法獲得覆弦的意趣與張力。沒有了這種類同「閨怨」的開啓的層次，母女的對駁最多不過是「社論」的戲劇化（這當然已具小說的條件），但我們只被告知一個事實——身分的喪失，而未被牽入漩渦衝擊的本身，參與激變的歷程，由個人的「愁」而進入宇宙的「愁」。

至此，白先勇利用了王詩的層次去支配「安樂鄉的一日」的脈搏，使人「驚覺」與戰慄，這一點已相當的明顯。讓我們轉向他的巨幅：「臺北人」那一組小說。

## 四

「安樂鄉的一日」的主人翁，開始就是自我的放逐，因而舊世界的破滅與身分的喪失似乎都是避免不了的。肉身的隔離自然產生精神上的切斷。大多以留學生或僑民爲背景的小說都不知不覺的發散着「隔離」的傷愁。白先勇的小說多半是「雕欄玉砌應猶在，只是朱顏改」的「隔離」之痛，而「隔離」的刀絞至極度，身分頓然落空，自我瞿然消失的時候，人應該怎麼辦呢？我們能否一半用禪宗的態度，一半用存在主義的態度，視一切現象爲當然，視一切境遇爲常境？可以的，但這不是常人做得到，做得到的人往往非仙卽聖，是仙是聖則多少不合人性。在常人裏，有些人，乾脆棄過去而擇目前，如依萍的丈夫及女兒的接受另一種身分，但自我意識強烈的人無法這樣做，所以在「隔離」的刀切之越深以後，另一條出路就是「謫仙記」中李彤（綽號中國）的自盡，李彤的自盡不是逃避主義，而是自我的解放，其意味與杜斯托也夫斯基的 The Devils（舊譯 The Possessed）裏的 Kirilov 的自殺不無冥合之處，Kirilov 在自殺之前一度說：

> 生是痛苦的，生是恐懼，人是不快樂的。一切都是痛苦與恐懼。而人愛生命……但生命是痛苦與恐懼，這就是自我的欺騙。人還未達到新的階段。新的人將是愉快和驕傲的。對他來說，生或死都毫無關係，他就是新人，他征服痛苦和恐懼而為神。

「謫仙記」的寓意就是征服痛苦和恐懼而爲神。分別是：白先勇用暗指，杜氏用明說。「隔離」無疑是現代中國人最沉痛的經驗！

另一種「隔離」的傷愁滲透着「臺北人」那組小說。

「臺北人」現在已發表的有六篇：即「永遠的尹雪豔」、「一把青」、「遊園驚夢」、「歲除」、「梁父吟」和「金大班的最後一夜」。據作者說，他計畫裏約莫還有六篇，所以現在來談它的全盤組織是不可能的，但這幾篇有一個明顯的地方：現在的六篇都可以說是同一個漩渦裏的六個相貌；我們也可以說它們是「隔離」的六種傷愁。

這六篇的個別的層次，大都和「閨怨」及「安樂鄉的一日」的層次相近，這並不是偶合的。我們要知道詩中的少婦的愁，也正是因爲與夫「隔離」而產生的。我們討論該詩的時候，曾拈出這個「隔離」的愁開啓的層次的幾個特色，爲了便於討論，再把其中顯著的三點列下：

(一)幻象的經營（好比宏麗的宮殿）。

(二)幻象的破壞（好比外貌全毀的宮殿的倒影）。

(三)兩重世界的對峙及互爲衝擊。

六篇裏，除了「一把青」以外，都很近似這些層次的演出❷。

---

❷「一把青」雖在層次上不盡同於「閨怨」，在主題上卻是酷似非常。郭軫和小顧（同是飛將軍）的摔機，正是朱青的兩次被「隔離」。肉身的隔離（在此是死別）形成朱青的精神的讓渡。丈夫郭軫死時，朱青哭病不成人形，情人小顧死時，她竟能淡然處之，好像沒有發生一樣；表面是「看化」了、認命了，但我們都知道，心底下、意識裏，這種不表達的傷痛實在是最大的悲愴。我們要明白，這種認命沒有希臘悲劇裏哲理化的肯定意味，（如 Oedipus 的 All Is Well。）朱青是血肉的常人，不是英雄。

白先勇的這幾篇小說，一開始總是給人一種幻覺。「永遠的尹雪豔」，她好比是一切歡樂、嫵媚、舒服、甜蜜、和迷惑美的縮影，她總是一個花心，多少達官貴人擁向她，而熱鬧處又有誰可比！然後是「金大班的最後一夜」裏的喧嚷與無愁的逸樂。但這種幻象隨卽破滅而成爲濃烈而不可抗拒的憂傷。像尹雪豔，在歡樂的後面（白先勇始終讓她永遠不變的嫵媚淹沒她的缺點——她令人家敗人亡的煞氣。換言之，嫵媚的形象佔了前景），卻被「煞氣」暗暗的毀壞，表面上，尹雪豔是個不知愁的女子，實際上她被完全的「隔離」了，因爲她無法得到實際的結合，追求她的人不病卽死。白先勇誇張及延長了她的「嫵媚不愁」的外在形象，而與隱藏在後面的未被說明的愁（隔離、不得結合）成爲一種張力。

這種張力往往產生在過去世界重疊在現在世界上的時候所引起的強烈的對比，在金大班玉觀音最後一夜的「驚覺」裏，過去的華麗與威風現在都只是一種做作的姿態而已——一個形狀扭曲的倒像：

在風月場中打了二十年的滾，才找到個戶頭，也就算她金兆麗少點能耐了。當年百樂門的丁香美人任黛黛下嫁棉紗大王潘金榮的時候，她還刻薄過人家……潘金榮曾在她身上不知用了多少功夫，花的錢恐怕金山都打得起一個了，那時嫌人家老，又嫌人家狐臭……【她】多走了二十年的遠路，到頭來也不過落得如此下場。

她將要下嫁的陳發榮，饒着那麼個六十多歲的老頭兒，她還不知費了多少手腳。雖然她臨走的時候，在普渡一個初上舞池的小伙子之際，突然憶起一段完美的愛情：

> 她發覺他還是一個童男的時候，她把他的頭緊緊的摟在她懷裏，貼在赤裸的胸膛上，一腔熱淚，像是破了堤一般的湧了出來。她心中充滿了感激和疼憐……一刹那間，她在別的男人身上所受的玷辱與褻瀆，都隨着她的淚水流走了。

但這到底不過是一池死水的倒影而已，因為「朱顏」已改。

「改」或「變」是「隔離」的必然現象，亦是小說層次裏情境的逆轉之因。兩種感受（來自兩重世界）的衝擊以此為軸。「歲除」裏的賴連長，一度在「臺兒莊」之戰是喧赫一時的英雄，現在是渡日如年的某醫院的厨房的買辦。「梁父吟」裏的革命元老，叱咤風雲的樸公，現在已惺忪入暮年，他和雷委員對弈不到一句鐘就「垂着頭，已經矇然睡去了。」不但是革命的元氣完全消失了，而且還斤斤計較王孟養（另一革命元老）復事的禮俗，而且迷信；合於樸公那一代的格調已不知不覺的被淹沒，王孟養的兒子從美國回來，治喪委員會的人和他商量事情，他一件件都給駁了回來。是的，對樸公來說，這正是如今安在哉的空嘆「朱顏」已改：

樸公回到院子裏的時候，冬日的暮風已經起來了，滿院裏那些紫竹都騷然地抖響起來，西天的一抹落照，血紅一般，冷凝在那裏。

對樸公來說，夕陽無限好，只是近黃昏——冷凝了的夕陽。對樸公來說，這正是王謝之不在。（「臺北人」的題詩：劉禹錫的「烏衣巷」。）

但「變遷」不是很常見的題材嗎？多少流行小說不寫「變遷」或一種生活形態的沒落？爲什麼白先勇的「臺北人」就顯得特別的使人「驚覺」與戰慄呢？這不只因爲是層次的問題（層次二字含有佈局之意），而且是使這個層次發揮作用的語風。在「歲除」裏，作者仍依賴層次的展開，譬如讓今昔的事物衝擊的一刻在喜氣洋洋的除夕湧出，作者無需「說明」其間的痛楚或悲劇意味，他讓外在的情境和內在的情境互爲爭持、拉緊，而產生無言的戰慄。但在「梁父吟」裏，外在的幻象的經營，因着語風而愈加強烈，請看開頭第一段：

一個深冬的午後，臺北近郊天母翁寓的門口，一輛舊式的黑色官家小轎車停了下來，車門打開，裏面走出來兩個人。前面是位七旬上下的老者，緊跟其後，是位五十左右的中年人。老者身着黑緞面起暗團花的長袍，足登一雙絨布皂鞋，頭上戴了一頂紫貂方帽，幾綹白髮從帽沿下露了出來，披覆在他的耳背上，他的兩頭卻蓄着一掛豐盛的銀髯。老者身材碩大，走動起來，胸前銀髯，臨風飄然，……

讀者不難辨別，這種語風不是很近水滸傳裏或武俠小說裏一個英雄或俠士出場的氣勢嗎？（除了轎車等字，這段簡直可以視為武俠小說的開端。）但這種「臨風飄然」的氣概，正是貫徹這個幻象的經營的肌理。從故事立場來說，這種開頭固然確切，因為主角是叱吒風雲的革命英雄，但從結構上來說，則尤為得當，因為這種英雄的氣勢的經營愈濃烈，則幻象的破壞愈能震撼「愁」弦。

所以我們前面說過白先勇的小說，一改早期的弊病，化典麗為氣魄，化場面為肌肉。要知道，他早期的小說並不乏這類的筆觸，豪華處「玉卿嫂」裏比比皆是，寫大家庭的場面尤為到家，但缺乏了適當的結構，則如滿家珠寶，反而見俗。

我一直耐住性子不提「臺北人」裏的「遊園驚夢」，是有原因的。現在把由「閨怨」所談起的層次的各面都討論過以後，再看「遊園驚夢」，份外覺得它結構的完密。我想，至此，熟識白先勇的小說的讀者，自然會覺出，「遊園驚夢」把上述的結構發揮到如何的淋漓盡致，連題目都酷似：遊園「驚」「夢」。這個題目本身就有三層作用：第一，崑曲的「遊園驚夢」裏命運的紋理影射主角錢夫人命運的紋理（如「烏衣巷」是六篇的縮照一樣）；第二，遊園驚夢實際發生着，不僅錢夫人「驚」夢，她們和票友們實際的「遊園」，而且實際的唱「遊園驚夢」；第三，這個題目正好描寫本篇小說的結構。「驚夢」之前的宴遊，極「門燈高燒」的侯門之盛，「錦簇繡叢」、「衣裙明麗」、「廳堂璀璨」、珠光寶氣。在這個幻象的經營裏，白先勇雕琢磋磨，使其金光四射，目的在培養一股暗流，譬如錢夫人注意到一度無法扶正的桂枝香現在是滿身珠寶的官太，又譬如她注意到自己的長旗袍已不入時等，但這些都被盛宴之聲、崑曲之聲淹沒，但當蔣碧月宣佈：「崑曲大王來給我們唱『遊園』了，回頭再請另外一位崑曲泰斗——錢夫人來接唱『驚夢』。」錢夫人看着蔣碧月身上那襲紅旗袍如同一團火焰，而一下子她的一段痛苦的往事突入現實裏，而她沉入那濃郁的一刻的漩渦裏。在這裏白先勇應用了「時空揉合」的內在的獨白（白先勇在「香港——一九六○」裏用過，詳見「現代中國小說的結構」一文），讓她榮華富貴的過去衝向毁滅性的痛苦的一刻裏：

……（吳師傅，我喝多了花雕。）

遷延，這衷懷那處言

淹煎，潑殘生除問天——

就是那一刻，潑殘生——就是那一刻，她坐到他身邊，大身大金大紅的……（以下從略）……

……天——天——（吳師傅，我唱不出來了。）天——天——完了，榮華富貴——可是我只活

過一次，——寃孽、寃孽、寃孽——天——天——（吳師傅，我的嗓子。）——就在那一刻，啞掉了——天——天——天

「五阿姊，該是你『驚夢』的時候了。」

而錢夫人無法接上去，還是說了「我的嗓子啞了。」第一次蔣碧月說「驚夢」的時候，仍是崑曲那部分，但第二次說「驚夢」的時候，已經不再是那崑曲了，而是眞的驚夢。錢夫人不但不能唱（表達能力喪失了），而且，她的過去完全沒落了，酒闌人散時，大家都坐了豪華的車子而去，但：

「錢夫人的車子呢？」客人快走盡的時候，竇夫人站在臺階下問劉副官道：

「報告夫人，錢將車夫人是坐計程車來的。」

錢鵬志過去後，她那輛官家汽車已經歸還政府了。在等竇夫人的車子回來的時候，竇夫人問：

「可發覺臺北變了沒有？」

「變多嘍……變得我都快不認識了——起了好多新的高樓大廈。」

雕欄玉砌已逐漸沒落，代起的是現代化的三合土建築而黃粱未醒的人還在，用杜牧的詩打一聯油詩，正是：

商女不知邯鄲夢
隔江猶唱後庭花

我們知道即從錢夫人以外的人的立場來說，侯門之盛仍是一個幻象，一種強烈的傷失之感已暗暗地把這個金光璀璨的形象無情的毀掉，用瘂弦一句詩來說：激流怎能爲倒影造像？——一九六八年三月在加州大馬鎮

# 突入一瞬的蛻變裏(1968)

——側論聶華苓

你是停車後幌動的雨刷子
祇有你才是寂靜，因為你是唯一的聲音
——商禽：「龍舌蘭」

單調的螺槳葉把飛機內乘客的沉睡的呼吸撫得無比的平和，太陽還沒有出來，窗外的雲層在無聲中競飛，或許是它們還未受到白日的光所沾汚，它們把飛機內一度曾洶洶湧湧的情緒洗滌得如此的乾淨，或許是因爲這是一種絕對的靜，一如窗下地面上一切的活動被隆冬的大雪所擒住，一個未睡的乘客不知不覺的變爲靜的本身，而彷彿聽見了大雪降落的聲音，和那還未來到、但正在來臨的陽光的移動的聲音，和那現在完全冬眠、但即將復甦的花開的聲音。時間的界限、空間的界限都不存在這個乘客的意識裏，他彷彿有了另一種聽覺、另一種視境，聽到我們尋常聽不屆的聲音，看到我們尋常看不見的活動和境界。

在這一種「出神」的狀態下，觀者與自然的事物之間的對話用的是一種特別的語言，其語姿往往非一般觀者的表達語姿所能達到的，因爲他所依從的不是外在事物因果的程序，而是事物內在的活動溶入他的神思裏，是一刻的內在蛻變的形態。於是我們聽見德國現代詩人里爾克唱着：

一棵樹昇起。啊，純然的超升！
奧菲斯歌唱，啊，耳中高伸的樹！
而一切寂然。甚至在這種中止裏：
新的開始，新的象，新的變化。

不只是獨特的聽覺和視境而已，對這一個出神的觀者而言，這只是進入事物核心的門，這只是陸機由莊子的「喪我」的意念（見「大宗師篇」）而引申的：

其始也，皆收視反聽，耽思傍訊，精騖八極，心遊萬仞。

進入了核心以後，事物自身的生命由此展開、伸張，（那都是進入這一刻之前所無法看見和聽見的。）這一個在一刻的內裏生長、變化的姿勢才是現實的本身，肉眼的現實是要被湮沒的物理世界。於是，讓我們再借里爾克的聲音或視觸——其實是第六感：

花的筋絡一一的打開
秋牡丹整個草原的早晨
直到洪亮的天空的複音的光
傾瀉在它的懷抱
承受無窮的筋絡——
如此為靜止的星華所綳緊
有時為如此的豐滿所征服——
落日安息的呼喚
幾乎無從返回你啊
撒向無際的辯邊：
你，多少個世界的決斷與偉力！

我們，狂暴者，或可久存

但何時何世

我們可以開放和承受？

對這樣一個觀者而言，他不僅看見樹液的流動、星辰的和聲，而且變為樹液、變為天籟、變為那跳動無間的自然的超視聽的內在生命。

要身、世兩忘而變為風景的本身，讓風景說話和演出，讓靜寂為音，是我們中國詩最高的理想，歐洲要到十九世紀末始進入這種純然的境界，但進入了以後，仍是逃不了玄學的焦急的靜慮，如上面里爾克的十四行，如里氏之前全力追求「靜寂的音樂」（比較陸機的「叩寂寞而求音」）的馬拉梅的天鵝。但讓我們聽、看王維所代表的純然的境界：

人閒桂花落

靜夜春山空

月出驚山鳥

時鳴春澗中

身世兩忘，讓風景說話和演出。作者不介入（忘身——或喪我），沒有玄學的懸慮，沒有外加的思維（忘世）去擾亂景物的內在生命的展張、變化的姿態。（這裏暫不談那一種詩較爲偉大。）

*

以上所描述的視境和聽界幾乎完全是詩人獨有的活動。眞正的詩人把心全力支配一瞬的內在的機樞，往往出神、忘我、忘世，進入了機樞，空間時間便消失，所視所聽超乎聲色，最重要的是整個秩序的形成（應該說生長）是由內而外的演出。

但我們稱之爲小說的藝術——甚至現代小說，除了吳爾芙夫人、喬艾斯和一些法國新小說家以外——一般說來是一種外在的模擬和造形。往往不是全力支配一個刹那，而是許多刹那造成的行動和事件，行動與行動間、事件與事件間的關係，和它們之間的衝擊所產生的轉折起伏，至於在這個敍述和描摹的過程中（往往仍依賴肉眼之所能見），偶有出神的狀態而進入某一刹那的內在的機樞時，也只不過是小說裏的一小片斷而已——我們可以稱吳爾芙夫人的小說爲詩也正是她抛棄了事件而全心於一瞬的內在的機樞。

我在論王文興的小說時曾經提及小說所牽涉到的「敍述」上的問題。小說不能完全割去敍述性；詩可以。小說不能超越文法或錯亂語法；詩可以。小說不能（似乎也不應）放棄某種故事形態的骨幹（事件、行動）；詩可以。例外當然是有的，喬艾斯對以上的三種外在性都打破了，吳爾芙的小說往往只求一瞬的展露，有時幾乎沒有故事，只有情緒的本身，也就是這個緣故，我們有意稱它們爲詩小說或抒情小說，（因此，我們或應稱喬叟的詩爲小說。）但卽就喬艾斯、吳爾芙來說，他們的小說仍不能完全從內向外的演出，它們仍然保留了許多外在的描述。

小說旣有了上述的限制，它在於捕捉一瞬的內在的機樞和詩所採取的方法差別在那裏呢？小說旣無法完全脫離「外在的模擬」的形態，它所依賴的手段往往是由外向內放射的程序，亦卽是說，小說家亦非常關心一刻的眞質的顯現，但他們往往由外象的經營爲開始而求突入內象，他們很少像詩人一樣由內象開始而終於內象。

*

聶華苓是個相當「安份」而相當成功的小說家，所謂「安份」並無「保守」之意。她不隨意悖離小說作爲藝術品的限制，但要在其間另闢途徑。她的小說依藉敍述性——相當傳統的敍述性；她的小說依藉故事的骨幹；她的小說裏沒有奇異的語法。但她循着外象的經營，仔細的依着事件進展的弧度，而成功地突入一瞬的眞質及其間的蛻變。

數年前，我在一種非常匆促的情況下，寫了一篇有關聶女士的「失去的金鈴子」的文字，當時談到她的表現手法時，只粗略的提出了喬艾斯在 Stephen Hero（喬氏 The Portrait of An Artist As a Young Man 的草稿）裏所談及的「顯現法」（epiphany），其間最重要的一點正是要通過事物的經營而突入一瞬的眞質。現在有了上面所述的外在的模擬及內在的模擬的分別，和對外象內射、內象自成所各具的表現形態的了解，再看當時所舉的例子，便很容易看出聶華苓表現的個性來。譬如下面的一段：

乍醒時候，幾乎不知自己在哪兒。突然一陣鳥叫，好像迸濺的火星，灑滿了山野。四方的小窗口，好像一小塊剪貼，貼在土牆上，藍色的發光紙黏着幾根蒼勁的枝椏，黏也沒黏牢，葉子是虛飄飄的。

所謂事物進展的弧度，在這裏是最清楚、最戲劇化了。我們只要在這裏作一種試驗性的改寫，便知道：作者要能保持該弧度的律動的明澈性，始可突入一瞬的實質。改寫部分加上括號：

乍醒時候，（腦裏昏昏然）幾乎不知道自己在哪兒。（那時窗外）突然一陣鳥叫，好像迸濺的火星，灑滿了山野。四方小窗口，好像一小塊剪貼，貼在土牆上，（藍天像）發光紙（上面）黏着幾根蒼勁的枝椏，黏也沒有黏牢，葉子是虛飄飄的。

兩段一比較，讀者馬上會說，不，不能這樣寫，這樣寫是一種損失——是的，而且是重大的損失！但不知多少作家在這種情況下偏偏就加上了括號裏那些句子！連聶華苓自己有時也逃不了，譬如她的一篇短篇「寂寞」，寫袁老先生一個人坐在門口，「瞇着眼，對天噴一口煙」。然後接着這一句是：「天上正有兩隻鳥兒飛過。」不錯，鳥兒也來得合時，也合乎事件進行的程序。但作者說了一些有關兒子新婚的事以後：

袁老先生望着天上的一對小鳥緩緩地飛着。小鳥也有個伴兒呢！

「小鳥也有個伴兒呢！」就是強加於事物的進展的弧度上的多餘的枝椏。它破壞了那一個弧度的純粹性和完整性。

前面兩段（聶文及改寫）的比較顯露一個事實：所謂明澈性，往往不是「剖腹」那種明說；明澈性往往見於最曖昧的一刻；明澈性是指事物本身發展的跡線，而非作者指述事物發展的跡線。而且，事物發展的因，亦由其發展的弧度去暗示，而不應由作者去說明。（說明是屬於教條文字的範疇。）「乍醒時候，幾乎不知道自己在哪兒」的心理狀態、其實際境況，又那止於「腦裏昏昏然」而已！最重要的是，要突入那一刻的複雜而又很直接的心理狀態，事物的弧度就不能受到理性的玷汚。我們必須讓事物演出它們的命運與關係。

依從着外象的弧度而突入內心的世界，往往不需要象徵手法去支持，有時甚至可以廢棄比喻（雖然不可以完全廢棄），一如王籍的名句：

風定花猶落
鳥鳴山更幽

我們不問喻依（風定、花落、鳥鳴、山幽）的喻旨爲何，更不問它們象徵什麼。它們什麼都沒有說（明），但什麼都說了。回到事物本身的行動（或動態）裏，回到造成某一瞬的心理眞實的事物之間既非猶是的關係（鳥鳴：聲響，山幽：靜寂），這一個形象就具有這一瞬所包含的一切可能性的拋物線。聶華苓的小說（當指成功的時候）就是要捕捉構成某一瞬的心理眞實的外物之間獨特的動態與關係，而盡量避免過於明顯的象徵或說明。上面所提到的短篇「寂寞」，尤其可以看出由外突入內的微妙的進度。

雖然我們指出了「寂寞」裏一些多餘的說明性的枝椏，但在整篇的跡線說來，卻是相當完整的。在王籍的詩裏，聽者要在聲音的衝擊裏才覺出山的極靜；同樣地，「寂寞」裏的袁老先生要在喜氣洋溢得要到處向人傾訴的高峯裏才覺出他之「被棄」（情緒上完全的孤立和寂寞）。全篇小說就是要經營這份「喜悅」所牽連的一串表面的忙碌，而求射入內在的相反的心理事實。我們要特別強調「寂寞」裏所採取的程序，不同於詩對於一瞬的捕捉，詩人早已溶入了那一瞬裏，一開始就在那內在的機樞裏；「寂寞」卻是全然的「外在」的活動的雕塑，是外在活動的延長——長得有點瑣碎，瑣碎得令人煩膩。當我們讀到：

袁老先生楞楞地坐在那裏，一隻手擱在桌子上。手背上滴了點兒什麼。他用另一隻手在臉上抹了一下，迷惑地說道：

「這——這是為什麼呢？我很快活。」

我們（跟着袁老）同時領悟到連袁老的兒子及新婦（他喜悅的對象及理由）都不分享他的喜悅，而且知道他的喜悅是向藍天拋出而墮回他心中的石塊：他是完全孤立的，雖然他不但接二連三的向隔壁的朱太太、朱太太的小女兒小琴、倒猪水的女人、跳恰恰舞的萬考萱和朱先生傾訴他的「快樂」，但沒有人肯聽他的話；到後來他向屋角的小鴨子自言自語的時候，他原有的那份快樂已變了質，而使他由「快樂」驚悟到「眞正」的孤立——使他覺得那份喜悅是遙遠的火車的笛聲，是收買舊衣服的叫聲——是喜悅的對象（兒子及新婦）和他之間的心感的完全切斷。

當我們隨着袁老突入這一瞬的領悟時，前面一切，原是表面化的活動，所有瑣碎、煩𢤱的描述現在都變成心理的事實：他在喜氣洋溢中所看到的細節（幾乎令人難以相信的詳細又瑣細：朱太太洗衣服時的打扮；他自己吐痰的壞習慣……），正是反映他那份本來就是「空」的歡喜，本來就是「瑣細」的，不實在的歡喜；本來就是空的，才有把瑣細的外在活動來塡入。但這些事件所反映的心理事實只在最後一瞬的突入以後（不是以前）才產生，在這個之前，它們是完全外在的、表面的。換言之，聶華苓依着小說的限制，由外象開始，仔細的依着事件進展的弧度，突入一瞬的眞質和其間的蛻變。在「寂寞」裏，雖然那種心理現象很常見：在聲音裏才覺得極靜，在熱鬧裏才覺得寂寞的實在性，或如商禽的詩句：祇有你才是寂靜，因爲你是唯一的聲音；但「寂寞」所顯現的跡線，其所以能由外射入內以後，再覆射全個外象，這卻要依賴作者對事物的弧度的進展有適度的領悟，要知道在機要的地方不要作不必要的介入，不要作過早的內射。（在「寂寞」裏至少有兩個地方幾乎破壞了它的弧度：第一、「忽然覺得他的一生就和小孩子吹的泡泡一樣……美是美，只是一個也抓不住。」第二、「普天之下，就沒有一個人了解他的快樂，就沒有一個人肯聽他說點兒什麼。」前者象徵過顯，後者太明說，都應刪去。）下面我們來看聶華苓如何用外在氣象的弧線覆射內在感情蛻變的弧線：「橋」。

*

我們在本文之始曾拈出一種以純然的境界爲理想的詩，這種詩求身世兩忘，作者的情感和思慮不介入詩中，如王維的超然物外的詩（見前例）。但小說裏，至少到現在爲止，仍要以人的感受和命運爲對象，純然的境界仍未爲小說家所追求。（這並非不可能的，我們的小說家如能從王維脫出，始可稱眞正的前衞。）

但我們的傳統裏還有一種詩，個人的感受和內心的掙扎溶入外在事物的弧線裏：外在的氣象（或氣候）成爲內在氣象（氣候）的映照，杜甫正是這樣的一個詩人，他的「秋興」八首，是外在氣候和內在氣候交溶的最好的例子，全詩藉兩種氣象的弧線的相交相溶而塑造他個人內心的戲劇，我們在此只擇頭四句爲例：

玉露凋傷楓樹林
巫山巫峽氣蕭森
江間波浪兼天湧
塞上風雲接地陰

內外氣象的交溶是顯而易見的，已入暮年的老邁的杜甫，一如楓林（秋）之被凋傷，被困在夔州而回不了長安，一如詩人被困於上衝的波浪和下壓的風雲之間的甬道裏。外在的風暴和內在的風暴所抛出的線條的律動是一樣的，作者只要緊緊依着那些線條的律動，我們就自然可以目擊道存，不必追問這個外象究竟指示什麼。因爲外象已溶入內象，讀者無需作解說者；因爲外象與內象之間的距離已經消失，因而變得極爲直接。

由「秋興」轉過來談聶華苓的小小的作品「橋」，表面看來是不適切的。第一、「橋」所寫的是靈犀一點通的微妙的生長過程，但這個過程中並沒有杜詩中那種刀攪欲絕的內心的掙扎。第二、杜詩中的視觸和聽界是破除時空，在宇宙的氣流裏往復，一如詩中所說的「萬里風烟接素秋」。「橋」是受限於時空的一個小小的事故（但並非說它無永恒的意義）。第三、杜詩是他過去人生經驗和藝術意識的綜合，「橋」在聶華苓的小說裏只是一個片斷和過渡的作品。

但我們這裏所探求的，不是最終的價值，而是要了解創作者神思馳騁所依循的線路，要了解作者掌握一瞬的蛻變所採取的手段（不管那手段是潛意識的與否）。換言之，在「橋」這篇小說裏，我們要看作者如何使「靈犀一點通」的萌芽、生長、繁殖而爲一複雜的心理狀態溶入外在氣候逐步的變化裏。是的，讀者很容易反對這篇小說。橋這一個意象的象徵意義太顯著了：艾丹（一個中國女孩子）和彼爾（一個路過的美國青年，他同時是研讀過中國文學的學生——一個築橋者）；從橋的一頭走到另一頭的行爲也是築橋的行爲——情感的橋與文化的橋，好像「走」本身就是「築」，到走盡時，靈犀也通了，雖然艾丹因着某種外在的理由而毅然拒絕給與這條已建立的情感的橋以實體（艾丹最後逃開結合的可能），但我們都知道不同的文化及種族所造成的隔膜之河已經緩緩的被這段步行所築的橋所消除。作者不讓艾丹的決定有明確的理由，因而使那一刻所產生的後來的可能性有一種曖昧的豐富性，小說的結尾是如此的：

……她已走到巷子中央。她的家在巷底。她再也掙扎不下去了！驀地轉過身。巷口有一個黑影，開始向她跑來。她也用盡全身力量向那團黑影跑去。

「彼爾！」

「艾丹！」

他們幾乎是同時大聲喊着，倆人跑到一起，喘咻咻的，都說不出話來。

「彼爾！」

「啊，艾丹！」

「我——」艾丹喘了一口氣，手蒙着胸口。

「你要說什麼？艾丹。」

「我——明天不去機場送你了。」

「為什麼？」

艾丹沒有回答他，也沒有再看他一眼，霍然轉過身，低着頭走了。披肩又由頭上，溜到肩上。這一次，她沒有拉起來。雨，飄飄灑灑的，落在她的頭髮上，落在她的臉上，落在她的手臂上……她越走越快，甚至跑了起來。

艾丹沒有回答，是此刻的心理複雜得不能解釋，是因爲事情來得太突然使她無法相信這份情感的深邃和眞實性？（才走一段橋的距離！）還是她懼怕於外在的因素？但作者讓那一刻停在不解中，反而保存了那一刻的完整。但我們仍然覺得橋的象徵性的過顯是一種損失，因爲它使讀者把這一瞬的感受智性化了，智性化了的感受就產生了距離——就是有迹可求了。

但「橋」仍有一種引人入勝的地方（尤其是，如果我們棄題目來讀的話）。就是這兩個人由情感的距離的縮短以至溶入——由平淡無動的感情漸漸萌芽、生長，至複雜的抛物線的律動，正由外在氣象的蛻變的律動所托出。艾丹開始在橋上走的時候，情感上還未起微波：彼爾由一個宴會上送艾丹回去，幾乎是一種禮貌上的事。情感沒有微波，夜是靜的，橋上冷清清，橋下的流水聲越來越清亮，好比「叩寂寞而求音」，像混沌裏見光，情感萌芽的開始的一種狀態；後來談話慢慢進入了解的程度（作者特別在小說裏不談情愛的主題，以求那一瞬蛻變是屬於一般性的了解），而雨開始下了，這是情感微波的盪漾；到了他們由談話的事物中進入了交感時，雨就更大了，這就是平靜的自然受到了騷動，一如平淡的情感起了騷動而變得更加的複雜：

他們倆，手牽手，一摔一摔的，談着，笑着，最後倆人終於大聲嚷了起來。艾丹身上披着潮濕愰盪的男人西裝；彼爾的襯衫也濕透了，雨越下越大了……

自然的律動和內心的律動（外在的氣候和內在的氣候）是同樣的節拍，在他們走到橋頭，上了車以後：

雨下得更大了，車在雨中奔馳，車輪下發出吱吱的聲音。那是一條僻靜的街道，只有三兩個行人。雨打在玻璃上，一條條地流了下去；車外的街道、路燈、行人……都是模模糊糊的……她扭開車窗，雨一陣陣飄了進來，飄到她的臉上，她沒有揩掉……彼爾扶着的方向盤的手上也灑了一顆顆的雨，他也沒有揩掉……。

作者沒有用很多的話去「解說」主角內在的感受的蛻變和內心的掙扎，她讓內在的複雜的線條（在這個例子中幾乎是網）溶入外在氣象的線條裏（雨所構成的形象也幾乎是網）。

成功的小說，條件當然不是用一二三那種條例式的方法可以繩墨的。但不管小說倣詩的方式是由內象開始終於內象只寫純然的境界，或是由外象的經營而突入一瞬的蛻變，最基本的條件就是要依循事物、事件進展、顯露的弧度，作者必須要溶入其間的律動裏，方可讓其脈搏有聲，方可使其姿式燦然。聶華苓突入一瞬的蛻變時正是如此。

——一九五七年於加州大馬鎮

# 附錄：評「失去的金鈴子」(1962)

## 一

在「史提芬・希羅」(Stephen Hero)❶一書中，詹姆士・喬艾斯熱烈地討論一種表現手法：如何通過一束精細的表面事物，對抽象的意念作一明亮的呈露；他稱這種表現手法爲「顯現法」(epiphany)，一種去認知事物在現實中突然(有時帶有神秘的靈通性的)顯示時之「眞象」的方法，亦即是使事物之「原貌」從其衣裝中赤裸地躍出之感受力。作爲一個讀者，我對我所閱讀的一切作品，均非常苛求這種表現能力；我以爲要使一篇作品耐讀以至於偉大，第一要件就是在文字上有此種表現力。我堅持這種能力的原因，並非由於喬艾斯曾提出此說，而是由於「顯現法」(或是同一意念之類同名詞)是一切好作品之基礎。「失去的金鈴子」的作者聶華苓

❶是 The Portrait of An Artist as A Young Man 的草稿。

女士給我的印象，正是一個對於這個原則有清澈認識的小說家，她正能夠活用中國文字去構成相當精彩、準確的意象、意念、情緒、事件。聶女士的同代作家中，有不少對於「濫詞濫意」是毫無所感的，聶女士則是一個對於語言的活力極端重視的人。要獲致語言的活力，一個作家必須通過其特具的選擇性的感受力，對意象與意義之結合作經常的思索。「失去的金鈴子」的語言表象，大致上均能藉高度的印象主義之筆觸、與「萬物有靈論」之神秘結合，而伸入某種心理的深處。所謂「印象主義」的筆觸，在此，我尤指印象派畫家用主觀性呈露來獲致畫家與現實間的結合之手法。「失去的金鈴子」一書中，這種筆觸很多。作者把莊家姨婆婆的病床看成一輛出殯的舊馬車，同時，

她……用手扯扯胸前的紅花洋布被子，慘白的手映着大紅的花，就像血泊裏剛放血的小鷄。

這已經不是一般因襲作家所慣用的具有照相的準確性的一幅圖畫了，而是一張繪畫，一如「藍騎士」(Blue Riders) 的油畫，把臥病的莊家姨婆婆的感受與生存的情境作了一項忠實得令人可怖的顯露。一個細心的讀者會發覺到，這張畫甚至無意之間成爲一個偉大的象徵，象徵着由一束古老的理想構成的承平社會之沒落的整個戲劇。這幅畫中的氣氛，就成了現代化的一代與古老的一代各自想望的事物間的一種隱隱的衝突之氣氛。

紀德的小說中頗為迷人的一面是：當他寫到一幅自然的景象時，他都能使之變得那樣親切，使讀者能穿過其明亮鬱鬱的意象，走入由狂喜與無聊合成的一種不可言傳的戰慄中，聶女士亦能藉「萬物有靈論者」看自然事物的方法，在其段落中保持相當類似紀德的迷人處。譬如下面一段就是：

乍醒時候，幾乎不知道自己在哪兒。突然一陣鳥叫，好像迸濺的火星，灑滿了山野。四方小窗口，好像一小塊剪貼，貼在土牆上，藍色的發光紙黏着幾根蒼勁的枝椏，黏也沒黏牢，葉子是虛飄飄的。

我們不容易決定作者實際上要暗示何種情緒，但讀者可以感到，而且強烈地感到根深於苓子（女主人公），亦根深於我們的生命之一種不可言傳的憂愁。

同樣地，作者在處理一個情境時，亦深深的能重新將其眞質推出。譬如當苓子因中日戰爭在外流浪了數年歸來，在三星寨見到她母親的時候，作者如此寫道：

「媽媽！」我跑到她面前，一句話也說不出來了。

「這口袋上的花是你自己挑的呀！蠻不錯嘛？」媽媽接過我手中的麻布口袋，看着那朵死板板的荷花，彷彿那口袋比我的歸來還令她驚喜。……

中國人感情的流露與外國人大不相同，中國人是蘊藏的，外國人大多趨向爆發性。所以在上述那個場合裏，一個外國人很自然的會跑向前，緊緊把對方擁住，然後接吻；中國人則盡量抑制住欲衝出的激動的行爲或說話。當苓子的媽媽故意的接上一句不相關的話時，隱藏在這句話後面的激盪的喜悅反而更加強烈。又譬如當邱媽見到她時一直說她如何如何的棒，她大爲生氣。邱媽從小把她看大的，自小很專橫，但這些年來她獨個兒在外流浪，那容她使性子呢？所以她說：

「我向邱媽那麼一吆喝，倒使我感到自己是真正回到家了。」

有許多時候，往往不是你看見的人或景物會使你感覺到歸來的實在感受，而是附於某一些小動作、某一些事物之上的獨特的情感，才會喚起一個情境的原貌。

## 二

現在我想談談作者的戲劇手法。故事由苓子到達三星寨爲始，離開三星寨爲終：這只是她一生中的一個橫切面，但作者既把這個橫切面抽出而加以細寫，其間必有一種對苓子一生的獨特的意義。聶女士在她的一篇談「失去的金鈴子」的文字「苓子是我嗎？」（英文稿係Am I the Heroine?）曾提及，她這本小說的主旨是寫一個女孩子的成長。假如我們跟着她的暗示去讀她這本小說，我們可以看見：一個天眞的女孩子如何發現尹之舅舅與巧姨間的愛而在情感上引起某種難解的改變，以致最後獲得某種戲劇上的領悟（recognition）而眞正的成長起來。光是這個「到臨——改變——領悟」的過程已經相當的具有戲劇意味。但在我看來，作者所提示的還只是片面的（大概作者不願意把心跡完全表白，以便保持它相當的複雜性）。在我看來，我們不應集中注意在上述的「戲劇動向」上。「失去的金鈴子」的「戲劇動向」應該是多重性的。該書的動向似乎與其書題「失去的金鈴子」有密切的關係。在本書之始，苓子聽見一種叫做金鈴子的蟲聲，聲音悠揚，她把那聲音描寫爲既迷人而又神秘的東西：

……忽然聽見一個聲音，若斷若續，低微清越，不知從何處飄來，好像一根金絲，一匝匝的，在田野上繞，在樹枝上繞，在我心上繞，愈繞愈長，也就愈明亮，我幾乎可以看見一縷細悠悠的金光。那聲音透着點兒什麼，也許是歡樂，但我卻聽出悲哀，不，也不是悲哀——不是一般生老病死的悲哀，而是點兒不同的東西，只要有生命，就有它存在，很深、很細、很飄忽，人會感覺到，甚至聽得到，但卻無從捉摸，令人絕望。我從沒聽到那樣動人的聲音。

金鈴子的象徵是苓子的一種想望、一種希求，或是對她而發的一種誘惑、一種愚弄人的力量。她渴求知道更多的事物、經驗更多的事物、或是感受更新異的東西。她所希望的不止是尹之舅舅的愛，而是一些不可解的東西；可能是一種更成熟的智力上的認可，也可能是所有年輕人都會遇到的某一種理想的幻滅。不管是什麼，它就像金鈴子的聲音那樣飄忽不定。但同一個象徵亦同時適用於本小說的其他人物上去。尹之舅舅有他的想望、他的希求；寡婦巧姨，丫丫、莊大爺、莊家姨婆婆，每個人都有各自的想望和希求，每個人都各自被某些飄忽的東西所迷惑、所愚弄；他們每個人最後都失望。苓子一度捉到一隻金鈴子，她很高興，然後，她隨卽失去牠，一切跟着就改變，她發現尹之舅舅並不愛她；跟着一度由古舊的理想維繫的和諧美滿的家庭開始破滅，所有的角色在人生看法上均有了重大改變。

但讀者會問：幾乎任何故事都有某種類同的戲劇的領悟，在處理上，「失去的金鈴子」有何與衆不同的地方？幾乎每一個讀者都會發覺到故事中根本沒有壞人，實際上，他們都可以說是好人。如此，作者又遭到一個技術上的問題，如何在他們之間加入衝突而產生戲劇？

從小說的本身來看，我們很容易發現幾個三角關係：㈠尹之舅舅、巧姨、苓子。㈡黎家姨丫丫、鄭連長、與指腹為婚的丫丫的未婚夫廖春和（一直未出場）。㈢新姨、黎姨、黎家姨爹之間的不安。㈣莊大爺、莊家姨婆婆、及其大兒子夫婦之間的不和諧。但使本書成功的不在這些人之間的衝突，而是由於作者把衝突隱藏起來。作者在呈露角色時用着極其自然、幽默及毫不急迫的進度，而又不強調任何明顯的衝突。一切事物看來那樣靜態、那樣調和；然而，由於作者有一種捕捉氣氛的獨特能力，把思想、行爲都極其不同的兩代之間存在的氣氛呈現於讀者的感受網中，使讀者在表面詳和的生活中，意識到某種必將引起衝突的「惡兆」。所以當這個表面相當和諧的家庭開始破碎時，讀者就能深深的共感其哀，而作者東一把西一把的印象派的筆觸此時都能相互的產生有效的和鳴作用，使整個悲劇的情境加深。

## 三

把缺點指出顯然不是件快事，尤其我又頗喜此書；但我仍願指出來談談。

(一)聶女士處理她的意象的謹愼幾乎已成爲一種屬於她自己的法則，但這位對於每個細節都如此嚴謹苛求的作者卻疏忽了一件更重要的事，她忘記了本書係由一個十八歲的少女敍述她自己成長的故事。在許多地方苓子顯得那樣天眞無知，對於很普通的生活問題還不大認識的時候，而同時她竟能對於人生與人生哲理發了不少高論，對於她自己的心理、情緒，和別人的心理、情緒作了如此不凡的分析，實非十八歲的少女可以做得到的事。作者曾刻意把改變前後的苓子的情緒作了兩個不同的造形，但整本小說塞滿了說教與分析。這個事實顯然與一個十八歲的少女的自述不符合。

(二)在抗日時代的中國，當時社會是一個雖曾受過現代化的洗禮而顯然尚非相當開明的時代，一個舅舅對一個姪女顯然仍是一個長輩。苓子雖然曾接受過相當多的現代教育，尹之舅舅對她來說仍然是舅舅，他們之間，無論如何應該有一道「心理的牆」。但我們的女英雄竟毫無遲疑忌諱的就走入了一個舅舅的情感之中，顯非令人折服之事。

（三）由於苓子的嫉妒造成了尹之舅舅與巧姨的悲劇，當這個悲劇正要達到某種高度時，作者忽然加上了個頗具破壞性的小節：苓子爲尹之舅舅冒大風雪送信給巧姨，其間所歷風險，作者道來英勇動人。這一節在我看來只是一個補償行爲，但在此時此地加上一個補償行爲顯然不當，因爲如此就會給人一種感覺，作者只爲了不使關心自我苦掙的苓子的讀者更加難忍，所以加上補償行爲一節以安讀者。

另一極不當的一節就是作者爲黎家及莊家所安排的「完滿結局」，整個戲劇中的衝突雖然很大，但個人的痛楚並未見得很深，而來了一個反高潮的「完滿結局」。在「咆哮山莊」中的完滿結局是合理的，因爲其主人翁們經過了一段相當長的風暴似的苦掙之後，我們需要某種安詳。但三星寨這一家的情形不同，整個情境是悲劇性的，但個人的苦掙則遠不及「咆哮山莊」中任何一個角色。聶女士在其「苓子是我嗎？」一文中曾說：文學除供人欣賞的樂趣之外，最重要的是使人思索、使人不安、使人探究。作爲一個讀者，我不希望一個戲劇情境如此輕易的獲得解決，使得我們不能去作更多的思索、不安與探究。該書結尾時，由於苓子嫉妒所引起的變化是一個相當複雜的情境，該情境正是聶女士所謂可以「供人欣賞的樂趣，並使思索、不安、及探究」的地方；所以我們期待更細膩更微妙的處理。譬如尹之舅舅及巧姨二人經過這次突變的心理，可以通過別人的口述而寫出。（我們不能忘記該故事是由苓子敍述，故不能用尹之舅舅及巧姨自省、回憶的方式。）又如苓子的媽媽，對這件事似乎一直未有任何表示。我們期望這個情境的外貌及內貌均更繁複、更濃縮、更不易解決。但尹之舅舅入獄與出獄之間，在讀者的心中所遺下的印象，並未有心如刀攪的憂慮，莊太爺一死，萬事就解決了。這也許是時間問題。若讓該情境所引起的緊張、焦慮、不安以至尷尬持續在半個月以上（當然其間作者就得多加幾件事件了），讀者的感受網上（並非認識上）的印象就更深切。讀者讀一本小說時往往像走上一段旅程，他也在經歷書中的一切，作者必需給讀者相當的時間（心理的時間，並非機械的時間）去經歷、認知、感受該節經驗的全象，然後可以有所蛻變。「金鈴子」的結尾的變動，由變動至解決似乎不外幾天的事，一切急轉直下，而結局又完滿，卽是說，讀者不再爲莊家、黎家、尹之舅舅、巧姨起先所引起的問題擔心，因爲至此，一切問題已暫告一段落。「金鈴子」的結尾必須加以更詳盡的處理。

——一九六二年

# 陳若曦的旅程(1977)

經過了那熱烈的內心的激盪的時期……漸漸在凝定，在擺脫誇張的辭藻，走進一種克臘希克（卽古典）的節制，這幾乎是每一個天才者必經的路程，從情感的過剩到情感的約束。偉大的作品產生於靈魂的平靜，不是產生於一時的激昂。前者是一種戟刺，不是一種持久的力量。

劉西渭：咀華集
文化生活出版社，民國二十五年
十二月版一三〇頁

## 一

陳若曦的短篇小說分爲兩個時期。第一個時期的作品在一九五八年到一九六二年間寫成，多半在「文學雜誌」和「現代文學」上發表，作品有「欽之舅舅」、「灰眼黑貓」、「巴里的旅程」、「收魂」、「辛莊」、「喬琪」、「最後夜戲」、「婦人桃花」和「燃燒的夜」。第二個時期是她在中國大陸住了七年回到香港以後所寫的一系列短篇，現收入「尹縣長」集中（一九七四年至一九七六年）。

當陳若曦發表她第一時期的小說時，我怎樣也不會想起上面劉西渭那段話。坦白的說，現在回顧起來，她那個時期的小說，雖然在題材上，有些地方呼應著五四初期的小說，如「反封建」「反迷信」及對中下層社會受逼害的小人物的同情，但在表現上，幾乎與劉西渭的「凝定」「節制」「靈魂的平靜」背道而馳。她那個時期的小說，情緒激盪，語言誇張，著重戟刺，小說的進展被強裂的未受節制的主觀意識及偶發而具爆炸性的潛意識活動所左右，而這些文字現象又是由於她缺乏一種熟思的完整觀念的視界，作爲她所批判或抗拒存在現實的準據，因而也無法構成強烈的悲劇意識。這和她第二時期的作品形成鮮明的對比。這個蛻變幾乎是傳奇性的，我們彷彿突然面對兩個截然不同的世界、兩個不同的作者。我們如何去抓住這個蛻變演化的痕跡？中間的一段沉默作了何種催化作用？這不一定是我們能夠完全追踪出來的。但我們如果細心的去讀，也會發現到有些早期的技巧，到了「尹」集的時候，收到了極有效的發揮，譬如「灰眼黑貓」裏用外在氣候逐步的變化來反映事件的嚴重的層次，到了「尹縣長」裏便做到某種極具感染力的心理深度。這一點我們在後面有較詳細的審視。

因此，我們認爲，要取得陳若曦「尹」集全面的了解，我們必須從她早期的作品出發，光是說她「客觀」「寫實主義」說她「反共」是不夠的，她小說中的戲劇與她意識形態的蛻變與成長是有著親密的關係的，我們必須在她世界觀的蛻變中，尋出她小說中最基本的生命靜靜的呼喊。

讓我們從她最早的小說「欽之舅舅」談起。我們認爲這篇小說是失敗的作品，倒不是因爲它缺乏新詞新境，也不是因爲它充斥著陳腔濫調，在任何人的早期作品中，這都是無可避免的。卻是因爲她依賴著一種無法與外在現象對證的神秘世界作爲她語言的發揮。欽之舅舅是一個傳聞中定型的神經質而沒有識見的詩人——哲學家——沉思者——瘋子——無故自我懲罰的人。敍述者所見的世界完全被浸在欽之舅舅和自然之間一種隱秘而極其情緒化的氣氛中，欽之舅舅與自然神秘的交往（如拜月）本身沒有任何深度的靈魂的探索，只有表面的怪異，而敍述者則用著一種夢幻的感受去渲染和美化眼中的世界；「日子過得像一篇散文詩，流暢、淋漓而美麗。」把文藝裏建立的語言世界去塑造風景與人物：「花香樹影」「一聲細碎的鳥語」「月光像水似的瀉滿了一室」，完全不是由於事件發展的需要而描寫，它們既不反映主角的觀物態度，亦不映照事件內在行進的旋律，它們完全是作者未加靜濾的一種主觀愛好的意象硬加在故事之上。人物的描寫亦如是。「欽之舅舅的文學和藝術非常好」，敍述者如此說，至於如何好，完全沒有讓主角的言行中流露出來，因而我們無法從欽之舅舅客觀的表現中感到他是一個眞的知識分子，有思想、有識見，因而他在小說中的苦痛，不深刻、不實在，而是外在的情緒化。作者在迷惑於神秘引力（如本篇中的月亮）及神秘的破壞力（如「灰眼黑貓」）之餘，常常有意地把異乎尋常的怪異行爲、意識、現象誇張及神秘化，作為她小說中的引力，在這個誇張及神秘化的過程中，她依賴著一個近乎「暴風雨」的狂亂的語言和律動：

月亮停在山谷的上空，兩個山峯之間，好像伸手即能摘得到。我滿心喜悅……正想呼叫著向空地跑去。突然，我提起的脚懸在空中，歡呼的音符停留在舌尖。一個移動的人影！我咬住手指，睜圓了眼睛仔細一瞧，這下子我張大了嘴巴也合不攏來。這高瘦的身材，抓著手杖，竟是我的舅舅欽之！他張出雙臂向著天空，手杖正指著山谷上的月亮——這月亮似乎比我在湖邊所見的增大了一倍——好像在默禱……他不知何時已放下手杖，把兩手交叉在胸前，半跪在地上，呢呢喃喃地念著……呢喃的音調隨著逐漸變了，由輕緩而急促，從祈求轉為哀訴。他的聲音越來越大，顯得非常激動，兩隻手輪著伸向空中，急促地搖晃，嘴唇抽搐得更厲害。他迸出來的奇異音符像冰天雪地中餓狼的嗥叫，又像野牛奔跑時的咆哮；那麼淒厲，像犯人受絞刑前掙扎的叫喊，那麼悲慘，又像奴工營囚犯低沉的呼號。聲調愈來愈高亢，幾近乎失叫，接著一聲劃破空谷的長鳴，他霍地跳起向岩石仆倒。我覺得一陣眼花腳軟……。

我們必需承認這一段文字中的戲劇性，作者對於動速的層次有相當的掌握，但這個律動是她主觀世界為了小說而建立的一種意識與情緒的跳動，是一個和實在生活經驗切斷而只能屬於藝術的世界，利用誇張的文字的跳躍推動我們進入主角的行徑及敍述者的感知程序，是依賴著作者所選擇的「異情異境」的極端變化。我們並非說「異情異境」「絕境」「狂暴面」不可成爲小說的題材，而是我們移入這種境象，及這種境象的顯露都應該有著適切的進展，語言越平常，越若無其事，該境象的打擊力越強烈，越能激人回味、思索。語言表面的強烈，主觀情緒世界的表面戲劇化傾於刺激性的發作，不易持久。

「欽之舅舅」是陳若曦最早的小說，當然不能代表她第一時期的全部作品的面貌，我們只想拈出該小說中之依賴「異情異境」和語言上主觀的爆發。這個傾向在她那時期的小說中繼續的湧現，甚至在她那紮根在現實主義的「最後夜戲」中亦未曾脫離。這個傾向在「巴里的旅程」裏發展得最爲極端。

「巴里的旅程」完全是一段主觀意識的旅程，那五光十色的、切斷的、支離破碎而缺乏完整意義的、各不相關的場景，雖然是取自充滿著問題的現代城市的片斷，卻完全是主觀活動意識的象徵場景，和外在世界幾乎無法相認。「巴里的旅程」是對存在意義很膚淺的追求，敍述者受著一種失落感的迷惘所左右，反映於表現形式的是語言錯亂，這篇特別多「後設語」。(例：流動的攤販爭攬生意——抽乾水後的池中無數泥鰍。)「後設語」是作者個人語言遊戲，和故事的行進完全不發生關係，但它們卻堵塞在中間。「巴里的旅程」完全依賴著每一個片斷的偏異突發的奇情而利用著類似「欽之舅舅」的誇張狂亂的律動去推進：

霎時，尖叫、呼嘯、咒罵、嘩笑……排山倒海而來。豬仔的眼睛巴貶，狼犬的黃牙吡咧。吐沫星墜，頓足雷鳴，（按：竟似虛飾的四六文！），人們前仰後合，旣驚嚇復憤怒……那膨脹、洶湧、憤怒的徒衆淹沒了他，漲潮般陣陣加高的喧嘩奪去了他的聽覺，千千萬萬鑽動的人頭分散了他視線的焦點。在搖晃不定的人潮中，他只瞧到「神」「人」「罪」不絕的、反覆的映現。天地也跟著旋轉、搖盪，人聲終成響雷。暴風雨挾著閃電，拔地而臨。一陣狂濤浪捲，巴里迷失了知覺。

再比較那不正常的患了自戀症的「喬琪」裏情緒洶湧澎湃的語言：

血液在血管裏逆流，衝激起浪花，心要跳出胸腔，而全身軟如爛泥。幾乎就在這一刹那，我覺得一道冰河橫衝掃下，急如雷電，立刻渾身冰冷得僵硬起來。我推開他，喘著氣，大聲喊著：不要！

我在屋裏走來走去，四壁的畫像對我嘲弄、譏諷。為什麼今夜兩個我要敵對呢？啊，我覺得唇乾舌焦，腰肢酸痛，我的頭化成千斤閘，壓得我喘不過氣來，我的心像一片古戰場，滿受槍戳刀宰。啊，疲乏，我零碎，疲乏……

作者讓神經質的情緒擴大、膨脹，淹沒了血肉可感的客觀的現實。

但陳若曦是熟識血肉可感的客觀現實的，如「灰眼黑貓」寫在封建迷信舊社會裏犧牲的文姐，如「收魂」中寫環繞著迷信與死亡之間的同情與反諷，如為了生活的重擔而「陰陽顛倒」、勞累入院、妻子紅杏出牆，而落得迷惘自傷的辛莊，如「最後夜戲」中歌仔戲女主角金喜子遇人不淑誤入吸毒之途的悲憫命運，無一不是含有批判精神的寫實主義的作品，我們或者可以說，這些作品仍是後來「尹」集中樸實無華之表現的種子。但事實上，這些作品有許多地方是受著上述的傾向所左右的。如我們提的「奇情」「絕境」，大都主宰著這些作品。我們手上沒有資料證明陳若曦曾否細讀「陰森大師」艾嘉．愛倫．坡的象徵作品，但她迷惑類似的神秘氣氛，如「灰眼黑貓」在氣氛的層次上幾乎像愛倫坡的「大黑鴉」那樣，一層一層把黑的氣氛加深，把出場的人物都作了「可怕的扭曲」，把死亡的必然性——甚至可以說粘性緊握不放，如影隨形，而使其他在此氣氛中出現的事物人物都帶上表現主義的可解不可解之間的象徵。小說中的黑貓是顯著的死亡的化身了，但田中突現的老太婆，「額上纏了一塊黑紗」，在小說中出現的時候，可以說是一種氣氛的元素放射著暗示死亡的可能。

這種在「欽之舅舅」裏便湧現的神秘力量——包括欽之舅舅超乎常人的心電感應——一再以別的形式流露或隱藏在「收魂」與「婦人桃花」裏。換言之。即在作者寫客觀現實的時候，仍然將之置於一個獨特的主觀意識活動裏。在陳若曦第一時期的小說裏，「辛莊」和「最後夜戲」可以說最紮根在客觀的世界裏，但兩篇都不斷的讓潛意識的洶湧取代、佔有。辛莊是一個日以繼夜爲生活而奔波的工人，但由勞累入院後，他的神經質竟似一個過於敏感的詩人：「看完戲的人蜂湧地趕過他，呼叫喧鬧著，像一派海潮捲向他。天地忽然被拉向兩個極端，他似乎被扔在當中，搖盪、滾翻，抓不到什麼。一忽兒在漩渦中，浮沉、打轉，越轉越深，終於撞到海底。」同樣地，在臺上唱歌仔戲的金喜子，幾乎在每句臺詞之間便被記憶和昏亂的潛意識所淹沒，沒入另一個世界裏。一般來說，「最後夜戲」和客觀世界和主觀意識世界之間來往無間配合有致，其最大原因是語言的逐漸凝定與控制：「現在，她覺得四肢無力，渾身開始軟綿起來，只想蹲下來或躺在地上，捉住一樣什麼東西，捏得緊緊的，咬它一口。她感到胃開始收縮、翻騰；眼睛愈來愈迷離；腳微微顫抖，盡了最大的努力，也只能讓它們暫時不脫離地面。」

「不脫離地面」好像無意間爲陳若曦暗藏了一句諾言。十一年後的陳若曦的文字每一個字都依附著現實生活的客觀經驗，「尹」集裏把以上所列的一切意識形態完全割切乾淨，不給它們作任何主觀發揮的特權，要它們作生活經驗的服務員，這個蛻變在現代中國小說史上可以說是一個奇異的現象。

## 二

當陳若曦離開美國「回歸」中國大陸的時候，我竟然想起了法國象徵詩人韓波(Rimbaud)，這並非因爲它的作品似韓波，而於韓波寫了幾年令人眩目驚異的詩以後，便完全放棄寫作，隨探險隊和商旅消失在亞卑仙尼亞，（雖然他最後是病死法國領土上。）陳若曦也認爲寫作不能擁抱生命，必須投入行動與生命的本身？她要把五四給她的批判精神和年輕的生命力發揮？有一點是肯定的：如「灰眼黑貓」裏的阿青說：「阿蒂來信要我回家，我卻厭惡再看到或嗅到那山村的一切。我想著：有一天我的腳步站穩了，我要把她接來。讓年輕的遠離那偏僻而窒人的鄉村，讓那年老的隨著腐朽的舊制度——帶著它所造成的罪惡——在地的一角沉淪下去吧！」但巴里（如阿青）離開了鄉村走向支離破碎的神經質的城市不但沒有「站穩」了，而且無法將碎片拼合爲完整的意義。陳若曦離臺赴美到「回歸」中國本土的旅程，第一步先發現了資本主義及工業社會下用「貨物價值」的觀念來衡量人的價値所產生的強烈的互相隔離與個人主義；要獲得完整的意義，首先要割棄她的「巴里」、她「爆發性、情緒化」的自我。她最後的回歸大陸彷彿是輔助了她破釜沉舟地把殘餘的過去完全切斷，爲的是追求眞質與生命、意義與事件的凝一不分，也許她第一次了解到完整的視界、完整的國家觀念及社會組織無法在夢幻與美麗的語言中獲得，更無法在缺乏對完整的認識的情況下，從徬徨與吶喊裏求取，必須把思想——冷靜熟慮地摒除私慾擁抱大我的思想投入實際的行動。

我們在本文之先，說陳若曦的第一時期的小說缺乏了一種完整觀念的視界作爲她批判或抗拒存在現實的準據，因而也無法構成強烈的悲劇意識。悲劇的產生是：當眞質與生命分離，當主角不斷從破碎的經驗中徒然的要求意義而被毀滅了。但有人或許會問：巴里所看見的不是破碎的世界嗎？不是眞質與生命的分離嗎？喬琪的失落不也是生命與意義的分割嗎？文姐、辛莊、金喜子不是被一個不完整的社會制度毀滅了嗎？巴里的旅程不是對意義的追求而迷失了嗎？這些當然是構成悲劇的素材，但眞正的悲劇意味必須產生在一個完整的視界與其支離破碎的現象之間的對峙與牽持。在「巴里的旅程」和同期的其他小說的背後並沒有一個作者冷靜思慮過、而她堅信不移的完整世界觀或社會制度。「巴里的旅程」投出了無數的人生的問題，但沒有一個是有深刻的答案的，其他小說裏所暗藏的對社會制度的抗議只是一種抗議，至於抗議後面所應該流露（但並非說明）的某種完整的信念是完全缺乏的，這或許可以解釋爲什麼她要依賴神秘不可解的異境作爲她小說下碇之處吧！

俗語說，愛之愈深痛之愈切，光是一個純理性衍化出來的完整觀念仍然是不夠的，作者必須由信到愛，始可以顯出小說裏所呈露的幻滅破碎的強烈悲劇意味。「尹縣長」集中小說的感動力便是來自一個作者強烈地信仰的完整世界觀（但被作者完全冷靜地隱藏著的視界）突然地（但她不願意相信會發生的）解體。

我們必需在這裏對所謂「完整的世界觀」的問題加以解釋。所謂「完整的世界觀」，往往因人而異，因重點而異。我們可以如道家或近期現象哲學派從存在現象的本樣出發，認定人只是全現象界的一個構成元素之一而已；我們可以如宗教家肯定世界的主宰爲上帝（這一點在二十世紀中恐無法再現）……但對一個關心社會的小說家來說，所謂「完整的世界觀」，呈現在社會組織上的，首要的應該是文化、經濟、政治成爲一個完全不可分割的整體，三者互爲表裏。這原是最基本的社會組織的條件，在原始社會裏，歌者、獵人、部落分子是同一個人，所有的文化活動（儀式劇）是他們經濟、政治的骨幹，如狩獵是爲了全族人的生活，全族人共同參與的儀式劇是爲達成狩獵的目的，因而也是爲達成穩定部族的目的而演出的——沒有個人靈魂自我爆發的呼喊，生命、意義是一體的。其實我們傳統裏理想的（我要強調「理想」二字）儒家思想也是要三者互爲表裏的，只是到了政治家的手裏才分了家。在西方的社會組織裏，由於強調貨物交換的價値，強調弱肉強食的競爭，文化完全是經濟和政治的副產品，甚至是多餘的累贅，詩人和小說家要不斷的站出來用種種的方式來肯定他們的存在意義與價値，統治者是任你去說，但不會把文化視爲精神的領導，甚至不會視爲政治經濟發展的助手。社會主義向陳若曦所提供的正是剔除了個人主義而可以達到文化、經濟、政治三者互爲表裏的希望（至於到了大陸後目睹制度化所引起的分裂、甚至破產卻是後話，也是構成她小說裏強烈悲劇意味的關鍵），在當時，她的信念是強烈的，她要爲這個完整的世界服膺，要把她微薄的學識投入偉大的建設裏。「那時，支持著他的不單單是一腔愛國的熱血，還有美好的理想，爲了這個理想，他熬夜攻讀列寧和毛澤東的著作，作了多少筆記」（「値夜」），爲了「爲別人活著，爲中國老百姓做事」（「尹縣長」），而頓覺自己的渺小、個人主義之骯髒。我們說，她的信念是強烈的，我們還可以從反面的事件看出來，

「尹」集中的回歸知識分子常常有忍辱負重的感覺，晶晶的爸爸，「他迢迢千里而來，如今鬱鬱不得志，只希望寄託在下一代，看他生在紅旗下，長在紅旗下，盼望著將來能成爲八億衆生中的普通分子，不揹任何思想包袱，平安無事地生活下去。」（「晶晶的生日」）他寧願把個人的要求退到最謙卑的願望，可見其原始信念之深。同樣地，耿爾認識了小晴以後，他想「如果能和血統工人的小晴結合，不但自己的思想改造有脫胎換骨的可能，就是子女身上也將流著工人階級的貴族血液——有比這個更有意義嗎？」（「耿爾在北京」），雖然「貴族」兩字帶有反諷的意味，但作者曾經深信脫胎換骨的需要及意義。我們說過：愛之愈深痛之愈切，我們必須要從這個完整的信念及其挫折之間的互相牽持中去認識「尹」集的根本表現力。但在討論這個之前，我們還需指出這個信念對陳若曦的正面影響。

完整視界的追求，需要冷靜、專心一志的思辨，一旦做了決定，便是信念的開始。這個思辨過程的分析力，使得陳若曦成爲一個成熟的知識分子，對事物的觀察，有了淸明的掌握，不讓情緒洶溢所左右。另一方面，社會主義的思想方法，強調科學精神與邏輯思維的辯證。這種思維的習慣在沉默了十一年的陳若曦的小說裏生產了極其健康的結果：凝定與節制、乾淨樸實，只說經驗或事件需要她說的，有時只點到爲止，讓人去感到背後的戰慄。如果我們想在「尹」集中找出如第一個時期小說裏一些美麗、機智或富有詩意的文句，我們幾乎找不到。她的風格，尤其是在「尹縣長」裏幾乎是報導文學的風格，不參與任何個人的主觀的意見。她任事件演出在我們的眼前，由我們去感覺到其中令人不寒而慄的情境。

「尹縣長」是陳若曦離開大陸以後的第一篇小說，也是她寫得最好的一篇，幾乎做到完全的客觀。這篇小說是描寫敍述者在偶然的一次機會裏看見一個紅衞兵小張，清算一個對共產黨忠心耿耿的縣長（小張的一個遠親）。這篇小說最獨特的地方是敍述者的身分與立場的不確定；我們知道他不是黨員，雖然他來自北京，他好像有點同情尹縣長的遭遇，但他不形於色，而且當事情轉急尹縣長來請敎這位「北京來的同志」時，他卻沒有表示他對文化大革命的看法，他只「背誦如流」地報告從報紙上得來而不甚了解的說法，一方面他又好像站在黨的方面，因爲他開始好心勸尹縣長「要相信黨的政策，相信羣衆，更相信『批判從嚴』，但『處置從寬』……」。這樣一個敍述者的好處是：如果他原是已經反黨的，他眼中看到尹縣長之死於權力亂變亂用，便不一定使人驚駭。現在敍述者既無反黨情緒的流露，對事情只看而不評，我們通過他眼中所見，便沒有「右派人士扭曲誇張事實」的懷疑。換言之，敍述者幾乎就是一個電影機，帶著我們去看這件事的一些細節而已。這個敍述者與「値夜」的便大大不同，「値夜」中已嫌增加了太多作者借他人的嘴巴說出的批判。柳向東和老傅的對話裏說大學敎授在農場工作是浪費，說文化大革命把所有的書都革除了。這些對話已經無法視爲故事中人物純然因某事件而發出的意見。作者一心要安插這些話作爲她的抗議。

「尹縣長」裏的敍述者，不但只細心呈露而不作刻意的批判，作者還安排他不親見「公審」、不親見「處決」。他只是一個過客——想想，過客所見已經令人寒顫，生活在其中長期受朝三暮四的政策的愚弄又是如何，這，作者留給讀者去思索。作者在「尹縣長」中起碼用了兩個「省略法」是很有效的。尹縣長被鬪的前夕，敍述者「第二天就出發到漢中去。」去了一個星期回來，景象變了。至於那一個星期發生了什麼事，作者不敍述（因爲如果她全寫出來便是完全報導文學了），作者用了平淡無奇的文字敍述回來所見去反映這次的變異，他在汽車站看到琳瑯滿目的大字報，「只溜眼一下那些標題，便知道尹縣長已成衆矢之的了」，如此的不動情感、不激動，也不敍述任何感想，好像是一個陌路人一樣，敍述者寄住在和尹縣長很親近的尹老頭家裏，已和尹縣長見過兩次面，而且第二次還問過他很多話，現在敍述者的態度不露形色，其一，是保持純粹的「鏡子作用」，第二卻說明了另一個可怕的事實：這種事時常發生，不足爲奇，無從關心起，關心也沒有用，而且可能會引起麻煩。再看下去：「這街上兩旁的舖子，原來都換上了新的名稱：『工農』百貨公司，『戰鬪』飯館，『紅衞兵』照相館，『衞東』小吃舖，『東方紅』戲院，『爲民』農具修理廠。」敍述者也沒有說什麼繼續看下去，有三個紅衞兵在爭辯，其一便是小張，談的當然是尹縣長的事，但敍述者沒有看下去，「也許旅途勞累」，便「迎著微弱的夕陽向尹老的家」。

首先，那些新的招牌說了什麼，作者不說，但我們知道，這是看風轉舵的表面政治，可以天天變、天天貼，其意義自是不言而喩。同樣地，兩個老太婆拿著「語錄」去質問尹老，喃喃的唸下去，也是一種表面的口頭的遵從權威而已。敍述者看到一場好戲而不看下去，如果是以前的陳若曦，這正是可以大大的發揮她那時的誇張與狂亂的語言去捕捉這場爭辯和到後來公審鬬爭的整個律動，但她沒有，不但沒有，而且沒有正面去描寫。新社會裏的狂暴面也許比前期的陳若曦看見的更多，但都被完全壓制在語言與事件，讓它們在後面作著無聲的吶喊。敍述者沒有看鬬爭便走了，我們可以解釋爲，他是過客，我們也可以說，這種事太多了，天天都發生，他上了飛機，一下子連興安城也不見了，「機窗外，除了山，還是山，是連綿不斷，萬古千秋，偉大的秦嶺。」好比大宇宙中這事件渺小無比，很快就會消失，很快就爲人忘記。敍述者看不見的可能更多，比這更殘酷、比這更不合理的事都被淹沒了。敍述者在後來聽到尹縣長的死時，也沒有說什麼，只想起一句「平日誦熟的毛澤東的話：死人的事是經常發生的……」不足爲奇。「尹縣長」裏有許多話沒有說，但我們卻微微的感著多方的戰慄，由心的深處開始。

我在第一節裏提到「灰眼黑貓」中用了外在氣候逐步的變化反映事件的嚴重的層次，在「尹縣長」中這手法有了非常有效的發揮。風是她常用的氣象，尹縣長來請敎敍述者之前：「自從日頭沒入了山峯後，便刮起了風，入黑以後，更是呼呼作吼，一陣緊似一陣。」尹縣長話問完了，沒有找到變通之法，那時「山風顯著的減弱了，相伴而來是沙沙的雨聲，細細碎碎的，像春蠶啃桑葉一般。」自然現象有意無意間襯托著這場變化的波動。在敍述者回到北京二年後一天遇見小張的堂弟，在敍述尹縣長被公審與行刑之前：「正說著，一陣風刮來，泥沙紙屑都捲起，在空中翻騰，太陽早不知被驅趕到何方去了，滿天昏昏慘慘，一片黃濛濛。我瞇著眼，頭順著風勢躲，臉皮被風沙刷得麻癢癢的……。」類同的，以外在氣候映照內心的氣候的手法，也出現在「值夜」與「耿爾在北京」。

我們不妨在這裏進一步看景物與象徵的關係，在「灰眼黑貓」裏，黑貓象徵了死亡的神秘力，在「欽之舅舅」裏，月亮也代表了一種神秘的引力。這類象徵是作者爲了小說藝術而製造的，和平常事物有別。「尹」集中的象徵，卻是實際生活事件中的平常事物，其出現自然及合乎事件的需要，它們不必是象徵，但同時做了強烈的象徵意義，卻非作者「專製」，這種象徵最耐人尋味。正如氣候的跡象反映了內心情感的波動，在「值夜」裏原是教授的老傅經過了無故的政治檢舉下放後，「千方百計地找來空罐頭（改做煤油爐），一有空就敲打起來，而一敲打起鐵皮來，他便全神貫注，身旁的事物都視若無睹了。」那種凝注，簡直是藝術家的專一，但我們卻知道，老傅已被迫放棄了他平常的表現方式（教書），而轉向內心，像詩人一樣，沉默地用唯一被容許的方式敲出他的生命和表現！「嘟！嘟！嘟！老傅一錐一錐地，敲打在鐵皮上，枯燥而單調。向東竭力不去看他，也不聽那空洞的聲響。他把頭朝上看，數著頭上架著的橫樑：一根、兩根、三根，一根、兩根、三根……」這裏是很明顯的象徵著生命的單調和空白（柳向東曾數次倒剪了手，在桌旁來回踱步）。但這裏柳向東總是在欲語不言的邊緣，有許多我們彷彿聽得見的話在那裏顫抖，這是「明顯象徵」以外的餘弦，陳若曦把握得最好。其他的象徵大都藏在事件裏，都有相當適切的流露。譬如「耿爾在北京」裏這一段：「這兩間房的公寓，十年前他剛搬進來時，覺得很狹小擁擠，後來卻越住越感到空曠起來。」「空間沒有變大，而心裏的空間反而大起來了，那不是『心遠地自偏』，啊，不是，而是心裏越來越空虛寂寞了。同樣地，「查戶口」中的彭玉蓮「敢穿得這麼色彩鮮明，我心裏想，膽子不小呀！」正反映了一般人生活的灰色。一般來說，陳若曦的象徵在我們不知不覺間偷入來，使人有瞿然的驚覺，甚至那較爲刻意的任秀蘭的死狀，也是先以事件處理，然後才使人想起象徵。任秀蘭是一個忠心的黨員，由於宗派鬥爭及五日一小、十日一大、變化無常的整風運動而浮屍於厠坑裏，其死狀使到敍述者一陣噁心而昏了過去：

我整整病了一星期。每天就是躺在床上，茶飯無思；閉了眼睛後，一件黑乎乎脹鼓鼓的物體便湧上腦海，使胃泛酸作嘔，想一吐為快，偏又吐不出來。慢慢的，我也習慣了，知道這不是生理的反應，而是根深蒂固地盤據在我心頭的一種感覺，像絞鍊一般，今生怕是解不開了。

那不堪入目的「黑乎乎脹鼓鼓的物體」便是新社會的系統吧！多少話吐也吐不出來，因爲這是一個「結」，它是一個「結」，是因爲多少愛多少恨全在其中，如果只是恨，便也沒有「結」了，「解不開」「說不出」是因爲「愛」啊！正如兒子對一個罪惡重重的母親能說什麼呢！

所以我們討論陳若曦的「尹」集，不能拋開她對於完整社會可行性的信念與愛。我們如果細心的讀「尹」集，會驚異的發現到，新社會裏也有不少的「切斷」與「隔離」（如每一家庭都不敢向另一家庭訴出心事），也有不少的「瘋狂」和「暴亂」，甚至有一種新的迷信（如「毛主席」之不可侵犯——見「晶晶的生日」），甚至有一種「顚倒的封建制度」（如「任秀蘭」中顧醫生不按情理的受牽連，如動不動調查人過去牽連的人物，作種種「抄家」的威脅——見「晶晶的生日」、「耿爾在北京」等）。但陳若曦沒有用誇張的文字去處理「切斷」與「隔離」，沒有用強烈的辭藻專爲「反新迷信」而寫一篇抗議的小說，一切進展是有節制的平靜，這一方面當然是冷靜思維的習慣所給與她的成熟的技巧，但另一方面，我們也可以說她對於完整社會可行性的信念未移。當她接受了社會主義的呼召的時候，她當然了解到「爲理想社會主義制度而犧牲」的基本要求。爲了世界大同的未來遠景，她是決心犧牲一般個人的需要，所以她到了南京後，並未爲沒有表現的自由而苦惱，胡風當年要爭取這份自由（並非違反社會主義理想的要求），認爲作家要認識及體現社會主義的理想，必須像志賀一樣由他自己的藝術出發去完成。胡風因此被打了下去。陳若曦是一個作家，但她爲了這未來的遠景，沒有要求保持她做作家的權利，她放棄了寫作，切切實實的獻出她的一份力量（教英文），企圖成爲這未來遠景的一個小小的建設者，她甚至了解到，爲了完成這個遠景，不惜容忍許多目前制度的錯誤與幼稚，包括其中的新迷信，「晶晶的生日」中描寫他們剛到南京時依樣葫蘆的大貼「毛主席」的像和擺滿了毛選集，她自然也了解到這是一種表面政治，她容忍著，是希望這是一種過渡情況，她甚至想過，讓下一代有純粹的無產階級的血液與思想，可以參與未來遠景的偉大的建設。（俱見「晶晶的生日」、「耿爾在北京」）

我們認爲陳若曦是相當了解「個人犧牲」是進入社會主義的先決條件的，所以她在小說裏的抗議，不是那簡單而含糊的「反共」二字可以說明的，我們或可如此說，她基本上是相信社會主義的可行性的，她反對的是現行制度硬化後的形式（或可稱爲毛式共產制度）。所謂「個人犧牲」究竟要犧牲到什麼程度，他們是沒有說明的，接受這先決條件的人，每人都有某程度的假定，即是犧牲到做爲一個人的最根本的、天性的、本能的存在便無法再犧牲（爲一個使命而死的不在這個假定之內）。理想的政治組織應該是：個人爲制度所要求的犧牲容忍，但政治組織本身也應容忍個人在未來遠景完成一些未臻理想的地方。現行制度要做到完全的「無產階級專政」，忽略了兩個事實：㈠這個理想是由知識分子本身構思出來的，他們對無產階級的本能要求是什麼往往還是想當然而已。㈡如果眞的由完全沒有知識基礎的無產階級執政（實際上他們不會容許這個現象發生），情況可能不堪設想。但我們認爲無產階級確是最接近生命原始粗陋的本義，因爲他們過的是最基本的生活，是生命的根源。但他們基本的人性的要求，並非如黨所塑造那樣理想化。知識分子下放原是向貧下中農學習，「既生活在貧下中農的包圍中，還守更巡邏什麼呢？」（「値夜」）顯然，一廂情願的去理想化「貧下中農」是缺乏對基本人性及慾望的認識，這羣知識分子統治者將他們理想化，是爲了達成一種政治目的，他們完全了解，貧下中農和知識分子和一羣住在城市的人一樣，基本上有某些相同的慾望、相同的缺點，我們只可以說他們比較純樸而已，所以知識分子統治者一面說他們是「模範」，另一方面對他們作種種的防範。

陳若曦所感到的悲劇，她的近乎無聲的抗議，是當個人退到本能的要求時還無法被硬化了、但又變化無常的制度所容忍。她的呼求不是資本主義下生活可以高枕無憂的知識分子所說的自由，這，在她接受社會主義的召喚時早已放棄，她的是本能生命、基本生命的靜靜的呼喊。

本能生命、基本生命是完全無瑕的，如「晶晶的生日」裏的四歲的施紅、晶晶和冬冬，原是沒有「政治錯誤」的枷鎖的，她們眞樸自然，不料在一個遊戲中完全出於無心的語言的玩耍喊了一句「毛主席壞蛋」，而受到了「調查、錄音、入檔案！」應該是童言無忌的，現在竟成了「自小一貫反動」，而父母恐懼、憂心如犯了天條！制度硬化到連「天眞」（「天眞」當然是完整視界中最根本的構成元素）都扼殺死了，小孩子因此被重重地受責，因爲：「一個小孩可以偸、可以搶，但萬萬不能犯政治錯誤！」小孩子——還未受任何文明浸洗或汚染的小孩子——犯了「政治錯誤?!這把退讓到最原始最根本的人性完全扭曲了。「那模樣嚴肅得像個老頭子！」

施紅、晶晶、冬冬，他們的父母雖然有「出身好、很早就入黨」的，有帶著「美帝思想包袱」回國的，也有屬於「紅五類」的，但其「天眞無瑕」是一致的，是最基本的人性，無法再削減的個人的核心，是一切完整視界、完整社會組織無法缺少的元素，連這最後的尊嚴都去掉，便是把我們的根都拔起了。這，才是令作者最悲傷的。

在這個強制分化和以猜忌來隔離的組織裏，作者仍然發現不少的「本能完整性」的可愛人物，如晶晶的褓姆安奶奶，性子爽直憨厚，完全不帶政治的陰影和居心，如「東來順」館子裏人情味很濃的老魯（「耿爾在北京」），甚至那出身「紅五類」的王阿姨，「在家務上，她常替我出主意。譬如僱請褓姆的事，不是她替我張羅，我人地生疏，便一籌莫展了。」（「晶晶的生日」）。最令人感動的是，這「本能的完整性」呈現在國棉三廠工人小晴兒的身上：

> 耿爾再不曾遇到比她襟懷更坦白的女子，沒有絲毫的矯揉造作，總是那麼純樸，那麼自然……自從遇到了她，自己幾十年漂泊異鄉所累積的那份落落無歸的感覺，便消失無踪了，與她在一起……好像解除了一切壓抑，無需矯飾掙扎，一如回到了童年時代。她喜歡笑，笑得那麼爽朗，那麼明亮，又那麼溫暖，好像大地回春，陽光普照……小晴曉得他的留學生身分，也絕無絲毫歧視——好像很多同事背後喊他「美國佬」，使他感到像隻烙了火印的牛仔，終身洗刷不掉。（「耿爾在北京」）

小晴兒不但是社會主義中最典型的無產階級，但也是作者理想中的完整視界中的骨幹，最根本的純樸自然無邪，但這一個理想的形象卻犧牲在反自然的硬化了的制度。她和耿爾原是最理想的結合，竟因爲耿爾（一個決心把在外國所學獻身給社會主義偉大的建設的知識分子）的「烙印」而被黨阻撓了。如果我們要爲未來的遠景的實現要求個人在過渡時期的犧牲與容忍，執政者就不能容忍一個已經摒除其過去、出心以誠、又未犯政治錯誤的回歸者嗎？所謂「思想包袱」，往者往矣，所謂「出身」，不但屬於已死的過去，有時是屬於上一代的，爲什麼會成爲一個洗不清的烙印呢？是一個眞的劣根嗎？還是某些人利用來作政治遊戲的籌碼？籌碼是一個籌碼，籌碼是沒有生命的，存棄要看賭局的進展如何？這是否還可以使生命與意義凝一而不分呢？如果文化、經濟、政治可以如店名的招牌天天換天天貼，它們凝一的元形在何處可以覓得？

晶晶的媽媽在聽到晶晶也喊了「毛主席壞蛋」所闖出的「政治錯誤」的「嚴重性」時：

> 肚子裏的胎兒這時突然動起來，那本來會給我一種神秘、幸福的感覺，現在卻轉為一次意外的、痛楚的刺激。我忘了擡水，雙手趕緊捧住肚子。

他們原是要小生命長於紅旗之下，作一個「純紅」血液的建設者，他們知道自己的烙印和包袱無法去掉，覺得他們下一代可以繼承他們的志向，但現在一層陰影重重的壓下，他們想，或許他們應該忘記那「解不開」「說不出」的「結」，捧住還未生下來的「純樸」和「完整」走上另一條現在無法認知的旅程去。

——一九七七年十月廿一日加大

# 現代歷史意識的持續(1978)

## 一

這一兩年來，大家對傳統與現代化相互的關係、鄉土意識和資本主義意識的取捨問題，都曾有熱烈的討論，這是極其健康的現象，撥開其中的是是非非，基本上，這些討論呈示了一種新的自覺運動，是民族，在新與社會發展中，另一個急遽變化階段的一種反躬自問尋根探固的追索，對將來意識形態的發展有意無意間作着新的統一的試探。

但對傳統和現代化的了解、鄉土與資本主義意識的衡量，我們決不能將其中任何一項思潮、價值觀、社會形態從歷史生成的全部現象中抽離作孤立的討論。傳統之意義，或者說，傳統之有沒有意義，不是一個可以脫離具體歷史而獨立絕對的東西，也就是說，它不是可以用抽象概念劃分和肯定的東西，傳統中那一部分具有「永久」「絕對」的意義，還待我們將之置於現代歷史生成的全部現象中，審查其在多種社會、思想，因外在因素所引起內在變化的衝擊下所產生的迎拒的張力，才可以發現其所謂「萬古常新」的眞正生命力的源頭。同理，現代化所提供的物質生活的改進本身不能作爲我們鼓吹新社會的全部依據。現代化所引發出來的新的社會形態與意識的種種弊端，並非徒呼「我們要發揮傳統精神」可以否定、肯定、改變或調整其在傳統所增加的意義，我們必須探求其從現代歷史進展的狂濤中湧現出來的全面過程——這包括其在某一個歷史階段中與傳統價值的衝突、及其超越該歷史階段以後和傳統中某些元素的調合——我們始可以肯定其作爲傳統新質的意義及潛力，我們始可以發現所謂偏差的成分。同理，徒呼「鄉土」之名，來與違背了理想社會結構的資本主義意識抗衡，亦無法透視其間的問題，我們必須認識中國社會組織的雛型——鄉土社會的根本結構，其生成的過程，其活動形態所提供的社會關係與意識，其在二、三十年代裏西化爭論中所提供的角度，我們始可以澄清這個歷史階段現代化中可能有的偏差和以後的危機。我無意在本篇裏對鄉土社會生長結構及意識作詳細的討論，在此我們不妨只提出學者早有定論的一句話：鄉土社會是「有機體的社會」，是默契的社會；相對的，過度工商業化的社會，是「機械的社會」，是缺乏默契的隔離主義的社會。在現階段歷史的發展中，這裏含有什麼的一種意義，我們不妨細細思量。

## 二

我特別提出：任何單一的現象，決不可從歷史生成的全部現象中抽離作孤立的討論。這句話是歷史學者的基本信條，是不解自明的。現在的「我」，自然要從過去的「我」全部生成過程去了解；現階段的中國思想和意識，自然要放入現代化以來全部思潮衝擊生成的歷史網中去透視，這就是我所說的「現代歷史意識的持續」，其重要性亦是不辯自明的。問題在——

我們現行的教育裏，在過去廿九年來報章雜誌的論文裏，我們有沒有把目前的意識形態的結構、社會的現象、人們追求的理想與價値……等放入清末民初以來歷史的全景中去確認？我們曾否捫心自問：我們的文學系（原則上我是反對中文系外文系分家的）爲什麼無法開出五四以來新文學的課程？現在的「我」既然無法把過去的「我」切斷，現階段的歷史所形成的意識形態，難道又可以從過去的歷史中切斷而獨論嗎？不敢認識過去的「我」的人，是一個身心有所缺乏的人，是怕過去的夢魘嗎？我們如果身心健壯，爲什麼沒有勇氣面對過去？是我們對自己文化的根發生了懷疑嗎？古訓不是要我們「繼往開來」嗎？我們不是天天把「繼往開來」掛在嘴邊嗎？我們既然不滿於中共只以一種思想性支配和解說歷史，說它是「減縮性」的程序，歪曲了歷史事件的眞質。（我完全同意這個說法，中共甚至把馬克斯思想也減縮了，他們只選擇合乎他們政策的部分，排斥了站在人道主義的新馬克斯主義。）我們既然無法容忍這種減縮的程序，我們自然不應該走另一條減縮程序的路，應該用最開放的胸懷去作全面的「繼往開來」。所謂「繼往」，並不指用抽象概念的方式抽出傳統中若干觀念而作永久的肯定，而是要視其本質在現代中國歷史之洪流中生成衍化的實存意義。

## 三

更具體的說，從鴉片戰爭到自強運動到五四運動到五卅慘案以來，中國分子從歐美大幅度的移植了西方政治思潮、文學運動，隨便屈指一數，不下二三十種之多：天演論、自由主義、民主政治、人道主義、古典主義、浪漫主義、寫實主義、自然主義、批判的現實主義、易卜生主義（婦女解放運動）、實用主義、資本主義、未來主義、原始主義、個人主義、科學至上主義、社會主義、馬克斯思想、馬列主義、無政府主義、象徵主義、表現主義……略後還有革命文學論、無產階級藝術論、民族文學、國防文學……等等，眞是風起雲湧、眼花撩亂，有互可配合的，有互相敵對互相排斥的，幾乎在同一時間的平面上同時出現。互相敵對互相排斥的又曾引起種種的文學論爭，如創造社與文學研究會之間的論爭，如革命文學多角的論爭（創造社與語絲社與新月派），民族文學的論爭，自由人的論爭，第三種人論爭，環繞着無產階級藝術論的論爭，文學大衆化的論爭，大衆語的論爭及左聯自已引起的國防文學和民族革命戰爭與大衆文學的論爭，民族形式論爭……等。

這些思潮在二、三十年代中國生成的過程裏，這些論爭中所反映出來的傳統與反傳統、西方與反西方的元素，對我們都有積極的教育意義，使我們在反躬自問的時候，可以有更透徹的更清醒的了悟，但我們這一代的青年中，有多少人對這些思潮這些論爭有所認識？在這些思潮、運動、論爭中傳統思想及意識形態扮演了怎樣的角色？作了何種讓步？作了何種啓示？在這些衝擊中作了何種蛻變？其衍化出來的意識形態（社會的、文化的、文學的）對於現階段在臺灣的知識分子有着何種血緣關係？這，都必需要在現代中國歷史生成的全景中去認識。

四

五四期間知識分子對西方思潮不分皂白的狂熱的擁抱，對傳統作盲目的拋棄，現在看來是相當情緒化的，李長之在「迎中國的文藝復興」一書中有相當中肯的回顧，大致上說，他認爲五四不應稱爲「文藝復興」，因爲當時的知識分子既未復興傳統的文化，對外國的文化亦未有根本的深刻的認識，在西洋文化移植的過程中，採取了一種「匆遽的重演」，用二十年重演人家二百多年的經歷，所以思想上有相當的混亂。這個批判原則上是頗爲冷靜和公正的。但李長之也說，五四本質上是一種啓蒙運動，啓蒙運動的特徵便是懷疑精神、開放精神及批判精神。這，可以說是新文化中最重要的貢獻，是我們之能成爲現代中國人的一個重要的起點，是這種開放性的批判精神，使我們能更冷靜的審視該階段以來歷史意識的持續。

由於五四以來思潮是外來的移植，由於其呈現的成果缺乏系統性的深度，一般學者易於採取下面兩個態度：其一，是否定五四的成就，震怒於五四時期對傳統的批判；其二，是把五四的意識形態及文學作品完全用西方文化模子中的含義去處理，如近年來許多中國現代史學者所爲。我以爲這兩個態度都是不健全的。關於前者，後面的討論中會有詳細的說明，這裏先談後者。

一種外來思想或運動的移植，很少是一成不變地全盤接受的，在本土思想家藝術家的意識中，往往會牽涉到接受、調整、拒絕這三重手續，雖然這個過程並不盡是自覺的。很多人以爲，上節所提到的「主義」都是舶來品，用外來思想模子中的文化含義去討論它們是順理成章的事，好像說二者的內涵、假定、目標完全相同似的。事實上，在每一個文化移植的情況中，都牽涉到兩重歷史、兩重文化的交錯。浪漫主義在歐洲的起因，和浪漫主義在現代中國突發性的興起，歷史因素完全不同，古典主義生於浪漫主義之前，相距時間有數百年，其他各種主義的時空、歷史、文化、社會的構成，都各有其源、各有思想系統，這許多互相歧異甚至互相排斥的主義，竟然能夠在中國同時出現，我們如果只從西方的文化的模子的含義中去討論，這便只看到脫離了現實的一些概念，事實上我們這樣做，完全不能解釋它們之能同時出現的緣由。我們必須尋求出當時能接受(同時接受)這許多思潮的「內在的因素」，是什麼歷史的社會的變遷引起了知識分子思想上的波瀾，而在這些外來思潮中找到某種關聯？我說「關聯」，而不是說他們當時對某思潮有根本的認識。事實上，如果他們當年完全了悟其所接受的模子之全部含義，譬如浪漫主義中極端的個人主義，天演論中，「弱肉強食」「有強權無公理」的自私行爲，了解其最後的據點是違背我國「齊物」與「大同」的思想的，他們可能馬上會將之排斥。所以，我們必需明白，一項思潮進入中國歷史意識時的複雜情況，當時所被接受的部分，往往不是該思想的大部分，甚至不是主要部分或者本質，而是切合當時歷史社會變動的某種關聯。（同理，我們現階段所極力鼓吹的工商政策，可能也像當時的知識分子一樣，只是切合現時需求的「關聯」而非可以鞏固傳統本質的要素。）我們要如何分辨這只是偶發歷史事件的「關聯」而不是合乎鞏固及創新傳統的要素呢？那便需要在探討現代中國歷史生成的全部現象中，通過傳統思想意識形態與外來模子的比較和對比，了解反傳統中所眞正要反的是什麼？沒有被反的是什麼？被反的部分在新興思想中呈現什麼樣的面貌？（如批判的現實主義中所反映的社會不平等的現象和政治家利用以後的儒家思想有多少關係？和理想的或哲理的儒家思想有如何的不同？在此順便一提的，我們不能因中共「批孔」，我們就一定要說儒家思想是完整無缺的這種意氣用事的話；又如當年的婦女解放運動又反映了傳統社會中那一個環節的缺憾？）沒有被反的部分，雖然也沒有被宣揚，但在外來模子移植的過程中，做了怎樣的一種制持調停的作用？

但在外來模子移植的初期，潮流所趨是對傳統全面的否定，對外來各路的主義全盤的擁抱（起碼口號上是如此），其起因並不完全是基於「外國月亮特別圓」的思想，最早的西化運動，是要「以其人之道還治其人之身」，即是學你們的蠻術治你們的蠻行的意思。中國清末的近代史我不必在此複述，鴉片戰爭那年起，中國幾乎「每年」簽一條割地讓權或賠款的條約，這些帝國主義者貪婪地作領土、思想、經濟的侵略，設特區建立特權，以至五四前夕中國卽將被瓜分，中國人受盡一切的凌辱，亡國的危機已在眉睫，學習西化是在這種亡國的絕境中逼出來的選擇，在當時的歷史條件下，知識分子只知道救亡，而無暇在傳統中理出一個嶄新的更合理的政治結構、社會結構和思想系統，事實上，時間上亦不容許，在這種革命的狂熱裏，對於新的理想社會（雖然在意念上還不甚明確的理想社會）的期望，使得他們毫不熟思地接受一切外來的思想，彷彿它們都可以協助他們近乎普羅米修斯的救世使命和浮士德克服種種衝突的推進，這種革命戰鬪的精神渲染了所有移植入來的思潮和主義，在他們的眼光中，每一項都可以幫助建立他們救亡所需要的識見。這一個觀點必需要從當時歷史的狂濤中建立。所以，我們不應用超然於歷史的純美學或純粹思想價值去判斷它們是膚淺和浮泛，所謂膚淺和浮泛是決定在他們對外來模子認識上的缺乏，但在歷史意識全面的發展中，它們代表了追求完整性的一種重要的努力，這種努力是建立新與社會的能源，這種精神的內涵在作品中容或貧乏，但在行動裏是豐滿的。

所謂完全否定傳統，這只是呈現於表面的一種姿態，事實上，這些知識分子的教育完全是傳統的、古典的，所以在每次選擇中，不論是文學上的表現還是社會思想形態的思考上，有意無意之間，沉潛在他們下意識裏的一些傳統的理想和美學的依據（也可以稱之爲未被批判的傳統部分），仍然如鬼靈般左右者他們的決定，這點至少是值得我們細細的探討，譬如接受自由思想時，在他們的文學作品中，有意無意間，要從中國古典文學中喚起道家思想，作爲他們接受西方模子的依據，在接受革命的浪漫主義時，則從共工的神話中尋求其接受的理由。事實上，我們知道道家思想中的「無待」（所謂絕對自由論）還必需與「齊物」的思想一同看，如此我們可以了解道家思想基本上是否定個人主義的一種哲學，與西方自由主義強調的自我中心的個人主義是不相合的。如此外來模子和本土模子的比較和對比，再加上上面所說的「歷史的關聯」的認識，才可以明瞭革新思想之衍化，才可以知道爲其傳統新增元素的根本意義，才可以認清我們之爲我們的起點。

同樣地，所謂全盤西化的問題，我們不要以爲他們口裏不斷的喊着，便一定是全盤接受。事實上，他們仍是受制於前面所提到的「歷史的關聯」，而沉潛在他們下意識裏的傳統理想和美學觀念仍然暗中協助他們調整和拒絕西方模子中的某些成分。舉一、二較明顯的例子。五四初期的文人瘋狂地擁抱了歐洲的浪漫主義，但他們只承受了以情感主義爲基礎的浪漫主義（其最蓬勃時是濫情主義），而完全沒有一點由認識論出發作形而上深度思索的浪漫主義的痕跡。前者是與中國竹林七賢以至李白的情感放浪有關嗎？後者與中國美學裏即物即眞目擊道存的宇宙觀之異於西方二元論有關嗎？大陸馬克斯論者當然了解馬克斯的理論是源於黑格爾的辨證方法的，但他們一定要否定黑格爾，認爲他是唯心論者，他們只接受馬克斯的唯物論與階級鬪爭，這又是什麼傳統的觀念使然？最有意義的一個現象是：當時的文人們，在瘋狂地擁抱了浪漫主義中的個人主義思想不到十年，便公開宣佈個人主義的死亡，而追求一種社羣的聲音，或說這是社會主義思想的影響，但事實上，個人主義始終不是中國傳統的中心（捧楊朱爲師的中國文人是極其少見的），不管是道家的「無我」或是儒家的「大同」，都要以和諧的自然或「大我」爲依據。

## 五

新文化運動以來的變遷繁複，以上隨手拈來的例子只係作詮釋的一種方法、一種接受歷史的態度用，其間的細節以至全盤的刻劃都必需留到以後細論。但就以上的例子，也可以明白現代歷史意識持續在認識現階段意識形態變遷的重要性。這裏不妨再提一、二件事。

先師夏濟安在「論臺灣文學」一文中說：遷臺以來的文學沒有直接接上五四以來的傳統是一大不幸。如果當時的讀物沒有中斷，在臺灣的作家很自然地便可以建基在已有的成就上，(當時讀過三、四十年代較好的作品的青年作家甚少，這件事我在「我與三、四十年代的血緣關係」一文中曾論及。)建立在三、四十年代已有的成就上，不必重新摸索起，更不必從新的錯誤上去學習。而那些曾在三、四十年代成功的作品裏浸染過的作家瘂弦、鄭愁予、司馬中原、朱西寧、陳映眞……等，他們的意識形態的生成也必需投入這個新文化運動的整體中去透視才有意義。

婦女解放運動在二十年代便開始，如果當年冰心、凌叔華、白薇、謝冰瑩、丁玲、沅君、綠漪(蘇雪林)、廬隱、陳衡哲及羅淑等的多樣性的新女性的小說在遷臺以後隨時可以看到，我想今天一定沒有所謂「瓊瑤公害」這一回事，看過這一些新思想的作品或描寫女性特有感受性的深刻作品的中學生，誰會沉入瓊瑤公式化虛設迷夢的小說世界裏！如果這些小說在臺灣有某一程度的普及性，再加上批判現實主義作品對男女不平等的無情攻擊，呂秀蓮的努力便會比現在順利得多。

同理，外來思想模子經過了二、三、四十年代的試探、論爭所引帶出來對傳統的再思，對西化某些元素的揚棄，如果我們都有了相當的掌握，我們對於現階段工商業一廂情願的、沒有整體社會意識的考慮的發展，對於以貨物價值爲依據所引發出來的唯利是圖的道德觀念，對於資產密集的大商社的社會組織，對於以消費者心理爲依據的低級趣味的追求（電視報紙都有），以及趨向隔離主義的都市建設，便可以有一個更明確的透視；當年論爭中所拒絕的元素，往往是與我們傳統最核心的結構相違的東西。「進步」二字是一個值得我們反覆深思的迷符，如果所謂「進步」，最後是破壞了傳統的默契社會的組織而進入了個人與個人互相隔離的社會，這種「進步」的代價便太高了。到頭來恐怕還會違反了以「大同思想」爲中心的三民主義的社會觀。

作爲知識分子、教育家，我們首要的任務是要創造傳統繼起的生命，「繼起」就是不切斷的意思。讓我們爲下一代的歷史意識的持續而努力，讓他們伸入豐富而有力的現代中國的思潮裏，找回他們意識形態的源頭，消除他們精神上的放逐，而爲自己的中國驕傲。對自己的文化有了確認以後的信心，我們還怕西化的污染嗎？就是魔鬼也無法動搖我們的根。

——一九七八年十一月一日

# 跨越中國風格：東方國家共有詮釋體制裏同中之辨異❶

Chinoiserie 這個字，對外語稍有常識的人自然知道，是來自法文的 Chinois（中國的），Chinoiserie（具有中國風格的事物）。這個字的用法從來就不依字義所指。從一開始，這名詞雖不是張冠李戴，也至少像一把羅傘遮蓋好幾種人那樣含混。多少世紀以來，歐洲人對西奈半島以東整片廣闊的土地只有一個極其模糊的概念，在不同時期稱之爲「絲綢之國」、「契丹國」或「秦國」。顯然多少受到了馬可・波羅關於中國皇土廣袤無際的誇張描述的影響。直到十九世紀末歐洲人還往往以爲這個遼闊的王國包羅了印度、日本與東南亞各國，中國簡直成了一個神話，神秘難解，被歪曲了，也被誤解了。

的確，Chinoiserie 一詞從來也沒有用來代表這個意外地混淆爲一的大王國中各種本土風格

❶ 本篇根據英文稿譯出。

的認識，而往往是指「歐洲人對東方事物是什麼樣，或者應該是什麼樣的想法」❷。這樣，印度、中國、朝鮮、日本和其他亞洲各國就被籠統地視爲連貫的一體，其間共享着一種牢固的同心結，不可分割、不可分辨似的。

隨着西方與亞洲國家貿易的增加，隨着基督教傳教團體滲入亞洲的腹地，隨着西方列強的軍事侵略給東方帶來的殖民地和半殖民地狀態，一度是渾然不分的龐然王國終於逐漸呈現出不同民族、種族的界分。然而，在它們的感性、氣質的問題上，除了少數幾個專家以外，絕大多數的西方讀者（包括學者、書報評論家以及民衆）仍然模棱兩可地把東方各國看成一個延續不斷的詮釋體制，具有十分相似的、雖或不是完全一致的、哲學和美學的本源。

在許多人看來，佛教便是佛教，無論是印度的、中國的、朝鮮的或日本的，彷彿它們具有全然相同的形而上學的範疇。極少西方人了悟（更談不上條理分明地討論）佛教自印度經中國、朝鮮最後到達日本必經的「本土化」過程中發生的具體衍變。（說起來，對此了悟或條理分明地討論的印度人和中國人也不多。）

許多人以爲，既然中國、朝鮮和日本的制度都是建基於儒家思想，所以，它們的社會形式、行爲型範和表達策略必定是雷同的。拿文學作品來說，例如這三個國家的古典詩（朝鮮、日本所

❷ Oliver Imprey, Chinoiserie: The Impact of Oriental Styles on Western Art Decoration (New York, 1977), p. 9.

謂漢詩），很多人就用一種籠統的東方觀來看，彷彿它們皆源出於同一套美學假定。這顯然是把問題太簡單化了。令人奇怪的是，這種任意抹煞詮釋界限的做法竟然也可以在許多抱有沙文主義態度的中國人身上發現；在他們眼中，朝鮮和日本文化只不過是中國文化的衍生結果而已。

但是，我們得趕緊補充說，我們雖然反對將一切都置於一個皂白不分的東方巨傘之下，這並非表示我們要掩蓋東亞文學中「用語、意象或意象羣以及主題」的連貫性這一個極端重要的事實，這種連續性已有李鶴洙教授（Peter H. Lee）在其近著「連續性之禮贊」（Cambridge, 1979）中作了精闢的闡釋。的確，對這種連續性的跡尋至少應該成為我們要確立東方詮釋體制中心與範圍的努力之一半。

從某種意義上說，正如本文標題所暗示的，我們的計畫贊同李教授的構思，但要擴大其範圍，要兼及這些用語、意象和題旨在歷史生變過程中各國不同感受性之間的調合。具體地講，我們要求跨國文化「借貸」與綜合活動最活躍的那些國家的學者携手合作，共同追跡觀物感物模子、表達策略的美學假定，以及主題和修辭母式在跨國過程中的源起、生長、吸收和衍變，合作研究的方向約略依羅伯特、寇提斯（Robert Curtius）在「歐洲文學與拉丁中世紀時期」裏對歐洲文學的處理那樣。凡是讀過中國、朝鮮和日本文學作品的人都會注意到一連串的文化觀感角度、語言策略和題旨母式昭著的連續性。譬如，人們可以發現許多主宰性的觀點，如道家的天道自然與物我合一；儒家的文學有教化之力和人是社會互助合作團體中的一成員；佛教的萬物皆空等等。常見的策略還有道家美學中的「無」(負面的空間)和「靜」的運用,禪宗公案語言中如火光一閃一擊而見的效果;自我的隱退和靈活語法中意義圈定的避免等等。類同的題旨,也俯拾皆是,如中國式的 Locus amoenus (樂土)「桃花源」,聖人化的漁樵;渾然不分以同天放保持自然的應合等等。

但是,我們在羅列及擇出這些共有的觀感方式和主題時,也必須同時要知道,我們很可能會用了限制和縮減囿定的行爲干預了各個單獨的創作行爲的實存情境——這種創作行爲必然涉及兩種文化模子持續不斷的調合。只有通過印度和中國、中國和朝鮮或日本、朝鮮和日本之間各種調合的審視,我們始可以更仔細地辨識印度佛教與中國佛教、中國感受性與朝鮮或日本感受性的差異。我們不可能在這裏提出一個包羅這些國家文學所有的美學含義、表達策略、題旨和批評問題的全面提綱。我們要做的是簡略舉幾個例子,作一初步的探討。它們應當視爲初步的嘗試,而不是最後的結論。更大、更全面的計畫猶待亞洲各國的比較文學者共同努力來完成。

當印度佛教中的傳說和故事移植到中國時,「本土化」的過程有相當程度的演變。試舉目連救母的變文爲例(目連是佛教徒,他入地獄拯救犯有通奸罪孽的母親)。我們不僅應該從其他印度故事中找出它的根源和平行的相似點(包括它與希臘酒神 Dionysus 傳說的類同處),而且還應說明目連在故事裏所獲得的「中國層面與含義」:他雖是一個四大皆空的佛教徒,但也是一個符合儒家思想的至情的孝子。

同樣地，將孫悟空溯源到他的原型羅摩衍那，也只是注意到了表面的相似。我們必須了悟，這個外來模子是怎樣賦予了中國特有的感情和人格，以迎合當時中國讀者的心理、社會的具體需要。

事實上，所有來自另一種文化的吸收過程都必須先納入本土文化的某種結構裏，始可獲得新的接受者的認可，在他們中間生根。任何熟悉佛教在中國衍化的人都會認知印度的本源觀念必須要大事調整來適應中國知識分子以及百姓固有的哲學與美學氣質。的確，公元三、四世紀的早期佛教僧侶爭取當時中國知識分子的一個策略便是借用他們「玄學」和「清談」的用語來說明費解的「空」的概念，這一個概念對於基本上是入世的中國思想當時是格格不入的；僧侶便把「空」轉用道家的「無」來說明（見湯用彤：「中國佛教史」）。別的印度觀念也有類似的變通。正如齊爾赫（E. Zürcher）在「佛教對中國的征服」中所說的，在向秀和郭象「莊子新解」所確立的氣氛下，

> 大乘佛教的觀念，如智、明、空、寂和方便，自然地、不知不覺地便被併合入玄學的觀念，如聖、虛、無、靜、無為、自然和感應。❸

---

❸ E. Zürcher, The Buddist Conquest of China (Leiden, 1959, 1972), p. 73. 該書很多論點來自湯用彤的「中國佛教史」，可參看。

支愍度，以及後來的支遁，根據郭象「上知造物無物，下知有物自造」，萬物「塊然自生…自己而然」的主張將「空」解釋爲「物」（色），從而爲中國自己的佛教開創了一個新的進程❹。

同樣，中國佛教石窟雕刻的印度特徵，從面部刻劃到衣飾，都隨着從雲崗石窟到龍門石窟的變遷，漸漸地讓位於本土特徵。要研究這個中國化的過程就必須認眞考慮兩種文化內涵相互之間的調合問題。只有對這種調合加以審視，我們始可以判定，在一個特定的時期內，是何種本土的因子在接受、排拒、調整、改變外來因素上起了作用。

對於佛教、儒家和道家東移朝鮮和日本表現在哲學、藝術和文學方面的情形，類似的問題也必須這樣提出。這些哲學境界和本土感受性相遇時發生了何種調整？它們迎合了何種歷史、心理、社會和美學的需要？又有哪些方面因與本土氣質根本相違而於有意無意間遭到迴避或拒絕？

許烺光先生在「家元：日本的精髓」一書中，運用日常所見的事情和民間故事爲例，揭示了日本人對某些特殊情勢的獨特反應方式❺。⑴一個要求退出空手道的成員竟被道友活活打死；他被認爲破壞了他應當比珍愛自己的親人更甚的團契。在中國這種事情大概不會導致這類悲慘的結局。⑵中國的「白蛇傳」和日本的「道成寺」傳說都是有關男女之間貞愛與背棄的故事（中國的

❹ 同上，p. 123.

❺ Francis Hsu, Iemoto: The Heart of Japan (Cambridge, 1975), p. 16, 23.

傳說講的是蛇變成女人；日本的傳說講的是女人在丈夫負心之後變成了蛇）。但是，在中國的傳說中，女子在男人背棄後（由於外人的唆使），並未尋求報復，而是竭力排除阻難，挽救他們的夫妻關係；而在日本的傳說中，女人變成一條火蛇，將其丈夫燒成灰燼。

我們還可以例舉許多日本故事和小說中的一些反應，它們只能用日本本源的文化意識來理解：一個男孩因爲得到人家的一點好處（一杯冷飲）未回報而負疚不已；兩個刀劍鑑賞家，其判斷被第三者點破之後，便覺得非謀害那人不可，否則就只有切腹自殺；一位婦女因女兒辜負了自己的期望未能成器當音樂家而決意帶着女兒自殺；一位校長由於自己照管的天皇畫像被焚而自殺❻。

當兩個來自不同文化的人面臨相似的生存危機時，例如流放、毀約、死亡等等，最初他們

❻ 許多此類事件成爲日本小說重要的題材。現舉夏目漱石的小說「少爺」爲例。少爺是一位年輕的教師，小鎮學校的同事都和他合不來，但一位新交只花了很少的錢請他喝了一杯冰水，另一位教師說這位新交在背後對他有所侮辱，少爺立刻爲虧欠這位新交的「恩」而憂心：「雖然只是一杯不值錢的冰水，接受這種人的恩惠有損我的榮譽，……如果我接受了這個「恩」，死也不瞑目。」關於「恩」、「義務」、「義理」的討論見 Ruth Benedict, The Chrysanthemum and the Sword (New York, 1946)；其他提到的事例，見 Norman L. Farberow 編的 Suicide in Different Cultures (Baltimore, 1975) 裏 Mamoru Iga 及 Kichinosuke Tatai 合寫的「日本自殺的特色和態度」一文，Characteristics of Suicides and Attitudes in Japan。這篇文章特別探討了三島由紀夫自殺的複雜原因。

兩人的反應可能都是本能的恐懼、不安和焦慮，但他們最終可能會以截然不同的方式來解決這個危機，採用一套只有他們各自文化的心理、社會、美學的架構才能解釋的策略。在一個絕大多數人都會驚慌失色的洪水或地震面前，古代日本人則要求克制忍耐。這一典型態度以及上述所列舉的例證都深深紮根於「恩」、「義務」和「義理」等日本社會心理情結之中。這些時常交錯在一起的觀念制約和決定了絕大多數日本人的行爲型範和活動❼。「義理」所支配的每一個界限嚴厲分明的角色，是絕對的、完全不可調停改變的。然而在中國，雖然不同程度的類似義務在儒家體系中也存在着，但是通過某種調停，潛在的悲劇性決定是可以避過的。「仁」與「義」的本義在中國可以幫助臣民避開了盲目承擔叛道君王罪衍的義務❽。

「義理」不容調停改變的固執造成了一些非同尋常的後果。由於無法擺脫「義理」的束縛，一個人往往被迫走上極端。例如，爲了某件（在非日本人看來的）小事而自殺，或者陷入一種特別的愁困、憂鬱和沮喪。事實上，自殺與死亡，作爲報答（只有報答、別無他法的）恩情的一種

❼ 見 Benedict, pp. 115-34，和Iga 及 Tatai, p. 265.

❽ 同上，pp. 117-9，「忠」（對天皇、法律及日本國家之義務）、「孝」（對雙親、祖先甚至子孫之義務）都是無條件的、絕對的。但中國人在這個絕對的範疇中提出「仁」作爲「忠」「孝」的先決條件。領導者缺乏「仁」，人民可以起義推翻之。這個先決條件則未被日本完全吸收，日人朝河貫一對「仁」有如下的結論：「在日本，這觀念顯然不能與天皇制度相容，因此，未被全盤接受。」（「入來院文書」）

榮譽，成了日本文學中最爲縈繞於懷的主題之一。某些作家對這種死的迷戀，甚至到了轉化爲純美的地步。❾

我們在試圖說明東亞各國文學的題旨時，應該區分印度人、中國人、朝鮮人和日本人對相同生存環境和危機作出反應的各種不同方式。對心理、社會、美學反應中的相同與歧異進行這種更精細的分析將爲我們提供一條導致整個東方詮釋體制的康莊大道。

幾乎所有朝鮮和日本的古代口頭詩歌都是通過漢語音標、語標記寫或翻譯記錄下來的。在記寫和翻譯的過程中，究竟有多少本土的特質（韻律、語調、情感、態度）被中國文化主宰性的意識形態無形中改變了？在我們看來，所謂僅把中文作爲一種純粹的記錄工具而不會給朝鮮和日本的本土素材帶來結構和意義上的調整改變，這是絕對不可能的，因爲語言總是思想形成和思想干預的活動。我們如何才能夠從這些記錄的樣品中恢復與重建古代朝鮮和日本詩歌的可靠的本樣呢？

例如，李鶴洙便抱怨有關重新確立高麗時代文學眞質的困難❿。原因之一就是記錄問題。由於缺乏朝鮮語恰當的書寫系統，這一時期許多來自口頭及民間的詩歌都失傳了。更早期的漢字書

❾ 例如三島由紀夫和川端康成的小說。尤見後者接受諾貝爾文學獎的致詞。

❿ Peter H. Lee（李鶴洙），Korean Literature: Topics and Themes（「朝鮮文學概論」）(Tuscon, 1965), p. 15.

寫朝鮮語的「鄉札」在這個時期並未通用。可是，卽使採用這一方法，像「詞腦歌」的情形，原有的風味（韻律、語調、情感、態度）究竟有多少在這中間受到汚損，仍然是個問題。高麗時期詩歌之不可復原的逆境更爲下面這個事實所惡化：隨之而來的李朝尊奉儒教爲國教，加速了其對中國文學的硏究，並且鼓勵只用漢語創作。少數記載下來的高麗時期的詩歌被李朝的編年史作者和選集的編纂者說成「粗俗和淫褻」而一筆勾消⑪。

但是，如果我們能夠認定損失的程度和恢復古代朝鮮和日本詩歌的原始聲音，我們就能判定吸收過程中調整的確切面貌。事實上，如果我們可以復原這個固有的抒情視境的範圍，我們就更能掌握那些多年來一直被當成「中國的」而非「朝鮮的」或「日本的」的作品。我指的是「用漢語寫成的詩歌」（所謂漢詩）和「用日語或朝鮮語寫成但用的是中國的主要的主題和比喩的詩歌」。將朝鮮人或日本人寫的「中國詩詞」看成模仿中國詩歌的二流作品（雖然不可否認，有些詩歌確實如此），是徒勞的。卽使我們把它們中的一部分視爲第一流的中國詩歌，我們也不能算有什麼識見，因爲我們依然是以中國的準據來衡量它們。朝鮮人或日本人寫「中國詩歌」這一現象是十分令人玩味的。一方面，我們發現詩人把他們自己投射向他們存在的時空之外，與範圍更廣大的詮釋體制認同，造成一種時空的飄忽感，因爲借助漢字，包括中國的地名與朝代名，他

⑪ 同上，pp. 16–17.

們就越離了他們眼前的現實。從另一方面講，他們又必須使這些「中國詩歌」同他們周圍的讀者生活方式與中國有顯著不同的讀者建立密切的關係。譬如，一位採用陶潛的「桃花源」母題的朝鮮詩人把他的「桃花源」放在一座朝鮮的山中（見鄭澈「山星別曲」）。

同樣，儘管用漢語寫詩的朝鮮詩人和日本詩人也可以像中國人一樣引經據典，但是他們的指涉可能完全是朝鮮或日本的典故。朝鮮或日本獨有的特徵有時極難覺察，只有將朝鮮或日本的「漢詩」與具有朝鮮或日本的本土特色的本國詩作合理的對比，始可以得到闡明。但在此之前，我們必須首先復原朝鮮和日本古代詩歌的原始構織現實。

雖然，這裏，顯而易見是存在着上述的困難，這個復原的工作卻不是完全不可能的。假如我們了解到，口頭詩歌的某些抒情本能及表達策略之被歪曲或掩蔽皆因書寫詩學的專橫所致（這一點，在朝鮮人和日本人把中國的模子強加於他們本國口頭素材上尤其如此），這樣，我們就有可能重新確立某些遭到排斥了的特徵。我們可以通過把「被污損」的作品參照現存的、記載完好的口頭詩歌來試做，即使這些口頭詩歌係後期的作品。通過把這些詩歌與漢詩或受中國詩啓發的詩作一比較和對比，某些固有的特徵就會呈露出來，靠着這些特徵，我們就可以更準確地衡量其衍變的程度及形式。

研究這些國別文學中某些文類和題旨的常見和不見也將有助於揭示各國文學的潛能與限制。

李鶴洙在「連續性之禮贊」⑫的一篇極其重要但未完全發揮的「後記」裏，注意到了中國和朝鮮的某些主要主題和形式在日本文學中卻找不到，這是饒有趣味的。他舉出了這樣一個獨特的例證：

> 始於「詩經」對統治者的歌功頌德這一個傳統，在中國和朝鮮都有持續的發展，但在日本敕撰和歌集中幾乎是找不到的。在反覆運用歌功頌德的題旨上，即使在中國也沒有任何作品可以比擬朝鮮的「龍飛御天歌」。在一個科舉考試並未紮根，天皇擁有至高無上的地位，以及，雖然在德川時期理學盛行但儒家政治與倫理哲學的偏重仍然有別於中國和朝鮮這樣一個社會裏，用文字來塑造儒將與政治家的理想形象，是不可設想的。⑬

李鶴洙接着從形式上的角度繼續寫道：

> 敕撰和歌集主要的形式是和歌與短歌，由三十一個音構成。儘管用典變化之類的技巧擴大了短歌的範圍，但它的簡略形式排除了處理那種需要詳盡敍述和發展某些題材（例如「龍飛御

---

⑫ Peter H. Lee, Celebration of Continuity (Cambridge, 1979), p. 80.

⑬ 同上，p. 207.

天歌」）的可能性。⑭

依循這種探討的線路，我們還可以嘗試解釋日本文學中婦女聲音和感性所佔的優勢，其層次和魅力是中國和朝鮮的作品所不能匹比的。日本古典文學可以說大致是由婦女塑造的（如果不能說完全由她們開創的）。她們享有的自由和高度的政治、經濟地位也是中國和朝鮮婦女無法比擬的（也許中國「詩經」中「國風」篇中的那些婦女除外）。在「萬葉集」、「源氏物語」、「枕草子」中女詩人的大量作品，以及無數詩體日記給後世作品留下了不可磨滅的印記和影響。水田宗子（Noriko mizuta Lippit）反對弗吉尼婭・伍爾芙（Virginia Woolf）的主張是很有道理的。伍爾芙認爲詩歌對婦女來說不是一個合適的表達形式，因爲她們不可能企望使自己處於宇宙的中心地位，並相應地重新解釋它⑮。日本的詩歌與散文小說中女性的抒情聲音在平安時期以前是相當盛行的。因此，本居宣長（一六六九—一七三〇）在其「『源氏物語』之疏解」（「『源氏物語』玉の小櫛」）一書中所特別推崇的感性，當代小說家川端康成極其重視並竭力仿效的「物之哀」這一特質，應該視爲人們對事物感到的一種充滿女性纖柔與魅力的哀慟的情懷。

---

⑭ 同上，p. 209.

⑮ Noriko Mizuta Lippit 和 Kyoko Irinye Seldon 合編的 Stories by Contemporary Japanese Women Writers (New York, 1982)，「前言」，p. ix.

接受的問題與這些題旨的常見與不見是息息相關的。輸入日本的四類中國繪畫中——五代至北宋的宏偉風格（荆浩、關同、董源、巨然、范寬、李成、郭熙），南宋的簡逸風格（馬、夏、梁楷、禪宗、玉澗），肖像畫和工筆花鳥畫——只有南宋畫派，強調畫面大片空白的馬夏派、禪宗畫派，才成爲時尚。對南宋畫派（尤其是馬一角）的喜愛或許與俳句的受歡迎，世阿彌的「中間」詩學以及禪宗的流行有關。所有這些都強調火光一閃一擊而見的效果，指向一瞬的頓悟，渴求使讀者（觀者）移入負面的空間去冥思。這些全是從中國輸入日本的，而至今有些中國詩人、畫家還應用着，但都沒有達致如此強烈的程度。這些中國思想在日本如此容易地得到接受，究竟是什麼日本感性的本土因素使然？這是亞洲各國間文學中接受美學中最迷人的一面。

唐朝詩人白居易在日本大受歡迎也是一個例證。我們要特別感謝林文月在她的論文「唐代文化對日本平安文壇之影響」⑯中對日本接受白居易詩所作細緻的考證。根據她的考證，可以看到一個很吸引人的兩種文化的滙通點。除了通常認爲白居易在日本受歡迎的幾個原因——白居易在中國享有盛名；他的詩平易，能爲廣大讀者所理解；他的詩富於佛教的意味；他的詩題材極爲廣泛——之外，似乎白居易在日本的名望主要歸功於紫式部女士接受和轉化白詩的獨特方式。彷彿白居易的詩被賦予了紫式部那獨樹一幟的「物之哀」的特色。由她把白居易詩中憂傷的母題找出

---

⑯ 林文月：「唐代文化對日本平安文壇之影響」，「臺灣大學文史哲學報」，No. 21（臺北，一九七二），pp. 169-99.

來，揉合進「源氏物語」，可以說明這一點。紫式部筆下的白居易可以說被「女性化」了。「源氏物語」的名聲大大地激發了更廣大的讀者羣對白居易的接受，這些讀者的感性對這位詩人所產生的新看法，明顯地有別於中國讀者心目中的白居易的形象。

我們還應當研究一個題旨被接受和採用的特殊方式。我們在前面已經提到陶潛的「桃花源」母題的朝鮮化。日人芳賀徹教授在一篇出色的論文中列出了陶詩中空間的層次：捕魚人沿着武陵溪，穿過狹窄的山洞到豁然開朗的一片平曠的空間（卽「樂土」），其中他看見「桑竹之屬」，聞見「鷄犬之聲」⑰。在朝鮮的摸寫作品裏，大部分母題都有類似的繼承，而原來的空間層次則不一定被採用。李滉（一五〇一—一五七一）的詩或許可以說是最耐人尋味的一種扭轉⑱。

在陶潛的原詩裏，說話人企圖重新跡尋他發現的樂土而找不到進處。而在李滉的詩中，說話人聲稱找到他的桃花源後，擔心會失去它；於是決心保守桃花源的秘密，請求桃花不要謝落，怕落花會讓外人知道。陶潛在喚起這個烏托邦之後，便將它寫成是不可企及的；它應該留在不足爲人道，超越人類的「朦朧和神秘的」自然裏。後來所有的詩人，從王維始到宋代諸人，都秉承了這一要旨。但相反地，李滉的詩不僅使桃花源成爲一個可得的領域，而且暗示說，它還可以爲

⑰ 芳賀徹：「桃源鄉の詩の空間」，「比較文學研究」No. 32（東京，一九七七），pp. 1-32.

⑱ 見 Lee, Celebration of Continuity, p. 80. 原詩如後（按：原詩爲朝鮮諺文，名詞下注漢字，今將諺文改用拼音標出。——編者）：

「個人」所據有。但是，當詩人指令桃花不要凋落時，他提出無理、或不可能實現的要求，因而違背了自然。儘管說話人理直氣壯地宣稱他已佔有這個樂土，但這話後面已含孕了這種可性性的否定，而引起了詩人與他以爲已發現的和諧之間的張力。這種對原有觀點的扭曲是一種純粹的個

---

cengliangsan yiungniugbong-er
清涼山　六六峰
aneni nawua baiggu
白鷗
baigguya hensahalia
白鷗
modmiderson dohuaroda
桃花
dohuaya denaji mara
桃花
ezuza argga hanora
漁舟子

人決定呢？抑或有更深的意義？「時調」這種可能源自口頭傳統的抒情短詩形式，對李滉詩的個人主觀的語調產生了多大的影響呢？這些問題以及其他有關中國文學母題類似的衍化問題，要求我們不應該用所謂「客觀規範的」準據來衡量它們，而應該將它們放到該作品美學策略的歷史和文化的據點上加以研討。

回到我們最初的建議：爲了確定亞洲各國文學之間的滙通與歧異的界線，亞洲各國應該有一些比較文學研究者聚集一處，共同⑴編輯一部能夠清楚地反映各文學之間變通衍化的文學選集，每一分類都應冠以比較性質的導言。這部選集應該有東方美學簡史作爲前言，由至少懂得兩國，或者三國文字的批評家共同執筆；⑵編纂一套叢書，用前述那樣的分辨性批評一個概念或主題在跨國文學中的意義與衍化。這兩種書將構成一部東方詩學的百科全書，作爲將來東方文學研究者的參考資料。這兩項計畫一旦實現，就應用所有有關語言同時出版。也許再加上英文版本。當然，英文版目的在於幫助西方讀者和批評家們更充分地了解這些不同的亞洲感性氣質之間更細微的區分。

無疑，這一計畫是極其艱巨的。然而，如果我們今天不邁出這第一步，我們就永遠無法達致在統一共存的詮釋體制內進行我們迫切需要的「互照互省」的目標。

——一九八三年六月加里福尼亞大馬鎮

李細堯譯

# 維廉詩話

詩人多不願談自己的詩，這，常常被視為一種煙幕、一種故作的姿態。這是不大公平的看法，因為根深在詩人的意識裏的美感視境，是不容分析、解說的程序的；這種程序，無論你如何的詭奇，都會破壞一首詩的機心。詩不是分析網中的獵物。

## 詩人的職責

理想的詩人應該擔當起改造語言的責任，使它能適應新的感受面。其中一個方向是：利用抽離的作用，使語言表面的歧異性完全消除，達到最高的交感性；另一方向卽是全神貫注入事物本身，不讓表面歧異的語言所左右。

## 自然

中國一直都以「自然」爲詩的最高的理想，自然也者，不見斧鑿痕也。但這並非不用技巧之意，一首詩應該把意象、語字、述義處理到一個程度，讀者閱讀時，根本不會覺得有意象、語字、述義的存在，傳統中所謂「渾然」，亦卽藝術化作自然之意，好比我們一覽羣山，感到的是自然而成的全景的氣象，而非注意構成該氣象的每一個獨立的山頭。

## 藝術與自然

藝術究竟應否與自然現象完全一樣？否。藝術可以構成自然的一部分，甚至變爲自然的一肢，但不是自然的全部。藝術必須有其獨立的存在，如一株樹必需直立，一塊石必需堅硬而有重量、一條河必然往下流一樣，詩人通過詩而使人逼近甚至溶入自然，但詩人的職責亦必需以不重複爲使命。

一首詩必需有其獨立的個性，詩人的聲音必須與別的人、別的詩人不同。我們不應祇其是否合乎某種風尙來作最後的評價；我們一面要看其有無獨創的聲音，一面看其所創的聲音是否合乎自然、合乎我們經驗裏的基本形態。

## 全面視境

詩中雕塑的意味，莫過王維的「終南山」一詩：

太乙近天都（遠看——仰視）
連山到海隅（遠看——仰視）
白雲迴望合（從山走出來時回頭看）
青靄入看無（走向山時看）
分野中峯變（在最高峯時看，俯瞰）
陰晴衆壑殊（同時在山前山後看——或高空俯瞰）
欲投人宿處（下山後，同時亦含山與附近環境的關係）
隔水問樵夫

終南山的每一面，其重實感，全在我們的視境及觸覺以內。中國畫與西洋畫（部分現代西洋畫除外）最大的分別是，西洋畫只是單面（只從一個角度）透視，中國畫是多重透視，從四面八方，從不同的時刻和角度同時呈現自然現象的每一面，西洋畫要在立體主義以後才回到多重透視的呈現，但立體主義是概念化的產物，必須置（西洋的）傳統透視於死地而後生，中國畫（中國詩亦然）順自然的秩序順理成章的達成全面視境及併發性。要知道中國現代詩中所追求的全面視境及併發性實非「橫的移植」，而是根深蒂固的中國傳統——只有死守着理學家以後的半死的儒家思想才會忽視了我們這種出乎自然返乎自然的視境，唉，唉，他們竟然不知道就是宋明理學家也是堅持此說的，邵雍即是一例，他們爲什麼只看到以利益攸關、功用主義的儒家的一面，而忽略了與道家思想相通的理想的儒家主義的一面呢？

## 象徵派、印象派

象徵派詩和印象派詩對於外象的處理的區分，爲了方便起見，我們用兩個英文字來討論（原因是這兩種詩都源於外國）。印象詩對外象是RECEIVE（不加潤飾、不加解說的接受），象徵詩對外象（或形象）是CONCEIVE。（經過構思的象，如果取外象時，是經過選擇的——即是說，選擇其能有表示完整的意義或主觀經驗者。）換言之，印象派的詩裏出現的印象往往是倏然一閃，是片斷的，是浮光掠影，所以當賽孟慈（Arthur Symons, 1865-1945）描寫魏爾倫的詩時，他說：

（他的詩裏的）印象極其微妙的避免給與我們線與色的太分明太確切的效果。

但奇妙的是，小說家史特里齊（Lytton Strachey, 1880-1932）卻把中國詩（雖然是英譯的中國詩）比作魏爾倫，說中國詩以印象呈示爲主，說它如味（odours），具不可觸知性（intan-ibility），說它飄忽如空氣（ethereal），似頗得其中三昧。

## 弦外的表現

自從司空表聖提出「韻外之致」一說以後，「弦外之音」、「意在言外」赫然而爲宋明以來最常見的論詩的標準，則連理學家朱晦庵也說：

「疎影橫斜水清淺，暗香浮動月黃昏。」這十四字誰人不曉得！然而前輩直恁地稱嘆，說他形容得好。是如何？這箇便難說，須要自得他言外之意……方好。

而本世紀的T・S・艾略特在一篇未發表的演講稿裏說：

讀（詩）時應專心一致於詩之所指，非詩之本身，這似乎是我們應該經營的。要超出詩之外，一如貝多芬後期作品之超出音樂之外。



近人W・K・梵薩特（Wimsatt）所道，尤近「意在言外」之旨：

詩的意義就是文字的意義，但它並不存在於文字裏。……它存在於文字以外。

「意」究竟是什麼？人言人殊，則蘇東坡一人對該字的用法，亦未嘗有統一的意義。艾氏、梵氏所言的詩外的東西與中國批評中的「意」近似到什麼程度，這不是本文要討論，因爲這是屬於純粹的美學上的問題。但「意」與「詩外的東西」的內涵雖不盡相同，中外批評家強調詩的文字之「外」的空間的延展性則是相同的。

我們在本文要探討的就是：如何用文字（本身是具有傳述意義的作用的）來指向文字以外的意義或意境，看詩裏面向外延展的型態（應該說姿勢，因爲這是一個空間的觀念）。

司空表聖之說本來是對王、孟的詩而發的，則滄浪至神韻、格調的批評所推崇的理想的詩，亦以王、孟爲宗主。（滄浪怯於宋代對杜甫之尊崇，未敢如漁洋那麼單刀直入的奉王維爲首。）王維的詩裏，常被視爲「意在言外」或「韻外之致」的句子，也是大家熟識的句子如「明月松間照，清泉石上流」或「行到水窮處，坐看雲起時」或「松風吹解帶，山月照彈琴」。傳統的批評還稱這類句子「目擊道存」，說它們具有「天趣」。說「天趣」恐怕不只是風格上構成的趣；這些句子都含有蘇東坡所說的意味，蘇氏說他自己的文章如「萬斛泉源，不擇地而出，在平地，滔滔汩汩，雖一日千里無難，及其與山石曲折，隨物賦形……。」「行到水窮處，坐看雲起時」的天趣正是因爲它們在詩裏的進程的轉折恰與自然的轉折符合

（隨物賦形），所以，雖然意象本身不含有外指的作用（譬如槐樹暗示死），但由於文字的轉折（或應說語法的轉折）和自然的轉折重叠，讀者就越過文字而進入未沾知性的自然本身。對讀者而言，是一種空間的飛躍，從備受限制的文字跨入不受限制的自然的律動裏。宋人每每以禪機喻這類的詩句（以禪論詩並非始於滄浪，實在是宋代最常用的論點），雖然因爲語多隱秘（因爲他們都是詩人，連滄浪在內。）而引起了許多爭辯，但實在已窺出詩中的眞正的脈搏。

上例的文字好比琴撥，在適切的指法下，引渡聽者入弦外之境。詩裏的文字又好比烟，因着它的出現而使我們知道或想起火、想起毀滅等等，雖然它們都不在視野之內。烟就是火、毀滅等事物的凝縮體或簡略的符號。詩之能使文字外指就是倚藉其凝縮和簡略的過程。文字向內凝縮，意義向外延展。舉王維的另一種表現的例子：

大漠孤烟直

雖然我們看見的只是一個景的描摹，但我們無法將之視爲表面的景，它伸入烟以外的事物，和歷史的聯想裏。首先，漠大，但是空的，除了烟以外，別無其他形態的生命，而「烟」因「直」字而具軀體之實。「孤」不只是「獨一」的意思，因爲連風都停止了，亦即是說，沒有任何活動，所以又是「孤寂」與「死寂」。但在「孤寂」、「死寂」中我們因爲「烟」的活動而引向我們雖然看不見聽不到，但卻感得到眼前的景物之外的活動：邊地的戰伐、戍卒的怨聲、風沙的翻騰，……。因爲出神的極靜而覺動，因爲死寂而聞聲，正如王維的「鹿柴」裏所說的：「空山不見人，但聞人語響。」而且，眼前的烟不一定（不可能）是炊烟，而是狼糞烟（暗示着邊人的淒苦），同時又是遷戍所遺下的烟……。

一種是語法的轉折重疊自然的轉折而使讀者飛躍文字之障，一種是文字的凝縮和簡略而使讀者突感景外之景，兩者都具有空間的外延作用。我們都可稱爲弦外的表現。

## 不需要象徵不需比喻

依着外象的弧度而突入內心的世界，往往不需要象徵手法去支持，有時甚至可以廢棄比喻（雖然不可以完全廢棄），一如王藉的名句：

風定花猶落
鳥鳴山更幽

我們不問喻依（風定、花落、鳥鳴、山幽）的喻旨爲何，更不問它們象徵什麼。它們什麼都沒有說（明），但什麼都說了。回到事物本身的行動（或動態）裏，回到造成某一瞬的心理眞實的事物之間既非猶是的關係（鳥鳴：聲響，山幽：靜寂），這一個形象就具有這一瞬所包含的一切可能的拋物線。

## 外在氣象與內在氣象的交溶

我在「視境與表現」一文裏（見前），曾拈出王維的「鳥鳴澗」這種以純然傾出的境界的詩，這種詩求身世兩忘，作者的情感和思慮都不介入；王維和裴迪對寫的「輞川集」及許多孟浩然的詩均以此爲理想，則連個人的爆發意味很重的李白，其短詩亦趨近這種理想，現在再舉王維一首以觀其境：

木末芙蓉花
山中發紅萼
澗戶寂無人
紛紛開且落

這是自然現象直接的呈露，不受人的任何的干擾、解說、變形。

但我們的傳統裏還有一種詩，個人的感受和內心的掙扎溶入外在事物的弧線裏；外在的氣象

(或氣候)成爲內在的氣象(氣候)的映照，杜甫正是這樣的一個詩人，他的「秋興」八首，是外在氣候和內在氣候交溶的最好的例子，全詩藉兩種氣象的弧線的相交相溶來塑造他個人內心的戲劇，我們在此只擇頭四句爲例：

玉露凋傷楓樹林
巫山巫峽氣蕭森
江間波浪兼天湧
塞上風雲接地陰

內外氣象的交溶是顯而易見的，已入暮年的老邁的杜甫，一如楓林(暗示秋)之被凋傷，被困在夔州而回不了長安，一如詩人被困於上衝的波浪和下壓的風雲之間的甬道裏。外在的風暴和內在的風暴所抛出的線條的律動是一樣的，作者只要緊緊依着那些線條的律動，我們就自然可以目擊道存，不必追問這個外象究竟指示什麼，因爲外象已溶入內象，讀者無需作解說者，因爲外象與內象之間的距離已消失，變得極爲直接。

王維的詩與杜甫的詩比對之下，我們可以看出，王維的詩中，內心的掙扎幾乎是零，所以人世界的痛苦，攪心的懸慮，王維的詩裏是缺乏的，這種「超然」的態度無疑是自現象中擇其「純一者而出之，但許多切身的經驗便被摒於門外，這不能不說是一種損失。杜甫的詩，好處是，其表現因以外象的弧線的出發，在呈露上仍能如王維一樣的直接傾出，而外象的弧線的呈露同時又與內象的弧線應合，因而未將切身的經驗、內心的掙扎摒棄。杜甫的比較成功的詩，（不指他怨嘆自己命途、自己的官運那批詩——那批詩很多，亦很令人厭倦。）都可以說做到這雙重的境界，其中最令人激賞的一首詩便是「初月」：

光細弦欲上
影斜輪未安
微升古塞外
已隱暮雲端
河漢不改色
關山空自寒
庭前有白露
暗滿菊花團（卽漙）

詩中沒有一句不是自然現象展露的弧度的跡寫，但同時沒有一句不是「人的境遇」（如禦邊所引起的國家、個人的境遇）的跡寫。詩人只給我們他對自然現象所經驗的基本跡線，使讀者從跡線所構成的氣氛裏感受到多層類同的情境的跡線（禦邊只是最明顯的一層。）

有許多人問我是象徵主義者，還是超現實主義者，還是印象主義者，我以爲，我既是中國人，對中國這類視境又極其深愛的，雖則在寫詩時或有意或無意的用了象徵，但很自然的會以外象的跡線映入內心的跡線這種表現爲依歸……。

——民國六十年二月

# 附錄

# 「秩序的生長」原序

這裏所收集的文章不是在一、二年間一口氣寫成的，更不是由一個觀念出發而寫成的專書，而是十餘年來的寫詩、讀書、教書之間斷續寫成發表於刊物上的文字。最早的是我讀大學二、三年級時的試探文字，最近的是較成體系的由美學出發的論文。所以在這個集子裏，讀者不應追求每篇都有共同的步調與完全一致的觀點。「秩序的生長」這個書名，不但意味着這些文章所探討的目標，也意味着我個人美感經驗的發展的「秩序的生長」；這也是爲什麼我明明知道早年的文字未如後來的文字那樣入微，我也沒有去重寫，除了修改一些明顯的錯誤之外，重寫，就是把過去的看法完全改爲現在的看法，這未必是合理的事。

我年來雖無間的進出於西洋作品之間，我始終不信服柏拉圖以還所強調的「永恒的輪廓」，要把一切現象視作一個（只一個！）（由人爲決定的！）元形的變化；我還是認爲莊子的「化」的意念才迹近實境，即我在第一部分所錄郭象注「莊子」所云：「聖人遊於萬化之塗，萬物萬化亦與之萬化。」文學中的秩序亦與自然一樣變化多端，是故，我的第一部分的文章，可以代表我多方面的追索與試探，現在回顧時，或有與現在的觀點不盡相同處，但我不打算削足適履，因爲我深信這是自然的發展，我以後的文章亦不會局限於現在的觀點，這才像生命的展張，如果十年如一日，毫無變化，毫無增減，那與二、三十年都抱着的相同的一份發黃發霉的講義教書的教授又有什麼分別。最重要的是，天下無不二之理，在我們誠摯的追索中，或由於我們在創作上的感受有了變化（我基本上是詩人，而非純學者），或在意識形態上有了新的突破（有時受了新的媒介的啓示），我們不敢說明天不會寫出與今天完全相異的文章。理論和創作一樣，不應墨守成規（墨守卽是自我奴役），應不斷的發現新的可能性來擴展我們的視野。

本集的文章曾發表於「文學雜誌」「新思潮」（香港）「大學生活」（香港）「現代文學」「文學季刊」「創世紀詩刊」「詩宗社刊物第三號『風之流』」「幼獅文藝」及「大學雜誌」。

本書是獻給多年與我共甘苦的妻子慈美的。

——四月十五日

# 秩序生長的歷程

## ——「秩序的生長」新版序

自己的文章，像拍下來的照片一樣，剛從照相館拿回來時，往往反覆的欣賞，好壞都是一種「新生」，有一種禁不住湧溢的喜悅。隨後便束之高閣，繼續製造新的「喜悅」去。但我們有時在茶餘飯後，尤其是陰雨綿綿的日夜，也會把它們全部從高閣拿下來，一頁一頁從頭看，看着泛黃的照片，竟有無限的溫暖，腦中重覆地演出過去的一些經歷。在這記憶之流裏，固有不少喜悅、興奮、滿足；但也有不少懊悔的瞬間，心裏廻響着：那次我實在應該這樣的選擇、應該作那樣的修改等等。但看照片的人，雖有懊悔，但也無可奈何。過去的歷史與經驗是改不了的。

重看自己的文章，尤其是重看二十多年前我還是大學二年級生的文章，像看泛黃的照相簿一樣，也是溫暖中帶有喜悅和懊悔；但和看泛黃的照片所不一樣的，我多了一個「修改」的誘惑。這一個重版的機會，如果我要，當可大刀濶斧，使它們以一個嶄新的面貌出現。詩人奧登便曾這樣，把他早年傾向於馬克斯信仰的詩重要的語句改爲他晚年宗教的信仰。但這件事激怒了一個批評家貝爾其（W. Beach），他寫了一本書叫做「奧登範式的製造」（The Making of the Audenesgue Canon），主旨倒不是奧登該不該改宗的問題，而是生命的歷程原是不斷變化、不斷修改的，每一個階段有每一個階段的迷人處，每一個階段有代表心靈與世界調協與掙扎的獨特意義，奧登不應該用這個方式在其「修訂本」中把過去的生長的痕跡塗抹。他那本書的意思，當然是要給人把這個歷程的痕跡保留下來。這個故事也可以說明爲什麼我在「秩序的生長」原序裏說：「我明明知道早年的文字未如後來的文字那樣入微，我也沒有去重寫，除了修改一些明顯的錯誤之外，重寫，就是把過去的看法完全改爲現在的看法，這未必是合理的事。」

在我個人的情況裏，「秩序的生長」裏大部分的文章，代表了我作爲一個詩人創作過程中的一些追索與反省，沒有什麼學者的訓練，很多時候憑直覺，則連歷史上許多問題，譬如三、四十年代詩人思路和技巧的傳承問題，都藉我開始創作之初所接觸的作品直覺的認識，都未經過全面歷史的了解，和我後來寫的「我與三、四十年代的血緣關係」、「歷史的整體性與中國現代文學的研究」、以及「語言的策略與歷史的關聯」所做的有不同的效果。但我這次在校對中重看的印象，還能夠有一些超過看泛黃照片的喜悅，原因在：我後期在「飲之太和」和「比較詩學」中對美學較有體系的處理，在「秩序的生長」中已經下了不少的種子，而且有些重要的論點，如中國舊詩中語法的靈活性可以與西方英美現代主義打破語法所欲提供的境界作互相的發明，在「秩序的生長」中已有不少的體現，雖然從體系的建構上來看還不夠綿密和完備。

我在「原序」上說過，「秩序的生長」這個書名，不但意味着其中文章所探討的目標，也意味着我個人美感經驗發展的「秩序的生長」。重看這些作品可以看出這本書中美學種子的「秩序」繼續的「生長」。也許，我在這個再版序中簡略的說明一下這個「繼續生長」的留跡，不是沒有意義的。

比較文學的研究，要做得好，必須要對兩個文化的哲學、歷史、美學的據點與衍化的軌跡及其間的異同掌握，才可以把作品眞正的美感活動拈出討論和認印。在我大學二年班時代的「陶潛的『歸去來辭』與庫萊的『願』之比較」，當然沒有做到這個要求。但我不能不說，當時粗淺的比較（也談異同），確曾促使我走向歷史、哲學、美學和一般文化辯證過程的探索。我的「飲之太和」和「比較詩學」，可說是這個探索的結果，但在這兩本書之前，在「秩序的生長」的第二部分，尤其是「中國現代詩的語言問題」中通過中國古典詩的語法來看白話作爲表達媒介的潛能與限制，進而涉及視境與表達的連帶關係，可以說，是我後期美學體系的重要的過渡。

歷史與美學的探究，另一方面使我對五四以來的問題和六十年代中國現代詩中語言的策略與發明，作了更進一步的印證。在我介紹艾略特的詩和美學觀念時，我下意識裏無疑是針對當時「語言藝術缺乏美學考慮」的普遍情況而發的，我雖然在「論現階段中國現代詩」中提到六十年代承傳三、四十年代的痕跡，但並沒有把卞之琳所代表的三十年代，承傳他的一些四十年代的詩人和艾略特、奧登等人的關係作一個歷史的說明，現只舉艾略特的「情感的等値」(emotional eguivalent)爲例，卞之琳便曾發揮並引伸至「思想感覺化」的要求去。「思想感覺化」正是四十年代詩人創作的信條之一。而六十年代的詩人，下意識裏承傳的，實在與此意念很密切。我後來在論四十年代的諸篇中，便是着重這方面美學歷史的跡變。

但「秩序的生長」也有本身的歷史性，也就是對五、六十年代創作上表現策略的貧乏而發。本書不少文章是提供表現的種種方式、閱讀的方法、美學觀念的分辨等。第三部的「詩話」，可以說完全是在這方面着力。對初學文學或初試牛刀的讀者，應該還有它的啓發性的。這書裏面最特別的也許是「『焚燬的諾墩』之世界」一文。這是企圖以詩的律動的方式「重現」另一首詩的世界。在結構上，和傳統的論文完全不同。它的完成是與我當年作爲一個詩人力求開拓新的語言策略有關。但以詩論詩或以詩和詩，中國古已有之，應該不足爲奇。我這種所謂「發明」事實上也就是秩序的一種生長而已。

我這裏應該提一提本書增加的兩篇文字。第一篇是「中國現代詩的語言問題」補述之二「語言的發明性」。該篇除了說明現代詩中語言發明的藝術意義外，特別提到「因境造語」和「因語造境」在中國現代詩所牽涉的情況。現代詩有些晦澀不明，往往是「因語造境」所致。如果能「因境造語」，即依循經驗的實質造語，則語雖深奧，但不會喪失其詩之爲詩的詩質。

第二篇是「狄瑾蓀詩中私秘的靈視」，是以一個個案，通過狄女士靈視形成的歷史——包括她特有境況的內在需要，去了解主題、形式、風格的辯證過程，裏面所呈現的，也是我後來美學體系建立的一個重大方向，亦即是美學與歷史必需的結合。

——一九八六年春

# 序「葉維廉著秩序的生長」

姚一葦

葉維廉是我的畏友。他的爲人治學、他的心胸氣度、他的才華與耐力，在在都是我所欽敬的。此次他的「秩序的生長」新版問世時，要我說幾句話：事實上這也是我自己多年以來的心願，因此欣然從命。

維廉是一個眞正詩人。所謂眞正詩人，乃是指他的詩發自內心，是心境的抒發、眞情的流露；他從不寫應酬詩或應景詩，與以詩作爲工具者大不相同。由於他心思寧澹，不逐紅塵，他自己浸沉在中國的山水詩裏，才會喜愛「不爲五斗米折腰」、「田園將蕪胡不歸」的陶潛和一生沉寂無聞，只發表過五首詩的狄瑾蓀。這種性格與心態，由來有自。在本集所收早期的作品如「陶潛的『歸去來辭』與庫萊的『願』之比較」與「狄瑾蓀詩中私秘的靈視」中，已窺見端倪。

維廉又是一個突出的比較文學學者。大家都知道要成爲一個比較文學的學者，除了精通不同國家的語文之外，還要對不同國家歷史淵源、文化背景、生活習慣、思想形態，有深切瞭解。但是自我看來，這只是研究比較文學的必要條件，而非充足條件；還有一個更重要的條件，那就是對文字的敏感。就前者言，舉凡語文的能力與歷史、文化背景的掌握，都可以從學習中得來，從努力中獲取；惟有後者，對文字的敏感，則是上天的賦與，無法強求。但是我不能不說有許多人缺乏此種賦與；缺少此種賦與的結果，即使他們的研究有其成就，此種成就亦屬別的知識範疇：如歷史的、傳記的、社會的、心理的……，而非文學。維廉則兼具此兩方面才能，使他在比較文學的研究上，獨樹一幟。

事實上，這種差別也就是詩人兼學者與純學者之間的差別。蓋詩人與學者為兩種不同的氣質、禀賦、才能，兩種不同的思考與表現方式。

作為一個詩人必要有敏銳的感覺力和豐富的想像力。他的想像可以海濶天空，任意馳騁。當維廉走在湖口那條古老的街道時，他會說：

一個斷了弦的琵琶
橫在
空中
讓風的手指去挑彈
讓風的手指在肚裏敲響（見「萬里風烟」第十頁）

當他來到「鬼抑出し園」，那地方一百多年前，一次火山爆發，將百多戶人家活埋在岩石下，如今則是野草山花，點綴其間。他會喊出：

啊
才到了唇邊
便已成岩石（同前書第七十八頁）

這是詩人的想像，也惟有詩人才想像得出。

作爲一個學者則迥然不同，他的想像只能在嚴密的邏輯的推衍下運作。絕不可憑空臆度、無的放矢。維廉的「比較詩學」是一部嚴謹的學術著作，提示了許多創發性的觀念。尤其是「東西比較文學中模子的應用」、「語法與表現——中國古典詩與英美現代詩美學的滙通」、「語言與眞實世界——中西美感基礎的生成」等篇，自哲學與語言的基礎以探討中西美學觀念之異同，對任意套用模子的比較文學家，是一劑淸涼藥。

以上所舉例證雖都是他後來的作品，但是他的身兼詩人與學者的兩重身分、兩般性格與兩種才能，以及他如何調和運用此兩種才能，而形成他獨有的風格，事實上都一一反映在他的這本「秩序的生長」裏。這本書是他年輕時代的論文結集，是他自己所謂的「泛黃的照片」，但是自我看來，照片雖已泛黃，而流露出來的智慧光芒，則依然存在；而且比起現在的作品來有時更顯得直率、眞誠，而充滿活力。因爲歲月使他變得更莊重、更平穩了。不知維廉以爲然否？下面我舉個例子來說明。

「陶潛的『歸去來辭』與庫萊的『願』之比較」（一九五七）一文，作者當時的年齡可能只有二十左右。在這篇文章中，他指出兩首詩的「夢的起源」以及「一連串的夢的象徵」的相互關係的異同；復從他們的理想天地，找出一個是要與大自然的永恒性冥合，另一個卻在追求人間仙土；再比較二人在情感上的處理：陶潛的情感的抒發是 indicative（平述的），庫萊則是 emphatic（強調的），前者是客觀的披露，後者則滲入激動的或過激的情感；更有趣的是他自「戲劇動向」（dramatic movement）來比較兩首詩的進展過程。在在都顯示出作者自身的體會，這種體會使他進入詩的內在，揭開詩人心靈的隱秘；同時也表露出作者分析與比較的能力。作者所兼具詩人與學者的雙重才能，早在二十歲時已鮮明易見。由此一例，可概其餘。

但是話又要說回來，維廉不是輕易可以論斷的。即就本書而言，所經歷的時間，自一九五七到一九六九，計十二年；就如十二年間所拍攝的不同照片一樣，顯得越來越成長，也越來越淵博和厚實。所以每一篇都是一個過程、一種生長，如逐一討論起來，當需巨大篇幅，我不想嘵舌，不如讓讀者自己去品嘗、去判斷。

我們相知二十年。二十年來，他永遠生長，從不停滯。他的可畏也在此；使我不得不深自警惕，即使再忙碌、再勞累，也要舉起沉重的腳步，一步一步向前走。

——一九八六年四月十二日於興隆山莊

# 「中國現代作家論」編後記

作爲一個中國新文學的讀者，我算是幸運的，我在民國三十八、九年間離開貧窮質樸的廣東中山的一個小農村，逃到香港，一直住到四十四年才到臺灣，進入臺大外文系讀書。在香港那段離亂艱辛的日子裏，我雖然才十四、五、六歲，竟因憂國思家而猛讀五四以降到四十年代的作品，那時的香港，散落在舊書坊中的書是相當多的，我雖無餘錢買書，但從朋友中借閱的竟然也不少，除了個人集子之外，結集和批判的書籍也不難讀到，甚至五四以來頗爲蓬勃的翻譯作品，都時常讀到一些，使我作爲一個中國新文學作家的血緣關係未曾中斷，起碼在感受上是如此，這包括語言、思潮兩方面。很可惜那時我眞窮（我讀中學的全部教科書都是從舊書攤買來的），無法買下這些珍貴的著作，我當時的辦法便是猛抄，幸好興趣在詩，抄了五大本，也不能不算一種機緣，五本中抄得最多的詩人包括馮至、卞之琳、何其芳、王辛笛、穆旦、梁文星（即吳興華）、杜運燮、袁可嘉、艾青、臧克家、梁遇春、曹葆華、戴望舒、廢名、陳敬容、殷夫、蒲風、羅大剛、袁水拍、蘇金傘……等，擇錄的詩的批評文字有李廣田的「詩的藝術」、朱自清的「新詩雜談」、劉西渭的「咀華集」、艾青的「詩論」及洪球編的「現代詩歌論文選」(二册)，但手抄與擇錄到底是鱗片的記憶，加上數十次的遷徙，手上現在也只餘一本了，現在時時想追補當時的印象，發現那些書都無法找到時，有無限的沮喪。

我雖然有機會零落片斷地讀過這些作家，一來我年紀太小了，二來這些仍舊是片斷，全部的歷史的衍化的情況在我腦中是未夠清楚的，說是當時香港可以買到這些書，但終究是不全的，我當時的一位有點錢的朋友黃建成是有一套很好的新詩選集的(我便從他和畫家王無邪那裏借閱了不少)，但他愛書既狂，藏書也密，這些書很不易「露光」，直到二十年後的今天，才以滙文閣老板之便，陸續重印一些出來。香港方面，黃俊東先生這方面的藏書及資料最多最全，前年和黃繼持等人編的「現代中國詩選一九一七—一九四九」，是目前較爲齊全的選集，使人對當時的面貌有較完全的了解。這是詩方面資料最近的情況，但當時的小說呢？小說靠選集是無法供出完整的風格面貌的(詩當然也不可以，卽就黃俊東等詩選集，還是有些不具代表性的作品，這恐怕還是跟資料缺乏有關。但詩短易全，小說無法腰斬算數)，全套的小說集子重印的計畫，如文化、生活的書，至今尙未出現，不要說僻一點的名字，卽就沈從文也一時不易買全。吳組緗、李佶人等便更不好找了，近幾年來香港零碎的在重印，對研究文史的人總算有了幫助，(我關心的當不止於研究者，研究者在世界各大圖書館去鑽，還是可以弄得齊全的，我更關心一般的讀者和創作者。）至於理論，目前還沒有人整理出一系列既有歷史性而又具新見解及理論方法的書目來。而在我們接觸的材料中，最缺乏的莫過於四十年代登在雜誌上而未曾結集（也恐怕永不會再結集）的作品，詩方面如登在「文藝復興」「中國新詩」和「詩創造」上面的作品。（黃俊東先生手上有一部分，也僅僅是一部分而已，還是托人從日本及美國影印回來的。）

在臺灣，是有一、二位不願知名的人士有相當齊全的選集的，（四十年代的東西有多少還不得而知！）一般說來，年輕的作家是全無五四以來新文化新文學傳統的持續意識和歷史透視的，他們想讀也不易找到書本。所以瘂弦近年來在「創世紀」詩刊上每期登出的「新詩史料」的整理是極其重要的工作，可以部分地彌補正中書局出版的「六十年來詩選」以偏概全的不足。

其實，只要我們停下來想一想，我們至今還沒有一本中國新文學史，而香港方面可以買得到的，往往過於一面倒的偏左，而抹煞了（在他們眼中是偏右的）新月到現代派以來詩人所有的成就，正如我們有些新文學史的著作者，硬把一些曾爲毛共套用而其意識及表現形態完全和中共文藝相左的作家全部抹煞一樣的不應該。無怪乎我們無法在臺灣開現代中國文學系了。沒有完整的現代中國歷史感，對我們的新傳統的血緣關係沒有了解，對舊傳統（名之爲舊傳統乃一種討論上的方便而已，傳統是有不斷持續性的）是否可以有更透澈的了解？這都是我們應該深思的問題。

就是由於我們不希望臺灣二十年來新文學傳統的中斷，不希望重要詩集及小說集流離失散，我們年來做了許多結集的工作，大型的有巨人出版社的「中國現代文學大系」六册，詩方面有瘂弦、洛夫、張默編的六、七十年代詩選，小說方面有隱地編的年代選集、黎明出版社去年出版的新文學叢刊等，都是朝着這方面去做。（據說他們還要選出五四以來十餘重要作家，如果選得公正，自然可以給當時的面貌一種透視。）翻譯成外文的結集，首先有余光中的「中國新詩選」，我譯的「現代中國詩選」，榮之穎譯的「臺灣新詩選」，若樹書房出版的日譯「華麗島詩選」，許世旭的韓譯的「中國現代詩選」，和最近國立編譯館出版的二册「現代中國文學選集」，分譯了詩、小說、散文三部門，據說劉紹銘編譯的「現代臺灣小說選」亦已出版……這些工作都是努力要保持這二十年代新文學傳統的意識。最理想的，各大學應該設有現代中國文學的專門圖書館，以便一般高中及大學生得以瀏覽閱讀。——但至目前爲止，臺灣大學這一間最高的學府居然亦無此設施，連二十年代的「中國新文學大系」十册都變成有目無書的現象。

我現在編的兩本選集，「中國現代文學批評選」及「中國現代作家論」，亦是爲了新文學傳統的持續意識而出發的，第一册的構成我已在序文中說明，第二册的編選有一些要交代的地方。首先，我選出被論的作家中，必須有其獨特的聲音，其次，還需要配合較公正較好的論文，在有些情況下，以紀弦爲例，則還需專約羅青撰寫；紀弦在臺灣現代詩史上如此的重要，竟然沒有一篇適當的文章論他。又舉瘂弦、商禽爲例，他們的詩在讀者中已傳誦很久，也竟沒有人細論，又如鄭愁予的詩，把古典山水詩的精要轉化得如此好，亦未見有細論，（目前楊牧，乃對語言文字風格的討論，只可以說愁予的一面而已。）結果，瘂弦和商禽還得以詩話的方式處理。小說家的專論較爲穩健熱烈，不太有「相輕」「伐異」的現象。

其次，在這次的編選中，除了作家與論文配合的困難之外，還有選擇的範圍問題，我決定目前只選早期的作家而不選新進的作家是有因素的，如羅青，當然有他獨特的風格，但只選羅青而不選他同期的另一些詩人是不公的，但要選起來便又太多了。換言之，若干年後應該有一本新的作家論，至於小說中如陳若曦，當然不能算新進作家，但近期作品樸實無華，以生活爲語言的風格和她以前的作品極不相同，都應留在後一期的作家論。

我原計畫中還有第三本的，便是「現代詩史料論爭彙編」，該書原議是由瘂弦和我合編的，正可承繼李何林等的「中國文藝論戰」的傳統，但我們一直都沒有做，我想此書應該由一個超然的人來編。

——一九七六年五月加大

# 作者小傳（一九三七—）

在比較文學、詩歌創作、文學批評，以及翻譯的領域裡，葉維廉教授都有突破性的貢獻。

葉氏一九三七年生於廣東中山，先後畢業於臺大外文系，師大英語研究所，並獲愛荷華大學美學碩士及普林斯頓大學比較文學博士。

葉氏中英文著作豐富；他近年在學術上貢獻最突出、最具國際影響力的，首推東西比較文學方法的提供與發明。從〈東西比較文學模子的應用〉（一九七四）開始，到《比較詩學》一書（一九八三），他根源性地質疑與結合西方新舊文學理論應用到中國文學研究上的可行性危機！他通過「異同全識並用」的闡明，肯定中國古典美學特質，並通過中西文學模子的「互照互省」，試圖尋求更合理的文學共同規律，來建立多方面的理論架構。在詩歌創作方面，葉氏早期與瘂弦、洛夫等人從事新詩前衞思潮與技巧的推動，影響頗深。他的《中國現代小說的風貌》更是第一本探討臺灣現代小說美學理論基源的書。在翻譯方面，一九七〇年出版的 *Modern Chinese Poetry* 中有六家被收入美國大學常用教科書中；一九九二年，他又把多年教授的三、四〇年代重要詩人譯介（見其 *Lyrics from Shelters: Modern Chinese Poetry 1930-1950*）。而他重溯中國古典美學根源所翻譯的《王維》一卷，以及《中國古典詩文類舉要》(*Chinese Poetry: Major Modes and Genres*)更匡正了西方翻譯對中國美感經驗的歪曲。在英譯中方面，他譯的《荒原》以及論艾略特的文字，在六〇年代的臺灣頗受重視。此外，他又譯介歐洲和拉丁美洲現代詩人的詩歌（見其《眾樹唱歌》），對詩歌視野和技巧的開拓，助益良多。

除學術研究外，葉教授亦是誨人不倦的良師。他一九六七年便任教於加大聖地雅谷校區，曾任比較文學系主任凡十年。一九七〇與七四年，曾以客座身分返回母校臺灣大學協助建立比較文學博士班。一九八〇～八二年，出任香港中文大學英文系首席客座教授，協助建立比較文學研究所。約略同時，他數度被北京社會科學院、中國作家協會、北京大學邀請講授比較文學、近代文學理論、現代文學、臺灣文學，並協助北京大學發展比較文學。而北京方面相繼出版了他的《尋求跨中西文化的共同文學規律》一卷及《中國詩學》一卷。一九八六年在清華大學講授傳釋行爲與中國詩學，深入淺出，論述了跨文化間的傳意、釋意課題。一九八六年後，他一口氣推出了幾冊重要著作，包括詩集《三十年詩》、《留不住的航渡》，散文集《歐羅巴的蘆笛》、《一個中國的海》、《尋索：藝術與人生》和論文集《歷史·傳釋與美學》、《解讀現代·後現代》及英文論文集：*Diffusion of Distances: Dialogues between Chinese and Western Poetics*。

一九九〇年十月，輔仁大學第二屆國際文學與宗教會議「詩與超越」並以葉氏爲主題詩人作專題討論。

# 滄海叢刊書目(二)

## 國學類

| | |
|---|---|
| 先秦諸子繫年 | 錢　　穆　著 |
| 朱子學提綱 | 錢　　穆　著 |
| 莊子纂箋 | 錢　　穆　著 |
| 論語新解 | 錢　　穆　著 |
| 周官之成書及其反映的文化與時代新考 | 金春峯　著 |
| 尙書學術(上)、(下) | 李振興　著 |

## 哲學類

| | |
|---|---|
| 哲學十大問題 | 鄔昆如　著 |
| 哲學淺論 | 張　　康　譯 |
| 哲學智慧的尋求 | 何秀煌　著 |
| 哲學的智慧與歷史的聰明 | 何秀煌　著 |
| 文化、哲學與方法 | 何秀煌　著 |
| 人性記號與文明—語言・邏輯與記號世界 | 何秀煌　著 |
| 邏輯與設基法 | 劉福增　著 |
| 知識・邏輯・科學哲學 | 林正弘　著 |
| 現代藝術哲學 | 孫　　旗　譯 |
| 現代美學及其他 | 趙天儀　著 |
| 中國現代化的哲學省思—「傳統」與「現代」理性結合 | 成中英　著 |
| 不以規矩不能成方圓 | 劉君燦　著 |
| 恕道與大同 | 張起鈞　著 |
| 現代存在思想家 | 項退結　著 |
| 中國思想通俗講話 | 錢　　穆　著 |
| 中國哲學史話 | 吳怡、張起鈞　著 |
| 中國百位哲學家 | 黎建球　著 |
| 中國人的路 | 項退結　著 |
| 中國哲學之路 | 項退結　著 |
| 中國人性論 | 臺大哲學系主編 |
| 中國管理哲學 | 曾仕強　著 |
| 孔子學說探微 | 林義正　著 |
| 心學的現代詮釋 | 姜允明　著 |

| | |
|---|---|
| 中庸誠的哲學 | 吳　怡　著 |
| 中庸形上思想 | 高柏園　著 |
| 儒學的常與變 | 蔡仁厚　著 |
| 智慧的老子 | 張起鈞　著 |
| 老子的哲學 | 王邦雄　著 |
| 當代西方哲學與方法論 | 臺大哲學系主編 |
| 人性尊嚴的存在背景 | 項退結編著 |
| 理解的命運 | 殷　鼎　著 |
| 馬克斯・謝勒三論 | 阿弗德・休慈原著、江日新譯 |
| 懷海德哲學 | 楊士毅　著 |
| 洛克悟性哲學 | 蔡信安　著 |
| 伽利略・波柏・科學說明 | 林正弘　著 |
| 儒家與現代中國 | 韋政通　著 |
| 思想的貧困 | 韋政通　著 |
| 近代思想史散論 | 龔鵬程　著 |
| 魏晉清談 | 唐翼明　著 |
| 中國哲學的生命和方法 | 吳　怡　著 |
| 孟學的現代意義 | 王支洪　著 |
| 孟學思想史論(卷一) | 黃俊傑　著 |
| 莊老通辨 | 錢　穆　著 |
| 墨家哲學 | 蔡仁厚　著 |
| 柏拉圖三論 | 程石泉　著 |
| 倫理學釋論 | 陳　特　著 |
| 儒道論集 | 吳　光　著 |

**宗教類**

| | |
|---|---|
| 佛教思想發展史論 | 楊惠南　著 |
| 圓滿生命的實現（布施波羅密） | 陳柏達　著 |
| 薝蔔林・外集 | 陳慧劍　著 |
| 維摩詰經今譯 | 陳慧劍譯註 |
| 龍樹與中觀哲學 | 楊惠南　著 |
| 公案禪語 | 吳　怡　著 |
| 禪學講話 | 芝峯法師　譯 |
| 禪骨詩心集 | 巴壺天　著 |
| 中國禪宗史 | 關世謙　著 |
| 魏晉南北朝時期的道教 | 湯一介　著 |

| | |
|---|---|
| 佛學論著 | 周中一 著 |
| 當代佛教思想展望 | 楊惠南 著 |
| 臺灣佛教文化的新動向 | 江燦騰 著 |
| 釋迦牟尼與原始佛教 | 于凌波 著 |
| 唯識學綱要 | 于凌波 著 |

## 社會科學類

| | |
|---|---|
| 中華文化十二講 | 錢穆 著 |
| 民族與文化 | 錢穆 著 |
| 楚文化研究 | 文崇一 著 |
| 中國古文化 | 文崇一 著 |
| 社會、文化和知識分子 | 葉啓政 著 |
| 儒學傳統與文化創新 | 黃俊傑 著 |
| 歷史轉捩點上的反思 | 韋政通 著 |
| 中國人的價值觀 | 文崇一 著 |
| 紅樓夢與中國舊家庭 | 薩孟武 著 |
| 社會學與中國研究 | 蔡文輝 著 |
| 比較社會學 | 蔡文輝 著 |
| 我國社會的變遷與發展 | 朱岑樓 主編 |
| 三十年來我國人文社會科學之回顧與展望 | 賴澤涵 編 |
| 社會學的滋味 | 蕭新煌 著 |
| 臺灣的社區權力結構 | 文崇一 著 |
| 臺灣居民的休閒生活 | 文崇一 著 |
| 臺灣的工業化與社會變遷 | 文崇一 著 |
| 臺灣社會的變遷與秩序(政治篇)(社會文化篇) | 文崇一 著 |
| 鄉村發展的理論與實際 | 蔡宏進 著 |
| 臺灣的社會發展 | 席汝楫 著 |
| 透視大陸 | 政治大學新聞研究所 主編 |
| 憲法論衡 | 荊知仁 著 |
| 周禮的政治思想 | 周世輔、周文湘 著 |
| 儒家政論衍義 | 薩孟武 著 |
| 制度化的社會邏輯 | 葉啓政 著 |
| 臺灣社會的人文迷思 | 葉啓政 著 |
| 臺灣與美國的社會問題 | 蔡文輝、蕭新煌 主編 |
| 自由憲政與民主轉型 | 周陽山 著 |

| | |
|---|---|
| 蘇東巨變與兩岸互動 | 周陽山 著 |
| 教育叢談 | 上官業佑 著 |
| 不疑不懼 | 王洪鈞 著 |
| 戰後臺灣的教育與思想 | 黃俊傑 著 |

**史地類**

| | |
|---|---|
| 國史新論 | 錢　穆 著 |
| 秦漢史 | 錢　穆 著 |
| 秦漢史論稿 | 邢義田 著 |
| 宋史論集 | 陳學霖 著 |
| 中國人的故事 | 夏雨人 著 |
| 明朝酒文化 | 王春瑜 著 |
| 歷史圈外 | 朱　桂 著 |
| 當代佛門人物 | 陳慧劍編著 |
| 弘一大師傳 | 陳慧劍 著 |
| 杜魚庵學佛荒史 | 陳慧劍 著 |
| 蘇曼殊大師新傳 | 劉心皇 著 |
| 近代中國人物漫譚 | 王覺源 著 |
| 近代中國人物漫譚續集 | 王覺源 著 |
| 魯迅這個人 | 劉心皇 著 |
| 沈從文傳 | 凌　宇 著 |
| 三十年代作家論 | 姜　穆 著 |
| 三十年代作家論續集 | 姜　穆 著 |
| 當代臺灣作家論 | 何　欣 著 |
| 師友風義 | 鄭彥棻 著 |
| 見賢集 | 鄭彥棻 著 |
| 思齊集 | 鄭彥棻 著 |
| 懷聖集 | 鄭彥棻 著 |
| 周世輔回憶錄 | 周世輔 著 |
| 三生有幸 | 吳相湘 著 |
| 孤兒心影錄 | 張國柱 著 |
| 我這半生 | 毛振翔 著 |
| 我是依然苦鬥人 | 毛振翔 著 |
| 八十憶雙親、師友雜憶(合刊) | 錢　穆 著 |

## 語文類

| | |
|---|---|
| 訓詁通論 | 吳孟復 著 |
| 入聲字箋論 | 陳慧劍 著 |
| 翻譯偶語 | 黃文範 著 |
| 翻譯新語 | 黃文範 著 |
| 中文排列方式析論 | 司琦 著 |
| 杜詩品評 | 楊慧傑 著 |
| 詩中的李白 | 楊慧傑 著 |
| 寒山子研究 | 陳慧劍 著 |
| 司空圖新論 | 王潤華 著 |
| 詩情與幽境——唐代文人的園林生活 | 侯迺慧 著 |
| 歐陽修詩本義研究 | 裴普賢 著 |
| 品詩吟詩 | 邱燮友 著 |
| 談詩錄 | 方祖燊 著 |
| 情趣詩話 | 楊光治 著 |
| 歌鼓湘靈——楚詩詞藝術欣賞 | 李元洛 著 |
| 中國文學鑑賞舉隅 | 黃慶萱、許家鶯 著 |
| 中國文學縱橫論 | 黃維樑 著 |
| 漢賦史論 | 簡宗梧 著 |
| 古典今論 | 唐翼明 著 |
| 亭林詩考索 | 潘重規 著 |
| 浮士德研究 | 李辰冬 譯 |
| 蘇忍尼辛選集 | 劉安雲 譯 |
| 文學欣賞的靈魂 | 劉述先 著 |
| 小說創作論 | 羅盤 著 |
| 借鏡與類比 | 何冠驥 著 |
| 情愛與文學 | 周伯乃 著 |
| 鏡花水月 | 陳國球 著 |
| 文學因緣 | 鄭樹森 著 |
| 解構批評論集 | 廖炳惠 著 |
| 世界短篇文學名著欣賞 | 蕭傳文 著 |
| 細讀現代小說 | 張素貞 著 |
| 續讀現代小說 | 張素貞 著 |
| 現代詩學 | 蕭蕭 著 |
| 詩美學 | 李元洛 著 |

| | |
|---|---|
| 詩人之燈——詩的欣賞與評論 | 羅　青　著 |
| 詩學析論 | 張春榮　著 |
| 修辭散步 | 張春榮　著 |
| 橫看成嶺側成峯 | 文曉村　著 |
| 大陸文藝新探 | 周玉山　著 |
| 大陸文藝論衡 | 周玉山　著 |
| 大陸當代文學掃描 | 葉穉英　著 |
| 走出傷痕——大陸新時期小說探論 | 張子樟　著 |
| 大陸新時期小說論 | 張　放　著 |
| 兒童文學 | 葉詠琍　著 |
| 兒童成長與文學 | 葉詠琍　著 |
| 累廬聲氣集 | 姜超嶽　著 |
| 林下生涯 | 姜超嶽　著 |
| 青　春 | 葉蟬貞　著 |
| 牧場的情思 | 張媛媛　著 |
| 萍踪憶語 | 賴景瑚　著 |
| 現實的探索 | 陳銘磻　編 |
| 一縷新綠 | 柴　扉　著 |
| 金排附 | 鍾延豪　著 |
| 放　鷹 | 吳錦發　著 |
| 黃巢殺人八百萬 | 宋澤萊　著 |
| 泥土的香味 | 彭瑞金　著 |
| 燈下燈 | 蕭　蕭　著 |
| 陽關千唱 | 陳　煌　著 |
| 種籽 | 向　陽　著 |
| 無緣廟 | 陳艷秋　著 |
| 鄉　事 | 林清玄　著 |
| 余忠雄的春天 | 鍾鐵民　著 |
| 吳煦斌小說集 | 吳煦斌　著 |
| 卡薩爾斯之琴 | 葉石濤　著 |
| 青囊夜燈 | 許振江　著 |
| 我永遠年輕 | 唐文標　著 |
| 思想起 | 陌上塵　著 |
| 心酸記 | 李　喬　著 |
| 孤獨園 | 林蒼鬱　著 |
| 離　訣 | 林蒼鬱　著 |

| | | |
|---|---|---|
| 托塔少年 | 林文欽 | 編 |
| 北美情逅 | 卜貴美 | 著 |
| 日本歷史之旅 | 李希聖 | 著 |
| 孤寂中的廻響 | 洛夫 | 著 |
| 火天使 | 趙衞民 | 著 |
| 無塵的鏡子 | 張默 | 著 |
| 關心茶——中國哲學的心 | 吳怡 | 著 |
| 放眼天下 | 陳新雄 | 著 |
| 生活健康 | 卜鍾元 | 著 |
| 文化的春天 | 王保雲 | 著 |
| 思光詩選 | 勞思光 | 著 |
| 靜思手札 | 黑野 | 著 |
| 狡兔歲月 | 黃和英 | 著 |
| 老樹春深更著花 | 畢璞 | 著 |
| 列寧格勒十日記 | 潘重規 | 著 |
| 文學與歷史——胡秋原選集第一卷 | 胡秋原 | 著 |
| 忘機隨筆——卷三・卷四 | 王覺源 | 著 |
| 晚學齋文集 | 黃錦鋐 | 著 |
| 古代文學探驪集 | 郭丹 | 著 |
| 山水的約定 | 葉維廉 | 著 |
| 在天願作比翼鳥——歷代文人愛情詩詞曲三百首 | 李元洛 | 輯注 |

美術類

| | | |
|---|---|---|
| 音樂與我 | 趙琴 | 著 |
| 爐邊閒話 | 李抱忱 | 著 |
| 琴臺碎語 | 黃友棣 | 著 |
| 音樂隨筆 | 趙琴 | 著 |
| 樂林蓽露 | 黃友棣 | 著 |
| 樂谷鳴泉 | 黃友棣 | 著 |
| 樂韻飄香 | 黃友棣 | 著 |
| 弘一大師歌曲集 | 錢仁康 | 著 |
| 立體造型基本設計 | 張長傑 | 著 |
| 工藝材料 | 李鈞棫 | 著 |
| 裝飾工藝 | 張長傑 | 著 |

人體工學與安全 劉其偉 著
現代工藝概論 張長傑 著
藤竹工 張長傑 著
石膏工藝 李鈞棫 著
色彩基礎 何耀宗 著
當代藝術采風 王保雲 著
都市計劃概論 王紀鯤 著
建築設計方法 陳政雄 著
建築鋼屋架結構設計 王萬雄 著
古典與象徵的界限——象徵主義畫家莫侯及其詩人寓意畫 李明明 著

## 滄海美術叢書

五月與東方——中國美術現代化運動在戰後臺灣之發展(1945～1970) 蕭瓊瑞 著
中國繪畫思想史 高木森 著
藝術史學的基礎 曾堉、葉劉天增 譯
唐畫詩中看 王伯敏 著